三侠五义

书名题字／周兴禄

插图本

中国古典小说藏本

三俠五義（下）

石玉昆　述
王　述　校点

人民文学出版社

第六十一回

大夫居饮酒逢土棍　卞家疃偷银惊恶徒

且说欧阳爷、丁大爷在庙中彼此闲谈,北侠说逢场作戏其中还有好处。丁大爷问道:"其中有何好处?请教。"北侠道:"那马刚他既称孤道寡,不是没有权势之人。你若明明把他杀了,他若报官,说他家员外被盗寇持械戕命,这地方官怎样办法?何况又有他叔叔马朝贤在朝,再连催几套文书,这不是要地方官纱帽么?如今改了面目将他除却,这些姬妾妇人之见,他岂不又有枝添叶儿,必说这妖怪青脸红发,来去无踪,将马刚之头取去。况还有个胖妾唬倒,他的痰向上来,十胖九虚,必也丧命。人家不说他是痰,必说是被妖怪吸了魂魄去了。他纵然报官,你家出了妖怪,叫地方官也是没法的事。贤弟想想,这不是好处么?"丁大爷听了,越想越是,不由的赞不绝口。二人闲谈多时,略为歇息,天已大亮。与了瘸道香资,二人出庙。丁大爷务必请北侠同上茉花村暂住几日,俟临期再同上灶君祠会齐,访拿花冲。北侠原是无牵无挂之人,不能推辞,同上茉花村去了。这且不言。

单说二员外韩彰自离了汤圆铺,竟奔杭州而来。沿路行去,闻的往来行人尽皆笑说,以花蝶设誓当做骂话。韩二爷听不明白,又不知花蝶为谁。一时腹中饥饿,见前面松林内酒幌儿高悬一个小小红葫芦，因此步入林中。见周围芦苇的花幛，满架的扁豆秧儿，正当秋令，豆花盛开。地下又种着些儿草花，颇颇有趣。来到门前，上悬一匾，写着"大夫居"三字。韩爷进了门，前院中有两张高桌，却又铺着几领芦席，设着矮座。那边草房三间，有个老者在那里打盹。韩爷看了一番光景，正惬心怀，便咳嗽一声。那老者猛然惊醒，拿了代手前来问道："客官吃酒么？"韩爷道："你这里有什么酒？"老者笑道："乡居野况，无甚好酒，不过是白干烧酒。"韩爷道："且暖一壶来。"老者去不多时，暖了一壶酒，外有四碟：一碟盐水豆儿，一碟豆腐干，一碟吹甬麻花，一碟薄脆。韩爷道："还有什么吃食？"老者道："没有别的，还有卤煮斜尖豆腐合热鸡蛋。"韩爷吩咐："再暖一角酒来，一碟热鸡蛋，带点盐水儿来。"老者答应。刚要转身，见外面进来一人，年纪不过三旬，口中道："豆老丈，快暖一角酒来，还有事呢。"老者道："吓，庄大爷，往那里去这等忙？"那人叹道："嗳，从那里说起！我的外甥女巧姐不见了。我姐姐哭哭啼啼叫我给姐夫送信去。"

韩爷听了，便立起身来让座。那人也让了三言两语，韩爷便把那人让至一处。那人甚是直爽，见老儿拿了酒来，他却道："豆老丈，我有一事。适才见幛外有几只雏鸡在那里刨食吃，我与你商量，你肯卖一只与我们下酒么？"豆老笑道："那有什么呢？只要大爷多给几钱银就是。"那人道："只管弄去，做成了，我给你二钱银子如何？"老者听说二钱银子，好生欢喜的去了。韩爷拦道："兄台却又何必宰鸡呢？"那人道："彼此有缘相遇，实是三生有幸；况我也当尽地主之谊。"说毕彼此就座，各展姓字。原来此人姓庄名致和，就在村前居住。韩爷道:"方才庄兄说还有要紧事,不是要给令亲送信呢么? 不可因在下耽搁了工夫。"庄致和道:"韩兄放心,我还要在就近处访查访查呢。就是今日赶急送信与舍亲,他也是没法子,莫若我先细细访访。"正说至此,只见外面进来了一人,口中嚷道:"老豆吓! 咱弄一壶热热的。"他却一溜歪斜坐在那边桌上,脚登板凳,立楞着眼,瞅着这边。韩爷见他这样形景,也不理他。

豆老儿拧着眉毛,端过酒去。那人摸了一摸,道:"不热呀,我要热热的。"豆老儿道:"很热了吃不到嘴里,又该抱怨小老儿了。"那人道:"没事,没事,你只管烫去。"豆老儿只得重新烫了来,道:"这可热的很了。"那人道:"热热的很好,你给我斟上凉着。"豆老儿道:"这是图什么呢?"那人道:"别管,大爷是这们个脾气儿。我且问你,有什么荤腥儿拿一点我吃。"豆老儿道:"我这里是大爷知道的,乡村铺儿那里讨荤腥来? 无奈何,大爷将就些儿罢。"那人把醉眼一瞪,道:"大爷花钱,为什么将就呢?"说着话就举起手来。豆老儿见势头不好,便躲开了。那人却趔趔趄趄的来至草房门前,一嗅,觉得一股香味扑鼻,便进了屋内。一看,见柴锅内煮着一只小鸡儿,又肥又嫩。他却说道:"好吓,现放着荤菜,你说没有。老豆,你可是猴儿拉稀,坏了肠子咧。"豆老忙道:"这是那二位客官花了二钱银子煮着自用的。大爷若要吃时,也花二钱银子,小老儿再与你煮一只就是了。"那人道:"什么二钱银子! 大爷先吃了,你再给他们煮去。"说罢,拿过方盘来,将鸡从锅内捞出,端着往外就走。豆老儿在后面说道:"大爷不要如此,凡事有个先来后到。这如何使得!"那人道:"大爷是嘴急的等不得，叫他们等着去罢。"

他在这里说，韩爷在外面已听明白，登时怒气填胸，立起身来，走至那人跟前，抬腿将木盘一踢，连鸡带盘全合在那人脸上。鸡是刚出锅的，又搭着一肚子滚汤，只听那人"嗳呀"一声，撒了手，栽倒在地，登时满脸上犹如尿泡里串气儿，立刻开了一个果子铺，满脸鼓起来了。韩爷还要上前，庄致和连忙拦住。韩爷气忿忿的坐下。那人却也知趣，这一烫，酒也醒了，自己想了一想，也不是理；又见韩爷的形景，估量着他不是个儿，站起身来就走，连说："结咧，结咧，咱们再说再议。等着，等着！"搭讪着走了。这里庄致和将酒并鸡的银子会过，饶没吃成，反多与了豆老儿几分银子，劝着韩爷，一同出了大夫居。

这里，豆老儿将鸡捡起来，用清水将泥土洗了去，从新放在锅里煮了一个开，用冰盘捞出端在桌上，自己暖了一角酒，自言自语："一饮一啄，各有分定。好好一只肥嫩小鸡儿，那二位不吃，却便宜老汉开斋。这是从那里说起！"才待要吃，只见韩爷从外面又进来。豆老儿一见，连忙说道："客官，鸡已熟了，酒已热了，好好放在这里，小老儿却没敢动，请客官自用罢。"韩爷笑道："俺不吃了。俺且问你：方才那厮他叫什么名字？在那里居住？"豆老儿道："客官问他则甚？好鞋不粘臭狗屎，何必与他呕气呢！"韩爷道："我不过知道他罢了，谁有工夫与他呕气呢。"豆老道："客官不知，他父子家道殷实，极其悭吝，最是强梁。离此五里之遥，有一个卞家疃，就是他家。他爹爹名叫卞龙，自称是铁公鸡，乃刻薄成家，真是一毛儿不拔。若非怕自己饿死，连饭也是不吃的。谁知他养的儿子更狠，就是方才那人，名叫卞虎。他自称外号癞皮象。他为什么起这个外号儿呢？一来是无毛可拔，二来他说当初他爹没来由，起手立起家业来，故此外号止于'鸡'；他是生成的胎里红，外号儿必得大大的壮门面，故此称'象'。又恐人家拿他当了秧子手儿，因此又加上'癞皮'二字，言其他是家传的啬吝，也不是好惹的。自从他父子如此，人人把个卞家疃改成'扁加团'了。就是他来此吃酒，也是白吃白喝，尽赊帐，从来不知还钱。老汉又惹他不起，只好白填嗓他罢了。"韩爷又问道："他那疃里可有店房么？"豆老儿道："他那里也不过是个村庄，那有店房。离他那里不足三里之遥，有个桑花镇却有客寓。"

韩爷问明底细，执手别了豆老，竟奔桑花镇而来，找了寓所。到了晚间，夜阑人静，悄悄离了店房，来至卞家疃。到了卞龙门前，跃墙而入，施展他飞檐走壁之能，趴伏在大房之上，偷睛往下观看。见个尖嘴缩腮的老头子，手托天平在那里平银子。左平右平，却不嫌费事，必要银子比砝码微低些方罢。共平了二百两，然后用纸包了四封，用绳子结好，又在上面打了花押，方命小童抱定，提着灯笼往后面送去。他在那里收拾天平。

韩爷趁此机会，却溜下房来，在卡子门垛子边隐藏。小童刚迈门槛，韩爷将腿一伸，小童往前一扑，唧哩咕咚栽倒在地，灯笼也灭了。老头子在屋内声言道："怎么了？栽倒咧？"只见小童提着灭灯笼来对着了，说道："刚迈门槛，不防就一跤倒了。"老头子道："小孩子家，你到底留神吓！这一栽，管保把包儿栽破，撒了银渣儿如何找寻呢？

我不管,拿回来再平,倘若短少分两,我是要扣你的工钱的。"说着话,同小童来至卡子门,用灯一照,罢咧,连个纸包儿的影儿也不见了。老头子急的两眼冒火,小童儿慌的二目如灯,泪流满面。老头子暴躁道:"你将我的银子藏于何处了?快快拿出来!如不然,就活活要了你的命!"正说着,只见卞虎从后面出来,问明此事。小童哭诉一番,卞虎那里肯信,将眼一瞪道:"好囚囊的,人小鬼大,你竟敢弄这样的戏法!咱们且向前面说来。"说罢,拉了小童,卞龙反打灯笼在前引路,来至大房屋内。早见桌上用砝码压着个字帖儿,上面字有核桃大小,写道:"爷爷今夕路过汝家,知道你刻薄成家,广有金银,又兼俺盘费短少,暂借银四封,改日再还,不可诬赖好人。如不遵命,爷爷时常夜行此路,请自试爷爷的宝刀。免生后悔!"卞龙见了此帖,登时浑身乱抖。卞虎将小童放了,也就发起怔来。父子二人无可如何,只得忍着肚子疼,还是要性命要紧,不敢声张,惟有小心而已。

  要知后文如何,且听下回分解。

第六十二回

遇拐带松林救巧姐　寻奸淫铁岭战花冲

且说韩二爷揣了四封银子,回归旧路,远远听见江西小车吱吱扭扭的奔了松林而来。韩爷急中生智,拣了一株大树爬将上去,隐住身形。不意小车子到了树下,咯噔的歇住。听见一人说道:"白昼将货物闷了一天,此时趁着无人,何不将他过过风呢?"又听有人说道:"我也是如此想,不然闷坏了,岂不白费了工夫呢!"答言的却是妇人声音。只见他二人从小车上开开箱子,搭出一个小小人来,叫他靠在树身之上。韩爷见了,知他等不是好人,暗暗的把银两放在槎桠之上,将朴刀拿在手中,从树上一跃而下。那男子猛见树上跳下一人,撒腿往东就跑。韩爷那里肯舍,赶上一步,从后将刀一搠,那人"嗳呀"了一声,早已着了利刃,栽倒在地。韩爷撤步回身,看那妇人时,见他哆嗦在一堆儿,自己打的牙山响,犹如寒战一般。韩爷用刀一指道:"你等所做何事,快快实说!倘有虚言,立追狗命。讲!"那妇人道:"爷爷不必动怒,待小妇人实说。我们是拐带儿女的。"韩爷问道:"拐去男女置于何地?"妇人道:"爷爷有所不知。只因襄阳王爷那里要排演优伶歌妓,收录幼童弱女,凡有姿色的,总要赏五六百两。我夫妻因穷所迫,无奈做此暗昧之事,不想今日遇见爷爷识破。这也是天理昭彰,只求爷爷饶命!"

韩爷又细看那孩儿，原来是个女孩儿。见他愕愕怔怔的，便知道其中有诈。又问道："你等用何物迷了他的本性，讲！"妇人道："他那泥丸宫有个药饼儿，揭下来，少刻就可苏醒。"韩爷听罢，伸手向女子头上一摸，果有药饼。连忙揭下，抛在道旁。又对妇人道："你这恶妇，快将裙绦解下来。"妇人不敢不依，连忙解下，递给韩爷。韩爷将妇人发髻一提，拣了一棵小小的树身，把妇人捆了个结实。翻身蹿上树去，揣了银子，一跃而下。才待举步，只听那女孩儿"嗳哟"了一声，哭出来了。韩爷上前问道："你此时可明白了？你叫什么？"女子道："我叫巧姐。"韩爷听了，惊骇道："你母舅可是庄致和么？"女子道："正是。伯伯如何知道？"韩爷听了，暗暗念佛："无心中救了巧姐，省我一番事。"又见天光闪亮，惟恐有些不便，连忙说道："我姓韩，与你母舅认识。少时若有人来，你就喊救人，叫本处地方送你回家就完了。拐你的男女，我已俱拿住了。"说罢，竟奔桑花镇去了。

果然，不多时路上已有行人，见了如此光景，问了备细，知是拐带，立刻找着地方保甲，放下妇人，用铁锁锁了，带领女子同赴县衙。县官升堂，一鞫即服。男子已死，着地方掩埋，妇人定案寄监。此信早已传开了。庄致和闻知，急急赴县，当堂将巧姐领回。路过大夫居，见了豆老，便将巧姐已有的话说了。又道："是姓韩的救的，难道就是昨日的韩客官么？"豆老听见，好生欢喜，又给庄爷暖酒作贺。因又提起："韩爷昨日复又回来，问卞家的底里。谁知今早闻听人说，卞家丢了许多的银两。庄大爷，你想这事诧异不诧异？老汉再也猜摸不出这位韩爷是个什么人来。"

第六十二回　遇拐带松林救巧姐　寻奸淫铁岭战花冲 | 459

　　他两个只顾高谈阔论，讲究此事。不想那边坐着一个道人，立起身来，打个稽首，问道："请问庄施主，这位韩客官可是高大身躯，金黄面皮，微微的有点黄须么？"庄致和见那道人骨瘦如柴，仿佛才病起来的模样，却又目光如电，炯炯有神，声音洪亮，另有一番别样的精神，不由的起敬道："正是。道爷何以知之？"那道人道："小道素识。此人极其侠义，正要访他。但不知他向何方去了？"豆老儿听至此，有些不耐烦，暗道："这道人从早晨要了一角酒，直耐到此时，占了我一张座儿，仿佛等主顾的一般。如今听我二人说话，他便插言，想是个安心哄嘴吃的。"便没有好气的答道："我这里过往客人极多，谁耐烦打听他往那里去呢？你既认得他，你就趁早儿找他去。"那道人见豆老儿说的话倔强，也不理他，索性就棍打腿，便对庄致和道："小道与施主相遇，也是缘分，不知施主可肯布施小道两角酒么？"庄致和道："这有什么！道爷请过来，只管用，俱在小可身上。"那道人便凑过来。庄致和又叫豆老暖了两角酒来。豆老无可奈何，瞅了道人一眼道："明明是个骗酒吃的，这可等着主顾了。"嘟嘟囔囔的温酒去了。

　　原来这道人就是四爷蒋平。只因回明包相，访查韩彰，扮做云游道人模样，由丹凤岭慢慢访查至此。好容易听见此事，焉肯轻易放过。一壁喝酒，一壁细问昨日之事，越听越是韩爷无疑。吃毕酒，蒋平道了叨扰。庄致和会了钱钞，领着巧姐去了。蒋平也就出了大夫居，逢村遇店，细细访查，毫无下落。看看天晚，日色西斜，来至一座庙宇前，匾上写着"铁岭观"三字，知是道士庙宇，便上前。才待击门,只见山门放开,出来一个老道,手内提定酒葫芦。再往脸上看时,已然喝的红扑扑的,似有醉态。蒋平上前稽首道:"无量寿佛,小道行路天晚,意欲在仙观借宿一宵,不知仙长肯容纳否?"那老道乜斜着眼,看了看蒋平道:"我看你人小瘦弱,到是个不生事的。也罢,你在此略等一等,我到前面沽了酒回来,自有道理。"蒋平接口道:"不瞒仙长说,小道也爱杯中之物,这酒原是咱们玄门中当用的。乞将酒器付与小道,待我沽来奉敬仙长如何?"那老道听了,满面堆下笑来,道:"道友初来,如何倒要叨扰?"说着话,却将一个酒葫芦递给四爷。四爷接过葫芦,又把自己的渔鼓、简板以及算命招子交付老道。老道又告诉他卖酒之家,蒋平答应。回身去不多时,提了满满的一葫芦酒,额外又买了许多的酒菜。老道见了,好生欢喜,道:"道兄初来,却破许多钱钞,使我不安。"蒋平道:"这有甚要紧,你我皆是同门,小弟特敬老兄。"

那老道更觉欢喜,回身在前引路,将蒋平让进,关了山门。转过影壁,便看见三间东厢房。二人来至屋内,进门却是悬龛供着吕祖,也有桌椅等物。蒋爷倚了招子,放下渔鼓、简板,向上行了礼。老道掀起布帘,让蒋平北间屋内坐。蒋平见有个炕桌,上面放着杯壶,还有两色残肴。老道开柜拿了家伙,把蒋平新买的酒菜摆了,然后暖酒添杯,彼此对面而坐。蒋爷自称姓张,又问老道名姓。原来姓胡名和。观内当家的叫做吴道成,生的黑面大腹,自称绰号铁罗汉。一身好武艺,惯会趋炎附势。这胡和见了酒如命的一般,连饮了数杯,却是酒上加酒,已然醺醺。他却顺口开河道:"张道兄,我有一句话告诉你。少时当家的来时,你可不要言语,让他们到后面去,别管他们作什么。咱们俩就在前边,给他个痛喝;喝醉了,就给他个闷睡,什么全不管他。你道如何?"蒋爷道:"多承胡大哥指示。但不知当家的所做何事?何不对我说说呢?"胡和道:"其实告诉你也不妨事。我们这当家的,他乃响马出身,畏罪出家。新近有他个朋友找他来,名叫花蝶,更是个不尴不尬之人,鬼鬼祟祟不知干些什么。昨晚有人追下来了,竟被他们拿住锁在后院塔内,至今没放。你说他们的事管得么?"蒋爷听了心中一动,问道:"他们拿住是什么人呢?"胡和道:"昨晚不到三更,他们拿住人了。"是如此如彼,这般这样。蒋爷闻听,唬了个魂不附体,不由惊骇非常。

你道胡和说什么如此如彼,这般这样?原来韩二爷于前日夜救了巧姐之后,来至桑花镇,到了寓所,便听见有人谈论花蝶。细细打听,方才知道,敢则是个最爱采花的恶贼,是从东京脱案逃走的大案贼。怨不得人人以花蝶起誓!暗暗的忖度了一番。到了晚间,托言玩月,离了店房。夜行打扮,悄悄的访查。偶步到一处,有座小小的庙宇,借着月光初上,见匾上金字乃"观音庵"三字,便知是尼僧。刚然转到那边,只见墙头一股黑烟落将下去。韩爷将身一伏,暗道:"这事奇怪,一个尼庵,我们夜行人到此做什么?必非好事,待我跟进去。"一飞身跃上墙头,往里一望,却无动静,便落下平地。过了大殿,见角门以外路西,单有个门儿虚掩,挨身而入,却是三间茅屋,惟有东间明亮。早见窗上影儿是个男子,巧在鬓边插的蝴蝶颤巍巍的在窗上摇舞。韩爷看在眼里,暗道:"竟有如此的巧事,要找寻他,就遇见他。且听听动静，再做道理。"稳定脚尖，悄悄蹲伏窗外。只听花蝶道："仙姑，我如此哀恳，你竟不从，休要惹恼我的性儿，还是依了好。"又听有一女子声音道："不依你便怎样？"又听花蝶道："凡妇女入了花蝶之眼，再也逃不出去，何况你这女尼！我不过是爱你的容颜，不忍加害于你。再若不识抬举，你可怨我不得了。"又听女尼道："我也是好人家的女儿，只因自幼多灾多病，父母无奈，将我舍入空门。自己也要忏悔，今生修个来世。不想今日遇见你这邪魔，想是我的劫数到了。好，好，好！惟有求其速死而已。"说着说着就哭起来了。忽听花蝶道："你这贱人，竟敢以死吓我，我就杀了你！"韩爷听至此，见灯光一晃，花蝶立起身来，起手一晃，想是抽刀。韩爷一声高叫道："花蝶休得无礼，俺来擒你！"

屋内花冲猛听外面有人叫他，吃惊不小。噗的一声，将灯吹灭，掀软帘奔至堂屋，刀挑帘栊，身体往斜刺里一纵。只听拍，早有一枝弩箭钉在窗棂之上。花蝶暗道："幸喜不曾中了暗器。"二人动起手来。因院子窄小，不能十分施展，只于彼此招架。正在支持，忽见从墙头跳下一人，咕咚一声，其声甚重。又见他身形一长，是条大汉，举朴刀照花蝶劈来。花蝶立住脚，望大汉虚搠一刀。大汉将身一闪，险些儿栽倒。花蝶抽空跃上墙头。韩爷一飞身，跟将出去。花蝶已落墙外，往北飞跑。韩爷落下墙头，追将下去。这里大汉出角门，绕大殿，自己开了山门，也就顺着墙往北追下去了。

韩爷追花蝶有三里之遥，又见有座庙宇。花蝶跃身跳进，韩爷也就飞过墙去。见花蝶又飞过里墙，韩爷紧紧跟随。追至后院一看，见有香炉角三座小塔,惟独当中的大些。花蝶便往塔后隐藏,韩爷步步跟随。花蝶左旋右转,韩爷前赶后拦。二人绕塔多时,方见那大汉由东边角门赶将进来,一声喊叫:"花蝶,你往那里走!"花蝶扭头一看,故意脚下一趿,身体往前一栽。韩爷急赶一步,刚然伸出一手,只见花蝶将身一翻,手一撒,韩爷肩头已然着了一下,虽不甚疼,觉得有些麻木。暗说:"不好,必是药镖。"急转身跃出墙外,竟奔回桑花镇去了。这里花蝶闪身计打了韩彰,精神倍长,迎了大汉,才待举手,又见那壁厢来了个雄伟胖大之人,却是吴道成。因听见有人喊叫,连忙赶来,帮着花蝶将大汉拿住,锁在后院塔内。

胡和不知详细,他将大概略述一番,已然把个蒋爷惊的目瞪痴呆。

未知如何,且听下回分解。

第六十三回

救莽汉暗刺吴道成　寻盟兄巧逢桑花镇

且说蒋四爷听胡和之言,暗暗说道:"怨不得我找不着我二哥呢,原来被他们擒住了。"正在思索,忽听外面叫门。胡和答应着,却向蒋平摆手,随后将灯吹灭,方趔趔趄趄出来开放山门。只听有人问道:"今日可有什么事么?"胡和道:"什么事也没有。横竖也没有人找,我也没有吃酒。"又听一人道:"他已醉了,还说没吃酒呢。你将山门好好的关了罢。"说着,二人向后边去了。胡和关了山门,重新点上灯来,道:"兄弟,这可没了事咧!咱们喝罢,喝醉了给他个睡,什么事全不管他。"蒋爷道:"很好。"却暗暗算计胡和。不多时,将老道灌了个烂醉,人事不知。

蒋爷脱了道袍,扎缚停当,来至外间,将招子拿起,抽出三棱鹅眉刺,熄灭了灯,悄悄出了东厢房,竟奔后院而来。果见有三座砖塔,见中间的极大。刚然走至跟前,忽听嚷道:"好吓,你们将老爷捆缚在此,不言不语,到底是怎么样呵?快快给老爷一个爽利呀!"蒋爷听了,不是韩爷的声音,悄悄道:"你是谁?不要嚷,我来救你。"说罢,走至跟前,把绳索挑去,轻轻将他二臂舒回。那大汉定了定神,方说道:"你是什么人?"蒋爷道:"我姓蒋名平。"大汉失声道:"嗳哟,莫不是翻江鼠蒋四爷么?"蒋平道:"正是,你不要高声。"大汉道:"幸会幸

第六十三回　教莽汉暗刺吴道成　寻盟兄巧逢桑花镇 | 465

会。小人龙涛,自仁和县灶君祠跟下花蝶来到此处。原要与家兄报仇,不想反被他们拿住。以为再无生理,谁知又蒙四爷知道搭救。"蒋爷听了便问道:"我二哥在那里?"龙涛道:"并不曾遇见什么二爷。就是昨晚也是夜星子冯七给小人送的信,因此得信到观音庵访拿花蝶。爬进墙去,却见个细条身子的与花蝶动手,是我跳下墙去帮助。后来花蝶跳墙,那人比我高多了,也就飞身跃墙,把花蝶追至此处。及至我爬进墙来帮助,不知那人为什么反倒越墙走了。我本不是花蝶对手,又搭上个黑胖老道,如何敌得住?因此就被他们拿住了。"

蒋爷听罢,暗想道:"据他说来,这细条身子的到像我二哥。只是因何又越墙走了呢?走了又往何处去呢?"又问龙涛道:"你方才可见二人进来么?往那里去了?"龙涛道:"往西一片竹林之后,有一段粉墙,想来有门,他们往那里去了。"蒋爷道:"你在此略等一等,我去去就来。"转身来至竹林边一望,但见粉壁光华,乱筛竹影。借着月光浅淡,翠荫萧森,碧沉沉竟无门可入。蒋爷暗忖道:"看此光景,似乎是板墙,里面必是个幽僻之所,且到临近看看。"绕过竹林,来到墙根,仔细留神,踱来踱去。结构斗榫处,果然有些活动。伸手一摸,似乎活的。摸了多时,可巧手指一按,只听咯磴一声,将消息滑开,却是个转身门儿。蒋爷暗暗欢喜,挨身而入。早见三间正房,对面三间敞厅,两旁有抄手游廊。院内安设着白玉石盆,并有几色上样的新菊花,甚觉清雅。正房西间内,灯烛明亮,有人对谈。

泽长蹑足潜踪,悄立窗外。只听有人嗐声叹气,旁有一人劝慰道:"贤弟,你好生想不开,一个尼姑有什么要紧。你再要如此,未免叫愚兄笑话你了。"这说话的却是吴道成。又听花蝶道："大哥,你不晓得。自从我见了他之后,神魂不定,废寝忘餐。偏偏的他那古怪性儿,绝不依从。若是别人,我花冲也不知杀却了多少。惟独他,小弟不但舍不得杀他,竟会不忍逼他。这却如何是好呢?"说罢,复又长叹。吴道成听了,哈哈笑道："我看你竟自着了迷了。兄弟既如此,你请我一请,包管此事必成。"花蝶道："大哥果有妙计成全此事,漫说请你,就是叫我给你磕头,我都甘心情愿的。"说着话,咕咚一声就跪下了。蒋爷在外听了,暗笑道："人家为媳妇拜丈母,这小子为尼姑拜老道,真是无耻,也就可笑呢!"只听吴道成说："贤弟请起,不要太急,我早已想下一计了。"花蝶问道："有何妙计?"吴道成道："我明日叫我们那个主儿假做游庙,到他那里烧香。我将蒙汗药叫他带上些,到了那里,无论饮食之间下上些,须将他迷倒,那时任凭贤弟所为。你道如何?"花冲失声大笑道："好妙计,好妙计!大哥你真要如此,方不愧你我是生死之交。"又听吴道成道："可有一宗,到了临期,你要留些情分,千万不可连我们那个主儿清浊不分,那就不成事体了。"花蝶也笑道："大哥放心,小弟不但不敢,从今后,小弟竟把他当嫂子看待。"说罢,二人大笑。

　　蒋爷在外听了,暗暗切齿咬牙,道："这两个无耻无羞、无伦无礼的贼徒,又在这里设谋定计,陷害好人。"就要进去。心中一转想："不可,须要用计。"想罢,转身躯来到门前,高声叫道："无量寿佛!"便抽身出来,往南赶行了几步,在竹林转身形隐在密处。此时屋内早已听见,吴道成便立起身,来到了院中,问道："是那个?"并无人应。

却见转身门已开,便知有人,连忙出了板墙,左右一看,何尝有个人影。心中转省道:"是了,这是胡和醉了,不知来此做些什么,看见此门已开,故此知会我们,也未见得。"心中如此想,腿下不因不由的往南走去。也是这恶道恶贯已满,可巧正在蒋爷隐藏之处,撩开衣服,抻着大肚在那里小解。蒋爷在暗处看的真切,暗道:"活该小子前来送死!"右手攥定钢刺,复用左手按住手腕,说时迟,那时快,只听噗哧一声,吴道成腹上已着了钢刺,小水淋淋漓漓。蒋爷也不管他,却将手腕一翻,钢刺在肚子里转了一个身。吴道成那里受得,"嗳哟"一声,翻斤斗栽倒在地。蒋爷趁势赶步,把钢刺一阵乱捣,吴道成这才成了道了。蒋爷抽出钢刺,就在恶道身上揉抹血渍,交付左手别在背上,仍奔板墙门而来。

到了院内,只听花蝶问道:"大哥,是什么人?"蒋爷一言不发,好大胆,竟奔正屋。到了屋内软帘北首,右手二指轻轻掀起一缝,往里偷看。却见花蝶立起身来,走至软帘前一掀。蒋爷就势儿接着左手腕一翻,明晃晃的钢刺,竟奔花蝶后心刺将下来。只听哧的一声响,把背后衣服划开,从腰间至背,便着了钢刺。花蝶负痛难禁,往前一挣,登时跳至院内。也是这厮不该命尽,是蒋爷把钢刺别在背后,又是左手,且是翻起手腕,虽然刺着,却不甚重,只于划伤皮肉。蒋爷展步跟将出来,花蝶已出板墙。蒋爷紧紧追赶,花蝶却绕竹林穿入深密之处。蒋爷有心要赶上,猛见花蝶跳出竹林,将手一扬。蒋四爷暗说:"不好!"把头一扭,觉的冷嗖嗖从耳边过去,板墙上拍的一声响。蒋爷便不肯追赶,眼见花蝶飞过墙去了。

蒋爷转身来至中间塔前，见龙涛血脉已周，伸腰舒背，身上已觉如常，便将方才之事说了一遍。龙涛不胜称羡。蒋爷道："咱们此时往何处去方好？"龙涛道："我与冯七约定在桑花镇相见，四爷何不一同前往呢？"蒋爷道："也罢，我就同你前去。且到前面取了我的东西再走不迟。"二人来至东厢房内，见胡和横躺在炕上，人事不知。蒋爷穿上道袍，在外边桌上拿了渔鼓、简板，旁边拿起算命招子，装了钢刺。也不管胡和明日如何报官，如何结案，二人离了铁岭观，一直竟奔桑花镇而来。

及至到时，红日已经东升。龙涛道："四爷辛苦了一夜，此时也不觉饿吗？"蒋爷听了，知他这两日未曾吃饭，随答道："很好，正要吃些东西。"说着话，正走到饭店门前，二人进去，拣了一个座头。刚然坐下，只见堂官从水盆中提了一尾欢跳的活鱼来。蒋爷见了连夸道："好新鲜鱼！堂官，你给我们一尾。"走堂的摇手道："这鱼不是卖的。"蒋爷道："却是为何？"堂官道："这是一位军官爷病在我们店里，昨日交付小人的银两，好容易寻了数尾，预备将养他病的，因此我不敢卖。"蒋爷听了，心内辗转道："此事有些蹊跷。鲤鱼乃极热之物，如何反用他将养病呢？再者，我二哥与老五最爱吃鲤鱼，在陷空岛时，往往心中不快，吃东西不香，就用鲤鱼氽汤，拿他开胃。难道这军官就是我二哥不成？但只是我二哥如何扮做军官呢？又如何病了呢？"蒋爷只顾犯想，旁边的龙涛也不管三七二十一，他先要了点心来，一上口就是五六碟，然后才问："四爷，吃酒要什么菜？"蒋爷随便要了，毫不介意，总在得病的军官身上。

少时见堂官端着一盘热腾腾、香喷喷的鲤鱼,往后面去了。蒋爷他却悄悄跟在后面。去了多时,转身回来,不由笑容满面。龙涛问道:"四爷酒也不喝,饭也不吃,如何这等发笑?"蒋爷道:"少时你自然知道。"便把那堂官唤进前来问道:"这军官来了几日了?"堂官道:"连今日四天了。"蒋爷道:"他来时可曾有病么?"堂官道:"来时却是好好的。只因前日晚上出店赏月,于四鼓方才回来,便得了病了。立刻叫我们伙计三两个到三处打药,惟恐一个药铺赶办不来。我们想着军官爷必是紧要的症候,因此挡槽儿的、更夫,连小人分为三下里,把药抓了来。小人要与军官爷煎,他却不用。小人见他把那三包药中拣了几味先噙在口内,说道:'你们去罢。有了药,我就无妨碍了。明早再来,我还有话说呢。'到了次日早起,小人过去一看,见那军官爷病就好了。赏了小人二两银子买酒吃外,又交付小人一个锞子,叫小人务必的多找几尾活鲤鱼来,说:'我这病,非吃活鲤鱼不可。'因此,昨日出去了二十多里路,方找了几尾鱼来。军官爷说:'每日早饭只用一尾,过了七天后,便隔两三天再吃也就无妨了。'也不知这军官爷得的什么病。"

蒋爷听了,点了点头,叫堂官且温酒去,自己暗暗踌躇道:"据堂官说来,我二哥前日夜间得病。不消说了,这是在铁岭观受了暗器了,赶紧跑回来了。怨得龙涛他说刚赶到,那人不知如何越墙走了。只是叫人两三处打药,难道这暗器也是毒药煨的么?不然如何叫人两三处打药?这明是秘不传方之意。二哥吓二哥,你过于多心了。一个方儿什么要紧,自己性命也是要的?当初大哥劝了多少言语,说：'为人不可过毒了。似乎这些小家伙称为暗器，已然有个暗字，又用毒药煨饱，岂不是狠上加狠呢，如何使得！'谁知二哥再也不听，连解药儿也不传人。不想今日临到自己头上，还要细心，不肯露全方儿。如此看来，二哥也太深心了。"又一转想，暗说："不好。当初在文光楼上我诓药之时，原是两丸全被我盗去。如今二哥想起来，叫他这般费事，未尝不恨我、骂我，也就未必肯认我罢。"想至此，只急的汗流满面。

龙涛在旁，见四爷先前欢喜，到后来沉吟纳闷，此时竟自手足失措，便问道："四爷不吃不喝，到底为着何事？何不对我说说呢？"蒋爷叹气道："不为别的，就只为我二哥。"龙涛道："二爷在那里？"蒋爷道："便在这店里后面呢。"龙涛忙道："四爷大喜！这一见了二爷，又完官差，又全朋友义气，还犹豫什么呢？"说着话堂官又过来，蒋爷唤住道："伙计，这得病的军官可容人见么？"堂官开言说道："爷若不问，小人也不说。这位军官爷一进门就嘱咐了，他说：'如有人来找，须问姓名。独有个姓蒋的，他若找来，就回复他说我不在这店里。'"四爷听了，便对龙涛道："如何？"龙涛闻听，便不言语了。蒋爷又对堂官道："此时军官的鲤鱼大约也吃完了。你作为取家伙去，我悄悄的跟了你去。到了那里，你合军官说话儿，我作个不期而遇。倘若见了，你便溜去，我自有道理。"堂官不能不应。蒋爷别了龙涛，跟着堂官，来至后面院子之内。

不知二人见了如何，且听下回分解。

第六十四回

论前情感化彻地鼠　观古迹游赏诛龙桥

且说蒋爷跟了堂官来到院子之内,只听堂官说道:"爷上吃着这鱼可配口么?如若短什么调和,只管吩咐,明早叫灶上的多用点心。"韩爷道:"很好。不用吩咐了,调和的甚好。俟我好了,再谢你们罢。"堂官道:"小人们理应伺候,如何当的起谢字呢!"刚说至此,只听院内说道:"嗳哟,二哥呀,你想死小弟了!"堂官听罢,端起盘子往外就走。蒋四爷便进了屋内,双膝跪倒。韩爷一见,翻转身面向里而卧,理也不理。蒋爷哭道:"二哥,你恼小弟,小弟深知。只是小弟委屈也要诉说明白了,就死也甘心的。当初五弟所做之事,自己逞强逞能,不顾国家法纪,急的大哥无地自容。若非小弟看破,大哥早已缢死在庞府墙外了。二哥,你老知道么?就是小弟离间二哥,也有一番深心。凡事皆是老五作成,人人皆知是锦毛鼠的能为,并不知有姓韩的在内。到了归齐,二哥却跟在里头打这不明不白的官司,岂不弱了彻地鼠之名呢?再者,小弟附和着大哥,务必要拿获五弟,并非忘了结义之情,这正是救护五弟之意。二哥难道不知他做的事么?若非遇见包恩相与诸相好,焉能保的住他毫无伤损,并且得官授职,又何尝委屈了他呢!你我弟兄五人,自陷空岛结义以来,朝夕聚首,原想不到今日。既有今日,我四人都受皇恩,相爷提拔,难道就忘却了二哥么？我弟兄四人在一处已经哭了好几场，大哥尤为伤怀，想会二哥。实对二哥说罢，小弟此番前来，一来奉着钦命，二来包相钧谕，三来大哥的分派，故此装模作样，扮成这番光景，遍处找寻二哥。小弟原有一番存心，若是找着了二哥固好；若是寻不着时，小弟从此也就出家，做个负屈含冤的老道罢了。"说至此，抽抽噎噎的哭起来了，他却偷着眼看韩彰。见韩爷用巾帕抹脸，知是伤了心了，暗道："有点活动了。"后又说道："天从人愿，不想今日在此遇见二哥。二哥反恼小弟，岂不把小弟一番好心倒埋没了？总而言之，好人难作。小弟既见了二哥，把曲折衷肠诉明，小弟也不想活着了，隐迹山林，找个无人之处自己痛哭一场，寻个自尽罢了。"说至此，声咽音哑，就要放声。

韩爷那里受得，由不得转过身来道："你的心，我都知道了。你言我行事太毒，你想想你做的事，未尝不狠。"蒋爷见韩爷转过身来，知他心意已回，听说他"做事太狠"，便急忙问道："不知小弟做什么狠事了，求二哥说明。"韩爷道："你诓我药，为何将两丸俱各拿去，致令我昨日险些儿丧了性命，这不是做事太狠么？"蒋爷听了，"噗哧"一声笑了，道："二哥若为此事恼我恨我，这可错怪了小弟了。你老自想想，一个小荷包儿有多大地方，当初若不将两丸药掏出，如何装的下那封字柬呢？再者，小弟又不是未卜先知，能够知道于某年某月某日某时我二哥受药镖，必要用此解药；若早知道，小弟偷时也要留个后手儿，预备给二哥救急儿，也省的你老恨我咧！"韩爷听了也笑了，伸手将蒋爷拉起来，问道："大哥、三弟、五弟可好？"蒋爷道："均好。"说毕，就在炕边上坐了。彼此提起前情，又伤感了一回。韩爷便说:"与花蝶比较,他用闪身计,是我一时忽略,故此受了他的毒镖。幸喜不重,赶回店来急忙配药,方能保得无事。"蒋爷听了念佛道:"这是吉人天相。"也将铁岭观遇见胡道泄机,"小弟只当是二哥被擒,谁知解救的却是龙涛",如何刺死吴道成,又如何反手刺伤了花蝶,他在钢刺下逃脱的话,说了一遍。韩爷听了,欢喜无限,道:"你这一刺,虽未伤他的性命,然而多少划他一下,一来惊他一惊,二来也算报了一镖之仇了。"二人正在谈论,忽见外面进来一人,扑翻身就给韩爷叩头,倒把韩爷唬了一跳。蒋爷连忙扶起,道:"二哥,此位便是捕快头目龙涛龙二哥。"韩二爷道:"久仰,久仰。恕我有贱恙,不能还礼。"龙涛道:"小人今日得遇二员外,实小人之万幸。务恳你老人家早早养好了贵体,与小人报了杀兄之仇,这便是爱惜龙涛了。"说罢,泪如雨下。蒋爷道:"龙二哥,你只管放心。俟我二哥好了,身体强健,必拿花贼与令兄报仇。我蒋平也是要助拿此贼的。"龙涛感谢不已。从此,蒋爷伏侍韩爷,又有龙涛帮着,更觉周到。闹了不多几日,韩爷伤痕已愈,精神复元。

一日,三人正在吃饭之时,却见夜星子冯七满头是汗,进来说道:"方才打二十里堡赶到此间,已然打听明白。姓花的因吃了大亏,又兼本县出票捕缉甚急,到处有线,难以居住,他竟逃往信阳,投奔郑家堡去了。"龙涛道:"既然如此,只好赶到信阳再作道理。"便叫冯七参见了二位员外,也就打横儿坐了。一同吃毕饭,韩爷问蒋爷道:"四弟,此事如何区处?"蒋爷道:"花蝶这厮万恶已极,断难容留。莫若二哥与小弟同上信阳,将花蝶拿获。一来除了恶患,二来与龙兄报了大仇,三来二哥到开封府也觉有些光彩。不知意下如何?"韩爷点头道:"你说的有理。只是如何去法呢?"蒋泽长道:"二哥仍是军官打扮,小弟照常道士形容。"龙涛道:"我与冯七做个小生意,临期看势作事。还有一事,我与欧阳爷、丁大官人原有旧约,如今既上信阳,须叫冯七到茉花村送信才是,省得他们二位徒往灶君祠奔驰。"夜星子听了满口应承,定准在诛龙桥西河神庙相见。龙涛又对韩、蒋二人道:"冯七这一去,尚有几天工夫,明日我先赶赴信阳,请二员外多将养几日。就是你们二位去时,一位军官,一位道者,也不便同行,只好俱在河神庙会齐便了。"蒋爷深以为是。计议已定,夜星子收拾收拾立刻起身,竟奔茉花村而来。

且言北侠与丁大爷来至茉花村,盘桓几日,真是义气相投,言语投机。一日提及花蝶,三人便要赴灶君祠之约。兆兰、兆蕙进内禀明了老母,丁母关碍着北侠,不好推托,老太太便立了一个主意,连忙吩咐厨房预备送行的酒席,明日好打发他等起身。北侠与丁氏弟兄欢天喜地,收拾行李,分派人跟随,忙乱了一天。到了掌灯时,饮酒吃饭直至二鼓。刚然用完了饭,忽见丫鬟来报道:"老太太方才说身体不爽,此时已然歇下了。"丁氏弟兄闻听,连忙跑到里面看视。见老太太在帐子内面向里和衣而卧,问之不应,半晌方说:"我这是无妨的,你们干你们的去。"丁氏弟兄那里敢挪寸步,伺候到四鼓之半,老太太方解衣安寝,二人才暗暗出来。来至待客厅,谁知北侠听说丁母欠安,也不敢就睡,独自在那里呆等听信。见了丁家弟兄出来,便问:"老伯母因何欠安?"大爷道:"家母有年岁之人,往往如此,反累吾兄挂心,不得安眠。"北侠道:"你我知己弟兄,非比外人家,这有什么呢?"丁二爷道:"此时家母业已安歇,吾兄可以安置罢,明日还要走路呢!"北侠道:"劣兄方才细想,此事也没甚要紧,二位贤弟原可以不必去,何况老伯母今日身体不爽呢。就是再迟三两日,也不为晚,总是老人家要紧。"丁氏昆仲连连称是,且到明日再看。彼此问了安置,弟兄二人仍上老太太那里去了。

到了次日,丁大爷先来至厅上,见北侠刚然梳洗。欧阳爷先问道:"伯母后半夜可安眠否?"兆兰道:"托赖兄长庇荫,老母后半夜颇好。"正说话间,兆蕙亦到,便问北侠:"今日可起身么?"北侠道:"尚在未定。俟伯母醒时,看老人家的光景再做道理。"忽见门上庄丁进来禀道:"外面有个姓冯的要求见欧阳爷、丁大爷。"北侠道:"他来的很好,将他叫进来。"庄丁回身,不多时,见一人跟庄丁进来,自说道:"小人夜星子冯七参见。"丁大爷问道:"你从何处而来?"冯七便将龙涛追下花蝶,观中遭擒,如何遇蒋爷搭救,刺死吴道成,惊走花蝶。又如何遇见韩二爷,现今打听明白花冲逃往信阳,大家俱定准在诛龙桥西河神庙相见的话,述说了一回。北侠道:"你几时回去?"冯七道:"小人特特前来送信,还要即刻赶到信阳,同龙二爷探听花蝶的下落呢。"丁大爷道:"既如此,也不便留你。"回头吩咐庄丁,取二两银子来赏与冯七。冯七叩谢,道:"小人还有盘费,大官人如何又赏许多?如若没有什么分派,小人也就要走了。"又对北侠道:"爷们去时,就在诛龙桥西河神庙相见。"北侠道:"是了,我知道了。那庙里方丈慧海我是认得的,手谈是极高明的。"冯七听了笑了一笑,告别去了。

谁知他们这里说话，兆蕙已然进内看视老太太出来。北侠问道："二弟，今日伯母如何？"丁二爷道："方才也替吾兄请了安了，家母说多承挂念。老人家虽比昨晚好些，只是精神稍减。"北侠道："莫怪劣兄说，老人家既然欠安，二位贤弟断断不可远离，况此事也没甚要紧。依我的主意，竟是我一人去到信阳，一来不至失约，二来我会同韩、蒋二人，再加上龙涛帮助，也可以敌的住姓花的了。二位贤弟以为何如？"兆兰、兆蕙原因老母欠安不敢远离，今听北侠如此说来，连忙答道："多承仁兄指教，我二人惟命是从。俟老母大愈后，我二人再赶赴信阳就是了。"北侠道："那也不必。即便去时，也不过去一人足矣，总要一位在家伺候伯母要紧。"丁家弟兄点头称是。早见伴当擦抹桌椅，调开座位，安放杯箸，摆上丰盛的酒席，这便是丁母吩咐预备饯行的。酒饭已毕，北侠提了包裹，彼此珍重了一番，送出庄外，执手分别。

　　不言丁氏昆仲回庄，在家奉母。单说北侠出了茉花村，上了大路，竟奔信阳而来，沿途观览山水。一日，来至信阳境界，猛然想起："人人却说诛龙桥下有诛龙剑，我虽然来过，并未赏玩。今日何不顺便看看，也不枉再游此地一番。"想罢，来至河边泊船之处雇船。船家迎将上来，道："客官要上诛龙桥看古迹的么？待小子伺候爷上赏玩一番何如？"北侠道："很好。但不知要多少船价？须要说明。"船家道："有甚要紧。只要客官畅快喜欢了，多赏些就是了。请问爷上，是独游还是要会客呢？可要伙食不要呢？"北侠道："也不会客，也不要伙食，独自一人，要游玩游玩。把我渡过桥西，河神庙下船便完了事了。"船家听了没有什么想头,登时怠儿慢儿的道:"如此说来,是要单座儿了。我们从早晨到此时并没开张,爷上一人,说不得走这一遭儿罢。多了也不敢说,破费爷赏四两银子罢。"俗语说的,"车船店脚牙",极是难缠的,他以为拿大价儿把欧阳爷难住,就拉了倒了。

不知北侠如何,且听下回分解。

第六十五回

北侠探奇毫无情趣　花蝶隐迹别有心机

且说北侠他乃挥金似土之人,既要遣兴赏奇,慢说是四两,就是四十两也是肯花的。想不到这个船家要价儿,竟会要在圈儿里头了。北侠道:"四两银子有甚要紧,只要俺看了诛龙剑,俺便照数赏你。"船家听了,又立刻精神百倍,满面堆下笑来奉承道:"小人看爷上是个慷慨怜下的,只要看看古迹儿,那在我们穷小子身上打算盘呢。伙计快搭跳板,搀爷上船。——到底灵便着些儿呀,吃饱了就发呆。"北侠道:"不用忙,也不用搀,俺自己会上船。"看跳板搭平稳了,略一垫步,轻轻来到船上。船家又嘱咐道:"爷上坐稳了,小人就要开船了。"北侠道:"俺晓得。只是纤绳要拉的慢着些儿,俺还要沿路观看江景呢。"船家道:"爷上放心。原为的是游玩,忙什么呢?"说罢,一篙撑开,顺流而下。奔至北岸,纤夫套上纤板,慢慢牵曳。船家掌舵,北侠坐在舟中。清波荡漾,芦花飘扬,衬着远山耸翠,古木撑青,一处处野店乡村,炊烟直上;一行行白鸥秋雁,掠水频翻。北侠对此三秋之景,虽则心旷神怡,难免几番浩叹,想人生光阴迅速,几辈英雄,而今何在?

正在观览叹息之际,忽听船家说道:"爷上请看,那边影影绰绰便是河神庙的旗杆,此处离诛龙桥不远了。"北侠听了,便要看古人

第六十五回　北侠探奇毫无情趣　花蝶隐迹别有心机

的遗迹,"不知此剑是何宝物,不料我今日又得瞻仰瞻仰。"早见船家将篙一撑荡开,悠悠扬扬竟奔诛龙桥而来。到此水势急溜,毫不费力,已从桥孔过去。北侠两眼左顾右盼,竟不见宝剑悬于何处。刚然要问,只见船已拢住,便要拉纤上河神庙去。北侠道:"你等且慢。俺原为游赏诛龙剑而来,如今并没看见剑在那里,如何就上河神庙呢?"船家道:"爷上才从桥下过,宝剑就在桥的下面,如何不玩赏呢?"北侠道:"方才左瞧右瞧,两旁并没有悬挂宝剑,你叫我玩赏什么呢?"船家听了,不觉笑道:"原来客官不知古迹所存之处,难道也没听见人说过么?"北侠道:"实实没有听见过,到了此时,倒要请教。"船家道:"人人皆知:'诛龙桥,诛龙剑;若要看,须仰面。'爷上为何不往上看呢?"北侠猛省,也笑道:"俺倒忘了,竟没仰面观看。没奈何,你等还将船拨转,俺既到此,再没有不看看之理。"船家便有些作难,道:"此处水急溜,而且回去是逆水,我二人又得出一身汗,岂不费工夫呢?"北侠心下明白,便道:"没甚要紧,俺回来加倍赏你们就是了。"船家听了,好生欢喜,便叫:"伙计,多费些气力罢,爷上有加倍赏呢!"二人踊跃非常,对篙将船往回撑起。

果然逆水难行,多大工夫方到了桥下。北侠也不左右顾盼,惟有仰面细细观瞧。不看则可,看了时,未免大扫其兴。你道什么诛龙剑?原来就在桥下石头上面刻的一把宝剑,上面有模模糊糊几个蝌蚪篆字。真是耳闻不如眼见,往往以讹传讹,说的奇特而又奇特,再遇个探奇好古的人,恨不得就要看看。及至身临其境,只落得"原来如此"四个大字,毫无一点的情趣。即如京师玉蝀金鳌,真是天造地设的美景,四时春夏秋冬各有佳景,岂是三言两语说得尽的呢。比如春日绿波初泛,碧柳依依,白鹭群飞,黄鹂对对;夏日则荷花馥郁,莲叶亭亭;秋日则鸥影翩翩,蝉声嘒嘒;冬日则池水结冰,再遇着瑞雪缤纷,真个是银妆世界一般。况且楼台阁殿,亭榭桥梁,无一不佳。然而每日走着,时常看着,习以为常,也就不理会了。就是北侠,他乃行侠作义之人,南北奔驰,什么美景没有看过,今日为个诛龙剑,白白的花了八两头,他算开了眼了,可瞧见石头上刻的暗八仙了。你说可笑不可笑?又遇船家纤夫不懂眼,使着劲儿撑住了船,动也不动。北侠问道:"为何不走?"船家道:"爷上赏玩尽兴,小人听吩咐方好开船。"北侠道:"此剑不过一目了然,俺已尽兴了。快开船罢,咱们上河神庙去罢。"他二人复又拨转船头,一直来到河神庙下船。北侠在兜肚内掏出一个锞子,又加上多半个,合了八两之数,赏给船家去了。

  北侠来到庙内,见有几个人围绕着一个大汉。这大汉地下放着一个笸箩,口中说道:"俺这煎饼是真正黄米面的,又有葱,又有酱,咬一口喷鼻香。赶热吓,赶热!"满嘴的怯话儿。旁边也有买着吃的。再细看大汉时,却是龙涛。北侠暗道:"他敢则早来了。"便上前故意的问道:"伙计,借光问一声。"龙涛抬头见是北侠,他却笑嘻嘻的说道:"客官爷问什么?"北侠道:"这庙内可有闲房?俺要等一个相知的朋友。"龙涛道:"巧咧,对劲儿。俺也是等乡亲的,就在这庙内落脚儿。俺是知道的,这庙内闲房多着咧!好体面屋子,雪洞儿似的,俺就是住不起。俺合庙内的老道在厨房里打通腿儿。没有什么

第六十五回　北侠探奇毫无情趣　花蝶隐迹别有心机　481

营生,就在柴锅里燀上了几张煎饼,作个小买卖。你老趁热也闹一张尝尝,包管喷鼻香。"北侠笑道:"不用,少时你在庙内燀几张新鲜的我吃。"龙涛道:"是咧。俺卖完了这个,再给你老燀几张去。你老要找这庙内当家的,他叫慧海,是个一等一的人儿,好多着咧。"北侠道:"承指教了。"转身进庙,见了慧海,彼此叙了阔情。本来素识,就在东厢房住下。到了下晚,北侠却暗暗与龙涛相会。言花蝶并未见来,就是韩、蒋二位也该来了。俟他们到来,再做道理。

这日北侠与和尚在方丈里下棋,忽见外面进来一位贵公子,衣服华美,品貌风流,手内提定马鞭子,向和尚执手。慧海连忙问讯。小和尚献茶,说起话来。原是个武生,姓胡,特来暂租寓所,访探相知的。北侠在旁细看,此人面上一团英气,只是二目光芒甚是不佳。暗道:"可惜这样人物,被这一双眼带累坏了,而且印堂带煞,必是不良之辈。"正在思索,忽听外面嚷道:"王第二的,王第二的!"说着话,扒着门往里瞧了瞧北侠,看了看公子。北侠早已看见是夜星子冯七。小和尚迎出来道:"你找谁?"冯七道:"俺姓张行三,找俺乡亲王第二的。"小和尚说:"你找卖煎饼的王二呀,他在后面厨房里呢,你从东角门进去就瞧见厨房了。"冯七道:"没狗吓?"小和尚道:"有狗也不怕,锁着呢。"冯七抽身往后去了。这里贵公子已然说明,就在西厢房暂住,留下五两定银,回身走了,说迟会儿再来。慧海送了公子回来,仍与北侠终局。北侠因记念着冯七,要问他花蝶的下落,胡乱下完那盘棋,却输与慧海七子。站起身来,回转东厢房,却见龙涛与冯七说着话出庙去了。

北侠连忙做散步的形景，慢慢的来到庙外。见他二人在那边大树下说话，北侠一见，暗暗送目，便往东走，二人紧紧跟随。到了无人之处，方问冯七道："你为何此时才来？"冯七道："小人自离了茉花村，第三日就遇见了花蝶。谁知这厮并不按站走路，二十里也是一天，三十里也是一天，他到处拉拢，所以迟至今日。他也上这庙里来了。"北侠道："难道方才那公子就是他么？"冯七道："正是。"北侠说："怨不的，我说那样一个人，怎么会有那样的眼光呢？原来就是他呀。怨不的说姓胡，其中暗指着蝴蝶呢。只是他也到此何事？"冯七道："这却不知。就是昨晚在店内，他合店小二打听小丹村来着，不知他是什么意思。"北侠又问韩、蒋二位。冯七道："路上却未遇见，想来也就该到了。"龙涛道："今日这厮既来至此，欧阳爷想着如何呢？"北侠道："不知他是什么意思，大家防备着就是了。"说罢，三人分散，仍然归到庙中。

　　到了晚间，北侠屋内却不点灯，从暗处见西厢房内灯光明亮。后来忽见灯影一晃，仿佛蝴蝶儿一般。又见噗的一声，把灯吹灭了。北侠暗道："这厮又要闹鬼了，倒要留神。"迟不多会，见槅扇略起一缝，一条黑线相似出了门，背立片时，原来是带门呢。见他脚尖滑地，好门道，好灵便，突突往后面去了。北侠暗暗夸奖："可惜这样好本事，为何不学好？"连忙出了东厢房，由东角门轻轻来到后面。见花蝶已上墙头，略一转身，落下去了。北侠赶到，飞身上墙，往下一望，却不见人。连忙纵下墙来，四下留神，毫无踪迹。暗道："这厮好快腿，果然本领不错。"忽见那边树上落下一人，奔向前来。北侠一见，却是冯七。又见龙涛来道："小子好快腿,好快腿!"三人聚在一处,再也测度不出花蝶往那里去了。北侠道："莫若你我仍然埋伏在此,等他回来。就怕他回来不从此走。"冯七道："此乃必由之地,白昼已瞧明白了。不然,我与龙二爷专在此处等他呢!"北侠道："既如此,你仍然上树。龙头领,你就在桥根之下。我在墙内等他。里外夹攻,再无不成功之理。"冯七听了说："很好,就是如此。我在树上瞭高,如他来时,抛砖为号。"三人计议已定,内外埋伏。谁知等了一夜,却不见花冲回来。

天已发晓,北侠来至前面开了山门。见龙涛与冯七来了,彼此相见,道："这厮那里去了?"于是同到西厢房,见槅扇虚掩。到了屋内一看,见北间床上有个小小包裹,打开看时,里面只一件花氅、官靴与公子巾。北侠叫冯七拿着,奔方丈而来。早见慧海出来,迎门问道："你们三位如何起的这般早?"北侠道："你丢了人了,你还不晓得吗?"和尚笑道："我出家人吃斋念佛,恪守清规,如何会丢人?别是你们三位有了什么故典了罢?"龙涛道："真是师父,丢了人咧。我三人都替师父找了一夜。"慧海道："王二,你的口音如何会改了呢?"冯七道："他也不姓王,我也不姓张。"和尚听了,好生诧异。北侠道："师父不要惊疑,且到方丈细谈。"

大家来至屋内,彼此就座。北侠方将龙涛、冯七名姓说出,"昨日租西厢房那人也不姓胡,他乃作孽的恶贼花冲,外号花蝴蝶,我们俱是为访拿此人到你这里。"就将夜间如何埋伏,他自从二更去后,至今并未回来的话说了一遍。慧海闻听吃了一惊,连忙接过包裹,打开一看,内有花氅一件、官靴、公子巾,别无他物。又到西厢房内一看,床边有马鞭子一把,心中惊异非常,道:"似此如之奈何?"

未知后文,且听下回分解。

第六十六回

盗珠灯花蝶遭擒获　救恶贼张华窃负逃

且说紫髯伯听和尚之言,答道:"这却无妨,他绝不肯回来了,只管收起来罢。我且问你,闻得此处有个小丹村,离此多远?"慧海道:"不过三四里之遥。"北侠道:"那里有乡绅富户,以及庵观娼妓无有呢?"和尚道:"有庵观,并无娼妓。那里不过是个庄村,并非镇店。若论乡绅,却有个勾乡宦。因告终养在家,极其孝母,家道殷实。因为老母吃斋念佛,他便盖造了一座佛楼,画栋雕梁,壮观之甚。漫说别的,就只他那宝珠海灯,便是无价之宝。上面用珍珠攒成缨络,排穗俱有宝石镶嵌。不用说点起来照彻明亮,就是平空看去,也是金碧交辉,耀人二目。那勾员外只要讨老母的喜欢,自己好善乐施,连我们庙里一年四季皆是有香资布施的。"北侠听了,便对龙涛道:"听师父之言,却有可疑。莫若冯七你到小丹村暗暗探听一番,看是如何。"冯七领命,飞也似的去了。龙涛便到厨房收拾饭食,北侠与和尚闲谈。

忽见外面进来一人,军官打扮,金黄面皮,细条身子,另有一番英雄气概,别具一番豪杰精神。和尚连忙站起相迎。那军官一眼看见北侠,道:"足下莫非欧阳兄么?"北侠道:"小弟欧阳春。尊兄贵姓?"那军官道:"小弟韩彰,久仰仁兄,恨不一见,今日幸会。仁兄几时到此?"北侠道:"弟来三日了。"韩爷道:"如此说来,龙头领与冯七他二人也早到了?"北侠道:"龙头领来在小弟之先,冯七是昨日才来。"韩爷道:"弟因有小恙,多将养了几日,故尔来迟,叫吾兄在此耐等,多多有罪。"说着话,彼此就座。却见龙涛从后面出来,见了韩爷便问:"四爷如何不来?"韩爷道:"随后也就到了。因他道士打扮,故在后走,不便同行。"正说之间,只见夜星子笑吟吟回来,见了韩彰道:"二员外来了么,来的正好,此事必须大家商议。"北侠问道:"你打听的如何?"冯七道:"欧阳爷料事如见。小人到了那里,细细探听,原来这小子昨晚真个到小丹村去了。不知如何被人拿住,又不知因何连伤二命,他又逃脱走了。早间勾乡宦业已呈报到官,还未出签缉捕呢。"大家听了,测摸不出,只得等蒋爷来再做道理。

你道花蝶因何上小丹村?只因他要投奔神手大圣邓车,猛然想起邓车生辰已近,素手前去,难以相见。早已闻得小丹村勾乡宦家有宝珠灯,价值连城。莫若盗了此灯,献与邓车,一来祝寿,二来有些光彩。这全是以小人待小人的形景,他那里知道此灯有许多的蹊跷。二更离了河神庙,一直奔到小丹村,以为马到成功,伸手就可拿来。谁知到了佛楼之上,见宝灯高悬,内注清油,明晃晃明如白昼。却有一根锁链,上边檩上有环,穿过去将这一头儿压在鼎炉的腿下。细细端详,须将香炉挪开,方能提住锁链,系下宝灯。他便挽袖掖衣,来至供桌之前,舒开双手,攥住炉耳,运动气力,往上一举。只听吱的一声,这鼎炉竟跑进佛龛去了。炉下桌子上却露出一个窟窿,系宝灯的链子也跑上房柁去了。花蝶暗说:"奇怪!"正在发呆,从桌上窟窿之内,探出两把挠钩,周周正正将两膀扣住。花蝶一见,不由的着急。两膀才待挣扎,又听下面吱吱吱吱连声响亮,觉的挠钩约有千斤沉重。往下一勒,花贼再也不能支持,两手一松,把两膀扣了个结实。他此时是手儿扶着,脖儿伸着,嘴儿拱着,身儿探着,腰儿哈着,臂儿弯着,头上蝴蝶儿颤着,腿儿弓着,脚后跟儿跷着,膝盖儿合着,眼子是撅着,真是福相样儿。谁知花蝶心中正在着急,只听下面哗啷哗啷铃铛乱响,早有人嚷道:"佛楼上有了贼了!"从胡梯上来了五六个人,手提绳索,先把花蝶拢住。然后主管拿着钥匙,从佛桌旁边入了锁,吱噔吱噔一拧,随拧随松,将挠钩解下。七手八脚把花蝶捆住了,推拥下楼。主管吩咐道:"夜已深了,明早再回员外罢。你等拿贼有功,俱各有赏。方才是谁的更班儿?"却见二人说道:"是我们俩的。"主管一看,是汪明、吴升,便道:"很好。就把此贼押在更楼之上,你们好好看守。明早我单回员外,加倍赏你们两个。"又吩咐帮拿之人道:"你们一同送至更楼,仍按次序走更巡逻,务要小心。"众人答应,俱奔东北更楼上,安置妥当,各自按拨走更了。

原来勾乡宦庄院极大,四角俱有更楼。每楼上更夫四名,轮流巡更,周而复始。如今汪明、吴升拿贼有功,免其坐更,叫他二人看贼。他二人兴兴头头,欢喜无限,看着花蝶道:"看他年轻轻的,什么干不得,偏要做贼,还要偷宝灯。那个灯也是你偷的?为那个灯,我们员外费了多少心机,好容易安上消息,你就想偷去咧!"正在说话,忽听下面叫道:"主管叫你们去一个人呢!"吴升道:"这必是先赏咱们点酒儿吃食。好兄弟,你辛苦辛苦,去一趟罢。"汪明道:"我去,你好生看着他。"回身便下楼去了。吴升在上面,忽听噗咚一声,便问道:"怎么咧?栽倒咧?没喝就醉……"话未说完,却见上来一人,凹面金腮,穿着一身皂衣,手持钢刀。吴升要嚷,只听咣嚓,头已落地。那人忽的一声跳上炕来,道:"朋友,俺乃病太岁张华。奉了邓大哥之命,原为珠灯而来。不想你已入圈套,待俺来救你。"说罢,挑开绳索,将花蝶背在身上,逃往邓家堡邓车那里去了。

及至走更人巡逻至此,见更楼下面躺着一人,执灯一照,却是汪明被人杀死。这一惊非小,连忙报与主管前来看视,便问:"吴升呢?"更夫说:"想是在更楼上面呢。"一叠连声唤道:"吴升!吴升!"那里有人答应。大家说:"且上去看看。"一看,罢咧!见吴升真是"无生"了:头在一处,尸在一处。炕上挑的绳索不少,贼已不知去向。主管看了这番光景,才着了慌了,也顾不的夜深了,连忙报与员外去了。员外闻听,急起来看,又细问了一番,方知道已先在佛楼上拿住一贼,因夜深未敢禀报。员外痛加申饬,言此事焉得不报。纵然不报,也该派人四下搜寻一回,更楼上多添人看守,不当如此粗心误事。主管后悔无及,惟有伏首认罪而已。勾乡宦无奈,只得据实禀报:如何拿获鬓边有蝴蝶的大盗,如何派人看守,如何更夫被杀,大盗逃脱的情节,一一写明,报到县内。此事一吵嚷,谁人不知,那个不晓。因此冯七来到小丹村,容容易易把此事打听回来。

大家听了说:"等四爷蒋平来时再做道理。"果然是日晚间蒋爷赶到,大家彼此相见了,就把花蝶之事述说一番。蒋泽长道:"水从源流树从根,这厮既然有投邓车之说,还须上邓家堡去找寻。谁叫小弟来迟，明日小弟就到邓家堡探访一番。可有一层，如若掌灯时小弟不回来，说不得众位哥哥们辛苦辛苦，赶到邓家堡方妥。"众人俱各应允。饮酒叙话，吃毕晚饭，大家安息。一宿不提。

到了次日，蒋平仍是道家打扮，提了算命招子，拿上渔鼓、简板，竟奔邓家堡而来。谁知这日正是邓车生日，蒋爷来到门前，踱来踱去。恰好邓车送出一人来，却是病太岁张华。因昨夜救了花蝶，听花蝶说，近来霸王庄马强与襄阳王交好，极其亲密，意欲邀同邓车前去。邓车听了，满心欢喜，就叫花冲写了一封书信，特差张华前去投递。不想花蝶也送出来，一眼瞧见蒋平，兜的心内一动，便道："邓大哥，把那唱道情的叫进来，我有话说。"邓车即吩咐家人，把那道者带进来。蒋四爷便跟定家丁进了门，见厅上邓车、花冲二人上坐。花冲不等邓车吩咐，便叫家人快把那老道带来。邓车不知何意。

少时蒋爷步上台阶，进入屋内，放下招子、渔鼓、板儿，从从容容的稽首道："小道有礼了，不知施主唤进小道有何吩咐？"花冲说："我且问你，你姓什么？"蒋平道："小道姓张。"花冲说："你是自小儿出家，还是半路儿呢？还是故意儿假扮出道家的样子要访什么事呢？要实实说来。快讲，快讲！"邓车在旁听了，甚不明白，便道："贤弟，你此问却是为何？"花冲道："大哥有所不知，只因在铁岭观小弟被人暗算，险些儿丧了性命。后来在月光之下，虽然看不真切，见他身材瘦小，脚步伶便，与这道士颇颇相仿。故此小弟倒要盘问盘问他。"说毕，回头对蒋平道："你到底说呀，为何迟疑呢？"蒋爷见花蝶说出真病，暗道："小子真好眼力，果然不错。倒要留神！"方说道："二位施主攀话，小道如何敢插言说话呢？小道原因家寒，毫无养赡，实实半路出家，仗着算命弄几个钱吃饭。"花蝶道："你可认得我么？"蒋爷假意笑道："小道刚到宝庄，如何认得施主？"花冲冷笑道："俺的性命险些儿被你暗算，你还说不认得呢！大约束手问你，你也不应。"站起身来进屋内，不多时，手内提着一把枯藤鞭子来，凑至蒋平身边，道："你敢不说实话么？"蒋爷知他必要拷打，暗道："小子，你这皮鞭谅也打不动四太爷。瞧不的你四爷一身干肉，你觍面来试，够你小子啃个酒儿的。"这正是艺高人胆大，蒋爷竟不慌不忙的答道："实是半路出家的，何必施主追问呢？"花冲听了，不由气往上撞，将手一扬，唰唰唰唰就是几下子。蒋四爷故意的"嗳哟"道："施主这是为何？平空把小道叫进宅来，不分青红皂白就把小道乱打起来。我乃出家之人，这是什么道理？嗳哟，嗳哟！这是从那里说起。"邓车在旁看不过眼，向前拦住道："贤弟，不可，不可！"

不知邓车说什么话来，且听下回分解。

第六十七回

紫髯伯庭前敌邓车　蒋泽长桥下擒花蝶

且说邓车拦住花冲道："贤弟不可。天下人面貌相同的极多,你知他就是那刺你之人吗?且看为兄分上,不可误赖好人。"花蝶气冲冲的坐在那里,邓车便叫家人带道士出去。蒋平道："无缘无故将我抽打一顿,这是那里晦气!"花蝶听说"晦气"二字,站起身来又要打他,多亏了邓车拦住。旁边家人也向蒋平劝道："道爷你少说一句罢,随我快走罢。"蒋爷说："叫我走,到底拿我东西来,难道硬留下不成!"家人道："你有什么东西?"蒋爷道："我的鼓板、招子。"家人回身,刚要拿起渔鼓、简板,只听花冲道："不用给他,看他怎么样?"邓车站起笑道："贤弟,既叫他去,又何必留他的东西,倒叫他出去说混话,闹的好说不好听的做什么!"一壁说着,一壁将招子拿起。

邓车原想不到招子有分量的,刚一拿,手一脱落,将招子摔在地下。心下转想道："吓,他这招子如何恁般沉重?"又拿起仔细一看,谁知摔在地下时,就把钢刺露出一寸有馀。邓车看了,顺手往外一抽,原来是一把极锋芒的三棱鹅眉钢刺。一声"嗳呀","好恶道吓,快与我绑了!"花蝶早已看见邓车手内擎着钢刺,连忙过来道："大哥,我说如何?明明是刺我之人,大约就是这个家伙。且不要性急,须慢慢的拷打他,问他到底是谁,何人主使,为何与我等作对?"邓车听了，吩咐家人们拿皮鞭来。蒋爷到了此时，只得横了心预备挨打。花冲把椅子挪出，先叫家人乱抽一顿，只不要打他致命之处，慢慢的拷打他。打了多时，蒋爷浑身伤痕已然不少。花蝶问道："你还不实说么？"蒋爷道："出家人没有什么说的。"邓车道："我且问你，你既出家，要这钢刺何用？"蒋爷道："出家人随遇而安，并无庵观寺院，随方居住。若是行路迟了，或起身早了，难道就无个防身的家伙么？我这钢刺是防范歹人的，为何施主便迟疑了呢？"邓车暗道："是呀，自古吕祖尚有宝剑防身，他是个云游道人，毫无定止，难道就不准他带个防身的家伙么？此事我未免莽撞了。"

花蝶见邓车沉吟，惟恐又有反悔，连忙上前道："大哥请歇息去，待小弟慢慢的拷他。"回头吩咐家人，将他抬到前面空房内，高高吊起。自己打了，又叫家人打。蒋爷先前还折辩，到后来知道不免，索性不言语了。花蝶见他不言语，暗自思道："我与家人打的工夫也不小了，他却毫不承认。若非有本领的，如何禁的起这一顿打？"他只顾思索，谁知早有人悄悄的告诉邓车，说那道士打的不言语了。邓车听了，心中好生难安，想道："花冲也太不留情了，这又不是他家，何苦把个道士活活的治死。虽为出气，难道我也不嫌个忌讳么？我若十分拦他，又恐他笑我，说我不担事，胆特小了。也罢，我须如此，他大约再也没有说的。"想罢，来到前面，只见花冲还在那里打呢。再看道士时，浑身抽的衣服狼籍不堪，身无完肤。邓车笑吟吟上前道："贤弟，你该歇息歇息了。自早晨吃了些寿面，到了此时，可也饿了。酒筵已然摆妥，非是劣兄给他讨情，今日原是贱辰，难道为他耽误了咱们的寿酒吗？"一番话把个花冲提醒，忙放下皮鞭道："望大哥恕小弟忘神，皆因一时气忿，就把大哥的千秋忘了。"转身随邓车出来，却又吩咐家人："好好看守，不许躲懒贪酒，候明日再细细的拷问。若有差错，我可不依你们，惟你们几个人是问。"二人一同往后面去了。

这里家人也有抱怨花蝶的，说他无缘无故不知那里的邪气；也有说给我们添差使，还要充二号主子；又有可怜道士的，自午间揉搓到这时，浑身打了个稀烂，也不知是那葫芦药。便有人上前悄悄的问道："道爷，你喝点儿罢！"蒋爷哼了一声。旁边又有人道："别给他凉水喝，不是顽的。与其给他水喝，现放着酒热热的给他温一碗，不比水强么？"那个说："真个的，你看着他，我就给他温酒去。"不多时，端了一碗热腾腾的酒。二人偷偷的把蒋爷系下来，却不敢松去了绳绑，一个在后面轻轻的扶起，一个在前面端着酒喂他。蒋爷一连呷了几口，觉得心神已定，略喘息喘息，便把馀酒一气饮干。

此时天已渐渐的黑上来了，蒋爷暗想道："大约欧阳兄与我二哥差不多的也该来了。"忽听家人说道："二兄弟，你我从早晨闹到这咱晚了，我饿的受不得了。"那人答道："大哥，我早就饿了。怎么他们也不来替换替换呢？"这人道："老二，你想想咱们共总多少人。如今他们在上头打发饭，还有空儿替换咱们吗？"蒋爷听了便插言道："你们二位只管吃饭。我四肢捆绑，又是一身伤痕，还跑的了我么？"两个家人听了，道："漫说你跑不了，你就是真跑了，这也不是我们正宗差使，也没甚要紧。你且养着精神，咱们回来再见。"说罢，二人出了空房，将门倒扣，往后面去了。

谁知欧阳春与韩彰早已来了。二人在房上瞭望,不知蒋爷在于何处。欧阳春便递了暗号,叫韩彰在房上瞭望,自己却也找寻蒋平。找到前面空房之外,正听见二人嚷饿。后来听他二人往后面去了,北侠便进屋内,蒋爷知道救兵到了。北侠将绳绑挑开,蒋爷悄悄道:"我这浑身伤痕却没要紧,只是四肢捆的麻了,一时血脉不能周流,须把我夹着,安置个去处方好。"北侠道:"放心,随我来。"一伸臂膀,将四爷夹起,往东就走。过了夹道,出了角门,却是花园。四下一望,并无可以安身的去处。走了几步,见那边有一架葡萄架,幸喜不甚过高。北侠悄悄道:"且屈四弟在这架上罢。"说罢左手一顺,将蒋爷双手托起,如举小孩子一般,轻轻放在架上,转身从背后皮鞘内将七宝刀抽出,竟奔前厅而来。

谁知看守蒋爷的二人吃饭回来,见空房子门已开了,道士也不见了,一时惊慌无措,忙跑到厅上报与花蝶、邓车。他二人听了就知不好,也无暇细问。花蝶提了利刃,邓车摘下铁靶弓,跨上铁弹子袋,手内拿了三个弹子。刚出厅房,早见北侠持刀已到。邓车扣上弹子,把手一扬,飕的就是一弹。北侠知他弹子有功夫,早已防备。见他把手一扬,却把宝刀扁着一迎,只听当的一声,弹子落地。邓车见打不着来人,一连就是三弹。只听当当当响了三声,俱各打落在地。邓车暗暗吃惊说:"这人技艺超群!"便顺手在袋内掏出数枚,连珠发出。只听叮叮当当犹如打铁一般。旁边花蝶看的明白,见对面这一个人并不介意,他却脚下使劲,一个箭步,以为帮虎吃食,可以成功。不想忽觉脑后生风,觉着有人。一回头,见明晃晃的钢刀劈将下来,说声

"不好",将身一闪,翻手往上一迎。那里知道韩爷势猛刀沉,他是翻腕迎的不得力,刀对刀只听咯当一声,他的刀早已飞起数步,当啷啷落在尘埃。花蝶那里还有魂咧!一伏身奔了角门,往后花园去了。慌不择路,无处藏身,他便到葡萄架根下将身一蹲,以为他算是葡萄老根儿。他如何想的到架上头还有个人呢。

　　蒋爷在架上四肢刚然活动,猛听脚步声响,定睛细看,见一人奔到此处不动,隐隐头上有黑影儿乱晃,正是花蝶。蒋爷暗道:"我的钢刺被他们拿去,手无寸铁,难道眼瞅着小子藏在此处就罢了不成?有了,我何不砸他一下子,也出一出拷打的恶气!"想罢,轻蜷两腿,紧抱双肩,往下一翻身,噗哧的一声,正砸在花蝶的身上。把花蝶砸的往前一扑,险些儿嘴按地,幸亏两手扶住。只觉两耳嘤的一声,双睛金星乱迸,说声:"不好,此处有了埋伏了。"一挺身,跟里跟跄奔那边墙根去了。

　　此时韩彰赶到,蒋爷爬起来道:"二哥,那厮往北跑了!"韩彰嚷道:"奸贼,往那里走?"紧紧赶来。看看追上,花蝶将身一纵,上了墙头。韩爷将刀一撇,花蝶业已跃下,咕嘟咕嘟往东飞跑。跑过墙角,忽见有人嚷道:"那里走,龙涛在此。"飕的就是一棍。好花蝶,身体灵便,转身复往西跑。谁知早有韩爷拦住。南面是墙,北面是护庄河,花蝶往来奔驰许久,心神已乱,眼光迷离,只得奔板桥而来。刚刚到了桥的中间,却被一人劈胸抱住,道:"小子,你不洗澡吗?"二人便滚下桥去。花蝶不识水性,那里还能挣扎。原来抱花蝶的就是蒋平。他同韩彰跃出墙来,便在此桥埋伏。到了水中,虽然不深,他却掐住花蝶的脖项，往水中一浸，连浸了几口水，花蝶已然人事不知了。此时韩爷与龙涛、冯七俱各赶上。蒋爷托起花蝶，龙涛提上木桥，与冯七将他绑好。蒋爷蹿将上来，道："好冷！"韩爷道："你等绕到前面，我接应欧阳兄去。"说罢，一跃身跳入墙内。

且说北侠刀磕铁弹，邓车心慌，已将三十二子打完，敌人不退，正在着急，韩爷赶到，嚷道："花蝶已然被擒，谅你有多大本领？俺来也！"邓车闻听，不敢抵敌，将身一纵，从房上逃走去了。北侠也不追赶，见了韩彰，言花蝶已擒，现在庄外。说话间，龙涛背花蝶，蒋爷与冯七在后，来至厅前，放下花蝶。蒋爷道："好冷，好冷！"韩爷道："我有道理。"持着刀往后面去了。不多时，提了一包衣服来，道："原来姓邓的并无家小，家人们也藏躲了，四弟来换衣服。"蒋平更换衣服之时，谁知冯七听韩爷说后面无人，便去到厨房，将柴炭抱了许多，登时点着烘起来。蒋平换了衣服出来，道："趁着这厮昏迷之际，且松了绑。那里还有衣服，也与他换了。天气寒冷，若把他噤死了反为不美。"龙涛、冯七听说有理，急忙与花蝶换妥，仍然绑缚。一壁控他的水，一壁向着火，小子闹了个"水火既济"。

韩爷又见厅上摆着盛筵，大家也都饿了，彼此就座，快吃痛饮。蒋爷一眼瞧见钢刺，急忙佩在身边。只听花蝶呻吟道："淹死我也。"冯七出来将他搀进屋内。花蝶在灯光之下一看，见上面一人，碧睛紫髯；左首一人，金黄面皮；右首一人，形容枯瘦，正是那个道士；下面还有个黑脸大汉，又是铁岭观被擒之人。看了半日，不解是何缘故。只见蒋爷斟了一杯热酒，来到花蝶面前，道："姓花的，事已如此，不必迟疑。你且喝杯热酒,暖暖寒。"花蝶问道:"你到底是谁?为何与俺作对?"蒋爷道:"你作的事你还不知道么?玷污妇女名节,造孽多端,人人切齿,个个含冤。因此,我等抱不平之气,才特特前来拿你。若问我,我便是陷空岛四鼠蒋平。"花蝶道:"你莫非称翻江鼠的蒋泽长么?"蒋爷道:"正是。"花蝶道:"好,好,名不虚传。俺花冲被你拿住,也不受辱于我。快拿酒来!"蒋爷端到他唇边,花冲一饮而尽。又问道:"那上边的又是何人?"蒋爷道:"那是北侠欧阳春。那边是我二哥韩彰。这边是捕快头目龙涛。"花蝶道:"罢了,罢了。也是我花冲所行不正,所以惹得你等的义气。今日被擒,正是我自作自受。你们意欲将我置于何地?"蒋爷道:"大丈夫敢作敢当方是男子。明早将你解到县内,完结了勾乡宦家杀死更夫一案,便将你解赴东京,任凭开封府发落。"花蝶听了,便低头不语。此时天已微明,先叫冯七到县内呈报去了。北侠道:"劣兄有言奉告:如今此事完结,我还要回茉花村去。一来你们官事我不便混在里面;二来因双侠之令妹于冬底还要与展南侠毕姻,面恳至再,是以我必须回去。"韩、蒋二人难以强留,只得应允。

不多时,县内派了差役跟随冯七前来,起解花冲到县。北侠与韩、蒋二人同出了邓家堡,彼此执手分别。北侠仍回茉花村,韩、蒋二人同到县衙。惟有邓车悄悄回家,听说花冲被擒,他恐官司连累,忙忙收拾收拾,竟奔霸王庄去了,后文再表。

不知花冲到县如何,且听下回分解。

第六十八回

花蝶正法展昭完姻　双侠饯行静修测字

且说蒋、韩二位来到县前,蒋爷先将开封的印票拿出,投递进去。县官看了,连忙请至书房款待。问明底细,立刻升堂。花冲并无推诿,甘心承认。县官急速办了详文,派差跟随韩、蒋、龙涛等押解花冲起身。一路上小心防范,逢州过县,皆是添役护送。

一日,来至东京,蒋爷先至公厅,见了众位英雄,彼此问了寒暄。卢方先问:"找的二弟如何?"蒋平便将始末述说了一遍,"现今押解着花冲,随后就到。"大家欢喜无限。卢方、徐庆、白玉堂,展昭相陪,迎接韩彰。蒋爷连忙换了服色,来到书房回禀包公。包公甚喜,即命包兴传出话来:"如若韩义士到来,请到书房相见。"

此时卢方等已迎着韩彰,结义弟兄彼此相见了,自是悲喜交集。南侠见了韩爷,更觉亲热。暂将花冲押在班房,大家同定韩爷来至公所,各通姓名相见。独到了马汉,徐庆道:"二哥,你老弩箭误伤的就是此人。"韩爷听了不好意思,连连谢罪。马汉道:"三弟,如今俱是一家人了,你何必又提此事!"赵虎道:"不知者不作罪,不打不成相与。以后谁要忌妒谁,他就不是好汉,就是个小人了。"大众俱各大笑。公孙先生道:"方才相爷传出话来,如若韩兄到来,即请书房相见。韩兄就同小弟先到书房要紧。"韩彰便随公孙先生去了。

第六十八回　花蝶正法展昭完姻　双侠饯行静修测字

这里南侠吩咐备办酒席,与韩、蒋二位接风。不多时,公孙策等出来,刚至茶房门前,见张老儿带定邓九如在那里恭候。九如见了韩爷,向前深深一揖,口称:"韩伯伯在上,小侄有礼。"韩爷见是个宦家公子,连忙还礼,一时忘怀,再也想不起是谁来。张老儿道:"军官爷,难道把汤圆铺的张老儿忘了么?"韩爷猛然想起,道:"你二人为何在此?"包兴便将在酒楼相遇,带至开封,我家三公子奉相谕,将公子认为义子的话说了一遍。韩爷听了,欢喜道:"真是福随貌转,我如何认得。如此说,公子请了!"大家笑着来至公所之内。见酒筵业已齐备,大家谦逊,彼此就座。卢方便问:"见了相爷如何?"公孙策道:"相爷见了韩兄,甚是欢喜,说了好些渴想之言。已吩咐小弟速办摺子,就以拿获花冲,韩兄押解到京为题,明早奏启。大约此摺一上,韩兄必有好处。"卢方道:"全仗贤弟扶持。"韩爷又叫伴当将龙涛请进来,大家见了。韩爷道:"多承龙兄一路勤劳,方才已回禀相爷,俟事毕之后,回去不迟。所有护送差役,俱各有赏。"龙涛道:"小人仰赖二爷、四爷拿获花冲,只要报仇雪恨,龙涛生平之愿足矣。"话刚至此,只见包兴传出话来,道:"相爷吩咐,立刻带花冲二堂听审。"公孙先生、王、马、张、赵等听了,连忙到二堂伺候去了。

这里无执事的,暂且饮酒叙说。南侠便问花蝶事体,韩爷便述说一番。又深赞他人物本领,惜乎一宗大毛病,把个人带累坏了。正说之间,王、马、张、赵等俱各出来。赵虎连声夸道:"好人物,好胆量!就是他所作之事不端,可惜了!"众人便问相爷审的如何。王朝、马汉道:"何用审问,他自己俱各通说了。实实罪在不赦,招已画了。

此时相爷与公孙先生拟他的罪名，明日启奏。"不多时，公孙策出来道："若论他杀害人命，实在不少，惟独玷污妇女一节较重，理应凌迟处死。相爷从轻，改了个斩立决。"龙涛听了，心内畅快。大家从新饮酒，喜悦非常。饮毕各自安歇。

到了次日，包公上朝摺递。圣心大悦，立刻召见韩彰，也封了校尉之职。花冲罪名依议。包相就派祥符县监斩，仍是龙涛、冯七带领衙役押赴市曹行刑。回来到了开封，见众英雄正与韩彰贺喜，龙涛又谢了韩、蒋二人，他要回去。韩爷、蒋爷二位赠了龙涛百金，所有差役俱各赏赐，各回本县去了。龙涛从此也不在县内当差了。这里众英雄欢喜聚在一处，快乐非常，除了料理官事之外，便是饮酒作乐。卢方等又在衙门就近处置了寓所，仍是五人同居。自闹东京弟兄分手，至此方能团聚。除了卢方一年回家两次，收取地租，其余四人就在此处居住，当差供职，甚是方便。南侠原是丁大爷给盖的房屋，预备毕姻。因日期近了，也就张罗起来。不多几日，丁大爷同老母、妹子来京，南侠早已预备了下处。众朋友俱各前来看望，都要会会北侠。谁知欧阳春再也不肯上东京，同丁二爷在家看家，众人也只得罢了。到了临期，所有迎妆嫁娶之事，也不必细说。

南侠毕姻之后，就将丁母请来同居，每日与丁大爷会同众朋友欢聚。刚然过了新年，丁母便要回去。众英雄与丁大爷义气相投，恋恋难舍。今日你请，明日我邀，这个送行，那个饯别，聚了多少日期，好容易方才起身。

丁兆兰随着丁母回到家中，见了北侠，说起："开封府的朋友，人人羡慕大哥,恨不得见面,抱怨小弟不了。"北侠道:"多承众位朋友的惜爱,实是劣兄不惯应酬。如今贤弟回来,诸事已毕,劣兄也就要告辞了。"丁大爷听了诧异道:"仁兄却是为何?难道小弟不在家时,舍弟有什么不到之处么?"北侠笑道:"你我岂是那样的朋友?贤弟不要多心。劣兄有个贱恙:若要闲的日子多了,便要生病,所谓劳人不可多逸,逸则便不消受了。这些日子贤弟不来,已觉焦心烦躁,如今既来了,必须放我前去,庶免灾缠病绕。"兆兰道:"既如此,小弟与仁兄同去。"北侠道:"那如何使得!你非劣兄可比。现在老伯母在堂,而且妹子新嫁,更要二位贤弟不时的在膝下承欢,省得老人家寂寞。再者劣兄出去闲游,毫无定所。难道贤弟就忘了'游必有方'吗?"兆兰、兆蕙听见北侠之言,是决意要去的,只得说道:"既如此,再屈留仁兄两日,俟后日起身如何?"北侠只得应允。这两日的欢聚,自不必说。到了第三日,兆兰、兆蕙备了酒席,与北侠饯行,并问现欲何往。北侠道:"还是上杭州一游。"饮酒后,提了包裹,双侠送至庄外,各道珍重,彼此分手。

北侠上了大路,散步逍遥,逢山玩山,遇水赏水,凡有古人遗迹,再没有不游览的。一日,来至仁和县境内,见一带松树稠密,远远见旗杆高出青霄。北侠想道:"这必是个大寺院,何不瞻仰瞻仰。"来到庙前一看,见匾额上镌着"盘古寺"三字,殿宇墙垣极其齐整。北侠放下包裹,拂去尘垢,端正衣襟,方携了包裹步入庙中。上了大殿,瞻仰圣像,却是"三皇"。才礼拜毕,只见出来一个和尚,年纪不足三旬,见了北侠问讯。北侠连忙还礼,问道:"令师可在庙中么?"和尚道:"在后面。施主敢是找师父么?"北侠道:"我因路过宝刹,一来拜访令师,二来讨杯茶吃。"和尚道:"请到客堂待茶。"说罢,在前引路,来到客堂。真是窗明几净,朴而不俗。和尚张罗煮茶,不多一会,茶已烹到。早见出来个老和尚,年纪约有七旬,面如童颜,精神百倍。见了北侠,问了姓名,北侠一一答对。又问:"吾师上下?"和尚答道:"上静下修。"二人一问一答,谈了多时,彼此敬爱。看看天已晚了,和尚献斋。北侠也不推辞,随喜吃了。和尚更觉欢喜,便留北侠多盘桓几日。北侠甚合心意,便住了。晚间无事,因提起手谈,谁知静修更是酷好。二人就在灯下下了一局,不相上下。萍水相逢,遂成莫逆。北侠一连住了几日。

这日早晨,北侠拿出一锭银来交与静修,作为房金。和尚那里肯受,道:"我这庙内香火极多,客官就是住上一年半载,这点薪水之用,足以供的起。千万莫要多心。"北侠道:"虽然如此,我心甚是不安。权作香资,莫要推辞。"静修只得收了。北侠道:"吾师无事,还要领一局,肯赐教否?"静修道:"争奈老僧力弱,恐非敌手。"北侠道:"不吝教足矣,何必太谦。"二人放下棋枰,对弈多时。忽见外面进来一个儒者,衣衫褴褛,形容枯瘦,手内持定几幅对联,望着二人一揖。北侠连忙还礼,道:"有何见教?"儒者道:"学生贫困无资,写得几幅对联,望祈居士资助一二。"和尚听了,便立起身来,接过对联,打开一看,不由的失声叫好。

未知静修说出什么话来,且听下回分解。

第六十九回

杜雍课读侍妾调奸　　秦昌赔罪丫鬟丧命

　　且说静修和尚打开对联一看,见写的笔法雄健,字体遒劲,不由的连声赞道:"好书法,好书法!"又往儒者脸上一望,见他虽然穷苦,颇含秀气,而且气度不凡。不由的慈悲心一动,便叫儒者将字放下,吩咐小和尚带到后面,梳洗净面,款待斋饭。儒者听了,深深一揖,随着和尚后面去了。北侠道:"我见此人颇颇有些正气,绝非假冒斯文。"静修道:"正是。老僧方才看他骨格清奇,更非久居人下之客。"说罢,复又下棋。

　　刚然终局,只见进来一人,年约四旬以外,和尚却认得是秦家庄员外秦昌。连忙让座,道:"施主何来,这等高兴?"秦员外道:"无事不敢擅造宝刹。只因我这几日心神有些不安,特来恳求吾师一卜。"和尚笑道:"此话从何说起。老僧是不会占卜的,员外听谁说来?"秦昌道:"出家人不该打诳语。曾记那年,敝庄有个王老儿,为孙子得病愁烦。是吾师问他因何愁烦,他说出缘故。吾师道:'你说一个字来,我与你测一测。'他因常看古人词上有简笔字,他就写了个夗央的'夗'字。刚然写完,吾师正在测度之际,忽然一阵风将纸条吹起。他忙用镇纸一押,不偏不正押在'夗'字头上。吾师就长叹了一声,道:'你这小孙儿是不能活的了,你快回去罢。'老王听了即刻回家,谁知他那孙子就死了。因此他就传扬开了,说吾师神卜。谁人不知,如何单单的瞒我呢?"静修笑道:"这原是一时的灵机,不过测测字,如何算得会卜呢?"秦昌道:"吾师既能测字,何妨给我测个字呢。"静修没法儿,只得说道:"既如此,这到容易。员外就说一个字,待老僧测测看。说的是了,员外别喜欢;说的不是了,员外也别恼。"秦昌道:"君子问祸不问福。方才吾师说'容易',就是这个'容'字罢。"静修写出来,端详了多时,道:"此字无偏无倚,却是个端正字体。按字意说来,有容德乃大,无欺心自安。员外作事光明,毫无欺心,这是好处。然凡事须有涵容,不可急躁,未免急则生变,与事就不相宜了。员外以后总要涵容,遇事存在心里,管保遇难成祥,转祸为福。老僧为何说这个话呢?只因此字拆开看有些不妙。员外请看,此字若拆看,是个穴下有人口,若要不涵容,惟恐人口不利。这也是老僧妄说,员外休要见怪。"员外道:"多承吾师指教,焉有见怪之理。"

北侠在旁听了,颇有意思,连忙说道:"吾师也替我测一字。"静修道:"善哉,善哉!今日老僧如何造起口孽来了。快请说字罢。"北侠道:"就是'善'字罢。"静修思索了一番,道:"此字也是端正字体。善乃人之本性,作善降之百祥,作不善降之百殃。善是随在皆有,处处存心为善,济困扶危,剪恶除强,瞧着行事狠毒,细细想来,却是一片好心,这方是真善。再按此字拆开,居士平生多义气,廿载入空门。将来二十年后,也不过老僧而已。"北侠听了,连连称是,"承教,承教!佩服,佩服!"

谁知说话间,秦昌屡盼桌上的对联。见静修将字测完,方立起身来,把对联拉开一看,连声夸赞:"好字,好字!这是吾师的大笔么?"静修道:"老僧如何写的来!这是方才一儒者卖的。"秦昌道:"此人姓甚名谁,现在何处?"静修道:"现在后面。他原是求资助的,并未问他姓名。"秦昌道:"如此说来,是个寒儒了。我为小儿,屡欲延师训诲,未得其人。如今既有儒者,吾师何不代为聘请,岂不两便么?"静修笑道:"延师之道,理宜恭敬,不可因他是寒士,便藐视于他。似如此草率,非待读书人之礼。"秦昌立起身来道:"吾师责备的甚是。但弟子惟恐错过机会,不得其人,故此觉得草率了。"连忙将外面家童唤进来,吩咐道:"你速速到家将衣帽靴衫取来,并将马快快备两匹来。"静修见他延师心胜,只得将儒者请来。谁知儒者到了后面,用热水洗去尘垢,更觉满面光华,秀色可餐。秦昌一见,欢喜非常,连忙延至上座,自己在下面相陪。

原来此人姓杜名雍,是个饱学儒流,一生性气刚直,又是个落落寡合之人。静修便将秦昌延请之意说了,杜雍却甚愿意,秦昌乐不可言。少时家童将衣衫靴帽取来,秦昌恭恭敬敬奉与杜雍。杜雍却不推辞,将通身换了,更觉落落大方。秦昌别了静修、北侠,便与杜雍同行。出了山门,秦昌便要坠镫,杜雍不肯,谦让多时。二人乘马,来至庄前下马,家童引路来到书房。献茶已毕,即叫家人将学生唤出。

原来秦昌之子名叫国璧,年方十一岁。安人郑氏,三旬以外年纪。有一妾,名叫碧蟾。丫鬟、仆妇不少,其中有个大丫鬟名叫彩凤,服侍郑氏的;小丫鬟名叫彩霞,服侍碧蟾的。外面有执事四人:进宝、进财、进禄、进喜。秦昌虽然四旬年纪,还有自小儿的乳母白氏,年已七旬将近。人丁算来也有三四十口,家道饶馀。员外因一生未能读书,深以为憾,故此为国璧谆谆延师,也为改换门庭之意。

自拜了先生之后,一切肴馔甚是精美。秦昌虽未读过书,却深知敬先生,也就难为他。往往有那不读书的人,以为先生的饭食随便俱可,漫不经心的很多,那似这秦员外拿着先生当敬天神的一般。每逢自己讨取帐目之时,便嘱咐郑氏安人,先生饭食要紧,不可草率,务要小心。即或安人不得暇,就叫彩凤照料,习以为常,谁知早已惹起侍妾的疑忌来了。一日,员外又去讨帐,临行嘱咐安人与大丫头:先生处务要留神,好好款待。员外去后,彩凤照料了饭食,叫人送至书房。碧蟾也便悄悄随至书房,在窗外偷看。见先生眉清目秀,三旬年纪,儒雅之甚。不看则已,看了时,邪心顿起。

也是活该有事。这日,偏偏员外与国璧告了半天假,带他去探亲。碧蟾听了此信,暗道:"许他们给先生做菜,难道我就不许么?"便亲手做了几样菜,用个小盒盛了,叫小丫头彩霞送至书房。不多时回来了,他便问:"先生做什么呢?"彩霞道:"在那里看书呢。"碧蟾道:"说什么没有?"丫鬟道:"他说:'往日俱是家童送饭,今日为何你来?快回去罢。'将盒放在那里,我就来了。"碧蟾暗道:"奇怪,为何不吃呢?"便叫彩霞看了屋子,他就三步两步来到书房,撕破窗纸往里窥看。见盒子依然未动,他便轻轻咳嗽。杜先生听了,抬头看时,见窗上撕了一个窟窿,有人往里偷看,却是年轻妇女,连忙问道:"什么人?"窗外答道:"你猜是谁?"杜先生听这声音有些不雅,忙说道:"这是书房,还不退了。"窗外答道:"谅你也猜不着。我告诉你:我比安人小，比丫鬟大。今日因员外出门，家下无人，特来相会。"先生听了，发话道："不要唠叨，快回避了！"外面说道："你为何如此不知趣？莫要辜负我一片好心。这里有表记送你。"杜雍听了，登时紫涨面皮，气往上撞，嚷道："满口胡说！再不退，我就要喊叫起来！"一壁嚷，一壁拍案大叫。正在愤怒，忽见窗外影儿不见了。先生仍气忿忿的坐在椅子上面，暗想道："这是何说！可惜秦公待我这番光景，竟被这贱人带累坏了。我须随便点醒了他，庶不负他待我之知遇。"你道碧蟾为何退了？原来他听见员外已回来了，故此急忙退去。

且言秦昌进内更换衣服，便来到书房。见先生气忿忿坐在那里，也不为礼。回头见那边放着一个小小元盒，里面酒菜极精，纹丝儿没动。刚要坐下问话，见地下黄澄澄一物，连忙毛腰捡起，却是妇女带的戒指。一声儿没言语，转身出了书房。仔细一看，却是安人之物，不由的气冲霄汉，直奔卧室去了。

你道这戒指从何而来？正是碧蟾隔窗抛入的表记。杜雍正在气忿喊叫之时，不但没看见，连听见也没有。秦昌来到卧室之内，见郑氏与乳母正在叙话，不容分说，开口大骂道："你这贱人，干的好事！"乳母不知为何，连忙上前解劝，彩凤也上来拦阻。郑氏安人看此光景，不知是那一葫芦药。秦昌坐在椅上，半晌方说道："我叫你款待先生，不过是饮馔精心，谁叫你跑到书房？叫先生瞧不起我，连理也不理。这还有个闺范么？"安人道："那个上书房来？是谁说的？"秦昌道："现有对证。"便把戒指一扔。郑氏看时，果是自己之物，连忙说道："此物虽是我的，却是两个，一个留着自带，一个赏了碧蟾了。"

秦昌听毕，立刻叫彩凤去唤碧蟾。不多时，只见碧蟾披头散发，彩凤哭哭啼啼，一同来见员外。一个说："彩凤偷了我的戒指，去到书房，陷害于我。"一个说："我何尝到姨娘屋内？这明是姨娘去到书房，如今反来讹我。"两个你言我语，分争不休，秦昌反倒不得主意，竟自分解不清。自己却后悔，不该不分青红皂白，把安人辱骂一顿，忒莽撞了。倒是郑氏有主意，将彩凤唬呼住了，叫乳母把碧蟾劝回屋内。秦昌不能分晰此事，坐在那里发呆生暗气。少时乳母过来，安人与乳母悄悄商议：此事须如此如此，方能明白。乳母道："此计甚妙。如此行来，可也试出先生心地如何了。"乳母便一一告诉秦昌，秦昌深以为是。

到了晚间，天到二鼓之后，秦昌同了乳母来到书房。只见里面尚有灯光，杜雍业已安歇。乳母叩门，道："先生睡了么？"杜雍答道："睡了。做什么？"乳母道："我是姨娘房内的婆子。因员外已在上房安歇了，姨娘派我前来，请先生到里面有话说。"杜雍道："这是什么道理？白日在窗外聒絮了多时，怪道他说比安人小，比丫鬟大，原来是个姨娘。你回去告诉他，若要如此的闹法，我是要辞馆的了。岂有此理吓，岂有此理！"外面秦昌听了，心下明白，便把白氏一拉，他二人抽身回到卧室。秦昌道："再也不消说了，也不用再往下问了。只这'比安人小，比丫鬟大'一语，却是碧蟾贱人无疑了。我还留他何用！若不急早杀却他，难去心头之火。"乳母道："凡事不可急躁。你若将他杀死，一来人命关天，二来丑声传扬，反为不美。"员外道："似此如之奈何呢？"乳母道："莫若将他锁禁在花园空房之内，或将他饿死,或将他囚死,也就完了事了。"秦昌深以为是。次日黎明,便吩咐进宝,将后花园收拾出了三间空房,就把碧蟾锁禁。吩咐不准给他饭食,要将他活活饿死。

不知碧蟾如何,且听下回分解。

第七十回

秦员外无辞甘认罪　金琴堂有计立明冤

且说碧蟾素日原与家人进宝有染,今将他锁禁在后花园空房,不但不能捱饿,反倒遂了二人私欲。他二人却暗暗商量计策,碧蟾说:"员外与安人虽则居在上房,却是分寝。员外在东间,安人在西间。莫若你夤夜持刀将员外杀死,就说安人怀恨,将员外谋害。告到当官,那时安人与员外抵了命,我掌了家园,咱们二人一生快乐不尽,强如我为妾,你是奴呢。"说的进宝心活,也不管天理昭彰,半夜里持刀来杀秦昌。

且说员外自那日错骂了安人,至今静中一想,原是自己莽撞。如今既将碧蟾锁禁,安人前如何不赔罪呢?到了夜静更深,自持灯来至西间。见郑氏刚然歇下,他便进去。彩凤见员外来了,不便在跟前,只得溜出来。他却进了东间,摸了摸卧具,铺设停当,暗自思道:"姨奶奶碧蟾,他从前原与我一样丫头,员外拣了他收作二房。我曾拟陪一次。如今碧蟾既被员外锁禁,此缺已出,不消说了,理应是我坐补。"妄想得缺,不觉神魂迷乱,一歪身躺在员外枕上,竟自睡去。他却那里知道进宝持刀前来,轻轻的撬门而入,黑暗之中,摸着脖项狠命一刀。可怜把个要即补缺的彩凤,竟被恶奴杀死。

进宝以为得意,回到本屋之中,见一身的血迹,刚然脱下要换,只听员外那里一叠连声叫"进宝"。进宝听了,吃惊不小,方知员外未死。一壁答应,一壁穿衣,来到上房。只因员外由西间赔罪回来,见彩凤已被杀在卧具之上,故此连连呼唤。见了进宝,便告诉他彩凤被杀一节,进宝方知把彩凤误杀了。此时安人已知,连忙起来。大家商议,郑氏道:"事已如此,莫若将彩凤之母马氏唤来,告诉他,多多给他银两,将他女儿好好殡殓就是了。"秦昌并无主意,立刻叫进宝告诉马氏去。谁知进宝见马氏挑唆:女儿是秦昌因奸不遂,愤怒杀死,叫马氏连夜到仁和县报官。

金必正金大老爷因是人命重案,立刻前来相验。秦昌出其不意,只得迎接官府。就在住房廊下,设了公案。金令亲到东屋看了,问道:"这铺盖是何人的?"秦昌道:"就是小民在此居住。"金令道:"这丫头他叫什么?"秦昌道:"叫彩凤。"金令道:"他在这屋里住么?"秦昌道:"他原是伏侍小民妻子,在西屋居住的。"金令道:"如此说来,你妻子住在西间了。"秦昌答应:"是。"金令便叫仵作前来相验,果系刀伤。金令吩咐将秦昌带到衙中听审,暂将彩凤盛殓。

转到衙中,先将马氏细问了一番。马氏也供出秦昌久已分寝,东西居住,他女儿原是伏侍郑氏的。金令问明,才带上秦昌来,问他为何将彩凤杀死。谁知秦昌别的事没主意,他遇这件事倒有了主意,回道:"小民将彩凤诱至屋内,因奸不遂,一时忿恨,将他杀死。"你道他如何怎般承认?他道:我因向与妻子东西分住,如何又说出与妻子赔罪呢?一来说不出口来,二来惟恐官府追问因何赔罪,又叨顿出碧蟾之事。那时闹出妻妾当堂出丑,其中再连累上一个先生,这个声名传扬出去，我还有个活头么？莫若我把此事应起，还有个辗转。大约为买的丫头因奸致死，也不至抵偿。纵然抵偿，也是前世冤孽。总而言之，前次不该和安人急躁，这是我没有涵容处。彼时若有涵容，慢慢访查，也不必赔罪，就没有这些事了。可见静修和尚是个高僧，怨得他说人口不利，果应其言。他虽如此想，也不思索思索，若不赔罪，他如何还有命呢？

金令见他满口应承，反倒疑心，便问他凶器藏在何处。秦昌道："因一时忙乱，忘却掷于何地。"其词更觉浑含。金令暗想道："看他这光景，又无凶器，其中必有缘故，须要慢慢访查。"暂且悬案寄监。此时郑氏已派进喜暗里安置，秦昌在监不至受苦。因他家下无人，仆从难以托靠，仔细想来，惟有杜先生为人正直刚强，便暗暗写信托付杜雍照管外边事体，一切内务全是郑氏料理。监中叫进宝四人轮流值宿伏侍。

一日，静修和尚到秦员外家取香火银两，顺便探访杜雍。刚然来到秦家庄，迎头遇见进宝。和尚见了，问道："员外在家么？杜先生可好？"进宝正因外面事务如今是杜先生料理，比员外在家加倍严紧，一肚没好气无处发泄，听静修和尚问先生，他便进逸言道："师父还提杜先生呢。原来他不是好人，因与主母调奸，秦员外知觉，大闹了一场。杜先生怀恨在心，不知何时，暗暗与主母定计，将丫头彩凤杀死，反告了员外因奸致命，将员外陷在南牢。我此时便上县内瞧我们员外去。"说罢，扬长去了。

和尚听了，不胜惊骇诧异，大骂杜雍不止。回转寺中，见了北侠道:"世间竟有这样得鱼忘筌,人面兽心之人,实实可恶。"北侠道:"吾师为何生嗔?"静修和尚便将听了进宝之言一一叙明。北侠道:"我看杜雍绝不是这样人,惟恐秦员外别有隐情。"静修听了好生不乐,道:"秦员外为人,老僧素日所知。一生原无大过,何得遭此报应?可恨这姓杜的,竟自如此不堪,实实可恶!"北侠道:"我师还要三思。既有今日,何必当初。难道不是吾师荐的么?"这一句话,问得个静修和尚面红过耳。所谓"话不投机半句多",一言不发,站起来向后面去了。北侠暗想道:"据我看来,杜雍去了不多日期,何得骤与安人调奸?此事有些荒唐,今晚倒要去探听探听。"又想:"老和尚偌大年纪,还有如此火性,可见贪嗔痴爱的关头是难跳的出的。他大约因我拿话堵塞于他,今晚绝不肯出来,我正好行事。"想罢,暗暗装束,将灯吹灭,虚掩门户,仿佛是早已安眠,再也想不到他往秦家庄来。

到了门前,天已初鼓。先往书房探访,见有两个更夫要蜡,书童回道:"先生上后边去了。"北侠听了,又暗暗来到正室房上。忽听乳母白氏道:"你等莫躲懒,好好烹下茶,少时奶奶回来还要喝呢。"北侠听了,暗想:事有可疑,为何两个人俱不在屋内?且到后面看看再作道理。刚然来到后面,见有三间花厅,槅扇虚掩。忽听里面说道:"我好容易得此机会,千万莫误良宵。我这里跪下了。"又听妇人道:"真正便宜了你,你可莫要忘了我的好处吓。"北侠听至此,杀人心陡起。暗道:"果有此事,且自打发他二人上路。"背后抽出七宝刀,说时迟那时快,推开槅扇,手起刀落。可怜男女二人刚得片时欢娱,双魂已归地府。北侠将二人之头挽在一处,挂在槅扇屈戍之上。满腔恶气全消,仍回盘古寺。他以为是杜雍与郑氏无疑,那里知道他也是误杀了呢。

你道方才书童答应更夫说"先生往后边去了",是那个"后边"?就是书房的后边。原来是杜先生出恭呢!杜雍出恭回来,问道:"你方才合谁说话?"书童道:"更夫要蜡来了。"杜雍道:"你们如何这么早就要蜡?昨夜五更时拿去的蜡,算来不过点了半枝,应当还有半枝,难道点不到二更么?员外不在家,我是不能叫他们赚。如要赚,等员外回来,爱怎么赚我是全不管的。"正说时,只见更夫跑了来,道:"师老爷,师老爷,不好了!"杜雍道:"不是蜡不够了?犯不上这等大惊小怪的!"更夫道:"不是,不是。方才我们上后院巡更,见花厅上有两人,扒着槅扇往内瞧。我们怕是歹人,拿灯笼一照,谁知是两个人头。"杜先生道:"是活的,是死的?"更夫道:"师老爷可吓糊涂了!既是人头,如何会有活的呢?"杜雍道:"我不是害怕,我是心里有点发怯。我问的是男的是女的?"更夫道:"我们没有细瞧。"杜先生道:"既如此,你们打着灯笼在前引路,待我看看去。"更夫道:"师老爷既要去看,须得与我换蜡了,这灯笼里剩了个蜡头儿了。"杜先生吩咐书童拿几枝蜡,交与更夫换好了,方打着灯笼往后面花厅而来。到了花厅,更夫将灯笼高高举起。杜先生战战哆嗦看时,一个耳上有环,道:"喂呀,是个妇人。你们细看是谁?"更夫看了半晌,道:"好像姨奶奶。"杜雍便叫更夫:"你们把那个头往外转转,看是谁?"更夫乍着胆子将头扭一扭,一看,这个说:"这不是进禄儿吗?"那个道:"是,不错。是他,是他。"杜先生道:"你们要认明白了。"更夫道:"我认的不差。"杜先生道:"且不要动。"更夫道:"谁动他做什么呢?"杜先生道:"你们不晓得,这是要报官的。你们找找四个管家,今日是谁在家?"更夫道:"昨日是进宝在监该班,今日应当进财该班。因进财有事去了,才进禄给进宝送信去,叫他连一班。不知进禄如何被人杀了,此时就剩进喜在家。"杜先生道:"你们把他叫来,我在书房等他。"更夫答应,一个去叫进喜,一个引着先生来到书房。

不多时,进喜到来。杜先生将此事告诉明白,叫他进内启知主母。进喜急忙进去,禀明了郑氏。郑氏正从各处检点回来,吓的没了主意,叫问先生此事当如何办理。杜先生道:"此事隐瞒不得的,须得报官。你们就找地方去。"进喜立刻派人找了地方,来到后园花厅看了,也不动,道:"这要即刻报官,耽延不得了。只好管家你随我同去。"进喜吓的半晌无言。还是杜先生有见识,知是地方勒索,只得叫进喜从内要出二两银子来,给了地方,他才一人去了。

至次日,地方回来道:"少时太爷就来,你们好好预备了。"不多时,金令来到,进喜同至后园。金令先问了大概情形,然后相验。记了姓名,叫人将头摘下。又进屋内去,看见男女二尸,下体赤露,知是私情。又见床榻上有一字柬,金令拿起细看,拢在袖中。又在床下搜出一件血衣裹着鞋袜。问进喜道:"你可认得此衣与鞋袜是谁的?"进喜瞧了瞧,回道:"这是进宝的。"金令暗道:"如此看来,此案全在进宝身上。我须如此如此,方能了结此事。"吩咐暂将男女盛殓,即将进喜带入衙中,立刻升堂。且不问进喜,也不问秦昌,吩咐带进宝。

两旁衙役答应一声,去提进宝。

此时进宝正在监中伏侍员外秦昌,忽然听见衙役来说:"太爷现在堂上,呼唤你上堂,有话吩咐。"进宝不知何事,连忙跟随衙役上了大堂。只见金令坐在上面,和颜悦色问道:"进宝,你家员外之事,本县现在业已访查明白。你既是他家的主管,你须要亲笔写上一张诉呈来,本县看了,方好从中设法,如何出脱你家员外的罪名。"进宝听了,有些不愿意,原打算将秦昌谋死。如今听县官如此说,想是受了贿赂,无奈何说道:"既蒙太爷恩典,小人下去写诉呈就是了。"金令道:"就要递上来,本县立等。"回头吩咐书吏:"你同他去,给他立个稿儿,叫他亲笔誊写,速速拿来。"书吏领命下堂。不多时,进宝拿了诉呈当堂呈递。金令问道:"可是你自己写的?"进宝道:"是。求先生打的底儿,小人誊写的。"金令接来细细一看,果与那字柬笔迹相同。将惊堂木一拍,道:"好奴才,你与碧蟾通奸,设计将彩凤杀死,如何陷害你家员外?还不从实招上来!"进宝一闻此言,顶梁骨上嘤的一声,魂已离壳,惊慌失色道:"此、此、此事小、小、小人不知。"金令吩咐掌嘴。刚然一边打了十个,进宝便嚷道:"我说呀,我说!"两边衙役道:"快招,快招!"进宝便将碧蟾如何留表记,被员外捡着,错疑在安人身上;又如何试探先生,方知是碧蟾,将他锁禁花园,"原是小人素与姨娘有染,因此暗暗定计要杀员外。不想秦昌那日偏偏的上西间去了,这才误杀了彩凤。"一五一十述了一遍。金令道:"如此说来,碧蟾与进禄昨夜被人杀死,想是你愤奸不平,将他二人杀了。"进宝碰头道:"此事小人实实不知。昨夜小人在监内伏侍员外,并未回家,如何会杀人呢?老爷详情。"金令暗暗点头道:"他这话却与字柬相符,只是碧蟾、进禄却被何人所杀呢?"

你道是何字柬?原来进禄与进宝送信,叫他多连一夜。进宝恐其负了碧蟾之约,因此悄悄写了一柬,托进禄暗暗送与碧蟾。谁知进禄久有垂涎之意,不能得手,趁此机会,方才入港。恰被北侠听见,错疑在杜雍、郑氏身上,故此将二人杀死。也是天网恢恢,疏而不漏。至于床下抽出血衫鞋袜,金令如何知道就在床下呢?皆因进宝字柬上,前面写今日不能回来之故,后面又嘱咐:千万前次污血之物,恐床下露人眼目,须改别处隐藏方妥。有此一语,故而搜出,叫进喜识认,说出进宝。金令已知是进宝所为,又恐进禄栽赃陷害别人,故叫进宝写诉呈,对了笔迹,然后方问此事。以为他必狡展,再用字柬、衣衫、鞋袜质证。谁知小子不禁打,十个嘴巴他就通说了,却倒省事。

不知金令如何定罪,且听下回分解。

第七十一回

杨芳怀忠彼此见礼　继祖尽孝母子相逢

且说金公审明进宝,将他立时收监,与彩凤抵命。把秦昌当堂释放。惟有杀奸之人,再行访查缉获另结,暂且悬案。论碧蟾早就该死,进禄既有淫邪之行,便有杀身之报。他二人死所当死,也就不必深究。且说秦昌回家,感谢杜雍不尽,二人遂成莫逆。又想起静修之言,杜雍也要探望,因此二人同来至盘古寺。静修与北侠见了,彼此惊骇。还是秦昌直爽,毫无隐讳,将此事叙明。静修、北侠方才释疑,始悟进宝之言尽是虚假。四人这一番亲爱快乐,自不必言。盘桓了几日,秦昌与杜雍仍然回庄。北侠也就别了静修,上杭州去了。沿路上闻人传说道:"好了,杭州太守可换了,我们的冤枉可该伸了。"仔细打听,北侠却晓得此人。

你道此人是谁？听我慢慢叙来。只因春闱考试,钦命包大人主考。到了三场已毕,见中卷内并无包公侄儿,天子便问:"包卿,世荣为何不中？"包公奏道:"臣因钦命点为主考,臣侄理应回避,因此并未入场。"天子道:"朕原为拣选人材,明经取士,为国求贤。若要如此,岂不叫包世荣抱屈么？"即行传旨,着世荣一体殿试。此旨一下,包世荣好生快乐。到了殿试之期,钦点包世荣的传胪,用为翰林院庶吉士。包公叔侄碰头谢恩。赴琼林宴之后,包公递了一本,给包世荣告假,还乡毕姻,三个月后,仍然回京供职。圣上准奏,赏赉了多少东西。包世荣别了叔父,带了邓九如荣耀还乡。至于与玉芝毕姻一节,也不必细述。

只因杭州太守出缺,圣上钦派了新中榜眼用为编修的倪继祖。倪继祖奉了圣旨,不敢迟延。先拜老师,包公勉励了多少言语,倪继祖一一谨记。然后告假还乡祭祖,奉旨着祭祖毕,即赴新任。你道倪继祖可是倪太公之子么?就是。仆人可是倪忠么?其中尚有许多的原委,直仿佛白罗衫的故事,此处不能不叙出。

且说扬州甘泉县有一饱学儒流,名唤倪仁,自幼将同乡李太公之女定为妻室。什么聘礼呢?有祖传遗留的一枝并梗玉莲花,晶莹光润无比,拆开却是两枝,合起来便成一朵。倪仁视为珍宝,与妻子各配一枝。只因要上泰州探亲,便雇了船只。这船户一名陶宗,一名贺豹,外有一个雇工帮闲的名叫杨芳。不料这陶宗、贺豹乃是水面上作生涯的,但凡客人行李辎重露在他眼里,再没有放过去的。如今见倪仁雇了他的船,虽无沉重行李,却见李氏生的美貌,淫心陡起。贺豹暗暗的与陶宗商量,意欲劫掠了这宗买卖。他别的一概不要,全给陶宗,他单要李氏做个妻房。二人计议停当,又悄悄的知会了杨芳。杨芳原是雇工人,不敢多言。

一日,来在扬子江,到幽僻之处,将倪仁抛向水中淹死,贺豹便逼勒李氏。李氏哭诉道:"因怀孕临迩,俟分娩后再行成亲。"多亏杨芳在旁解劝道:"他丈夫已死,难道还怕他飞上天去不成?"贺豹只得罢了。杨芳暗暗想道:"他等作没天良之事,将来事犯,难免扳拉于我。

再者，看这妇人哭的可怜，我何不如此如此呢。"想罢，他便沽酒买肉，与他二人贺一个得妻，一个发财。二人见他殷勤，一齐说道："何苦要叫你费心呢，你以后真要好时，我等按三七与你股分，你道好么？"杨芳暗暗道："似你等这样行为，漫说三七股分，就是全给老杨，我也是不稀罕的。"他却故意答道："如若二位肯提携于我，敢则是好。"便殷勤劝酒，不多时把二人灌的酩酊大醉，横卧在船头之上。杨芳便悄悄的告诉了李氏，叫他上岸一直往东，过了树林，有个白衣庵，"我姑母在这庙出家，那里可以安身。"此时天已五鼓，李氏上岸，不顾高低，拚命往前奔驰。忽然一阵肚痛，暗说："不好。我是临月身体，若要分娩可怎么好？"正思索时，一阵疼如一阵，只得勉强奔至树林，暗暗祝告道："我李氏仅存倪氏一脉，倘蒙皇天怜念，生得一男，也可以继续香烟。"祝罢，存身树下。不多时果分娩了，喜得是个男儿。连忙脱下内衫，将孩儿包好，胸前就别了那半枝莲花。不敢留恋，难免悲戚，急将小儿放在树本之下，自己恐贼人追来，忙忙往东奔，逃上庙中去了。

且说杨芳放了李氏，心下畅快，一歪身也就睡了。刚然睡下，觉得耳畔有人唤道："你还不走，等待何时？"杨芳从梦中醒来，看了看四下无人，但见残月西斜，疏星几点。自己想道："方才明明有人呼唤，为何竟自无人呢？"再看陶、贺二人，酣睡如雷。又转念道："不好！他二人若是醒来，不见了妇人，难道就罢了不成？不是埋怨于我，就是四下搜寻。那时将妇人访查出来反为不美。有了，莫若我与他个溜之乎也。及至他二人醒来，必说我拐了妇人远走高飞，也免得他等搜查。"主意已定,东西一概不动,只身上岸,一直竟往白衣庵而来。到了庵前,天已微明。向前叩门,出来了个老尼,隔门问道:"是那个?"杨芳道:"姑母请开门,是侄儿杨芳。"老尼开了山门,杨芳来至客堂。尚未就座,便悄悄问道:"姑母,可有一个妇人投在庵中么?"老尼道:"你如何知道?"杨芳便将灌醉二贼,私放李氏的话说了一遍。老尼念一声"阿弥陀佛"道:"救人一命,胜造七级浮屠。惜乎你为人不能为彻,错舛你也没什么错舛,只是他一点血脉失于路上,恐将来断绝了他祖上的香烟。"杨芳追问情由,老尼便道:"那妇人已投在庙中,言于树林内分娩一子。若被人捡去,尚有生路。倘若遭害,便绝了香烟,深为痛惜。是我劝慰再三,应许与他找寻,他方止了悲啼,在后面小院内将息。"杨芳道:"既如此,我就找寻去。"老尼道:"你要找寻,有个表记。他胸前有枝白玉莲花,那就是此子。"杨芳谨记在心,离了白衣庵,到了树林,看了一番,并无踪迹。杨芳访查了三日,方才得了实信。

离白衣庵有数里之遥,有一倪家庄。庄中有个倪太公。因五更赶集,骑着个小驴儿来至树林,那驴便不走了。倪太公诧异,忽听小儿啼哭,连忙下驴一看,见是个小儿放在树本之下,身上别有一枝白玉莲花。这老半生无儿,见了此子,好生欢喜。连忙打开衣襟,将小儿揣好,也顾不得赶集,连忙乘驴转回家中。安人梁氏见了此子,问了情由。夫妻二人欢喜非常,就起名叫倪继祖。他那里知道小儿的本姓却也姓倪呢? 这也是天缘凑巧,姓倪的根芽就被姓倪的捡去。

俗言:"若要人不知,除非己莫为。"那日倪太公得了此子,早已就有人知道，道喜的不离门，又有荐乳母的，今日你来，明日我往，俱要给太公作贺。太公难以推辞，只得备了酒席，请乡党父老。这些乡党父老也备了些须薄礼，前来作贺。正在应酬之际，只见又来了两个乡亲，领一人约有三旬年纪，倪太公却不认得。问道："此位是谁？"二乡老道："此人是我们素来熟识的。因他无处安身，闻得太公得了小相公，他情愿与太公作仆人。就是小相公大了，他也好照看。他为人最是朴实忠厚的，老乡亲看我二人分上，将他留下罢。"倪太公道："他一人所费无几，何况又有二位老乡亲美意，留下就是了。"二乡老道："还是乡亲爽快，过来见了太公。太公就给他起个名儿。"倪太公道："仆从总要忠诚，就叫他倪忠罢。"原来此人就是杨芳。因同他姑母商量，要照应此子，故要投到倪宅。因认识此庄上的二人，就托他们趁着贺喜，顺便举荐。

杨芳听见倪太公不但留下，而且起名倪忠，便上前叩头，道："小人倪忠与太老爷叩头道喜。"倪太公甚是欢喜。倪忠便殷勤张罗，诸事不用吩咐，这日倪太公就省了好些心。从此倪忠就在倪太公庄上，更加小心留神。倪太公见他忠正朴实，诸事俱各托付于他，无有不尽心竭力的，倪太公倒得了个好帮手。一日，倪忠对太公道："小人见小官人年已七岁，资性聪明，何不叫他读书呢？"太公道："我正有此意。前次见东村有个老学究，学问颇好。你就拣个日期，我好带去入学。"于是定了日期，倪继祖入学读书，每日俱是倪忠护持接送。倪忠却时常到庵中看望，就只瞒过倪继祖。

刚念了有二三年光景，老学究便转荐了一个儒流秀士，却是济南人,姓程名建才。老学究对太公道:"令郎乃国家大器,非是老汉可以造就的。若是从我敝友训导训导,将来必有可成。"倪太公尚有些犹疑,倒是倪忠揎掇道:"小官人颇能读书,既承老先生一番美意,荐了这位先生,何不叫小官人跟着学学呢?"太公听了,只得应允,便请程先生训诲倪继祖。继祖聪明绝顶,过目不忘,把个先生乐的了不得。光阴荏苒,日月如梭。转眼间,倪继祖已然十六岁。程先生对太公说,叫倪继祖科考。太公总是乡下人形景,不敢妄想成人。倒是先生着了急了,也不知会太公,就叫倪继祖递名去赴考,高高的中了生员。太公甚喜,酬谢程先生。自然又是贺喜,应接不暇。

一日,先生出门,倪继祖也要出门闲游闲游,禀明了太公,就叫倪忠跟随。信步行来,路过白衣庵。倪忠道:"小官人,此庵有小人的姑母在此出家,请进去歇歇吃茶,小人顺便探望探望。"倪继祖道:"从不出门,今日走了许多的路,也觉乏了,正要歇息歇息。"倪忠向前叩门。老尼出来迎接,道:"不知小官人到此,未能迎接,多多有罪!"连让至客堂待茶。原来倪忠当初访着时,已然与他姑母送信。老尼便告诉了李氏,李氏暗暗念佛。自弥月后,便拜了老尼为师,每日在大士前虔心忏悔,无事再也不出佛院之门。这一日正从大士前礼拜回来,忘记了关小院之门。恰好倪继祖歇息了片时,便到各处闲游。只见这院内甚是清雅,信步来至院中。李氏听得院内有脚步声响,连忙出来一看。不看时则已,看了时不由的一阵痛彻心髓,登时的落下泪来。他因见了倪继祖的面貌举止,俨然与倪仁一般。谁知倪继祖见了李氏落泪,可煞作怪,他只觉的眼眶儿发酸,扑簌簌也就泪流满面，不能自解。正在拭泪，只见倪忠与他姑母到了。倪忠道："官人，你为何啼哭？"倪继祖道："我何尝哭来？"嘴内虽如此说，声音尚带悲哽。倪忠又见李氏在那里呆呆落泪。看了这番光景，他也不言不语，拂袖拭起泪来。

只听老尼道："善哉，善哉！此乃天性，岂是偶然。"倪继祖听了此言，诧异道："此话怎讲？"只见倪忠跪倒道："望乞小主人赦宥老奴隐瞒之罪，小人方敢诉说。"那倪继祖见他如此，惊的目瞪痴呆。又听李氏悲切切道："恩公快些请起，休要折受了他。不然，我也就跪了。"倪继祖好生纳闷，连忙将倪忠拉起，问道："此事端的如何，快些讲来！"倪忠便把怎么长、怎么短述说了一遍。他这里说，那里李氏已然哭个声哽气噎。倪继祖听了，半晌还过一口气来，道："我倪继祖生了十六岁，不知生身父母受如此苦处。"连忙向前抱住李氏，放声大哭。老尼与倪忠劝慰多时，母子二人方才止住悲声。李氏道："自蒙恩公搭救之后，在此庵中一十五载，不想孩儿今日长成。只是今日相见，为娘的如同睡里梦里，自己反倒不能深信。问吾儿你可知当初表记是何物？"倪继祖听了此言，惟恐母亲生疑，连忙向那贴身里衣之中掏出白玉莲花，双手奉上。李氏一见莲花，"啊呀"一声，身体往后一仰。

未知如何，且听下回分解。

第七十二回

认明师学艺招贤馆　查恶棍私访霸王庄

且说李氏一见了莲花,睹物伤情,复又大哭起来。倪继祖与倪忠商议,就要接李氏一同上庄。李氏连忙止悲说道:"吾儿休生妄想,为娘的再也不染红尘了。原想着你爹爹的冤仇今生再世也不能报了,不料苍天有眼,倪氏门中有你这根芽。只要吾儿好好攻书,得了一官半职,能够与你爹爹报仇雪恨,为娘的平生之愿足矣。"倪继祖见李氏不肯上庄,便哭倒跪下,道:"孩儿不知亲娘便罢,如今既已知道,也容孩儿略尽孝心。就是孩儿养身的父母不依时,自有孩儿恳求哀告。何况我那父母也是好善之家,如何不能容留亲娘呢?"李氏道:"言虽如此,但我自知罪孽深重,一生忏悔不来。倘若再堕俗缘,惟恐不能消受,反要生出灾殃,那时吾儿岂不后悔?"倪继祖听李氏之言,心坚如石,毫无回转,便放声大哭道:"母亲既然如此,孩儿也不回去了,就在此处侍奉母亲。"李氏道:"你既然知道读书要明理,俗言'顺者为孝',为娘的虽未抚养于你,难道你不念劬劳之恩,竟敢违背么?再者,你那父母哺乳三年,好容易养的你长大成人,你未能报答于万一,又肯作此负心之人么?"一席话说的倪继祖一言不发,惟有低头哭泣。

李氏心下为难,猛然想起一计来,"须如此如此,这冤家方能回去。"想罢,说道:"孩儿不要啼哭。我有三件,你若依从,诸事办妥,为娘的必随你去,如何?"倪继祖连忙问道:"那三件?请母亲说明。"李氏道:"第一件,你从今后须要好好攻书,务须要得了一官半职;第二件,你须将仇家拿获,与你爹爹雪恨;第三件,这白玉莲花乃祖上遗留,原是两个合成一枝,如今你将此枝仍然带去,须把那一枝找寻回来。三事齐备,为娘的必随儿去。三事之中若缺一件,为娘的再也不能随你去。"说罢又嘱咐倪忠道:"恩公一生全仗忠义,我也不用饶舌。全赖恩公始终如一,便是我倪氏门中不幸之大幸了。你们速速回去罢,省得你那父母在家盼望。"李氏将话说完,一摔手回后去了。

这里倪继祖如何肯走,还是倪忠连搀带劝,直是一步九回头,好容易搀出院子门来。老尼后面相送,倪继祖又谆嘱了一番,方离了白衣庵,竟奔倪家庄而来。主仆在路途之中,一个是短叹长吁,一个是婉言相劝。倪继祖道:"方才听母亲吩咐三件,仔细想来,做官不难,报仇容易,只是那白玉莲花却在何处找寻?"倪忠道:"据老奴看来,物之隐现自有定数,却倒不难。还是做官难,总要官人以后好好攻书要紧。"倪继祖道:"我有海样深的仇,焉有自己不上进呢?老人家休要忧虑。"倪忠道:"官人如何这等呼唤?惟恐折了老奴的草料。"倪继祖道:"你甘屈人下,全是为我而起。你的恩重如山,我如何以仆从相待!"倪忠道:"言虽如此,官人若当着外人还要照常,不可露了形迹。"倪继祖道:"逢场作戏,我是晓得的。还有一宗,今日之事你我回去千万莫要泄漏。俟功名成就之后,大家再为言明,庶乎彼此有益。"倪忠道:"这不用官人嘱咐,老奴十五年光景皆未泄露,难道此时倒隐瞒不住么?"二人说话之间,来至庄前。倪继祖见了太公、梁氏,俱各照常。自此,倪继祖一心想着报仇,奋志攻书。迟了二年,又举于乡,益发高兴,每日里讨论研求。看看的又过了二年,明春是会试之年,倪继祖与先生商议,打点行装,一同上京考试。太公跟前俱已禀明。谁知到了临期,程先生病倒,竟自呜呼哀哉了。因此,倪继祖带了倪忠,悄悄到白衣庵别了亲娘,又与老尼留下银两,主仆一同进京。这才有会仙楼遇见了欧阳春、丁兆兰一节。

自接济了张老儿之后,在路行程非止一日,来至东京,租了寓所,静等明春赴考。及至考场已毕,倪继祖中了第九名进士。到了殿试,又钦点了榜眼,用为编修。可巧杭州太守出缺,奉旨又放了他。主仆二人好生欢喜,拜别包公。包公又嘱咐了好些话,主仆衣锦还乡,拜了父母,禀明认母之事。太公、梁氏本是好善之家,听了甚喜,一同来至白衣庵,欲接李氏在庄中居住。李氏因孩儿即刻赴任,一来庄中住着不便,二来自己心愿不遂,决意不肯,因此仍在白衣庵与老尼同住。倪继祖无法,只得安置妥协,且去上任。俟接任后,倘能二事如愿,那时再来迎接,大约母亲也就无可推托了。即叫倪忠束装就道。来至杭州,刚一接任,就收了无数的词状。细细看来,全是告霸王庄马强的。

你道这马强是谁?原来就是太岁庄马刚之宗弟。他倚仗朝中总管马朝贤是他叔父,他便无所不为。他霸田占产,抢掠妇女。家中盖了个招贤馆,接纳各处英雄豪杰。因此无赖光棍投奔他家的不少。其中也有一二豪杰,因无处去,暂且栖身,看他的动静。现时有名的便是黑妖狐智化、小诸葛沈仲元、神手大圣邓车、病太岁张华、赛方朔方貂,其馀的无名小辈,不计其数。每日里舞剑抡枪,比刀对棒,鱼龙混杂,闹个不了。一来一去声气大了,连襄阳王赵爵都与他交结往来。

独独有一个小英雄,心志高傲,气度不俗,年十四岁,姓艾名虎,就在招贤馆内做个馆童。他见众人之中,惟独智化是个豪杰,而且本领高出人上,便时刻小心,诸事留神,敬奉智化为师。真感得黑妖狐欢喜非常,便把他暗暗的收作徒弟,悄悄传他武艺。谁知他心机活变,一教便会,一点就醒,不上一年光景,学了一身武艺。他却时常悄悄的对智化道:"你老人家以后不要劝我们员外,不但白费唇舌,他不肯听,反倒招的那些人背地里抱怨,说你老人家特胆小了,'抢几个妇女什么要紧,要是这们害怕起来,将来还能干大事么?'你老人家白想想,这一群人都不成了亡命之徒吗?"智化道:"你莫多言,我自有道理。"他师徒只顾背地里闲谈,谁知招贤馆早又生出事来。

原来马强打发恶奴马勇前去讨帐回来,说债主翟九成家道艰难,分文皆无。马强将眼一瞪,道:"没有就罢了不成? 急速将他送县官追。"马勇道:"员外不必生气,其中却有个极好的事情。方才小人去到他家,将小人让进去苦苦的哀求。不想炕上坐着个如花似玉的女子,小人问他是何人,翟九成说是他外孙女,名叫锦娘。只因他女儿女婿亡故,留下女毫无倚靠,因此他自小儿抚养,今年已交十七岁。这翟九成全仗着他做些针线,将就度日。员外曾吩咐过小人,叫小人细细留神打听,如有美貌妇女,立刻回禀。据小人今日看见这女子,真算是少一无二的了。"一句话说的马强心痒难挠,登时乐的两眼连个缝儿也没有了。立刻派恶奴八名,跟随马勇,到翟九成家将锦娘抢来,抵销欠帐。

这恶贼在招贤馆立等,便向众人夸耀道:"今日我又大喜了。你等只说前次那女子生的美貌,那里知道比他还有强的呢。少时来了,叫你众人开开眼咧。"众人听了,便有几个奉承道:"这都是员外福田造化,我们如何敢比?这喜酒是喝定了。"其中就有听不上的,用话打趣他:"好虽好,只怕叫后面知道了,那又不好了。"马强哈哈笑道:"你们吃酒时作个雅趣,不要吵嚷了。"说话间,马勇回来禀道:"锦娘已到。"马强吩咐:"快快带上来!"果然是袅袅婷婷女子,身穿朴素衣服,头上也无珠翠,哭哭啼啼来至厅前。马强见他虽然啼哭,那一番娇柔妩媚,真令人见了生怜,不由的笑逐颜开道:"那女子不要啼哭,你若好好依从于我,享不尽荣华,受不尽富贵。你只管向前些,不要害羞。"忽听见锦娘娇滴滴道:"你这强贼,无故的抢掠良家女子,是何道理?奴今到此,惟有一死而已,还讲什么荣华富贵!我就向前些。"谁知锦娘暗暗携来剪子一把,将手一扬,竟奔恶贼而来。马强见势不好,把身子往旁一闪,刷的一声,把剪子扎在椅背上。马强"嗳哟"一声,"好不识抬举的贱人!"吩咐恶奴将他掐在地牢。恶贼的一团高兴,登时扫尽,无可释闷,且与众人饮酒作乐。

且说翟九成因护庇锦娘,被恶奴们拳打脚踢乱打一顿,仍将锦娘抢去,只急得跺脚捶胸,嚎啕不止。哭够多时,检点了检点,独独不见了剪子,暗道:"不消说了,这是外孙女去到那里一死相拚了。"忙到那里探望了一番,并无消息。又恐被人看见,自己倒要吃苦,只得垂头丧气的回来。见路旁边有柳树,他便席地而坐,一壁歇息,一壁想道:"自我女儿女婿亡故,留下这条孽根。我原打算将他抚养大了,将他聘嫁,了却一生之愿。谁知平地生波,竟有这无法无天之事。再者,锦娘他一去,不是将恶贼一剪扎死,他也必自戕其生。他若死了,不消说了,我这抚养勤劳付于东流。他若将恶贼扎死,难道他等就饶了老汉不成?"越思越想,又是着急,又是害怕。忽然把心一横,道:"哎,眼不见,心不烦,莫若死了干净!"站起身来,找了一株柳树,解下丝绦,就要自缢而死。

忽听有人说道:"老丈休要如此,有什么事何不对我说呢?"翟九成回头一看,见一条大汉,碧睛紫髯,连忙上前,哭诉情由,口口声声说自己无路可活,难以对去世的女儿女婿。北侠欧阳春听了,道:"他如此恶霸,你为何不告他去?"翟九成道:"我的爷,谈何容易。他有钱有势,而且声名在外,谁人不知,那个不晓。纵有呈子,县里也是不准的。"北侠道:"不是这里告他,是叫你上东京开封府去告他。"翟九成道:"哎呀呀,更不容易了。我这里到开封府,路途遥远,如何有许多的盘费呢?"北侠道:"这倒不难。我这里有白银十两相送,如何?"翟九成道:"萍水相逢,如何敢受许多银两。"北侠道:"这有什么要紧呢?只要你拿定主意。若到开封,包管此恨必消。"说罢,从皮兜内摸出两个银锞,递与翟九成。翟九成便扑翻身拜倒,北侠搀起。

只见那边过来一人,手提马鞭,道:"你何必舍近而求远呢?新升太守极其清廉,你何不到那里去告呢?"北侠细看此人,有些面善,一时想不起来。又听这人道："你如若要告时,我家东人与衙门中相熟,颇颇的可托。你不信,请看那边林下坐的就是他。"北侠先挺身往那边一望,见一儒士坐在那里,旁边有马一匹。不看则可,看了时倒抽了口气,暗暗说道："不好,他如何这般形景?霸王庄能人极多,倘然识破,那时连性命不保。我又不好劝阻,只好暗中助他一臂之力。"想罢,即对翟九成道："既是新升太守清廉,你就托他东人便了。"说罢,回身往东去了。你道那儒士与老仆是谁?原来就是倪继祖主仆。北侠因看见倪继祖,方想起老仆倪忠来。认明后,他却躲开。倪忠带了翟九成见了倪继祖,太守细细的问了一番,并给他写了一张呈子。翟九成欢天喜地回家,五更天预备起身赴府告状。

谁知冤家路儿窄,马强因锦娘不从,掐在地牢。饮酒之后,又带了恶奴出来,骑着高头大马,迎头便撞见了翟九成。翟九成一见,胆裂魂飞,回身就跑。马强一叠连声叫"拿恶贼",抖起威风,追将下去。翟九成上了年纪之人,能跑多远,早被恶奴揪住,连拉带扯,来至马强的马前。马强问道："我把你这老狗,你叫你外孙女用剪子刺我,我已将他掐在地牢,正要找人寻你。见了我不知请罪,反倒要跑,你也就可恶的很呢!"恶贼原打算拿话威吓威吓翟九成,要他赔罪,好叫他劝他外孙女依从之意。不想翟九成喘吁吁道："你这恶贼,硬抢良家之女。还要与你请罪,我恨不能立时青天报仇雪恨,方遂我心头之愿!"马强听了,圆瞪怪眼,一声呵叱:"嗳哟,好老狗,你既要青天,必有上告之心,想来必有冤状。"只听说了一声"搜",恶奴等上前扯开衣襟,便露出一张纸来,连忙呈与马强。恶贼看了一遍,一言不发,暗道:"好利害状子！这是何人与他写的,倒要留神访查访查。"吩咐恶奴二名,将翟九成送至县内,立刻严追欠债。正然吩咐,只见那边过来了一个也是乘马之人,后面跟定老仆。恶贼一见,心内一动,眉一皱,计上心来。

未知如何,且听下回分解。

第七十三回

恶姚成识破旧伙计　美绛贞私放新黄堂

且说马强将翟九成送县,正要搜寻写状之人,只见那边来了个乘马的相公,后面跟定老仆。看他等形景,有些疑惑,便想出个计较来,将丝缰一抖,迎了上来,双手拱道:"尊兄请了。可是上天竺进香的么?"原来乘马的就是倪继祖,顺着恶贼的口气答道:"正是。请问足下何人,如何知道学生进香呢?"恶贼道:"小弟姓马,在前面庄中居住。小弟有个心愿,但凡有进香的,必要请到庄中待茶,也是一片施舍好善之心。"说着话,目视恶奴。众家人会意,不管倪继祖依与不依,便上前牵住嚼环,拉着就走。倪忠见此光景,知道有些不妥,只得在后面紧紧跟随。不多时,来至庄前,过了护庄桥,便是庄门。马强下了马,也不谦让,回头吩咐道:"把他们带进来!"恶奴答应一声,把主仆蜂拥而入。倪继祖暗道:"我正要探访,不想就遇见他。看他这般权势,惟恐不怀好意。且进去看他端的怎样。"

马强此时坐在招贤馆,两旁罗列坐着许多豪杰光棍。马强便道:"遇见翟九成,搜出一张呈子,写的甚实利害。我立刻派人将他送县。正要搜查写状之人,可巧来了个斯文秀才公,我想此状必是他写的,因此把他诓来。"说罢将状子拿出,递与沈仲元。沈仲元看了道:"果然写的好,但不知是这秀才不是。"马强道:"管他是不是,把他吊起拷打就完了。"沈仲元道:"员外不可如此。他既是读书之人,须要以礼相待,用言语套问他。如若不应,再行拷打不迟,所谓'先礼而后兵'也。"马强道:"贤弟所论甚是。"吩咐请那秀士。此时恶奴等俱在外面候信,听见说请秀士,连忙对倪继祖道:"我们员外请你呢,你见了要小心些。"倪继祖来至厅房,见中间廊下悬一匾额,写着"招贤馆"三字,暗暗道:"他是何等样人,竟敢设立招贤馆,可见是不法之徒。"及至进了厅房,见马强坐在上位,昂不为礼。两旁坐着许多人物,看了去俱非善类。却有两个人站起,执手让道:"请坐。"倪继祖也只得执手回答道:"恕坐。"便在下首坐了。

众人把倪继祖留神细看,见他面庞丰满,气度安详,身上虽不华美,却也齐整。背后立定一个年老仆人。只听东边一人问道:"请问尊姓大名?"继祖答道:"姓李名世清。"西边一人问道:"到此何事?"继祖答道:"奉母命前往天竺进香。"马强听了哈哈笑道:"俺要不提进香,你如何肯说进香呢? 我且问你:既要进香,所有香袋钱粮为何不带呢?"继祖道:"已先派人挑往天竺去了,故此单带个老仆,赏玩途中风景。"马强听了,似乎有理。忽听沈仲元在东边问道:"赏玩风景原是读书人所为,至于调词告状,岂是读书人干得的呢?"倪继祖道:"此话从何说起? 学生几时与人调词告状来?"又听智化在西边问道:"翟九成足下可认得么?"倪继祖道:"学生并不认得姓翟的。"智化道:"既不认得,且请到书房少坐。"便有恶奴带领主仆出厅房,要上书房。刚刚的下了大厅,只见迎头来一人,头戴沿毡大帽,身穿青布箭袖,腰束皮带,足登薄底靴子,手提着马鞭,满脸灰尘。他将倪继祖略略的瞧了一瞧,却将倪忠狠狠的瞅了又瞅。谁知倪忠见了他,登时面目变色,暗说:"不好,这是冤家来了。"

你道此人是谁?他姓姚名成,原来又不是姚成,却是陶宗。只因与贺豹醉后醒来,不见了杨芳与李氏,以为杨芳拐了李氏去了。过些时,方知杨芳在倪家庄做仆人,改名倪忠,却打听不出李氏的下落。后来他二人又劫掠一伙客商,被人告到甘泉县内,追捕甚急。他二人便收什了收什,连夜逃至杭州。花费那无义之财,犹如粪土,不多几时精精光光。二人又干起旧营生来,劫了些资财,贺豹便娶了个再婚老婆度日。陶宗却认得病太岁张华,托他在马强跟前说了,改名姚成,他便趋炎附势的,不多几日,把个马强哄的心花俱开,便把他当做心腹之人,做了主管。因阅朝中邸报,见有奉旨钦派杭州太守,乃是中榜眼用为编修的倪继祖,又是当朝首相的门生。马强心里就有些不得主意,特派姚成扮作行路之人,前往省城,细细打听明白了回来,好做准备。因此姚成行路模样回来,偏偏的刚进门,迎头就撞见倪忠。

且说姚成到了厅上,参拜了马强,又与众人见了。马强便问打听的事体如何,姚成道:"小人到了省城,细细打听,果是钦派榜眼倪继祖作了太守。自到任后,接了许多状子,皆与员外有些关碍。"马强听了,暗暗着慌,道:"既有许多状子,为何这些日并没有传我到案呢?"姚成道:"只因官府一路风霜,感冒风寒,现今病了,连各官禀见俱各不会。小人原要等个水落石出,谁知再也没有信息,因此小人就回来了。"马强道:"这就是了。我说呢,一天可以打两个来回儿,你如何去了四五天呢？敢则是你要等个水落石出。那如何等得呢？你且歇歇儿去罢。"姚成道："方才那个斯文主仆是谁？"马强道："那是我遇见诓了来的。"便把翟九成之事说了一遍，"我原疑惑是他写的呈子，谁知我们大伙盘问了一回，并不是他。"姚成道："虽不是他，却别放他。"马强道："你有什么主意？"姚成道："员外不知，那个仆人我认得。他本名叫做杨芳，只因投在倪家庄作了仆人，改名叫做倪忠。"

沈仲元在旁听了，忙问道："他投在倪家有多少年了？"姚成道："算来也有二十多年了。"沈仲元道："不好了，员外你把太守诓了来了。"马强听罢此言，只唬得双睛直瞪，阔口一张，呵呵了半晌，方问道："贤、贤、贤弟，你如何知、知、知道？"小诸葛道："姚主管既认明老仆是倪忠，他主人焉有不是倪继祖的？再者，问他姓名，说姓李名世清。这明明自己说'我办理事情要清'之意，这还有什么难解的？"马强听了如梦方觉，毛骨悚然，道："可怎么好？贤弟你想个主意方好。"沈仲元道："此事须要员外拿定主意。既已诓来，便难放出。暂将他等锁在空房之内，俟夜静更深，把他请至厅上，大家以礼恳求。就说明知是府尊太守，故意的请府尊大老爷到庄，为分晰案中情节。他若应了人情，说不得员外破些家私，将他买嘱，要张印信甘结，将他荣荣耀耀送到衙署。外人闻知，只道府尊接交员外，不但无人再敢告状，只怕以后还有些照应呢。他若不应时，说不得只好将他处死，暗暗知会襄阳王举事便了。"智化在旁听了，连声夸道："好计，好计！"马强听了，只好如此。便吩咐将他主仆锁在空房。

第七十三回　恶姚成识破旧伏计　美绛贞私放新黄堂　537

虽然锁了,他却踢蹋不安,坐立不宁。出了大厅,来至卧室,见了郭氏安人,嗐声叹气。原来他的娘子,就是郭槐的侄女。见丈夫愁眉不展,便问:"又有什么事了,这等烦恼?"马强见问,便把以往情由述说一遍。郭氏听了道:"益发闹的好了,竟把钦命的黄堂太守弄在家内来了。我说你结交的全是狐朋狗友,你再不信。我还听见说,你又抢了个女孩儿来,名叫锦娘,险些儿没被人家扎一剪子,你把这女子掐在地窖里了。这如今,又把个知府圈在家里,可怎么样呢?"口里虽如此说,心里却也着急。马强又将沈仲元之计说了,郭氏方不言语了。此时天已初鼓,郭氏知丈夫忧心,未进饮食,便吩咐丫鬟摆饭。夫妻二人,对面坐了饮酒。

谁知这些话竟被伏侍郭氏心腹丫鬟听了去了。此女名唤绛贞,年方一十九岁,乃举人朱焕章之女。他父女原籍扬州府仪征县人氏,只因朱先生妻亡之后,家业凋零,便带了女儿上杭州投亲。偏偏的投亲不遇,就在孤山西泠桥租了几间茅屋,一半与女儿居住,一半立塾课读。只因朱先生有端砚一方,爱如至宝,每逢惠风和畅之际,窗明几净之时,他必亲自捧出,赏玩一番,习以为常。不料半年前有一个馆童,因先生养赡不起,将他辞出,他却投在马强家中,无心中将端砚说出。登时的萧墙祸起,恶贼立刻派人前去,拍门硬买。遇见先生迂阔性情,不但不卖,反倒大骂一场。恶奴等回来,枝儿上添叶儿,激得马强气冲牛斗,立刻将先生交前任太守,说他欠银五百两,并有借券为证。这太守明知朱先生被屈,而且又是举人,不能因帐目加刑。因受了恶贼重贿,只得交付县内管押。马强趁此时便到先生家内,不但搜出端砚,并将朱绛贞抢来,意欲收纳为妾。谁知做事不密,被郭氏安人知觉,将陈醋发出大闹了一阵,把朱绛贞要去作为身边贴己的丫鬟。马强无可如何,不知暗暗赔了多少不是,方才讨得安人欢喜。自那日起,马强见了朱绛贞,漫说交口接谈,就是拿正眼瞧他一瞧却也是不敢的。朱绛贞暗暗感激郭氏,他原是聪明不过的女子,便把郭氏哄的犹如母女一般,所有簪环、首饰、衣服、古玩,并锁钥全是交他掌管。

今日因是马强到了,他便隐在一边,将此事俱各窃听去了。暗自思道:"我爹爹遭屈已及半年,何日是个出头之日?如今我何不悄悄将太守放了,叫他救我爹爹。他焉有不以恩报恩的!"想罢,打了灯笼,一直来到空房门前,可巧竟自无人看守。原来恶奴等以为是斯文秀士与老仆人,有甚本领,全不放在心上,因此无人看守。也是吉人天相,暗中自有默佑。朱绛贞见屈戌倒锁,连忙将灯一照,认了锁门,向腰间掏出许多钥匙,拣了个,恰恰投簧,锁已开落。倪太守正与倪忠毫无主意,忽见开门,以为恶奴前来陷害,不由的惊慌失色。忽见进来个女子,将灯一照,恰恰与倪太守对面,彼此觑视,各自惊讶。朱绛贞又将倪忠一照,悄悄道:"快随我来!"一伸手便拉了倪继祖往外就走,倪忠后面紧紧跟随。不多时过了角门,却是花园。往东走了多时,见个随墙门儿,上面有锁并有横闩。朱绛贞放下灯笼,用钥匙开锁。谁知钥匙投进去,锁尚未开,钥匙再也拔不出来。倪太守在旁着急,叫倪忠寻了一块石头猛然一砸,方才开了。忙忙去闩开门。朱绛贞方说道:"你们就此逃了去罢。奴有一言奉问:你们到底是进香的,还是真正太守呢?如若果是太守,奴有冤枉。"

好一个聪明女子!他不早问,到了此时方问,全是一片灵机。何以见得?若在空房之中问时,他主仆必以为恶贼用软局套问来了,焉肯说出实话呢?再者,朱绛贞他又惟恐不能救出太守。幸喜一路奔至花园,并未遇人,暗暗念佛。及至将门放开,这已救人彻了,他方才问此句,你道是聪明不聪明?是灵机不是?倪太守到了此时,不得不说了。忙忙答道:"小生便是新任的太守倪继祖。姐姐有何冤枉,快些说来!"朱绛贞连忙跪倒,口称:"大老爷在上,贱妾朱绛贞叩头。"倪继祖连忙还礼,道:"姐姐不要多礼,快说冤枉!"朱绛贞道:"我爹爹名唤朱焕章,被恶贼诬赖欠他纹银五百两,在本县看管已然半载。又将奴家抢来,幸而马强惧内,奴家现在随他的妻子郭氏,所以未遭他手。求大老爷到衙后,务必搭救我爹爹要紧。别不多言,你等快些去罢!"倪忠道:"姐姐放心,我主仆俱各记下了。"朱绛贞道:"你们出了此门,直往西北便是大路。"主仆二人才待举步,朱绛贞又唤道:"转来,转来。"

不知有何言语,且听下回分解。

第七十四回

淫方貂误救朱烈女　贪贺豹狭逢紫髯伯

且说倪继祖又听朱烈女唤"转来"，连忙说道："姐姐还有什么吩咐？"朱绛贞道："一时忙乱，忘了一事。奴有一个信物，是自幼佩带不离身的。倘若救出我爹爹之时，就将此物交付我爹爹，如同见女儿一般。就说奴誓以贞洁自守，虽死不辱。千万叫我爹爹不必挂念。"说罢递与倪继祖，又道："大老爷务要珍重。"倪继祖接来，就着灯笼一看，不由的失声道："哎哟，这莲花……"刚说至此，只见倪忠忙跑回来，道："快些走罢！"将手往胳肢窝里一夹，拉着就走。倪继祖回头看来，后门已关，灯光已远。

且说朱绛贞从花园回来，芳心乱跳。猛然想起，暗暗道："一不做，二不休。趁此时，我何不到地牢将锦娘也救了，岂不妙哉！"连忙到了地牢。恶贼因这是个女子，不用人看守。朱小姐也是配了钥匙，开了牢门。便问锦娘有投靠之处没有，锦娘道："我有一姑母离此不远。"朱绛贞道："我如今将你放了，你可认得么？"锦娘道："我外祖时常带我往来，奴是认得的。"朱绛贞道："既如此，你随我来。"两个人仍然来至花园后门。锦娘感恩不尽，也就逃命去了。朱小姐回来静静一想，暗说："不好，我这事闹的不小。"又转想："自己伏侍郭氏，他虽然嫉妒，也是水性杨花。倘若他被恶贼哄转，要讨丈夫欢喜，那时我难保不受污辱。嗳!人生百岁,终须一死。何况我爹爹冤枉,已有太守搭救。心愿已完,莫若自尽了,省得耽惊受怕。但死于何地才好呢?有了,我索性缢死在地牢,他们以为是锦娘悬梁,及至细瞧,却晓得是我,也叫他们知道是我放的锦娘,由锦娘又可以知道那主仆也是我放的。我这一死,也就有了名了。"主意已定,来到地牢之中,将绢巾解下,拴好套儿,一伸脖颈,觉得香魂缥渺,悠悠荡荡,落在一人身上。渐渐苏醒,耳内只听说道:"似你这样毛贼,也敢打闷棍,岂不令人可笑。"这话说的是谁?朱绛贞如何又在他身上?到底是上了吊了不是?是死了没死?说的好不明白,其中必有缘故,待我慢慢叙明。

朱绛贞原是自缢来着。只因马强白昼间在招贤馆将锦娘抢来,众目所睹,早就引动了一人,暗自想道:"看此女美貌非常,惜乎便宜了老马。不然时,我若得此女,一生快乐,岂不胜似神仙。"后来见锦娘要刺马强,马强一怒,将他掐在地牢,却又暗暗欢喜,道:"活该这是我的姻缘。我何不如此如此呢?"你道此人是谁?乃是赛方朔方貂。这个人,且不问他出身行为,只他这个绰号儿,便知是个不通的了。他不知听谁说过,东方朔偷桃是个神贼,他便起了绰号叫赛方朔。他又何尝知道复姓东方名朔呢?如果知道,他必将"东"字添上,叫赛东方朔。不但念着不受听,而且拗口。莫若是赛方朔罢,管他通不通,不过是贼罢了。这方貂因到二更之半,不见马强出来,他便悄悄离了招贤馆,暗暗到了地牢,黑影中正碰在吊死鬼身上,暗说"不好",也不管是锦娘不是,他却右手揽定,听了听喉间尚然作响,忙用左手顺着身体摸至项下,把巾帕解开,轻轻放在床上。他却在对面将左手拉住右手,右手拉住左手,往上一扬,把头一低,自己一翻身,便把女子两胳膊搭在肩头,然后一长身,回手把两腿一拢,往上一颠,把女子背负起来,迈开大步,往后就走。谁知他也是奔花园后门,皆因素来瞧在眼里的。及至来到门前,却是双扇虚掩。暗暗道:"此门如何会开了呢?不要管他,且自走路要紧。"一气走了三四里之遥,刚然背至夹沟,不想遇见个打闷棍的。只道他背着包袱行李,冷不防就是一棍。方貂早已留神,见棍临近,一侧身,把手一扬,夺住闷棍往怀里一带,又往外一耸,只见那打闷棍的将手一撒,咕咚一声,栽倒在地,爬起来就跑。因此方貂说道:"似你这毛贼,也来打闷棍,岂不令人可笑。"可巧朱绛贞就在此苏醒,听见此话。

谁知那毛贼正然跑时,只见迎面来了一条大汉,拦住问道:"你是做甚么的,快讲!"真是贼起飞智,他就连忙跪倒,道:"爷爷救命吓!后面有个打闷棍的,抢了小人的包袱去了。"原来此人却是北侠。一闻此言,便问道:"贼在那里?"贼说:"贼在后面。"北侠回手抽出七宝钢刀,迎将上来。这里方貂背着朱绛贞往前正然走着,迎面来了个高大汉子,口中吆喝着:"快将包袱留下!"方貂以为是方才那贼的伙计,便在树下将身体一纵,往后一仰,将朱绛贞放下,就举那贼的闷棍打来。北侠将刀只用一磕,棍已削去半截。方貂道:"好家伙!"撒了那半截木棍,回手即抽出朴刀斜刺里砍来。北侠一顺手,只听噌的一声,朴刀分为两段。方貂"嗳呀"一声,不敢恋战,回身逃命去了。北侠也不追赶。谁知这毛贼在旁边看热闹儿,见北侠把那贼战跑了,他早已看见树下黑魆魆一堆,他以为是包袱,便道:"多亏爷爷搭救!幸喜他包袱撂在树下。"北侠道:"既如此,随我来,你就拿去。"那贼满心欢喜,刚刚走至跟前,不防包袱活了,连北侠唬了一跳,连忙问道:"你是什么人?"只听道:"奴家是遇难之人,被歹人背至此处,不想遇见此人,他也是个打闷棍的。"北侠听了,一伸手将贼人抓住,道:"好贼,你竟敢哄我不成?"贼人央告道:"小人实实出于无奈,家中现有八旬老母,求爷爷饶命。"北侠道:"这女子从何而来,快说!"贼人道:"小人不知,你老问他。"

北侠揪着贼人,问女子道:"你因何遇难?"朱绛贞将以往情由述了一遍:"原是自己上吊,不知如何被那人背出。如今无路可投,求老爷搭救搭救!"北侠听了,心中为难,如何带着女子黑夜而行呢?猛然省道:"有了,何不如此如此。"回头对贼人道:"你果有老母么?"贼人道:"小人再不敢撒谎。"北侠道:"你家住在那里?"贼人道:"离此不远,不过二里之遥,有一小村,北上坡就是。"北侠道:"我对你说,我放了你,你要依我一件事。"贼人道:"任凭爷爷吩咐。"北侠道:"你将此女背到你家中,我自有道理。"贼人听了,便不言语。北侠道:"你怎么不愿意?"将手一拢劲,贼人道:"嗳呀!我愿意,我愿意。我背,我背!"北侠道:"将他好好背起,不许回首。背的好了,我还要赏你。如若不好生背时,难道你这头颅比方才那人朴刀还结实么?"贼人道:"爷爷放心,我管保背的好好的。"便背起来。北侠紧紧跟随,竟奔贼人家中而来。一时来在高坡之上,向前叩门。暂且不表。

再说太守被倪忠夹着胳膊拉了就走,太守回头看时,门已关闭,灯光已远，只得没命的奔驰。一个懦弱书生，一个年老苍头，又是黑夜之间，瞧的是忙，脚底下迈步却不能大。刚走一二里地，倪太守道："容我歇息歇息。"倪忠道："老奴也发了喘了。与其歇息，莫若款款而行。"倪太守道："老人家说的真是。只是这莲花从何而来？为何到了这女子手内？"倪忠道："老爷说什么莲花？"倪太守道："方才那救命姐姐说他父亲有冤枉，恐不凭信，他给了我这一枝白玉莲花，作为信物。彼时就着灯光一看，合我那枝一样颜色，一样光润。我才待要问，就被你夹着胳膊跑了。我心中好生纳闷！"倪忠道："这也没有什么可闷的，物件相同的颇多。且自收好了，再作理会。只是这位小姐搭救我主仆，此乃莫大之恩。而且老奴在灯下看这小姐，生的十分端庄美貌。老爷嗳，为人总要知恩报恩，莫若因门楣辜负了他这番好意。"倪太守听了此话，叹道："嗐，你我逃命尚且顾不来，还说什么门楣不门楣，报恩不报恩呢！"谁知他主仆絮絮叨叨，奔奔波波，慌不择路，原是往西北，却忙忙误走了正西。忽听后面人马声嘶，猛回头，见一片火光燎亮。倪忠着急道："不好了，有人追了来了。老爷且自逃生。待老奴迎上前去，以死相拚便了。"说罢，他也不顾太守，一直往东，竟奔火光而来。刚刚的迎了有半里之遥，见火光往西北去了。原来这火光走的是正路，可见方才他主仆走的岔了。

倪忠喘息了喘息，道："敢则不是追我们的！"何尝不是追你们的！若是走大路，也追上了。他定了定神，仍然往西来寻太守。又不好明明呼唤，他也会想法子，口呼："同人，同人，同人在那里？同人在那里？"只见迎面来了一人，答道："那个唤同人？"却也是个老者声音。倪忠来至切近,道:"我因有个同行之人失散,故此呼唤。"那老者道:"既是同人失散,待我帮你呼唤。"于是也就"同人"、"同人"呼唤多时,并无人影。倪忠道:"请问老丈是往何方去的?"那老者叹道:"嗐,只因我老伴儿有个侄女,被人陷害,是我前去探听,并无消息,因此回来晚了。又听人说,前面夹沟子有打闷棍的,这怎么处呢?"倪忠道:"我与同人也是受了颠险的,偏偏的到此失散。如今我这两腿酸疼,再也不能走了,如何是好? 我还没问老丈贵姓?"那老者道:"小老儿姓王名凤山,动问老兄贵姓?"倪忠道:"我姓李,咱们找个地方歇息歇息方好。"王凤山道:"你看那边有个灯光,咱们且到那里。"

　　二人来至高坡之上,向前叩门。只听里面有妇人问道:"什么人叩门?"外面答道:"我们是遇见打闷棍的了,望乞方便方便。"里面答道:"等一等。"不多时门已开放,却是一个妇人,将二人让进,仍然把门闭好。来至屋中,却是三间草屋,两明一暗。将二人让至床上坐了,倪忠道:"有热水讨杯吃。"妇人道:"水却没有,到有村醪酒。"王凤山道:"有酒更妙了,求大嫂温的热热的,我们全是受了惊恐的了。"不一时妇人暖了酒来,拿两个茶碗掇上。二人端起就喝,每人三口两气就是一碗。还要喝时,只见王凤山说:"不好了,我为何天旋地转?"倪忠说:"我也有些头迷眼昏。"说话时,二人栽倒床上,口内流涎。妇人笑道:"老娘也是伏侍你们的? 这等受用,还叫老娘温的热热的。你们下床去罢,让老娘歇息歇息!"说罢,拉拉拽拽,拉下床来。他便坐在床上,暗想道:"好天杀忘八,看他回来如何见我!"

他这样害人的妇人,比那救人的女子,真有天渊之别。

妇人正自暗想,忽听外面叫道:"快开门来,快开门来!"妇人在屋内答道:"你将就着等等儿罢!来了就是这时候,要忙早些儿来呀。不要脸的忘八!"北侠在外听了,问道:"这是你母亲么?"贼人道:"不是,不是。这是小人的女人。"忽又听妇人来至院内,埋怨道:"这是你出去打杠子呢?好吗,把行路的赶到家里来。若不亏老娘用药将他二人迷倒,孩儿吓,明日打不了的官司呢!"北侠外面听了有气,道:"明是他母亲,怎么说是他女人呢?"贼人听了着急,恨道:"快开开门罢,爷爷来了。"北侠已听见药倒二人,就知这妇人也是个不良之辈。开开门时,妇人将灯一照,只见丈夫背了个女子。妇人大怒道:"好吓,你敢则闹这个儿呢,还说爷爷来了。"刚说至此,忽然瞧见北侠身量高大,手内拿着明晃晃的钢刀,便不敢言语了。北侠进了门,顺手将门关好,叫妇人前面引路。妇人战战兢兢引至屋内,早见地下躺着二人。北侠叫妇人将朱绛贞放在床上。只见贼夫贼妇俱各跪下,说道:"只求爷爷开一线之路,饶我二人性命。"北侠道:"我且问你,此二人何药迷倒?"妇人道:"有解法,只用凉水灌下,立刻苏醒。"北侠道:"既如此,凉水在那里?"贼人道:"那边坛子里就是。"北侠伸手拿过碗来,舀了一碗,递与贼人道:"快将他二人救醒。"贼人接过去灌了。

北侠见他夫妇俱不是善类,已定了主意,道:"这蒙汗酒只可迷倒他二人,若是我喝了绝不能迷倒。不信,你等就对一碗来试试看如何?"妇人听了先自欢喜,连忙取出酒与药来,加料的合了一碗,温了个热。北侠对贼妇说道:"与人方便,自己方便。你等既可药人,自己也当尝尝。"贼人听了,慌张道:"别人吃了,用凉水解。我们吃了,谁给凉水呢?"北侠道:"不妨事,有我呢。纵然不用凉水,难道药性走了,便不能苏醒么?"贼人道:"虽则苏醒,是迟的。须等药性发散尽了,总不如凉水醒的快。"

正说间,只见地下二人苏醒过来。一个道:"李兄,何得一碗酒就醉了?"一个道:"王兄,这酒别有些不妥当罢。"说罢,俱各坐起来揉眼。北侠一眼望去,忙问道:"你不是倪忠么?"倪忠道:"我正是倪忠。"一回头看见了贼人,忙问道:"你不是贺豹么?"贼人道:"我正是贺豹。杨伙计,你因何至此?"王凤山便问倪忠道:"李兄,你到底姓什么?如何又姓杨呢?"北侠听了,且不追问,立刻催逼他夫妇将药酒喝了,二人登时迷倒在地。方问倪忠:"太守那里去了?"倪忠就把诓到霸王庄,被陶宗识破,多亏一个被抢的女人名唤朱绛贞,这位小姐搭救我主仆逃生,不想见了火光,只道是有人追来,却又失散的话说了一遍。北侠尚未答言,只听床上的朱绛贞说道:"如此说来,奴是枉用了心机了。"倪忠听此话,往床上一看,道:"嗳呀,小姐如何也到这里?"朱绛贞便把地牢又释放了锦娘,自己自缢的话也说了一遍。王凤山道:"这锦娘可是翟九成的外孙女么?"倪忠道:"正是。"王凤山道:"这锦娘就是小老儿的侄女儿。小老儿方才说打听遇难之女,正是锦娘,不料已被这位小姐搭救。此恩此德何以答报!"北侠在旁听明此事,便道:"为今之计,太守要紧。事不宜迟,我还要上霸王庄去呢。等候天明,务必雇一乘小轿,将朱小姐就送在王老丈家中。倪主管,你须安置妥协了,即刻赶到本府,那时自有太守的下落。"倪忠与王凤山一一答应。北侠又将贺豹夫妇提至里间屋内。惟恐他们苏醒过来,他二人又要难为倪忠等,那边有现成的绳子,将他二人捆绑了结实。倪忠等更觉放心。北侠临别又谆谆嘱咐了一番,竟奔了霸王庄而来。

要知后文如何,且听下回分解。

第七十五回

倪太守途中重遇难　黑妖狐牢内暗杀奸

且说北侠与倪忠等分别之后,竟奔霸王庄而来。

再表前文。倪太守因见火光,倪忠情愿以死相拚,已然迎将上去,自己只得找路逃生。谁知黑暗之中,见有白亮亮一条蚰蜒小路儿,他便顺路行去。出了小路,却正是大路。见道旁地中有一窝棚,内有灯光,他却慌忙奔至跟前,意欲借宿。谁知看窝棚之人不敢存留,道:"我们是有家主天天要来稽查的。似你黉夜至此,知道是什么人呢?你且歇息歇息,另投别处去罢,省得叫我们跟着担不是。"倪太守无可如何,只得出了窝棚,另寻去处。刚刚才走了几步,只见那边一片火光,有许多人直奔前来。倪太守心中一急,不分高低,却被道埂绊倒,再也扎挣不起来了。此时火光业已临近,原来正是马强。

只因恶贼等到三鼓之时,从内出来到了招贤馆,意欲请太守过来。只见恶奴慌慌张张走来报道:"空房之中门已开了,那主仆二人竟自不知何处去了。"马强闻听,这一惊不小。独有黑妖狐智化与小诸葛沈仲元暗暗欢喜,却又纳闷,竟不知何人所为,竟将他二人就放走了。马强呆了半晌,问道:"似此如之奈何?"其中就有些光棍各逞能为,说道:"大约他主仆二人也逃走不远,莫若大家骑马分头去赶,赶上拿回再作道理。"马强听了，立刻吩咐鞴马。一面打着灯笼火把，从家内搜查一番。却见花园后门已开，方知道由内逃走。连忙带了恶奴光棍等，打着灯笼火把乘马追赶，竟奔西北大路去了。追了多时，不见踪影，只得勒马回来。不想在道旁土坡之上，有人躺卧，连忙用灯笼一照，恶奴道："有了，有了，在这里呢。"伸手轻轻慢慢提在马强的马前。马贼问道："你如何竟敢开了花园后门私自逃脱了？"倪太守听了，心中暗想："若说出朱绛贞来，岂不又害了难女，恩将仇报么？"只得厉声答道："你问我如何逃脱么？皆因是你家娘子怜我，放了我的。"恶贼听了，不由的暗暗切齿，骂道："好个无知贱人，险些儿误了大事。"吩咐带到庄上去。众恶奴拥护而行。

不多时到了庄中，即将太守掐在地牢。吩咐众恶奴："你们好好看着，不可再有失误，不是当耍的。"且不到招贤馆去，气忿忿的一直来到后面。见了郭氏，暴躁如雷的道："好吓，你这贱人，不管事轻重，竟敢擅放太守，是何道理？"只见郭氏坐在床上，肘打磕膝，手内拿着耳挖剔着牙儿，连理也不理。半响方问道："什么太守，你合我嚷？"马强道："就是那斯文秀士与那老苍头。"郭氏啐道："瞎扯臊，满嘴里喷屁！方才不是我合你一同吃饭吗？谁又动了一动儿，你见我离了这个窝儿了吗？"马强听了，猛然省道："是吓，自初鼓吃饭直到三更，他何尝出去了呢？"只得回嗔作喜道："是我错怪了你了。"回身就走。郭氏道："你回来！你就这胡吹乱嚷的闹了一阵就走吓，还说点子什么？"马强笑道："是我暴躁了。等我们商量妥了，回来再给你赔不是。"郭氏道："你不用合我闹米汤。我且问你，你方才说放了太守,难道他们跑了么?"马强拍拍手道:"何尝不是呢!是我们骑马四下追寻,好容易单单的把太守拿回来了。"郭氏听了冷笑道:"好嘛!哥哥儿,你提防着官司罢。"马强问道:"什么官司?"郭氏道:"你要拿,就该把主仆同拿回来呀,你为什么把苍头放跑了?他这一去,不是上告,就是调兵。那些巡检、守备、千把总听说太守被咱们拿了来,他们不合咱们要人呀?这个乱子才不小呢。"马强听了,急的搓搓手道:"不好,不好!我须和他们商量去。"说罢,竟奔招贤馆去了。郭氏这里叫朱绛贞拿东西,竟不见了朱绛贞,连所有箱柜上钥匙都不见了,方知是朱绛贞把太守放走。他还不知连锦娘都放了。

且说马强到了招贤馆,便将郭氏话对众说了。沈仲元听了并不答言。智化佯为不理,仿佛惊呆了的样子。只听众光棍道:"兵来将挡,事到头来,说不得了。莫若将太守杀之,以灭其口。明日纵有兵来,只说并无此事。只要牙关咬的紧紧的,毫不应承,也是没法儿的。员外,你老要把这场官司滚出来,那才算一条英雄好汉。即不然,还有我等众人,齐心努力,将你老救出来,咱们一同上襄阳举事,岂不妙哉!"马强听了,登时豪气冲空,威风迭起,立刻唤马勇,付与钢刀一把,前到地牢将太守杀死,把尸骸撂于后园井内。黑妖狐听了,道:"我帮着马勇前去。"马强道:"贤弟若去更好。"

二人离了招贤馆,来至地牢。智化见有人看守,对着众恶奴道:"你们只管歇息去罢。我们奉员外之命,来此看守。再有失闪,有我二人一面承管。"众人听了,乐得歇息,一哄而散。马勇道:"智爷为何叫他们散了?"智化道:"杀太守这是机密事,如何叫众人知得的呢?"马勇道:"倒是你老想的到。"进了地牢,智化在前,马勇在后。智化回身道:"刀来。"马勇将刀递过。智化接刀,一顺手先将马勇杀了。回头对倪太守道:"略等一等,我来救你。"说罢,提了马勇尸首,来至后园,撂入井内。急忙忙转到地牢一看,罢咧,太守不见了。智化这一急非小,猛然省悟道:"是了,这是沈仲元见我随了马勇前来,暗暗猜破,他必救出太守去了。"后又一转想道:"不好。人心难测,焉知他不又献功去了?且去看个端的。"即跃身上房,犹如猿猴一般,轻巧非常。来至招贤馆房上,偷偷儿看了,并无动静,而且沈仲元正与马强说话呢。黑妖狐道:"这太守往那里去了?且去庄外看看。"即抽身离了招贤馆,蹿身越墙来至庄外。留神细看,却见有一个影儿奔入树林中去了。智化一伏身,追入树林之中。只听有人叫道:"智贤弟,劣兄在此。"黑妖狐仔细一看,欢喜道:"原来是欧阳兄么?"北侠道:"正是。"黑妖狐道:"好了,有了帮手了。太守在那里?"北侠道:"那树木之下就是。"智化见了,三人计议,于明日二更拿马强,叫智化作为内应。倪太守道:"多承二位义士搭救。只是学生昨日起直至五更,昼夜辛勤,实实的骨软筋酥,而且不知道路,这可怎么好?"

正说时,只听得嗒嗒马蹄声响。来至林前,蹿下一个人来,悄悄说道:"师父,弟子将太守马盗得来在此。"智化听了是艾虎的声音,说道:"你来的正好!快将马拉过来。"北侠问道:"这小孩子是何人?如何有此本领?"智化道:"是小弟的徒弟,胆量颇好。过来见过欧阳伯父。"艾虎唱了一个喏。北侠道:"你师徒急速回去,省得别人犯疑。我将太守送至衙署便了。"说罢,执手分别。

智化与小爷艾虎回庄,便问艾虎道:"你如何盗了马来?"艾虎道:"我因暗地里跟你老到地牢前,见你老把马勇杀了,就知要救太守。弟子惟恐太守胆怯力软,逃脱不了,故此偷偷的备了马来。原打算在树林等候,不想太守与师父来的这般快。"智化道:"你还不知道呢,太守还是你欧阳伯父救的呢。"艾虎道:"这欧阳伯父,不是师父常提的紫髯伯呀?"智化道:"正是。"艾虎跌足道:"可惜黑暗之中,未能瞧见他老的模样儿。"智化悄悄道:"你别忙,明日晚二更,他还来呢。"艾虎听了,心下明白,也不往下追问。说话间已到庄前。智化道:"自寻门路,不要同行。"艾虎道:"我还打那边进去。"说罢飕的一声,上了高墙,一转眼就不见了。智化暗暗欢喜,也就跃墙来至地牢,从新往招贤馆而来,说马勇送尸骸往后花园井内去了。

且说北侠护送倪太守,在路上已将朱绛贞、倪忠遇见了的话说了一遍。一个马上,一个步下,走了个均平。看看天亮,已离府衙不远,北侠道:"大老爷,前面就是贵衙了,我不便前去。"倪继祖连忙下马,"多承恩公搭救。为何不到敝衙,略申酬谢?"北侠道:"我若随到衙门,恐生别议。大老爷只想着派人,切莫误了大事。"倪太守道:"定于何地相会?"北侠道:"离霸王庄南二里有个瘟神庙,我在那里专等。至迟,掌灯总要会齐。"倪太守谨记在心。北侠转身就不见了。

太守复又扳鞍上马,迤逦行来,已至衙前。门上等连忙接了马匹,引至书房。有书房小童余庆参见。倪太守问:"倪忠来了不曾?"余庆禀道:"尚未回来。"伺候太守净面更衣。吃茶时,余庆请示老爷在那里摆饭。太守道:"饭略等等,候倪忠回来再吃。"余庆道:"老爷先用些点心,喝点汤儿罢。"倪太守点了点头。余庆去不多时,捧了大红漆盒,摆上小菜,极热的点心,美味的羹汤。太守吃毕,在书房歇息,盼望倪忠,见他不回来,心内有些焦躁。好容易到了午刻,倪忠方才回来。已知主人先自到署,心中欢喜。及至见面时,虽则别离不久,然而皆从难中脱逃出来,未免彼此伤心,各诉失散之后的情由。倪忠便道:"送朱绛贞到王凤山家中,谁知锦娘先已到他姑母那里。娘儿两个见了朱绛贞,千恩万谢,就叫朱小姐与锦娘同居一室。王老者有个儿子,极其儒雅。那老儿恐他在家不便,却打发他上县。一来与翟九成送信,二来就叫他在那里照应。老奴见诸事安置停当,方才回来。偏偏雇的骡儿又慢,要早到是再不能的,所以来迟,叫老爷悬心。"太守又将与北侠定于今晚捉拿马强的话也说了,倪忠快乐非常。

　　此时余庆也不等吩咐,便传了饭来,安放停当。太守就叫倪忠同桌儿吃。饭毕,然后倪忠出来问:"今日该值头目是谁?"上来二人答道:"差役王恺、张雄。"倪忠道:"随我来,老爷有话交派。"倪忠带领二人来至书房,差役跪倒报名。太守吩咐道:"特派你二人带领二十名捕快,暗藏利刃,不准同行,陆续散走,全在霸王庄南二里之遥,有个瘟神庙那里聚齐。只等掌灯时,有个碧睛紫髯的大汉来时,你等须要听他调遣。如有敢违背者,回来我必重责。此系机密之事,不可声张,倘有泄露,惟你二人是问。"王恺、张雄领命出来,挑选精壮捕快二十名,悄悄的预备了。

且说马强虽则一时听了众光棍之言,把太守杀了,却不见马勇回来,暗想道:"他必是杀了太守,心中害怕逃走了,或者失了脚也掉在井里了。"胡思乱想,总觉不安。惟恐官兵前来捉捕要人,这个乱子实在闹的不小,未免短叹长吁,提心吊胆。无奈叫家人备了酒席,在招贤馆大家聚饮。众光棍见马强无精打彩的,知道为着此事。便把那作光棍闯世路的话头各各提起:什么"生而何欢,死而何惧"咧;又是什么"敢做敢当,才是英雄好汉"咧;又是什么"砍了脑袋去,不过碗大疤子"咧;又是什么"不受苦中苦,焉能为人上人"咧;"但是受了刑,咬牙不招,方算好的,称的起人上人"。说的马强漏了气的干尿泡似的,那么一臟一臟的,却长不起腔儿来。

正说着,只见恶奴前来道:"回员外……"马强打了个冷战,"怎么,官兵来了?"恶奴道:"不是。南庄头儿交粮来了。"马强听了,将眼一瞪道:"收了就是了。这也值的大惊小怪!"复又喝酒。偏偏今儿事情多,正在讲交情,论过节,猛抬头,见一个恶奴在那边站着,嘴儿一拱一拱的,意思要说话。马强道:"你不用说,可是官兵到了不是?"那家人道:"是小人才上东庄取了银子回来。"马强道:"嘻,好烦吓!交到帐房里去就结了,这也犯的上挤眉弄眼的。"这一天,似此光景,不一而足。

不知到底如何,且听下回分解。

第七十六回

割帐绦北侠擒恶霸　对莲瓣太守定良缘

且说马强担了一天惊怕,到了晚间,见毫无动静,心里稍觉宽慰,对众人说道:"今日白等了一天,并没见有个人来,别是那老苍头也死了罢?"众光棍道:"员外说的是,一个老头子有多大气脉,连唬带累,准死无疑。你老可放心罢!"众人只顾奉承恶贼欢喜,也不想想朝廷家平空的丢了一个太守,也就不闻不问,焉有此理?其中独有两个人明白:一个是黑妖狐智化,心内早知就里,却不言语;一个是小诸葛沈仲元,瞧着事情不妥,说肚腹不调,在一边躲了。剩下些浑虫糊涂糙子,浑吃浑喝,不说理,顺着马强的竿儿往上爬,一味的抱粗腿,说的恶贼一天愁闷都抛于九霄云外,端起大杯来哈哈大笑。左一巡,右一盏,不觉醺醺,便起身往后边去了。见了郭氏,未免讪讪的,没说强说,没笑强笑,哄的郭氏脸上下不来,只得也说些安慰的话儿。又提拨着叫他寄信与叔父马朝贤暗里照应。马强更觉欢喜,喝茶谈话。

不多时已交二鼓。马强将大衫脱去,郭氏也把簪环卸了,脱去裙衫。二人刚要进帐安歇,忽见软帘唿的一响,进来一人,光闪闪碧睛暴露,冷森森宝刀生辉。恶贼一见,骨软筋酥,双膝跪倒,口中哀求:"爷爷饶命!"北侠道:"不许高声!"恶贼便不敢言语。北侠将帐子上丝绦割下来,将他夫妇捆了,用衣襟塞口。回身出了卧室,来至花园,

第七十六回　割帐幔北侠擒恶霸　对莲瓣太守定良缘

将双手啪啪啪一阵乱拍，见王恺、张雄带了捕快俱各出来。他等众人皆是在瘟神庙会齐，见了北侠。北侠引着王恺、张雄认了花园后门，叫他们一更之后俱在花园藏躲，听拍掌为号。一个个雄赳赳，气昂昂，跟了北侠来至卧室。北侠吩咐道："你等好生看守凶犯，待我退了众贼，咱们方好走路。"说话间，只听前面一片人声鼎沸。原来有个丫鬟从窗下经过，见屋内毫无声响，撕破窗纸一看，见马强、郭氏俱各捆绑在地，只唬的胆裂魂飞，忙忙的告诉了众丫鬟，方叫主管姚成到招贤馆请众寇。神手大圣邓车、病太岁张华听了，带领众光棍，各持兵刃，打着亮子，跟随姚成往后面而来。

此时北侠在仪门那里，持定宝刀专等退贼。众人见了，谁也不敢向前。这个说："好大身量。"那个说："瞧那刀有多亮，必是锋霜儿快。"这个叫："贤弟，我一个儿不是他的对手，你帮帮哥哥一把儿。"那个唤："仁兄，你在前面虚招架，我绕到后面给他个冷不防。"邓车道："你等不要如此，待我来。"伸手向弹囊中掏出弹子，扣上弦，拽开铁靶弓。北侠早已看见，把刀扁着。只见发一弹来，北侠用刀往回里一磕，只听当啷一声，那边众贼之中，有个先"啊呀"了一声，道："打了我了。"邓车连发，北侠连磕。此次非邓家堡可比，那是黑暗之中，这是灯光之下，北侠看的尤其真切。左一刀，右一刀，磕的弹子就犹如打嘎的一般，也有打在众贼身上的，也有磕丢了的。病太岁张华以为北侠一人，可以欺侮，他从旁边溜步过去，飕的就是一刀。北侠早已提防，见刀临近，用刀往对面一削，噌的一声，张华的刀飞起去半截。可巧落在一个贼人头上，外号儿叫做铁头浑子徐勇，这一下也把小子戳了一个窟窿。众贼见了,乱嚷道:"了不得了,祭起飞刀来了。这可不是顽的呀!我可了不了,不是他的个儿,趁早儿躲开罢,别叫他做了活。"七言八语只顾乱嚷,谁肯上前。哄的一声,俱各跑回招贤馆,将门窗户壁关了个结实,连个大气儿也不敢出,要咳嗽俱用袖子捂着嘴,嗓子里憋着。不敢点灯,全在黑影儿里坐着。

此时黑妖狐智化已叫艾虎将行李收拾妥当了,师徒两个暗地里瞭高,瞧到热闹之处,不由暗暗叫好。艾虎见北侠用宝刀磕那弹子,迅速之极,只乐得他抓耳挠腮,暗暗夸道:"好本事,好目力!"后来见宝刀削了张华的利刃,又乐的他手舞脚蹈,险些儿没从房上掉下来,多亏智化将他揪住了。见众人一哄而散,他师徒方从房上跃下,与北侠见了。问马强如何,北侠道:"已将他夫妻拿获。"智爷道:"郭氏无甚大罪,可以免其到府,单拿恶贼去就是了。"北侠道:"吾弟所论甚是。"即吩咐王恺、张雄等单将马强押解到府。智化又找着姚成,叫他备快马一匹与员外乘坐。姚成不敢违拗,急忙备来。艾虎背上行李,跟定智化、欧阳春一同出庄,仿佛护送员外一般。

此时天已五鼓,离府尚有二十五六里之遥。北侠见艾虎甚是伶俐,且少年一团英气,一路上与他说话,他又乖滑的很,把个北侠爱了个使不得。而且艾虎说他无父无母,孤苦之极,幸亏拜了师父,蒙他老人家疼爱,方习学了些武艺,这也是小孩子的造化。北侠听了此话,更觉可怜。他回头便对智爷道:"令徒很好,劣兄甚是爱惜。我意欲将他认为义子螟蛉,贤弟以为何如?"智化尚未答言,只见艾虎扑翻身拜倒,道:"艾虎原有此意,如今伯父既有这此心,更是孩儿的

第七十六回　割帐绦北侠擒恶霸　对莲瓣太守定良缘

造化了。爹爹就请上,受孩儿一拜。"说罢,连连叩首在地。北侠道:"就是认为父子,也不是这等草率的。"艾虎道:"什么草率不草率,只要心真意真,比那虚文套礼强多了。"说的北侠、智爷二人都乐了。艾虎爬起来,快乐非常。智化道:"只顾你磕头认父,如今被他们落远了,快些赶上要紧。"艾虎道:"这值什么呢?"只见他一伏身,唆唆唆唆,登时不见了。北侠、智化又是欢喜,又是赞美,二人也往就前趱步。

看看天色将晓,马强背剪在马上,塞着口,又不能言语,心中暗暗打算:"所做之事,俱是犯款的情由,说不得只好舍去性命,咬定牙根,全给他不应,那时也不能把我怎样。"急的眼似銮铃,左观右看。就见智化跟随在后,还有艾虎随来,肩头背定包裹。马强心内叹道:"招贤馆许多宾朋,如今事到临头,一个个畏首畏尾,全不想念交情。只有智贤弟一人相送,可见知己朋友是难得的。可怜艾虎小孩子天真烂漫,他也跟了来,还背着包袱,想是我应换的衣服。若能够回去,倒要多疼他一番。"他那里知道他师徒另存一番心呢。

北侠见离府衙不远,便与智爷、艾虎煞住脚步。北侠道:"贤弟,你师徒意欲何往?"智爷道:"我等要上松江府茉花村去。"北侠道:"见了丁氏昆仲,务必代劣兄致意。"智爷道:"欧阳兄何不一同前往呢?"北侠道:"刚从那里来的不久,原为到杭州游玩一番,谁知遇见此事。今既将恶人拿获,尚有招贤馆的馀党,恐其滋事,劣兄只得在此耽延几时,俟结案无事,我还要在此处游览一回,也不负我跋涉之劳。后会有期,请了!"智化也执手告别。艾虎从新又与北侠行礼叩别,恋恋不舍,几乎落下泪来。北侠从此就在杭州。

再言招贤馆的众寇,听了些时,毫无动静,方敢掌灯。彼此查看,独不见了智化。又呼馆童艾虎,也不见了。大家暗暗商量,就有出主意:"莫若上襄阳王赵爵那里去。"又有说:"上襄阳去,缺少盘费如何是好?"又有说:"向郭氏嫂嫂借贷去。"又有说:"他丈夫被人拿去,还肯借给咱们盘川,叫奔别处去么?"又有说阴功话的:"依我,咱们如此如此,抢上前去。"众人听了俱各欢喜,一个个登时抖起威风,出了招贤馆,到了仪门,呐一声喊道:"我等乃北侠带领在官人役,因马强陷害平民,刻薄成家,理无久享,先抢了他的家私泄众恨。"说到"抢"字,一拥齐入。

此时郭氏多亏了丫鬟们松了绑缚,哭够多时,刚入帐内安歇。忽听此言,那里还敢出声,只用被蒙头,乱抖在一处。过一会儿,不听见声响,方探出头来一看,好苦!箱柜抛翻在地。自己慢慢起来,因床下有两个丫鬟藏躲,将他二人唤出,战战兢兢方将仆妇婆子寻来。到了天明,仔细查看,所丢的全是金银、簪环、首饰、衣服,别样一概没动。立刻唤进姚成。那知姚成从半夜里逃在外边巡风,见没什么动静,等到天明方敢出头,仍然溜进来。恰巧唤他,他便见了郭氏,商议写了失单,并声明贼寇自称北侠带领官役,明火执杖。姚成急急报呈县内。郭氏暗想丈夫事体吉少凶多,须早早禀知叔父马朝贤,商议个主意。便细细写了书信一封,连被抢一节并失单俱各封妥,就派姚成连夜赴京去了。

且说王恺、张雄将马强解到,倪太守立刻升堂,先追问翟九成、朱焕章两案。恶贼皆言他二人欠债不还,自己情愿以女为质,并无抢掠之事。又问他:"为何将本府诓到家中,掐在地牢内?"马强道:"大老爷乃四品黄堂,如何能到小人庄内?既是大老爷被小民诓去,又说掐在地牢,如何今日大老爷仍在公堂问事呢?似此以大压小的问法,小人实实吃罪不起。"倪太守大怒,吩咐打这恶贼。一边掌了二十嘴巴,鲜血直流。问他不招,又吩咐拉下去,打了四十大板。他是横了心,再也不招。又调翟九成、朱焕章到案,与马强当面对质。这恶贼一口咬定,是他等自愿以女为质,并无抢掠的情节。

正在审问之间,忽见县里详文呈报马强家中被劫,乃北侠带领差役明火执杖,抢去各物,现有原递失单呈阅。太守看了,心中纳闷:"我看义士欧阳春绝不至于如此,其中或有别项情弊。"吩咐暂将马强收监,翟九成回家听传,原案朱焕章留在衙中,叫倪忠传唤王恺、张雄问话。不多时,二人来至书房。太守问道:"你等如何拿的马强?"他二人便从头至尾述说一遍。太守又问道:"他那屋内东西物件你等可曾混动?"王恺、张雄道:"小人们当差多年,是知规矩的。他那里一草一木,小人们是断不敢动的。"太守道:"你等固然不动,惟恐跟去之人有些不妥。"王、张二人道:"大老爷只管放心,就是跟随小人们当差之人,俱是小人们训练出来的。但凡有点毛手毛脚的,小人绝不用他。"太守点头道:"只因马强家内失盗,如今县内呈报前来。你二人暗暗访查访查,回来禀我知道。"王、张领命去了。

太守又叫倪忠请朱先生。不多时,朱焕章来到书房。太守以宾客相待,先谢了朱绛贞救命之恩,然后把那枝玉莲花拿出。朱焕章见了，不由的泪流满面。太守将朱绛贞誓以贞洁自守的话说了，朱焕章更觉伤心。太守又将朱绛贞脱离了仇家，现在王凤山家中居住的话说了一回，朱焕章反悲为喜。太守便慢慢问那玉莲花的来由，朱焕章道："此事已有二十馀年。当初在仪征居住之时，舍间后门便临着扬子江的江岔。一日，见漂来一男子死尸，约有三旬年纪，是我心中不忍，惟恐暴露，因此备了棺木，打捞上来。临殡葬时，学生给他整理衣服，见他胸前有玉莲花一枝。心中一想，何不将此物留下，以为将来认尸之证。因此解下，交付贱荆收藏。后来小女见了，爱惜不已，随身佩带，如同至宝。太守何故问此？"倪太守听了，已然落下泪来。朱焕章不解其意。只见倪忠上前道："老爷何不将那枝对对，看是如何？"太守一边哭，一边将里衣解开，把那枝玉莲花拿出。两枝合来，恰恰成为一朵，而且精润光华一丝也是不差。太守再也忍耐不住，手捧莲花，放声痛哭。朱焕章到底不解是何缘故。倪忠将玉莲花的原委，略说大概。朱先生方才明白，连忙劝慰太守道："此乃珠还璧返，大喜之兆。且无心中又得了先大人的归结下落，虽则可悲，其实可喜。"太守闻言，才止悲痛，复又深深谢了，就留下朱先生在衙内居住。

倪忠暗暗一力撺掇说："朱小姐有救命之恩，而且又有玉莲花为媒，真是千里婚姻一线牵定。"太守亦甚愿意，因此倪忠就托王凤山为冰人，向朱先生说了。朱公乐从，慨然许允。王凤山又托了倪忠，向翟九成说锦娘与儿子联姻，亲上作亲。翟九成亦欣然应允。霎时间都成了亲眷，更觉亲热。太守又打点行装，派倪忠接取家眷，把玉莲花一对交老仆好好收藏，到白衣庵见了娘亲，就言二事俱已齐备，专等母亲到任所，即便迁葬父亲灵柩，拿获仇家报仇雪恨。俟诸事已毕，再与绛贞完姻。

未知后文如何，且听下回分解。

第七十七回

倪太守解任赴京师　　白护卫乔装逢侠客

且说倪忠接取家眷去后,又生出无限风波,险些儿叫太守含冤。你道如何?只因由京发下一套文书,言有马强家人姚成进京上告太守倪继祖私行出游,诈害良民,结连大盗,明火执杖。今奉旨马强提解来京,交大理寺严讯。太守倪继祖,暂行解任,一同来京归案备质。倪太守遵奉来文,将印信事件交代委署官员,即派差役押解马强赴京。倪太守将众人递的状子案卷俱各带好,止于派长班二人跟随来京。

一日来至京中,也不到开封府,因包公有师生之谊,理应回避,就在大理寺报到。文老大人见此案人证到齐,便带马强过了一堂。马强已得马朝贤之信,上堂时一味口刁,说太守不理民词,残害百姓,又结连大盗,黄夜打抢,现有失单报县,尚未弋获等词。文大人将马强带在一边。又问倪太守此案的端倪原委。倪太守一一将前事说明,如何接状,如何私访被拿两次,多亏难女朱绛贞、义士欧阳春搭救,又如何捉拿马强恶贼,他家有招贤馆窝藏众寇,至五更将马强拿获立刻解到,如何升堂审讯,恶贼狡展不应:"如今他暗暗使家人赴京呈控,望乞大人明鉴详查,卑府不胜感幸。"文彦博听了,说:"请太守且自歇息。"倪太守退下堂来。老大人又将众人递的冤呈看了一番,立刻又叫带马强。逐件问去,皆有强辞狡展。文大人暗暗道:"这厮明仗着总管马朝贤与他作主,才横了心不肯招承。惟有北侠打劫一事,真假难辨。须叫此人到案作个硬证,这厮方能服输。"吩咐将马强带去收禁。又叫人请太守,细细问道:"这北侠又是何人?"太守道:"北侠欧阳春,因他行侠尚义,人皆称他为北侠。就如展护卫有南侠之称一样。"文彦博道:"如此说来,这北侠绝非打劫大盗可比。此案若结,须此人到案方妥,他现在那里?"倪继祖道:"大约还在杭州。"文彦博道:"既如此,我明日先将大概情形复奏,看圣意如何。"就叫人将太守带至岳神庙,好好看待。

次日,文大人递摺之后,圣旨即下:钦派四品带刀护卫白玉堂访拿欧阳春,解京归案审讯。锦毛鼠参见包公,包公吩咐了许多言语,白玉堂一一领命。辞别出来,到了公所,大家与玉堂饯行。饮酒之间,四爷蒋平道:"五弟,此一去见了北侠,意欲如何?"白玉堂道:"小弟奉旨拿人,见了北侠,自然是秉公办理,焉敢徇情?"蒋平道:"遵奉钦命,理之当然。但北侠乃尚义之人,五弟若见了他,公然以钦命自居,惟恐欧阳春不受欺侮,反倒费了周折。"白玉堂听了,有些不耐烦,没奈何问道:"依四哥怎么样呢?"蒋爷道:"依劣兄的主意,五弟到了杭州,见署事的太守,将奉旨拿人的情节与他说了,却叫他出张告示,将此事前后叙明。后面就提五弟虽则是奉旨,然因道义相通,不肯拿解,特来访请。北侠若果在杭州,见了告示,他必自己投到。五弟见了他,以情理相感,也必安安稳稳随你来京,绝不费事。若非如此,惟恐北侠不肯来京,到费了事了。"五爷听了,暗笑蒋爷软弱,嘴里却说道："承四哥指教，小弟遵命。"饮酒已毕，叫伴当白福备了马匹，拴好行李，告别众人。卢方又谆谆嘱咐："路上小心。到了杭州，就按你四哥主意办理。"五爷只得答应。展爷与王、马、张、赵等俱各送出府门。白五爷执手道："请！"慢慢步履而行。出了城门，主仆二人方扳鞍上马，竟奔杭州而来。在路行程，无非"晓行夜宿，渴饮饥餐"八个大字，沿途无事可记。

这一日来至杭州，租了寓所，也不投文，也不见官，止于报到。一来奉旨，二来相谕要访拿钦犯，不准声张。每日叫伴当出去暗暗访查，一连三四日不见消耗。只得自己乔装改扮了一位斯文秀才模样，头戴方巾，身穿花氅，足下登一双厚底大红朱履，手中轻摇泥金摺扇，摇摇摆摆，出了店门。

时值残春，刚交初夏，但见农人耕于绿野，游客步于红桥。又见往来之人不断，仔细打听，原来离此二三里之遥，新开一座茶社名曰玉兰坊，此坊乃是官宦的花园，亭榭桥梁，花草树木，颇可玩赏。白五爷听了，暗随众人前往。到了那里，果然景致可观。有个亭子上面设着座位，四面点缀些巉岩怪石，又有新篁围绕。白玉堂到此，心旷神怡，便在亭子上泡了一壶茶，慢慢消饮，意欲喝点茶再沽酒。忽听竹丛中淅沥有声，出了亭子一看，霎时天阴，淋淋下起雨来。因有绿树撑空，阴晴难辨。白五爷以为在上面亭子内对此景致，颇可赏雨。谁知越下越大，游人俱已散尽。天色已晚，自己一想，离店尚有二三里，又无雨具，倘然再大起来，地下泥泞，未免难行，莫若冒雨回去为是。急急会钞下亭，过了板桥，用大袖将头巾一遮，顺着树阴之下，冒雨急

第七十七回　倪太守解任赴京师　白护卫乔装逢侠客

行。猛见红墙一段，却是整齐的庙宇，忙到山门下避雨。见匾额上题着"慧海妙莲庵"，低头一看，朱履已然踏的泥污，只得脱下。才要收拾收拾，只见有个小童，手内托着笔砚，口呼"相公，相公"，往东去了。忽然见庙的角门开放，有一年少的尼姑悄悄答道："你家相公在这里。"白五爷一见，心中纳闷。谁知小童往东，只顾呼唤相公，并没听见。这幼尼见他去了，就关上角门进去。

五爷见此光景，暗暗忖道："他家相公在他庙内，又何必悄悄唤那小童呢？其中必有暗昧，待我看看。"站起身，将朱履后跟一倒，跐拉脚儿穿上，来到东角门，敲户道："里面有人么？我乃行路之人，因遇雨，天晚道路难行，欲借宝庵避避雨，务乞方便。"只听里面答道："我们这庙乃尼庵，天晚不便容留男客，请往别处去罢。"说完也不言语，连门也不开放。白玉堂听了，暗道："好呀，他庙内现有相公，难道不是男客么？既可容得他，如何不容我呢？这其中必有缘故了，我倒要进去看看。"转身来到山门，索性把一双朱履脱下，光着袜底，用手一搂衣襟，飞身上墙，轻轻跳将下去。在黑影中细细留神。见有个道姑，一手托定方盘，里面热腾腾的菜蔬，一手提定酒壶，进了角门。有一段粉油的板墙，也是随墙的板门，轻轻进去。白玉堂也就暗暗随来，挨身而入。见屋内灯光闪闪，影射幽窗，五爷却悄悄立于窗外。

只听屋内道："天已不早了，相公多少用些酒饭，少时也好安歇。"又听男子道："甚的酒饭，甚的安歇！你们到底是何居心？将吾拉进庙来，又不放我出去，成个什么规矩，像个什么体统！还不与我站远些。"又听女音说道："相公不要固执，这也是天缘凑合，难得今曰'油然作云,沛然下雨'。上天尚有云行雨施,难道相公倒忘了云情雨意么?"男子道:"你既知'油然作云,沛然下雨',为何忘了'男女授受不亲'呢?吾对你说,'读书人持躬如圭璧',又道'心正而后身修'。似这无行之事,吾是'大旱之云霓',想降时雨是不能的。"白五爷窗外听了暗笑:"此公也是书痴,遇见这等人,还合他讲什么书,论什么文呢?"又听一个女尼道:"云霓也罢,时雨也罢,且请吃这杯酒。"男子道:"唔呀,你要怎么样?"只听当啷一声,酒杯落地砸了。尼姑嗔道:"我好意敬你酒,你为何不识抬举?你休要咬文咂字的,实告诉你说,想走不能,不信给你个对证看。现在我们后面,还有一个卧病在床的,那不是榜样么?"男子听了,着急道:"如此说来,你们这里是要害人的,吾要嚷了呢!"尼姑道:"你要嚷,只要有人听的见。"男子便喊道:"了弗得了,他们这里要害人呢。救人吓,救人!"

白玉堂趁着喊叫,连忙闯入,一掀软帘道:"兄台为何如此喉急?想是他们奇货自居,物抬高价了?"把两个女尼吓了一跳。那人道:"兄台请坐,他们这里不正经,了弗得的。"白五爷道:"这有何妨,人生及时行乐,亦是快事。他二人如此多情,兄台何如此之拘泥?请问尊姓?"那人道:"小弟姓汤,名梦兰,乃扬州青叶村人氏。只因探亲来到这里,就在前村居住。可巧今日无事,要到玉兰坊闲步闲步,恐有题咏,一时忘记了笔砚,因此叫小童回庄去取。不想落下雨来,正在踌躇,承他一番好意,让吾庙中避雨。吾还不肯,他们便再三拉吾到这里,不放吾动身,什的云咧雨咧,说了许多的混话。"白玉堂道:"这就是吾兄之过了。"汤生道:"如何是吾之过?"白玉堂道:"你我读书人,接物待人理宜从权达变,不过随遇而安,行云流水。过犹不及,其病一也。兄台岂不失于中道乎?"汤生摇头道:"否,否。吾宁失于中道,似这样随遇而安,吾是断断乎不能为也。请问足下安乎?"白玉堂道:"安。"汤生嗔怒道:"汝安则为之,吾虽死不能相从。"白玉堂暗暗赞道:"我再三以言试探,看他颇颇正气,须当搭救此人。"

谁知尼姑见玉堂比汤生强多了,又见责备汤生,以为玉堂是个惯家,登时就把柔情都移在玉堂身上。他也不想想,玉堂从何处进来的,可见邪念迷心,竟忘其所以。白玉堂再看那两个尼姑,一个有三旬,一个不过二旬上下,皆有几分姿色。只见那三旬的连忙执壶,满斟了一杯,笑容可掬,捧至白五爷跟前道:"多情的相公,请吃这杯合欢酒。"玉堂并不推辞,接过来一饮而尽,却哈哈大笑。那二旬的见了,也斟一杯,近前道:"相公喝了我师兄的,也得喝我的。"白玉堂也便在他手中喝了。汤生一旁看了道:"岂有此理呀,岂有此理!"二尼一边一个伺候玉堂。玉堂问他二人却叫何名,三旬的说:"我叫明心。"二旬的说:"我叫慧性。"玉堂道:"明心,明心,心不明则迷;慧性,慧性,性不慧则昏。你二人迷迷昏昏,何时是了?"说着话,将二尼每人握住一手,却问汤生道:"汤兄,我批的是与不是?"汤生见白五爷合二尼拉手,已气的低了头,正在烦恼,如今听玉堂一问,便道:"谁呀?呀,你还问吾,吾看你也是心迷智昏了。这还了得?放肆,岂有此理呀!"此话未说完,只见两个尼姑口吐悲声,道:"啊呀呀,疼死我也!放手,放手,禁不起了。"只听白玉堂一声断喝,道:"我把你这两个淫尼，无端引诱人家子弟，残害好人，该当何罪？你等害了几条性命，还有几个淫尼，快快讲来！"二尼跪倒，央告道："庵中就是我师兄弟两个，还有两个道婆，一个小徒。小尼等实实不曾害人性命，就是后面的周生，也是他自己不好，以致得了弱症。若都似汤相公这等正直，又焉敢相犯？望乞老爷饶恕。"

汤生先前以为玉堂是那风流尴尬之人，毫不介意，如今见他如此，方知也是个正人君子，连忙敛容起敬。又见二尼哀声不止，疼的两泪交流。汤生一见，心中不忍，却又替他讨饶。白玉堂道："似这等的贼尼，理应治死。"汤生道："恻隐之心，人皆有之，请放手罢了。"玉堂暗道："此公《孟子》真熟，开口不离书。"便道："明日务要问明周生家住那里，现有何人，急急给他家中送信，叫他速速回去，我便饶你。"二尼道："情愿，情愿，再也不敢阻留了。老爷快些放手，小尼的骨节都碎了。"五爷道："便宜了你等。后日俺再来打听，如不送回，俺必将你等送官究办。"说罢一松手，两个尼姑扎煞两只手，犹如卸了拶子的一般，跟跟跄跄跑到后面藏躲去了。汤生又重新给玉堂作揖，二人复又坐下攀话。

忽见软帘一动，进来一条大汉，后面跟着一个小童，小童手内提着一双朱履。大汉对小童道："那个是你家相公？"小童对着汤生道："相公为何来至此处，叫我好找。若非遇见这位老爷，我如何进得来呢？"大汉道："既认着了，你主仆快些回去罢。"小童道："相公穿上鞋走罢。"汤生一抬腿道："吾这里穿着鞋呢。"小童道："这双鞋是那里来的呢，怎么合相公脚上穿着的那双一样呢？"白玉堂道："不用犹疑,那双鞋是我的,不信你看。"说毕将脚一抬,果然光着袜底儿呢。小童只得将鞋放下。汤生告别,主仆去了。

未知大汉是谁,且听下回分解。

第七十八回

紫髯伯艺高服五鼠　白玉堂气短拜双雄

且说白玉堂见汤生主仆已然出庙去了,对那大汉执手道:"尊兄请了。"大汉道:"请了,请问尊兄贵姓?"白玉堂道:"不敢,小弟姓白名玉堂。"大汉道:"阿呀,莫非大闹东京锦毛鼠的白五弟么?"玉堂道:"小弟草号锦毛鼠,不知兄台尊姓?"大汉道:"劣兄复姓欧阳名春。"白玉堂登时双睛一瞪,看了多时方问道:"如此说来,人称北侠号为紫髯伯的就是足下了!请问到此何事?"北侠道:"只因路过此庙,见那小童啼哭,问明方知他相公不见了,因此我悄悄进来一看。原来五弟在这里窃听,我也听了多时。后来五弟进了屋子,劣兄就在五弟站的那里。又听五弟发落两个贼尼,劣兄方回身开了庙门,将小童领进,使他主仆相认。"玉堂听了暗道:"他也听了多时,我如何不知道呢?再者我原为访他而来,如今既见了他,焉肯放过!须要离了此庙,再行拿他不迟。"想罢答言:"原来如此。此处也不便说话,何不到我下处一叙。"北侠道:"很好,正要领教。"

二人出了板墙院,来至角门。白玉堂暗使促狭,假作逊让,托着北侠的肘后,口内道:"请了。"用力往上一托,以为将北侠搋出。谁知犹如蜻蜓撼石柱一般,再也不动分毫。北侠却未介意,转一回手,也托着玉堂肘后道:"五弟请。"白玉堂不因不由就随着手儿出来了。

暗暗道："果然力量不小。"二人离了慧海妙莲庵,此时雨过天晴,月明如洗,星光朗朗,时有初鼓之半。北侠问道："五弟到杭州何事?"玉堂道："特为足下而来。"北侠便住步问道："为劣兄何事?"白玉堂就将倪太守与马强在大理寺审讯,供出北侠,"是我奉旨前来访拿足下。"北侠听玉堂之言这样口气,心中好生不乐,道："如此说来,白五老爷是钦命了?欧阳春妄自高攀,多多有罪。请问钦命老爷,欧阳春当如何进京,望乞明白指示。"北侠这一问,原是试探白爷懂交情不懂交情。白玉堂若从此拉回来说些交情话,两下里合而为一,商量商量,也就完了事了。不想白玉堂心高气傲,又是奉旨,又是相谕,多大的威风,多大的胆量!本来又仗着自己的武艺,他便目中无人,答道:"此乃奉旨之事,既然今日邂逅相逢,只好屈尊足下,随着白某赴京便了,何用多言。"欧阳春微微冷笑道:"紫髯伯乃堂堂男子,就是这等随你去,未免贻笑于人。尊驾还要三思。"北侠这个话虽是有气,还是耐着性儿提拨白玉堂的意思。谁知五爷不辨轻重,反倒气往上撞,说道:"大约合你好说,你绝不肯随俺前去,必须较量个上下。那时被擒获,休怪俺不留情分了。"北侠听毕,也就按捺不住,连连说道:"好,好,好,正要领教领教。"

白玉堂急将花氅脱却,摘了儒巾,脱下朱履,仍然光着袜底儿,抢到上首,拉开架式。北侠从容不迫,也不赶步,也不退步,却将四肢略为腾挪,止于招架而已。白五爷抖撒精神,左一拳,右一脚,一步紧如一步。北侠暗道:"我尽力让他,他尽力的逼勒,说不得叫他知道知道。"只见玉堂拉了个回马式,北侠故意的跟了一步。白爷见北侠来的切近,回身劈面就是一掌。北侠将身一侧,只用二指,看准胁下轻轻的一点。白玉堂倒抽了一口气,登时经络闭塞,呼吸不通,手儿扬着落不下来,腿儿迈着抽不回去,腰儿哈着挺不起身躯,嘴儿张着说不出话语,犹如木雕泥塑一般,眼前金星乱滚,耳内蝉鸣,不由的心中一阵恶心迷乱,实难难受得很。那二尼禁不住白玉堂两手,白玉堂禁不住欧阳春两指。这比的虽是贬玉堂,然而玉堂与北侠的本领究有上下之分。北侠惟恐工夫大了必要受伤,就在后心陡然击了一掌。白玉堂经此一震,方转过这口气来。北侠道:"恕劣兄莽撞,五弟休要见怪。"白玉堂一语不发,光着袜底,呱咭呱咭竟自扬长而去。

白玉堂来至寓所,他却不走前门,悄悄越墙而入。来至屋中,白福儿见此光景,不知为着何事,连忙递过一杯茶来。五爷道:"你去给我烹一碗新茶来。"他将白福支开,把软帘放下,进了里间,暗暗道:"罢了,罢了。俺白玉堂有何面目回转东京? 悔不听我四哥之言。"说罢从腰间解下丝绦,登着椅子,就在横楣之上拴了个套儿。刚要脖项一伸,见结的扣儿已开,丝绦落下。复又结好,依然又开,如是者三次。暗道:"哼,这是何故? 莫非我白玉堂不当死于此地?"话尚未完,只觉后面一人手拍肩头道:"五弟,你太拙了。"只这一句,倒把白爷唬了一跳。忙回身一看,见是北侠,手中托定花氅,却是平平正正。上面放着一双朱履,惟恐泥污沾了衣服,又是底儿朝上。玉堂见了,羞的面红过耳。又自忖道:"他何时进来,我竟不知不觉,可见此人艺业比我高了。"也不言语,便存身坐在椅凳之上。

原来北侠算计玉堂少年气傲,回来必行短见,他就在后跟下来了。及至玉堂进了屋子,他却在窗外悄立。后听玉堂将白福支出去烹茶,北侠就进了屋内。见玉堂要行拙志,正在他仰面拴套之时,北侠就从椅旁挨入,却在玉堂身后隐住。就是丝绦连开三次,也是北侠解的。连白玉堂久惯飞檐走壁之人,竟未知觉,于此可见北侠的本领。

当下北侠放下衣服道:"五弟,你要怎么样?难道为此事就要寻死?岂不是要劣兄的命么!只好你要上吊,咱们俩就搭连吊罢。"白玉堂道:"我死我的,与你何干?此话我不明白。"北侠道:"老弟,你可真糊涂了。你想想,你若死了,欧阳春如何对的起你四位兄长?又如何去见南侠与开封府的众朋友?也只好随着你死了罢。岂不是你要了劣兄的命了么?"玉堂听了,低头不语。北侠急将丝绦拉下,就在玉堂旁边坐下,低低说道:"五弟,你我今日之事,不过游戏而已,有谁见来?何至于轻生。就是叫劣兄随你去,也该商量商量。你只顾你脸上有了光彩,也不想想把劣兄置于何地?五弟岂不闻'己所不欲,勿施于人'。又道'我不欲人之加诸我者,吾亦欲无加诸人'。五弟不愿意的,别人他就愿么?"玉堂道:"依兄台怎么样呢?"北侠道:"劣兄倒有两全其美的主意。五弟明日何不到茉花村叫丁氏昆仲出头,算是给咱二人说合的。五弟也不落无能之名,劣兄也免了被获之丑,彼此有益。五弟以为如何?"白玉堂本是聪明特达之人,听了此言,登时豁然,连忙深深一揖道:"多承吾兄指教,实是小弟年幼无知,望乞吾兄海涵。"北侠道:"话已言明,劣兄不便久留,也要回去了。"说罢出了里间,来至堂屋。白五爷道:"仁兄请了,茉花村再见。"北侠点了点头,又悄悄道:"那顶头巾合泥金摺扇,俱在衣服内夹着呢。"玉堂也点了点头。刚一转眼,已不见北侠的踪影。白爷暗暗夸奖:"此人本领,胜吾十倍,真不如也。"

谁知二人说话之间,白福烹了一杯茶来,听见屋内悄悄有人说话,打帘缝一看,见一人与白五爷悄语低言。白福以为是家主途中遇见的夜行朋友,恐一杯茶难递,只得回身又添一盏,用茶盘托着两杯茶来至里间。抬头看时,却仍是玉堂一人。白福端着茶纳闷道:"这是什么朋友呢? 给他端了茶来,他又走了。我这是什么差使呢?"白玉堂已会其意,便道:"将茶放下,取个灯笼来。"白福放下茶托,回身取了灯笼。白玉堂接过,又把衣服朱履夹起出了屋门。纵身上房,仍从后面出去。

不多时,只听前边打的店门山响。白福迎了出去叫道:"店家快开门,我们家主回来了。"小二连忙取了钥匙,开了店门。只见玉堂仍是斯文打扮,摇摇摆摆进来。小二道:"相公怎么这会才回来?"玉堂道:"因在相好处避雨,又承他待酒,所以来迟。"白福早已上前接过灯笼,引至屋内。茶尚未寒,玉堂喝了一杯,又吃了点饮食,吩咐白福于五鼓鞴马起身,上松江茉花村去。自己歇息,暗想:"北侠的本领,那一番的和蔼气度,实然别人不能的。而且方才说的这个主意,更觉周到。比四哥说的出告示访请,又高一筹。那出告示,众目所观,既有'访请'二字,已然自馁,那如何对人呢? 如今欧阳兄出的这个主意,方是万全之策。怨的展大哥与我大哥背地里常说他好,我还不信,谁知果然真好。仔细想来,全是我自作聪明的不是了。"他翻来覆去，如何睡的着！到了五鼓，白福起来，收拾行李马匹，到了柜上算清了店帐，主仆二人上茉花村而来。

话休烦絮。到了茉花村，先叫白福去回禀，自己乘马随后。离庄门不远，见多少庄丁伴当分为左右，丁氏弟兄在台阶上面立等。玉堂连忙下马，伴当接过，丁大爷已迎接上来。玉堂抢步，口称："大哥，久违了，久违了。"兆兰道："贤弟一向可好？"彼此执手。兆蕙却在那边垂手恭敬侍立，也不执手，口称："白五老爷到了，恕我等未能远迎虎驾，多多有罪。请老爷到寒舍待茶。"玉堂笑道："二哥真是好顽，小弟如何担的起。"连忙也执了手，三人携手来至待客厅上。玉堂先与丁母请了安，然后归座。献茶已毕，丁大爷问了开封众朋友好，又谢在京时叨扰盛情。丁二爷却道："今日那阵香风儿将护卫老爷吹来，真是蓬荜生辉，柴门有庆。然而老爷此来还是专专的探望我们来了，还是有别的事呢？"一席话，说的玉堂脸红。

丁大爷恐玉堂脸上下不来，连忙瞅了二爷一眼道："老二，弟兄们许久不见，先不说说正经的，只是嗷呕做什么？"玉堂道："大哥不要替二哥遮饰，本是小弟理短，无怪二哥恼我。自从去岁被擒，连衣服都穿的是二哥的，后来到京受职，就要告假前来。谁知我大哥因小弟新受职衔，再也不准动身。"丁二爷道："到底是作了官的人，真长了见识了，惟恐我们说，老爷先自说了。我问五弟，你纵然不能来，也该写封信，差个人来，我们听见也喜欢喜欢。为什么连一纸书也没有呢？"玉堂笑道："这又有一说。小弟原要写信来着，后来因接了大哥之信，说大哥与伯母送妹子上京与展大哥完姻，我想迟不多日就可见面,又写什么信呢?彼时若真写了信来,管保二哥又说白老五尽闹虚文假套了,左右都是不是。无论二哥怎么怪小弟,小弟惟有伏首认罪而已。"丁二爷听了暗道:"白老五他竟长了学问了,比先前乖滑多多了,且看他目下这宗事怎么说法。"回头吩咐摆酒。玉堂也不推辞,也不谦让,就在上面坐了。丁氏昆仲左右相陪。

饮酒中间,问玉堂道:"五弟此次果是官差,还是私事呢?"玉堂道:"不瞒二位仁兄,实是官差。然而其中有许多原委,此事非仁兄贤昆玉不可。"丁大爷便道:"如何用我二人之处?请道其详。"玉堂便道:"倪太守、马强一案供出北侠,小弟奉旨特为此事而来。"丁二爷问道:"可见过北侠没有?"玉堂道:"见过了。"兆蕙道:"既见过,便好说了。谅北侠有多大本领,如何是五弟对手。"玉堂道:"二哥差矣。小弟在先原也是如此想,谁知事到头来不自由,方知人家之末技俱是自己之绝技,惭愧的很,小弟输与他了。"丁二爷故意诧异道:"岂有此理!五弟焉能输与他呢?这话愚兄不信。"玉堂便将与北侠比试,直言无隐,俱各说了,"如今求二位兄台将欧阳兄请来,那怕小弟央求他呢,只要随小弟赴京,便叨爱多多矣。"丁兆蕙道:"如此说来,五弟竟不是北侠对手了。"玉堂道:"诚然。"丁二爷道:"你可佩服呢?"玉堂道:"不但佩服,而且感激。就是小弟此来,也是欧阳兄教导的。"丁二爷听了,连声赞扬叫好道:"好兄弟,丁兆蕙今日也佩服你了。"便高声叫道:"欧阳兄,你也不必藏着了,请过来相见。"

只见从屏后转出三人来。玉堂一看,前面走的就是北侠,后面一个三旬之人,一个年幼小儿。连忙出座道:"欧阳兄几时来到?"北侠道:"昨晚方到。"玉堂暗道:"幸亏我实说了,不然这才丢人呢。"又问:"此二位是谁?"丁二爷道:"此位智化,绰号黑妖狐,与劣兄世交,通家相好。"原来智爷之父,与丁总镇是同僚,最相契的。智爷道:"此是小徒艾虎,过来见过白五叔。"艾虎上前见礼,玉堂拉了他的手,细看一番,连声夸奖。彼此叙坐,北侠坐了首座,其次是智爷、白爷,又其次是丁氏弟兄,下首是艾虎,大家欢饮。玉堂又提请北侠到京,北侠慨然应允。丁大爷、丁二爷又嘱咐白玉堂照应北侠。大家畅谈,彼此以义气相关,真是披肝沥胆,各明心志。惟有小爷艾虎与北侠有父子之情,更觉关切。酒饭已毕,谈至更深,各自安寝。到了天明,北侠与白爷一同赴京去了。

未知后文如何,且听下回分解。

第七十九回

智公子定计盗珠冠　裴老仆改装扮难叟

且说智化、兆兰、兆蕙与小爷艾虎送了北侠、玉堂回来,在厅上闲坐,彼此闷闷不乐。艾虎一旁短叹长吁。只听智化道:"我想此事关系非浅,倪太守乃是为国为民,如今反遭诬害;欧阳兄又是济困扶危,遇了贼扳。似这样的忠臣义士负屈含冤,仔细想来,全是马强叔侄过恶。除非设法先将马朝贤害倒,剩了马强,也就不难除了。"丁二爷道:"与其费两番事,何不一网打尽呢?"智化道:"若要一网打尽,说不得却要作一件欺心的事,生生的讹在他叔侄身上,使他赃证俱明,有口难分诉。所谓'奸臣贼子人人得而诛之'。我虽想定计策,只是题目太大,有些难作。"丁大爷道:"大哥何不说出,大家计较计较呢?"智化道:"当初劣兄上霸王庄者,原为看马强的举动,因他结交襄阳王,常怀不轨之心。如今既为此事闹到这步田地,何不借题发挥,一来与国家除害,二来剪却襄阳王的羽翼。话虽如此说,然而其中有四件难事。"

丁二爷道:"那四件?"智爷道:"第一要皇家的紧要之物,这也不必推诿,全在我的身上。第二要一个有年纪之人,一个或童男或童女随我前去,诓取紧要之物回来。又要有胆量,又要有机变,又要受得苦。第三件,我等盗了紧要之物,还得将此物送在马强家,藏在佛楼之内，以为将来的真赃实犯。"丁二爷听了，不由的插言道："此事小弟却能够，只要有了东西，小弟便能送去。这第三件算是小弟的了。第四件又是什么呢？"智化道："惟有第四件最难，必须知根知底之人前去出首。不但出首，还要单上开封府出首去。别的事情俱好说，惟独这第四件是最要紧的，成败全在此一举。此一着若是错了，满盘俱空。这个人竟难得的很。"口里说着，眼睛却瞟着艾虎。艾虎道："这第四件莫若徒弟去罢。"智化将眼一瞪道："你小孩家懂得什么，如何干得这样大事！"艾虎道："据徒弟想来，此事非徒弟不可。徒弟去了有三益。"

丁二爷先前听艾虎要去，以为小孩子不知轻重。此时又见他说出"三益"，颇有意思，连忙说道："智大哥不要拦他。"便问艾虎道："你把'三益'说给我听听。"艾虎道："第一，小侄自幼在霸王庄，所有马强之事，小侄尽知。而且三年前马朝贤告假回家一次，那时我师父尚未到霸王庄呢。如今盗了紧要东西来，就说三年前马朝贤带来的，与事更觉有益。这是第一益。第二，别人出首，不如小侄出首。什么缘故呢？俗语说的好，'小孩儿嘴里讨实话'。小侄若到开封府举出来，叫别人再想不到这样一宗大事却是个小孩子作个硬证，此事方是千真万真，的确无疑。这是第二益。第三益却没有什么，一来为小侄的义父，二来也不枉师父教训一场。小侄儿若借着这件事也出场出场，大小留个名儿，岂不是三益么？"丁大爷、丁二爷听了，拍手大笑道："好！想不到他竟有如此的志向。"

智化道："二位贤弟且慢夸他，他因不知开封府的利害，他此时只管说,到了身临其境,见了那样的威风,又搭着问事如神的包丞相,他小孩子家有多大胆量,有多大志略?何况又有御赐铜铡,倘若话不投机,白白的送了性命,那时岂不耽误了大事。"艾虎听了,不由的双眉倒竖,二目圆翻,道:"师父特把弟子看轻了!难道开封府是森罗殿不成?他纵然是森罗殿,徒弟就是上剑树,登刀山,再也不能改口,是必把忠臣义士搭救出来。又焉肯怕那个御赐的铜铡呢?"兆兰、兆蕙听了,点头咂嘴,啧啧称羡。智化道:"且别说你到开封府,就是此时我问你一句,你如果答应的出来,此事便听你去;如若答应不来,你只好隐姓埋名,从此再别想出头了。"艾虎嘻嘻笑道:"待徒弟跪下,你老就审,看是如何。"说罢,他就直挺挺的跪在当地。

兆兰、兆蕙见他这般光景,又是好笑,又是爱惜。只听智爷道:"你员外家中犯禁之物,可是你太老爷亲身带来的么?"艾虎道:"回老爷,只因三年前小的太老爷告假还乡,亲手将此物交给小人的主人。小人的主人叫小人托着收在佛楼之上,是小人亲眼见的。"智爷道:"如此说来,此物在你员外家中三年了?"艾虎道:"是三年多了。"智爷用手在桌上一拍,道:"既是三年,你如何今日才来出首,讲!"丁家弟兄听了这一问,登时发怔,暗想道:"这当如何对答呢?"只见艾虎从从容容道:"回老爷,小人今年才十五岁。三年前小人十二岁,毫无知觉,并不知道知情不举的罪名。皆因我们员外犯罪在案,别人向小人说:'你提防着罢,多半要究出三年前的事来,你就是个隐匿不报的,罪要加等的;若出首了,罪还轻些。'因此小人害怕,急急赶来出首在老爷台下。"兆蕙听了,只乐得跳起来道:"好对答,好对答!

贤侄你起来罢,第四件是要你去定了。"丁大爷也夸道:"果然的好。智大哥,你也可以放心了。"智爷道:"言虽如此,且到临期再写两封信,给他也安置安置,方保无虞。如今算起来,就只第二件事不齐备,贤弟且开出个单儿来。"

丁二爷拿过笔砚,铺纸提笔。智爷念道:"木车子一辆,大席篓子一个,旧布被褥大小两份,铁锅杓、黄磁大碗、粗碟家伙俱全。老头儿一名,或幼童幼女俱可,一名。外有随身旧布衣服行头三份。"丁大爷在旁看了问道:"智大哥,要这些东西何用?"智爷道:"实对二位贤弟说,劣兄要到东京盗取圣上的九龙珍珠冠呢。只因马朝贤他乃四执库的总管,此冠正是他管理。再者,此冠乃皇家世代相传之物,轻是动不着的。为什么又要老头儿、幼孩儿合这些东西呢?我们要扮做逃荒的模样,到东京安准了所在,劣兄探明白了四执库,盗此冠须连冠并包袱等全行盗来。似此黄澄澄的东西,如何满路上背着走呢?这就用着席篓子了。一边装上此物,上用被褥遮盖,一边叫幼女坐着,人不知不觉就回来了。故此必要有胆量,能受苦的。老头儿合那幼女,二位贤弟想想,这二人可能么?"丁大爷已然听得呆了,丁二爷道:"却有个老头儿,名叫裴福。他乃随着先父在镇时,多亏了他,又有胆量,又能受苦。只因他为人直性正气,而且当初出过力,到如今给弟等管理家务。如有不周不备,连弟等都要让他三分。此人颇可去得。"智爷道:"伺候过老人家,理应容让他几分。如此说来,这老管家却使得。"丁二爷道:"但有一件,若见了他,切不可提出盗冠。须将马强过恶述说一番,然后再说倪太守、欧阳兄被害,他必愤恨，那时再说出此计来，他方没有什么说的，也就乐从了。"智爷听了，满心欢喜，即吩咐伴当将裴福叫来。

不多时，见裴福来到，虽则六旬年纪，却是精神百倍。先见了智爷，后又见了大官人，又见二官人。智爷叫伴当在下首预备个座儿，务必叫他坐了。裴福谢座，便问："呼唤老奴，有何见谕？"智爷说起马强作恶多端，欺压良善，如何霸占田地，如何抢掠妇女。裴福听了，气的他擦拳摩掌。智爷又说出倪太守私访遭害，欧阳春因搭救太守，如今被马强京控，打了挂误官司，不定性命如何。裴福听至此，便按捺不住，立起身来，对丁氏弟兄道："二位官人终朝行侠尚义，难道侠义竟是嘴里空说的么？似这样的恶贼，何不早除却？"二爷道："老人家不要着急。如今智大爷定了一计，要烦老人家上东京走遭，不知可肯去否？"裴福道："老奴也是闲在这里，何况为救忠臣义士，老奴更当效劳了。"智爷道："必须要扮作个逃荒的样子，咱二人权作父子，还得要个小女孩儿，咱们父子祖孙三辈儿逃荒，你道如何？"裴福道："此计虽好，只是大爷受屈，老奴不敢当。"智爷道："这有什么呢，逢场作戏罢咧！"裴福道："这个小女儿却也现成，就是老奴的孙女儿，名叫英姐，今年九岁，极其伶俐。久已磨着老奴要上东京逛去，莫若就带了他去。"智爷道："很好，就是如此罢。"商议已定，定日起身。丁大爷已按着单子预备停当，俱各放在船上。待客厅备了饯行酒席，连裴福、英姐不分主仆，同桌而食。吃毕，智爷起身，丁氏弟兄送出庄外，瞧着上了船，方同艾虎回来。

智爷不辞劳苦，由松江奔至镇江，再往江宁，到了安徽，过了长江,至河南境界。弃舟登岸,找了个幽僻去处,换了行头。英姐伶俐非常,一教便会,坐在席篓之中。那边篓内装着行李卧具,挨着把的横小筐内装着家伙,额外又将铁锅扣在席篓旁边,用绳子拴好。裴福跨绊推车,智爷背绳拉纤,一路行来。到了热闹丛中,镇店集场,便将小车儿放下,智爷赶着人要钱,口内还说:"老的老,小的小,年景儿不济,实在的没有营生,你老帮帮啵。"裴福却在车子旁边一蹲,也说道:"众位爷们,可怜啵。俺们不是久惯要钱的,那不是行好呢!"英姐在车上也不闲着,故意揉着眼儿道:"怪饿的,俺两天没吃嘛儿呢。"口里虽然说着,他却偷着眼儿瞧热闹儿。真正三个人装了个活脱儿。

　　在路也不敢耽搁,一日到了东京。白昼间仍然乞讨,到了日落西山,便有地面上官人对裴福道:"老头子,你这车子这里搁不住吓,趁早儿推开。"裴福道:"请问太爷,俺往那里推吓?"官人道:"我管你吓,你爱往那里推就往那里推。"旁边一人道:"何苦吓,那不是行好呢!叫他推到黄亭上去罢,那里也僻静,也不碍事。"便对裴福道:"老头子,你瞧那不是鼓楼么,过了鼓楼,有个琉璃瓦的黄亭子,那里去好。"裴福谢了。智爷此时还赶着要钱,裴福叫道:"俺的儿吓,你不用跑了,咱走罢。"智爷止步问道:"爹爹吓,咱往那去?"裴福道:"没有听见那位太爷说呀,咱上黄亭子那行行儿去。"智爷听了,将纤绳背在肩头,拉着往北而来。走不多时,到了鼓楼,果见那边有个黄亭子,便将车子放下。将英姐抱下来,也教他跑跑,活动活动。此时天已昏黑,又将被褥拿下来,就在黄亭子台阶上铺下。英姐困了,叫他先睡。智爷与裴福那里睡的着,一个是心中有事,一个有了年纪。到了夜静更深,裴福悄悄问道:"大爷,今已来至此地,可有什么主意?"智爷道:"今日且过一夜,明日看个机会,晚间俺就探听一番。"正说着,只听那边当当当锣声响亮,原来是巡更的二人,智爷与裴福便不言语。只听巡更的道:"那边是什么?那里来的小车子?"又听有人说道:"你忘了,这就是昨日那个逃荒的,地面上张头儿叫他们在这里。"说着话,打着锣往那边去了。智爷见他们去了,又在席篓里面揭开底屉,拿出些细软饮食,与裴福二人吃了,方和衣而卧。

到了次日,红日尚未东升,见一群人肩头担着铁锨、锄头,又有抬着大筐、绳杠,说说笑笑顺着黄亭子而来。他便迎了上去道:"行个好罢,太爷们舍个钱罢。"其中就有人发话道:"大清早起,也不睁开眼瞧瞧,我们是有钱的吗?我们还不知合谁要钱呢。"又有人说:"这样一个小伙子,什么干不得,却手背朝下合人要钱,也是个没出息的。"又听有人说道:"倒不是没出息儿,只因他叫老的老小的小累赘了。你瞧他这个身量儿,管保有一膀子好活。等我和他商量商量。"

你道这个说话的是谁?且听下回分解。

第八十回

假做工御河挖泥土　认方向高树捉猴狲

话说智爷正向众人讨钱,有人向他说话,乃是个工头。此人姓王,行大。因前日他曾见过有逃难的小车,恰好做活的人不够用,抓一个是一个,便对智爷道:"伙计,你姓什么?"智爷道:"俺姓王,行二。你老贵姓?"王大道:"好,咱们是当家子,我也姓王。有一句话对你说,如今紫禁城内挖御河,我瞧你这个样儿怪可怜的,何不跟了我去做活呢?一天三顿饭,额外还有六十钱。有一天,算一天。你愿意不愿意?"智爷心中暗喜,尚未答言,只见裴福过来道:"敢则好,什么钱不钱的,只要叫俺的儿吃饱了就完了。"王大把裴福瞧了瞧,问智爷道:"这是谁?"智爷道:"俺爹。"王大道:"算了罢,算了罢。你不用说了,我的怯哥哥。"对着裴福道:"告诉你,皇上家不使白头工,这六十钱必是有的。你若愿意,叫你儿子去。"智爷道:"爹吓,你老怎么样呢?"裴福道:"你只管干你的去,身去口去,俺与小孙女哀求哀求,也就够吃的了。"王大道:"你只管放心。大约你吃饱了,把那六十钱拿回来,买点子饽饽、饼子,也就够他们爷儿俩吃的了。"智爷道:"就是这们着。咱就走。"王大便带了他,奔紫禁城而来。

一路上,这些做工的人欺侮他是怯坎儿,这个叫:"王第二的!"智爷道:"怎么?"这个说:"你替我扛着这六把锹。"智爷道:"使得。"

接过来，扛在肩头。那个叫："王第二的！"智爷道："怎么？"那个说："你替我扛着这五把镢头。"智爷道："使得。"接过来也扛在肩头。大家捉呆子，你也叫扛，我也叫扛，不多时，智爷的两肩头犹如铁锹镢头山一般。王大猛然回头一看，发话道："你们这是怎么说呢？我好容易找了个人来，你们就欺侮。赶到明儿你们挤跑了他，这图什么呢？也没见王第二的你这么傻，这堆的把脑袋都夹起来了，这是什么样儿呢？"智爷道："扛扛罢咧，怕咱的！"说的众人都笑了，才各自把各自的家伙拿去。

一时来到紫禁门，王头儿递了腰牌，注了人数，按名点进。到了御河，大家按档儿做活。智爷拿了一把铁锹，撮的比人多，掷的比人远，而且又快。旁边做活的道："王第二的！"智爷道："什么？"旁边人道："你这活计不是这么做。"智爷道："怎么？挖的浅咧？做的慢咧？"旁边人道："这还浅？你一锹，我两锹也不能那样深。你瞧你挖了多大一片，我才挖了这一点儿。俗语说的：'皇上家的工，慢慢儿的蹭。'你要这们做，还能吃的长么？"智爷道："做的慢了，他们给饭吃吗？"旁边人道："都是一样，慢了，他能不给谁吃呢？"智爷道："既是这样，俺就慢慢的。"旁边人道："是了。来罢，你先帮着我撮撮啵。"智爷道："俺就替你撮撮。"哈下腰，替那人正撮时，只见王头儿叫道："王第二的！"智爷道："怎么？"王大道："上来罢，吃饭了。你难道没听见梆子响吗？"智爷道："没大理会，怎么刚做活就吃饭咧？"王大道："我告诉你，每逢梆子响，是吃饭；若吃完了，一筛锣，就该做活了。天天如此，顿顿如此。"智爷道："是了，俺知道了。"王大带到吃饭的所在,叫他拿碗盛饭。智爷果然盛了饭,大口小口的吃了个喷鼻儿香。细想,智爷他乃公子出身,如何吃过这样的粗粝淡饭,做过这样的辛苦活计?只因他为了忠臣义士乔装至此,也就说不得了。再者,有造化之人,自有另外的福气。虽然是粗粝淡饭,他吃着也如同珍馐美味。王大在旁见他尽吃空饭,便告诉他道:"王第二的,你怎么不吃咸菜呢?"智爷道:"怎么还吃那行行儿,不刨工钱吓?"王大道:"你只管吃,那不是卖的。"智爷道:"俺知不道呢,敢则也是白吃的,哼!"有咸菜吃的更香,一天三顿,皆是如此。

到晚散工时,王头儿在紫禁门按名点数出来,一人给钱一份。智化随着众人回到黄亭子,拿着六十见了裴福道:"爹吓,俺回来了。给你这个,短三天就是二百钱。"裴福道:"吃了三顿饭,还得钱,真是造化咧。"王头道:"明早我还从此过,你仍跟了我去。"智爷道:"是咧。"裴福道:"叫你老分心,你老行好得好罢。"王头道:"好说,好说。"回身去了。智爷又问道:"今日如何乞讨?"裴福告诉他:"今日比昨日容易多了。见你不在跟前,都可怜我们,施舍的多。"彼此欢喜。到了无人之时,又悄悄计议说:"这一做工,倒合了机会。只要探明了四执库,便可动手了。"

一宿晚景已过,到了次日,又随着进内做活。到了吃晌饭时,吃完了,略略歇息。只听人声一阵一阵的喧哗,智化不知为着何事,左右留神。只见那边有一群人,都仰面望上观瞧。智爷也凑了过去,仰面一看,原来树上有个小猴儿,项带锁链,在树上跳跃。又见有两个内相公公,急的只是搓手道:"可怎么好。算了罢,不用只是笑了。

你们只顾大声小气的嚷,嚷的里头听见了,叫咱家担不是,叫主子瞧见了,那才是个大乱儿呢。这可怎么好呢?"智爷瞧着,不由的顺口儿说道:"那值嘛呢,上去就拿下来了。"内相听了,刚要说话,只见王头儿道:"王第二的,你别呀。你就只做你的活就完咧,多管什么闲事呢!你上去万一拿跑了呢,再者倘或摔了那里呢,全不是顽的。"刚说至此,只听内相道:"王头儿,你也别呀。咱家待你洒好儿的。这个伙计他既说能上去拿下来,这有什么呢,难道咱家还难为他不成!你要是这么着,你这头儿也就提防着罢。"王头儿道:"老爷别怪我。我惟恐他不能拿下来,那时拿跑了,倒耽误事。"内相道:"跑了就跑了,也不与你相干。"王头儿道:"是了老爷,你老只管支使他罢,我不管了。"内相对智化道:"伙计,咱家托付你,上树给咱家拿下来罢。"智爷道:"俺不会上树吓。"内相回头对王头儿道:"如何?全是你闹的,他立刻不会上树咧!今晚上散工时,你这些家伙别想拿出去咧!"王头儿听了着急,连忙对智爷道:"王第二的,你能上树你上去给他老拿拿罢,不然晚上我的铁锹、镢头不定丢多少,我怎么交的下去呢!"智爷道:"俺先说下,上去不定拿的住拿不住,你老不要见怪。"内相说:"你只管上去,跑了也不怪你。"

智爷原因挖河,光着脚儿穿着双大曳拔跋鞋。来到树下,将靸鞋脱下,光着脚儿,双手一搂树本,把两腿一蜷,哧哧哧,犹如上面的猴子一般。谁知树上的猴子见有人上来,他连蹿带跳已到树杪之上。智爷且不管他,找了个大杈桠坐下,明是歇息,却暗暗的四下里看了方向。众人不知用意,却说道:"这可难拿了,那猴儿蹲的树枝儿多细儿,如何禁得住人呢?"王头儿捏着两把汗,又怕拿不住猴儿,又怕王第二的有失闪,连忙拦说:"众位瞧就是了,莫乱说,越说他在上头越不得劲儿。"拦之再三,众人方哑静了。智爷在上面见猴子蹲在树梢,他却端详,见有个斜槎桠,他便奔到斜枝上面。那树枝儿连身子乱晃,众人下面瞧着个个耽惊。只见智爷喘息了喘息,等树枝儿稳住,他将脚丫儿慢慢的一抬,够着搭拉的锁链儿,将趾头一扎煞,拢住锁链。又把头上的毡帽摘下来,做个兜儿。脚趾一蜷,往下一沉,猴子在上面蹲不住,咕嚼咕嚼一阵乱叫,掉将下来。他把毡帽一接,猴儿正掉在毡帽里面。连忙将毡帽檐儿一摺,就用锁链捆好,衔在口内,两手倒把顺流而下,毫不费力。众人无不喝彩。

智爷将猴儿交与内相,内相眉开眼笑道:"叫你受乏了,你贵姓吓?"智爷道:"俺姓王,行二。"内相回手在兜肚内掏出两个一两重的小元宝儿,递与智爷道:"给你这个,你别嫌轻,喝碗茶罢。"智爷接过来一看,道:"这是嘛行行儿?"王头道:"这是银锞儿。"智爷道:"要他干嘛耶?"王头儿道:"这个换得出钱来。"智爷道:"怎么,这铅块块儿也换的出钱来?"内相听了笑道:"真是怯条子。那不是铅,是银子,那值好几吊钱呢。"又对王头儿道:"咱家看他真诚实,明日头儿给他找个轻松档儿,咱家还要单敬你一杯呢。"王头儿道:"老爷吩咐,小人焉敢不遵,何用赏酒呢。"内相道:"说给你酒喝,咱家再不撒谎。你可不许分他的。"王头道:"小人不至于那么下作,他登高爬梯,耽惊受怕的得的赏,小人也忍得分他的?"内相点了点头,抱着猴子去了。这里众人仍然做活。

到了散工,王头同他到了黄亭子,把得银之事对裴福说了。裴福欢天喜地,千恩万谢。智化又装傻道:"爹吓,咱有了银子咧,治他二亩地,盖他几间房子,买他两只牛咧。"王头儿忙拦住道:"够了,够了。算了罢,你这二两来的银子,干不了这些事。怎么好呢,没见过世面。治二亩地、几间房子,还要买牛咧、买驴的,统共拢儿够买个草驴旦子的。尽搅么!明日我还是一早来找你。"智爷道:"是了,俺在这里恭候。"王头道:"是不是,刚吃了两天饱饭,有了二两银子的家当儿,立刻就撇起京腔来了,你又恭候咧!"说笑着就去了。

到了次日,一同进城。智爷仍然拿了铁锹,要做活去。王头道:"王第二的,你且搁下那个。"智爷道:"怎么,你不叫俺弄了?"王头道:"这是什么话,谁不叫你弄了? 连前儿个,我吃了你两三个乌涂的了。你这里来看堆儿罢。"智爷道:"俺看着这个不做活,也给饭吃耶?"王头道:"照旧吃饭,仍然给钱。"智爷道:"这倒好了,任嘛儿不干,吃饱了竟蹲膘,还给钱儿。这倒是钟鼓楼上雀儿,成了乐鸽子了。"王头道:"是不是,又闹起怯燕儿孤来了。我告诉你说,这是轻松档儿,省得内相老爷来了……"刚说至此,只见他又悄悄的道:"来了,来了。"早见那边来的恰是昨日的小内相,捧着一个金丝累就、上面嵌着宝石蟠桃式的小盒子,笑嘻嘻的道:"王老二,你来了吗?"智爷道:"早就来了。"内相道:"今日什么档儿?"智爷道:"叫俺看看堆儿。"内相道:"这就是了。我们老爷怕你还做活,一来叫我瞧瞧,二来给你送点心,你自尝尝。"智爷接过盒子道:"这挺硬的,怎么吃耶?"内相哈哈笑道:"你真呕人! 你到底打开呀,谁叫你吃盒子呢?"

智爷方打开盒子,见里面皆是细巧炸食。拿起来掂了掂,又闻了闻,仍然放在盒内,动也不动,将盒盖儿盖上。内相道:"你为什么不吃呢?"智爷道:"咱有爹,这样好东西,俺拿回去给咱爹吃去。"内相此时听了,笑着点头儿道:"咱爹不咱爹的,倒不挑你。你是好的,倒有孝心。既是这样,连盒子先搁着,少时咱家再来取。"

到了午间,只见昨日丢猴儿的内相带着送吃食的小内相,二人一同前来。王头看见,连忙迎上来。内相道:"王头儿,难为你。咱家听说你叫王第二的看堆儿,很好。来,给你这个。"王头儿接来一看,也是两个小元宝儿。王头儿道:"这有什么呢,又叫老爷费心。"连忙谢了。内相道:"什么话呢,说给你喝,焉有空口说白话的呢。王第二的呢?"王头儿道:"他在那里看堆儿呢。"连忙叫道:"王第二的!"智爷道:"做嘛耶,俺这里看堆儿呢。"王头儿道:"你这里来罢,那些东西不用看着,丢不了。"智爷过来,内相道:"听说你很有孝心,早起那个盒子呢?"智爷道:"在那里放着没动呢。"内相道:"你拿来,跟了我去。"

智爷到那里拿了盒子,随着内相到了金水桥上。只听内相道:"咱家姓张。见你洒好的,咱家给你装了一匣子小炸食,你拿回去给你爹吃。你把盒子里的吃了罢。"小内相打开盒子,叫他拿衣襟兜着吃。智爷一壁吃,一壁说道:"好个大庙,盖的虽好,就只门口儿短个戏台。"内相听了,笑的前仰后合道:"你呀,怯的都不怯了。难道你在乡下,就没听见说过皇宫内院吗?竟会拿着这个当大庙?要是大庙,岂止短戏台,难道门口儿就不立旗杆吗?"智爷道:"那边不是旗杆吗?"内相笑道:"那是忠烈祠合双义祠的旗杆。"智爷道:"这个大殿呢?"内相道:"那是修文殿。"智爷道:"那后稿阁呢?"内相笑道:"什么后稿阁呢,那是耀武楼。"智爷道:"那边又是嘛去处呢?"内相道:"我告诉你,那边是宝藏库,这是四执库。"智爷道:"这是四直库?"内相说:"哦。"智爷道:"俺瞧着这房子全是盖的四直吓,并无有歪的呀,怎么单说他四直呢?"内相笑道:"那是库的名儿,不是盖的四直。你瞧,那边是缎匹库,这边是筹备库。"智爷暗暗将方向记明,又故意的说道:"这些房子盖的虽好,就只短了一样儿。"内相道:"短什么?"智爷道:"各房上全没有烟筒,是不是?"内相听了,笑了个不了,道:"你真呕死人,笑的我肚肠子都断了。你快拿了匣子去罢,咱家也要进宫去了。"智爷见内相去后,他细细的端详了一番,方携了匣子回来。

到了晚间散工,来至黄亭子,见了裴福,又是欢喜,又是担惊。及至天交二鼓,智爷扎缚停当,带了百宝囊,别了裴福,一直竟奔内苑而来。

不知后文如何,且听下回分解。

第八十一回

盗御冠交托丁兆蕙　拦相轿出首马朝贤

且说黑妖狐来至皇城,用如意绦越过皇墙,已至内围。他便施展生平武艺,走壁飞檐。此非寻常房舍墙垣可比:墙呢是高的,房子是大的,到处一层层皆是殿阁,琉璃瓦盖成,脚下是滑的。并且各所在皆有上值之人,要略有响动,那是顽的吗?好智化,轻移健步,跃脊蹿房,所过处皆留暗记,以便归路熟识。飕飕飕,一直来到四执库的后坡。数了数瓦垄,便将瓦揭开,按次序排好;把灰土扒在旁边。到了锡被,四围用利刃划开,望板也是照旧排好,早已露出了椽子来。又在百宝囊中取出连环锯,斜岔儿锯了两根,将锯收起。用如意绦上的如意钩搭住,手握丝绦,刚捯了两三把,到了天花板。揭起一块,顺流而下。脚踏实地,用脚尖滑步而行,惟恐看出脚印儿来。

刚要动手,只见墙那边墙头露出灯光,跳下人来道:"在这里,有了。"智爷暗说不好,急奔前面坎墙,贴伏身体,留神细听。外边却又说道:"有了三个了。"智化暗道:"这是找什么呢?"忽又听说道:"六个都有了。"复又上了墙头,越墙去了。原来是隔壁值宿之人,大家掷骰子,耍急了,隔墙儿把骰子扔过来了。后来说合了,大家圆场儿,故此打了灯笼跳过墙来找。"有了三个",又"六个全有了",说的是骰子。

且言智爷见那人上墙过去了,方引着火扇一照,见一溜朱红橱子上面有门儿,俱各粘贴封皮,锁着镀金锁头。每门上俱有号头,写着"天字一号"就是九龙冠。即伸手掏出一个小皮壶儿,里面盛着烧酒,将封皮洇湿了,慢慢揭下。又摸着锁头儿,锁门是个工字儿的,即从囊中取出一都噜配好的钥匙,将锁轻轻开开。轻启朱门,见有黄包袱包定冠盒,上面还有象牙牌子,写着"天字第一号九龙冠一顶",并有"臣某跪进"。也不细看,智爷兢兢业业请出,将包袱挽手打开,把盒子顶在头上,两边挽手往自己下巴底下一勒,紧了个结实。然后将朱门闭好,上了锁。恐有手印,又用袖子擦擦。回手百宝囊中取出油纸包儿里面糨子,仍把封皮粘妥,用手按按。复用火扇照了一照,再无形迹。脚下却又滑了几步,弥缝脚踪,方拢了如意绦,倒扒而上。到了天花板上,单手拢绦,脚下绊住,探身将天花板放下安稳。翻身上了后坡,立住脚步,将如意绦收起。安放斜岔儿橡子,抹了油腻子,丝毫不错;搭了望板,盖上锡被,将灰土俱各按垄堆好,挨次儿稳了瓦。又从怀中取出小条帚扫了一扫灰土,纹丝儿也是不露。收什已毕,离了四执库,按旧路归来,到处取了暗记儿。此时已五鼓天了。

他只顾在这里盗冠,把个裴福急的坐立不安,心内胡思乱想。由三更盼到四更,自四更盼到五更,盼的老眼欲花。好容易见那边影影绰绰似有人影,忽听锣声震耳,偏偏巡更的来了。裴福唬的胆裂魂飞。只见那边黑影一蹲,却不动了。巡更的问道:"那是什么人?"裴福忙插口道:"那是俺的儿子出恭呢,你老歇歇去罢。"更夫道:"巡逻要紧,不得工夫。"当当当打着五更,往北去了。裴福赶上一步,智爷

第八十一回　盗御冠交托丁兆蕙　拦相轿出首马朝贤

过来道："巧极了，巡更的又来了，险些儿误了大事！"说罢，急急解下冠盒。裴福将席篓子底屉儿揭开，智化安放妥当，盖好了屉子。自己脱了夜行衣，包裹好了，收藏起来，上面用棉被褥盖严。此时，英姐尚在睡熟未醒。裴福悄悄问道："如何盗冠？"智化一一说了，把个裴福唬的半天做声不得。智爷道："功已成了，你老人家该装病了！"到了天明，王头儿来时，智化假意悲啼，说："俺爹昨夜偶然得病，闹了一夜，不省人事，俺只得急急回去。"王头儿无奈，只得由他。英姐不知就里，只当他祖父是真病呢，他却当真哭起来了。智爷推着车子，英姐跟步而行，哭哭啼啼，一路上有知道他们是逃荒的，无不嗟叹。出了城门，到了无人之处，智化将裴福唤起，把英姐抱上车去，背起绳绊，急急赶路。离了河南，到了长江，乘上船一帆风顺。

一日来到镇江口，正要换船之时，只见那边有一只大船，出来了三人，却是兆兰、兆蕙、艾虎。彼此见了俱各欢喜，连忙将小车搭跳上船，智爷等也上了大船。到了舱中，换了衣服，大家就座。双侠便问："事体如何？"智爷说明原委，甚是畅快。趁着顺风，一日到了本府。在停泊之处下船，自有庄丁、伴当接待，推小车一同进庄。来至待客厅，将席篓搭下来安放妥当，自然是饮酒接风。智化又问丁二爷如何将冠送去，兆蕙道："小弟已备下钱粮筐了，一头是冠，一头是香烛、钱粮，又洁净，又灵便，就说奉母命天竺进香。兄长以为何如？"智爷道："好。但不知在何处居住？"二爷道："现有周老儿名叫周增，他就在天竺开设茶楼，小弟素来与他熟识，且待他有好处。他那里楼上极其幽雅，颇可安身。"智爷听了，甚为放心。饮酒吃饭之后，到了夜静更深，左右无人，方将九龙珍珠冠请出供上，大家行了礼，才打开瞻仰了瞻仰。此冠乃赤金累龙，明珠镶嵌。上面有九条金龙，前后卧龙，左右行龙，顶上有四条搅尾龙捧着一个团龙。周围珍珠不计其数，单有九颗大珠，晶莹焕发，光芒四射。再衬着赤金明亮，闪闪灼灼，令人不能注目。大家无不赞扬，真乃稀奇之宝。好好包裹了，放在钱粮筐内，遮盖严密。到了五鼓，丁二爷带了伴当，离了茉花村，竟奔中天竺而去。

迟不几日回来，大家迎至厅上，细问其详。丁二爷道："到了中天竺，就在周老茶楼居住。白日进了香，到了晚间托言身体乏困，早早上楼安歇。周老惟恐惊醒于我，再也不敢上楼，因此趁空儿到了马强家中。佛楼之上果有极大的佛龛三座，我将宝冠放在中间佛龛左边槅扇的后面，仍然放下黄缎佛帘，人人不能理会。安放妥当，回到周家楼上，已交五鼓。我便假装起病来，叫伴当收拾起身。周老那里肯放，务必赶作羹汤、暖酒。他又拿出四百两银子来，要归还原银，我也没要，急急的赶回来了。"大家听了，欢喜非常。惟有智爷瞅着艾虎，一语不发。

但见小爷从从容容说道："丁二叔既将宝冠放妥，侄儿就要起身了。"兆兰、兆蕙听了此言，倒替艾虎为难，也就一语不发。只听智化道："艾虎吓，我的儿！此事全为忠臣义士起见，我与你丁二叔方涉深行险，好容易将此事做成。你若到了东京，口齿中稍有含糊，不但前功尽弃，只怕忠臣义士的性命也就难保了。"丁氏弟兄极口答道："智大哥此话是极，贤侄你要斟酌。"艾虎道："师父与二位叔父但请放心。小侄此去,此头可断,此志不可回!此事再无不成之理。"智爷道:"但愿你如此。这有书信一封,你拿去找着你白五叔,自有安置照应。"小侠接了书信,揣在里衣之内,提了包裹,拜别智爷与丁大爷、丁二爷。他三人见他小小孩童干此关系重大之事,又是耽心,又是爱惜,不由的送出庄外。艾虎道:"师父与二位叔父不必远送,艾虎就此拜别了。"智化又嘱咐道:"御冠在佛龛中间左边槅扇的后面,要记明了。"艾虎答应,背上包裹,头也不回,扬长去了。请看艾虎如此的光景,岂是十五岁的小儿?差不多有年纪的,也就甘拜下风!他人儿虽小,胆子极大,而且机变、谋略俱有。这正是"有智不在年高,无智空活百岁"。

这艾虎在路行程,不过是饥餐渴饮。一日来到开封府,进了城门,且不去找白玉堂,他却先奔开封府署,要瞧瞧是什么样儿。不想刚到衙门前,只见那边喝道之声,驱逐闲人,说太师来了。艾虎暗道:"巧咧,我何不迎将上去呢?"趁着忙乱之际,见头踏已过,大轿看看切近,他却从人丛中钻出来,迎轿跪倒,口呼:"冤枉吓,相爷,冤枉!"包公在轿内见一个小孩子拦轿鸣冤,吩咐带进衙门。"哦。"左右答应一声,上来了四名差役,将艾虎拢住,道:"你这小孩子淘气的很,开封府也是你戏耍的么?"艾虎道:"众位别说这个话。我不是顽来了,我真要告状。"张龙上前道:"不要惊唬于他。"问艾虎道:"你姓什么?今年多大了?"艾虎一一说了。张龙道:"你状告何人?为着何事?"艾虎道:"大叔,你老不必深问。只求你老带我见了相爷,我自有话回禀。"张龙听了此言,暗道:"这小孩子竟有些意思。"

忽听里面传出话来："带那小孩子。"张龙道："快些走罢，相爷升了堂了。"艾虎随着张龙到了角门，报了名，将他带至丹墀上，当堂跪倒。艾虎偷眼往上观瞧，见包公端然正座，不怒自威；两旁罗列衙役，甚是严肃，真如森罗殿一般。只听包公问道："那小孩子姓甚名谁，状告何人，诉上来。"艾虎道："小人名叫艾虎，今年十五岁，乃马员外马强的家奴。"包公听说马强的家奴，便问道："你到此何事？"艾虎道："小人特为出首一件事。小人却不知道什么叫出首。只因这宗事小人知情，听见人说知情不举，罪加一等。故此小人前来，在相爷跟前言语一声儿，就完了小人的事了。"包公道："慢慢讲来。"艾虎道："只因三年前我们太老爷告假还乡……"包公道："你家太老爷是谁？"艾虎伸出四指道："就是四指库的总管马朝贤，他是我们员外的叔叔。"包公听了暗想道："必是四执库总管马朝贤了，小孩子不懂得四执，拿着当了四指库。"又问道："告假还乡，怎么样了？"艾虎道："小人的太老爷坐着轿，到了家中，抬至大厅之上，下了轿就叫左右回避了。那时小人跟着员外，以为是个小孩子，却不避讳。只见我们太老爷从轿内捧出个黄龙包袱来，对着小人的员外悄悄说道：'这是圣上九龙冠，咱家顺便带来，你好好的供在佛楼之上。将来襄阳王爷举事，就把此冠呈献。千万不可泄露。'我家员外就接过来了，叫小人托着。小人端着沉甸甸的，跟了员外上了佛楼。我们员外就放在中间佛龛的左边槅扇后面了。"包公听了暗暗吃惊，连两旁的衙役无不骇然。

只听包公问道："后来便怎么样？"艾虎道："后来也不怎么样。

一来二去，我也大些了，常听见人说'知情不举，罪加一等'，小人也不理会。后来又有人知道了，却向小人打听，小人也就告诉他们。他们都说：'没事便罢，若有了事，你就是知情不举！'到了新近，小人的员外拿进京来，就有人和小人说：'你提防着罢，员外这一到京，若把三年前的事儿叨登出来，你就是隐匿不报的罪名！'小人听了害怕，比不得三年前人事不知、天日不懂的，如今也觉明白些了。越想越不是顽的，因此小人赶至京中。小人却不是出首，止于把此事说明了，就与小人不相干了。"包公听毕，忖度了一番，猛然将惊堂木一拍，道："我把你这狗才，你受了何人主使，竟敢在本阁跟前陷害朝中总管与你家主人，是何道理？还不与我从实招上来！"左右齐声吆喝道："快说，快说！"

未知艾虎如何答对，且听下回分解。

第八十二回

试御刑小侠经初审　遵钦命内官会五堂

且说艾虎听包公问他是何人主使,心中暗道:"好利害!怪道人人说包相爷断事如神,果然不差。"他却故意惊慌道:"没有什么说的。这倒为了难了:不报罢,又怕罪加一等;报了罢,又说被人主使。要不就算没有这宗事,等着我们员外说了,我再呈报如何?"说罢站起身来就要下堂。两边衙役见他小孩子不懂官事,连忙喝道:"转来,转来!跪下,跪下!"艾虎复又跪倒。包公冷笑道:"我看你虽是年幼顽童,眼光却是诡诈。你可晓得本阁的规矩么?"艾虎听了,暗暗打个冷战道:"小人不知什么规矩。"包公道:"本阁有条例,每逢以下犯上者,俱要将四肢铡去。如今你既出首你家主人,犯了本阁的规矩,理宜铡去四肢。来哦,请御刑。"只听两旁发一声喊,王、马、张、赵将狗头铡抬来,撂在当堂,抖去龙袱。只见黄澄澄、冷森森一口铜铡,放在艾虎面前。小侠看了,虽则心惊,暗暗自己叫着自己:"艾虎吓,艾虎,你为救忠臣义士而来,慢说铡去四肢,纵然腰断两截,只要成了名,千万不可露出马脚来!"忽听包公问道:"你还不说实话么?"艾虎故意颤巍巍的道:"小人实实害怕,惟恐罪加一等,不得已呈诉吓。相爷呀!"包公命去鞋袜。张龙、赵虎上前,左右一声呐喊,将艾虎丢翻在地,脱去鞋袜。张、赵将艾虎托起,双足入了铡口。王朝掌住铡刀,手拢鬼头靶,面对包公,只等相爷一摆手,刀往下落,不过咯吱一声,艾虎的脚丫儿就结了。张龙、赵虎一边一个架着艾虎,马汉提了艾虎的头发,面向包公。包公问道:"艾虎,你受何人主使,还不快招么?"艾虎故意哀哀的道:"小人就知害怕,实实没有什么主使的。相爷不信,差人去取珠冠,如若没有,小人情甘认罪。"包公点头道:"且将他放下来。"马汉松了头发,张、赵二人连忙将他往前一搭,双足离了铡口。王朝、马汉将御刑抬过一边。此时慢说艾虎心内落实,就是四义士等无不替艾虎徼幸的。

包公又问道:"艾虎,现今这顶御冠还在你家主佛楼之上么?"艾虎道:"现在佛楼之上。回相爷,不是玉冠,小人的太老爷说是九龙珍珠冠。"包公问实了,便吩咐将艾虎带下去。该值的听了,即将艾虎带下堂来。早有禁子郝头儿接下差使,领艾虎到了监中单间屋里,道:"少爷,你老这里坐罢,待我取茶去。"少时,取了新泡的盖碗茶来。艾虎暗道:"他们这等光景,别是要想钱罢?怎么打着官司的称呼少爷,还喝这样的好茶?这是什么意思呢?"只见郝头儿悄悄与伙计说了几句话,登时摆上菜蔬,又是酒,又是点心,并且亲自殷勤斟酒,闹的艾虎反倒不得主意了。忽听外面有人嗤嗤的声音,郝头儿连忙迎了出来,请安道:"小人已安置了少爷,又孝敬了一桌酒饭。"又听那位官长说道:"好,难为你了。赏你十两银子,明日到我下处去取。"郝头儿叩头谢了赏。只听那位官长吩咐道:"你在外面照看,我合你少爷有句话说,呼唤时方许进来。"郝禁子连连答应,转身在监口拦人。凡有来的,他将五指一伸,努努嘴,摆摆手,那人见了,急急退去。

你道此位官长是谁？就是玉堂白五爷。只因听说有个小孩子告状，他便连忙跑到公堂之上，细细一看，认得是艾虎，暗暗道："他到此何事？"后来听他说出原由，惊骇非常。又暗暗揣度了一番，竟是为倪太守、欧阳兄而来，不由的心中踌躇道："这样一宗大事，如何搁在小孩子身上呢？"忽听公座上包公发怒说："请御刑。"白五爷只急的搓手，暗道："完了，完了！这可怎么好？"自己又不敢上前，惟有两眼直勾勾瞅着艾虎。及至艾虎一口咬定，毫无更改，白五爷又暗暗夸奖道："好孩子，真是强将手下无弱兵。这要是从铡口里爬出来，方是男儿。"后来见包公放下艾虎，准了词状，只乐得心花俱开，便从堂上溜了下来。见了郝禁子，嘱咐道："堂上鸣冤的是我的侄儿，少时下来，你要好好照应。"郝禁子那敢怠慢，故此以"少爷"称呼，伺候茶水酒饭，知道白五爷必来探监，为的是当好差使，又可于中取利。果然，白五爷来了就赏了十两银子，叫他在外瞭望，五爷便进了单屋。

艾虎抬头见是白玉堂，连忙上前参见。五爷悄悄道："贤侄，你好大胆，竟敢在开封府弄玄虚，这还了得！我且问你，这是何人主意？因何贤侄不先来见我呢？"艾虎见问，将始末情由述了一遍，道："侄儿临来时，我师父原给了一封信，叫侄儿找白五叔。侄儿一想，一来恐事不密，露了形迹；二来可巧遇见相爷下朝，因此侄儿就喊了冤了。"说着话，将书信从里衣内取出递与玉堂。玉堂接来拆看，无非托他暗中调停，不叫艾虎吃亏之意。将书看毕，暗自忖道："这明是艾虎自逞胆量，不肯先投书信，可见高傲，将来竟自不可限量呢。"便对艾虎道："如今紧要关隘已过,也就可以放心了。方才我听说你的口供打了摺底,相爷明早就要启奏了,且看旨意如何再做道理。你吃了饭不曾?"艾虎道:"饭倒不消,就只酒……"说至此便不言语。白五爷问道:"怎么,没有酒?"艾虎道:"有酒。那点点儿,刚喝了五六碗就没了。"白玉堂听了,暗道:"这孩子敢则爱喝,其实五六碗也不为少。"便唤道:"郝头儿呢?"只听外面答应,连忙进来。五爷道:"再取一瓶酒来。"郝禁子答应去了。白五爷又嘱咐道:"少时酒来,撙节而饮,不可过于贪杯。知道明日是什么旨意呢?你也要留神提防着。"艾虎道:"五叔说的是,侄儿再喝这一瓶就不喝了。"白玉堂也笑了。郝头儿取了酒来,白五爷又嘱咐了一番方才去了。

果然,次日包相将此事递了奏摺。仁宗看了,将摺留住细细揣度。偶然想起:"兵部尚书金辉曾具摺二次,说朕的皇叔有谋反之意,是朕一时之怒,将他贬谪。如何今日包卿摺内又有此说呢?事有可疑。"即宣都堂陈林,密旨派往稽查四执库。老伴伴领旨,带令手下人等,传了马朝贤,宣了圣旨。马朝贤不知为着何事,见是都堂奉钦命而来,敢不懔遵?只得随往,一同上库验了封,开了库门,就从朱橱"天字一号"查起。揭开封皮,开了锁,拉开朱门一看:罢咧,却是空的!陈公公问道:"这九龙珍珠冠那里去了?"谁知马朝贤见没了此冠,已然唬的面目焦黄,如今见都堂一问,那里还答应的上来,张着嘴,瞪着眼,半晌说了一句:"不、不、不知道。"陈公公见他神色惊慌,便道:"本堂奉旨查库者,就是为查此冠。如今此冠既已不见,本堂只好回奏,且听旨意便了。"回头吩咐道:"孩儿们,把马总管好好看起来。"陈公公即时复奏。圣上大怒,即将总管马朝贤拿问,就派都堂审讯。陈公公奏道:"现有马朝贤之侄马强在大理寺审讯,马朝贤既然监守自盗,他侄儿马强必然知情,理应归大理寺质对。"天子准奏,将原摺并马朝贤俱交大理寺。天子传旨之后,恐其中另有情弊,又特派刑部尚书杜文辉、都察院总宪范仲禹、枢密院掌院颜查散,会同大理寺文彦博,隔别严加审讯。

此旨一下,各部院堂官俱赴大理寺,惟有枢密院颜查散颜大人刚要上轿,只见虞候手内拿一字柬回道:"白五老爷派人送来,请大人即开。"颜查散接过拆阅,原来是白玉堂托付照应艾虎。颜大人道:"是了,我知道了,叫来人回去罢。"虞候传出话去。颜大人暗暗想道:"此系奉旨交审的案件,难以徇情,只好临期看机会便了。"上轿来至大理寺。众位堂官会了齐,大家俱看了原摺,方知马朝贤监守自盗,其中有襄阳王谋为不轨的话头,个个骇目惊心。彼此计议,范仲禹道:"少时都堂到来,固然先问这小孩子。真伪莫辨,莫若如此如此,先试探他一番如何?"大家深以为然。又都向文大人问了问马强一案审的如何,文大人道:"这马强强梁霸道,俱已招承,惟独一口咬定倪太守结连大盗,抢掠他的家私一节。已将北侠欧阳春拿到,原来是个侠客义士,倪太守多亏他救出。至于抢掠之事,概不知情,坚不承认。下官问过几堂,见他为人正直,言语豪爽,绝非劫掠大盗。下官已派人暗暗访查去了。如今既有艾虎,他是马强家奴,他家被劫,他自然知道的,此事也可以问他。"大家称是。

忽见禀道:"都堂到了。"众大人迎至丹墀,只见陈公公下轿抢行几步,与众位大人见了,说道:"众位大人早到了,恕咱家来迟。只因圣上为此震怒,懒进饮食,还是我宛转进谏,圣上方才进膳。咱家伺候膳毕,急急赶到,所以来迟。"彼此到了公堂之上,见设着五堂公位,大家挨次而坐。陈公公道:"众位大人还没有问问吗?"众人道:"专等都堂到来,我等已计议了一番。"便将方才商酌的话说了。陈公公道:"众位大人高见不差。很好,就是如此罢。"吩咐先带艾虎。左右一声喊,接连不断:"带艾虎!带艾虎!"小爷在开封府经过那样风波,如今到了大理寺,虽则是五堂会审,他却毫不介意。上得堂来,双膝跪倒,两只眼睛滴溜都噜,东瞧西看。陈公公先就说道:"啊吓,咱家只道什么艾虎呢,原来是个小孩子。看他浑浑实实,却倒伶伶俐俐的。你今年多大?"艾虎道:"小人十五岁了。"陈公公道:"你小小年纪,有什么冤屈,竟敢告状呢? 大着点声儿,说给众位大人听。"艾虎将昨日在开封府的口供说了一遍,又说道:"包相爷要将小人四肢铡去,小人实在是畏罪之故,并不敢陷害主人。因此蒙相爷施恩,方准了小人的状子。"说罢,向上叩头。

陈公公听了,对着众人说道:"众位大人俱各听明了,有什么问的,只管问。咱家虽是奉旨钦派,然而咱家只知进御当差,这案子上头甚不明白。"只听杜大人问道:"艾虎,你在马强家几年了?"艾虎道:"小人自幼儿就在那里。"杜大人道:"三年前,你家太老爷交给你主人的九龙冠,是你亲眼见的么?"艾虎道:"亲眼见的。小人的太老爷先给小人的主人,小人的主人就叫小人捧着,一同到了佛楼,收在中间佛龛的槅扇后面。"杜大人道:"既是三年前之事,你为何今日才来出首？讲！"陈公公道："是呀，三年前马总管告假，咱家还依稀记得，大约是为修理坟茔，告了三个月的假，我们这里还有底帐可考。既是那时候的事情，为何这时才叨登出来呢？你说。"艾虎道："小人三年前方交十二岁，天日不懂，人事不知。今年小人十五岁，到底明白点了。又因小人主人目下遭了官事，惟恐说出这件事情来，小人如何担的起'知情不举，隐匿不报'的罪名呢？"范大人道："这也罢了。我且问你：当初你太老爷交付你主人九龙冠时，说些什么？"艾虎道："小人就听见我太老爷说：'此冠好好收藏，等着襄阳王举事时，就把此冠献上，必得大大的爵位。'小人也不知举什么事。"范大人道："如此说来，你家太老爷你自然是认得的了？"一句话，问得艾虎张口结舌。

未知如何，且听下回分解。

第八十三回

矢口不移心灵性巧　真赃实犯理短情屈

且说艾虎听范大人问他可认得你家太老爷这一句话,艾虎暗暗道:"这可罢了我咧!当初虽见过马朝贤,我并未曾留心,何况又别了三年呢。然而又说不得我不认得。但这位大人如何单问我认得不认得,必有什么缘故罢?"想罢答道:"小人的太老爷小人是认得的。"范大人听了,便吩咐带马朝贤。左右答应一声,朝外就走。

此时,颜大人旁观者清,见艾虎沉吟后方才答应认得,就知艾虎有些恍惚,暗暗着急担惊,惟恐年幼,一时认错了那还了得。急中生智,便将手一指,大袍袖一遮道:"艾虎,少时马朝贤来时,你要当面对明,休得祖护!"嘴里说着话,眼睛却递眼色,虽不至摇头,然而纱帽翅儿也略动了一动。艾虎本因范大人问他认得不认得,心中有些疑心,如今见颜大人这番光景,心内更觉明白。只听外面锁镣之声,他却跪着偷眼往外观看,见有个年老的太监,虽然项带刑具,到了丹墀之上,面上尚微有笑容。及至到了公堂,他才敛容息气,而且见了大人们也不下跪报名,直挺挺站在那里,一语不发。小爷更觉省悟。

只听范大人问道:"艾虎,你与马朝贤当面对来。"艾虎故意的抬头望了一望那人,道:"他不是我家太老爷,我家太老爷小人是认得的。"陈公公在堂上笑道:"好个孩子,真好眼力。"又望着范大人道:

"似这等光景,这孩子真认得马总管无疑了。来呀,你们把他带下去,就把马朝贤带上来罢。"左右将假马朝贤带下。

不多时,只见带上了个欺心背反,蓄意谋奸,三角眼含痛泪,一片心术不端的总管马朝贤来。左右当堂打去刑具,朝上跪倒。陈公公见这番光景,未免心生恻隐,无奈说道:"马朝贤,今有人告你三年前告假回乡时,你把圣上九龙珍珠冠擅敢私携至家,你要从实招上来。"马朝贤唬的胆裂魂飞,道:"此冠实是库内遗失,犯人概不知情吓。"只听文大人道:"艾虎,你与他当面对来。"艾虎便将口供述了一回道:"太老爷,事已如此,也就不用推诿了。"马朝贤道:"你这小厮着实可恶,咱家何尝认得你来。"艾虎道:"太老爷如何不认得小人呢?小人那时才十二岁,伺候了你老人家多少日子。太老爷还时常夸我很伶俐,将来必有出息。难道太老爷就忘了么?可见是贵人多忘事。"马朝贤道:"我纵然认得你,我几时将御冠交给马强了呢?"文大人道:"马总管,你不必抵赖。事已如此,你好好招了,免得皮肉受苦。倘若不招,此乃奉旨之件,我们就要动大刑了。"马朝贤道:"犯人实无此事,大人如若赏刑,或夹或打,任凭吩咐。"颜大人道:"大约束手何他,决不肯招。左右,请大刑来。"两旁发一声喊,刚要请刑,只见艾虎哭着道:"小人不告了,小人不告了!"陈公公便问道:"你为何不告了?"艾虎道:"小人只为害怕,怕担罪名,方来出首。不想如今害得我太老爷偌大年纪,受如此苦楚,还要用大刑审问,这不是小人活活的把太老爷害了么?小人实实不忍,小人情愿不告了。"陈公公听了,点了点头道:"傻孩子,此事已经奉旨,如何由的你呢?"只见杜大人道："暂且不必用刑。左右，将马总管带下去，艾虎也下去，不可叫他们对面交谈。""哦！"左右分别带下。

颜大人道："下官方才说请刑者，不过威吓而已。他有了年纪之人，如何禁的起大刑呢？"杜大人道："方才见马总管不认得艾虎，下官有些疑心。焉知艾虎不是被人主使出来的呢？"颜大人听了，暗道："此言利害。但是白五弟托我照应艾虎，我岂可坐视呢？"连忙说道："大人虑的虽是，但艾虎是个小孩子，如何耽的起这样大事呢？且包太师已然测至此处，因此要用御刑铡他的四肢。他若果真被人主使，焉有舍去性命不肯实说的道理呢？"杜大人道："言虽如此，下官又有一个计较。莫若将马强带上堂来，如此如此追问一番，如何？"众人齐声说是。吩咐带马强，不许与马朝贤对面。左右答应。

不多时，将马强带到。杜大人道："马强，如今有人替你鸣冤，你认得他么？"马强道："但不知是何人。"杜大人道："带那鸣冤的当面认来。"只见艾虎上前跪倒。马强一看，暗道："原来是艾虎！这孩子倒有为主之心，真是好。"连忙禀道："他是小人的家奴，名叫艾虎。"杜大人道："他有多大岁数了？"马强道："他十五岁了。"杜大人道："他是你家世仆么？"马强道："他自幼儿就在小人家里。"恶贼只顾说出此话，堂上众位大人无不点头，疑心尽释。杜大人道："既是你家世仆，你且听他替你鸣的冤。艾虎，快将口供诉上来。"艾虎便将口供诉完，道："员外休怪小人，实实担不起罪名。"马强喝道："我把你这狗才。满口里胡说，太老爷何尝交给我什么冠来！"陈公公喝道："此乃公堂之上，岂是你吓呼家奴的所在！好不懂好歹，就该掌嘴。"

马强跪爬了半步道："回大人，三年前小人的叔父回家，并未交付小人九龙冠。这都是艾虎的谎言。"颜大人道："你说你叔父并未交付于你，如今艾虎说你把此冠供在佛楼之上，倘若搜出来时，你还抵赖么？"马强道："如果从小人家中搜出此冠，小人情甘认罪，再也不敢抵赖。"颜大人道："既如此，具结上来。"马强以为断无此事，欣然具结。众位大人传递看了，叫把马强仍然带下去。又把马朝贤带上堂来，将结念与他听，问道："如今你侄儿已然供明，你还不实说么？"马朝贤道："犯人实无此事，如果从犯人侄儿家中搜出此冠，犯人情甘认罪，再无抵赖。"也具了一张结，将他带下去，吩咐寄监。

文大人又问艾虎道："你家主人被劫一事，你可知道么？"艾虎道："小人在招贤馆伏侍我们主人的朋友……"文大人道："什么招贤馆？"艾虎道："小人的员外家大厅就叫招贤馆。有好些人在那里住着，每日里耍枪弄棒，对刀比武，都是好本事。那日因我们员外诓了个儒流秀士，带着一个老仆人，后来说是新太守，就把他主仆锁在空房之内。不知什么工夫，他们主仆跑了。小人的员外知道了，立刻骑马赶去，又把那秀士一人拿回来，就掐在地牢里了……"文大人道："什么地牢？"艾虎道："是个地窖子，凡有紧要事情都在地牢。回大人，这个地牢之中不知害了多少人命。"陈公公冷笑道："他家竟敢有地牢，这还了得吗！这秀士必被你家员外害了。"艾虎道："原要害来着，不知什么工夫那秀士又被人救了去了。小人的员外就害起怕来。那些人劝我们员外说没事，如有事时大伙儿一同上襄阳去就是。那天晚上，有二更多天，忽然来了个大汉，带领官兵，把我们员外合安人在卧室内就捆了。招贤馆众人听见，一齐赶到仪门前救小人的主人。谁知那些人全不是大汉的对手，俱各跑回了招贤馆藏了。小人害怕，也就躲避了，不知如何被劫。"

文大人道："你可知道什么时候将你家员外起解到府？"艾虎道："小人听姚成说，有五更多天。"文大人听了，对众人道："如此看来，这打劫之事与欧阳春不相干了。"众大人问道："何以见得？"文大人道："他原失单上报的是黎明被劫。五更天，大汉随着官役押解马强赴府，如何黎明又打劫了呢？"众位大人道："大人高见不差。"陈公公道："大人且别问此事，先将马朝贤之事复旨要紧。"文大人道："此案与御冠相连，必须问明，一并复旨，明日方好搜查提人。"说罢，吩咐带原告姚成。谁知姚成听见有九龙冠之事，知道此案大了，他却逃之夭夭了。差役去了多时，回来禀道："姚成惧罪，业已脱逃，不知去向。"文大人道："原告脱逃，显有情弊。这九龙冠之事益发真了，只好将大概情形复奏圣上便了。"大家共同拟了摺底，交付陈公公先行陈奏。

到了次日，奉旨立刻行文到杭州，捉拿招贤馆的众寇，并搜查九龙冠，即刻赴京归案备质。过了数日，署事太守用黄亭子抬定龙冠，派役护送进京，连郭氏一并解到。你道郭氏如何解来？只因文书到了杭州，立刻知会巡检守备带领兵弁，以为捉拿招贤馆的众寇必要厮杀，谁知到了那里，连个人影儿也不见了，只得追问郭氏。郭氏道："就于那夜俱各逃走了。"署事官先查了招贤馆，搜出许多书信，俱是与襄阳王谋为不轨的话头。又叫郭氏随同来到佛楼之上，果在中间龛的左边槅扇后面,搜出御冠帽盒来。署事官连忙打开验明,依然封好妥当。立刻备了黄亭子,请了御冠。因郭氏是个要犯硬证,故此将他一同解京。

众位大人来至大理寺,先将御冠请出,大家验明,供在上面。把郭氏带上堂来,问他:"御冠因何在你家中?"郭氏道:"小妇人实在不知。"范大人道:"此冠从何处搜出来的?"郭氏道:"从佛楼中间龛内搜出。"杜大人道:"是你亲眼见的么?"郭氏道:"是小妇人亲眼见的。"杜大人叫他画招画供,吩咐带马强。马强刚至堂上,一眼瞧见郭氏,吃了一惊,暗说:"不好,他如何来到这里?"只得向上跪倒。范大人道:"马强,你妻子已然供出九龙冠来,你还敢抵赖么? 快与郭氏当面对来。"马强听了,战战兢兢问郭氏道:"此冠从何处搜出?"郭氏道:"佛楼之上中间龛内。"马强道:"果是那里搜出来的?"郭氏道:"你为何反来问我? 你不放在那里,他们就能从那里搜出来么?"文大人不容他再辩,大喝一声道:"好逆贼! 连你妻子都如此说,你还不快招么?"马强只唬的目瞪痴呆,叩头碰地道:"冤孽! 罢了,小人情愿画招。"左右叫他画了招。颜大人吩咐将马强夫妻带在一旁,立刻带马朝贤上堂,叫他认明此冠并郭氏口供,连马强画的招,俱各与他看了,只唬得他魂飞魄散。又当面问了郭氏一番,说道:"罢了,罢了。事已如此,叫我有口难分诉,犯人画招就是了。"左右叫他画了招,众位大人相传看了,把他叔侄分别带下去,文大人又问郭氏被劫一事。

忽听外面嘈杂,有人喊冤。只见衙役跪倒禀道:"外面有一老头子,手持冤状,前来伸诉。众人将他拦住,他那里喊声不止,小人不敢不回。"颜大人道:"我们是奉旨审问要犯,何人胆大,擅敢在此喊冤?"差役禀道:"那老头子口口声声说是替倪太守鸣冤的。"陈公公道:"巧极了。既是替倪太守鸣冤的,何妨将老头儿带上来,众位大人问问呢。"吩咐带老头儿。不多时,见一老者上堂跪倒,手举呈词,泪流满面,口呼冤枉。颜大人吩咐将呈子接上来,从头至尾看了一遍,道:"原来果是为倪太守一案。"将此呈转递众位大人看了,齐道:"此状正是奉旨应讯案件,如今虽将马朝贤监守自盗审明,尚有倪太守与马强一案未能质讯。今既有倪忠补呈伸诉,理应将全案人证提到,当堂审问明白,明日一并复旨。"陈公公道:"正当如此。"便往下问道:"你就叫倪忠么?"倪忠道:"是。小人叫倪忠,特为小人主人倪继祖前来伸冤。"陈公公道:"你不必啼哭,慢慢的诉上来。"

未识说些什么,且听下回分解。

第八十四回

复原职倪继祖成亲　观水灾白玉堂捉怪

且说倪忠在公堂之上，便将奉旨上杭州接太守之任，如何暗暗私访，如何被马强拿去两次，"头一次多亏了一个难女，名叫朱绛贞，乃朱举人之女，被恶霸抢了去的，是他将我主仆放走。慌忙之际，一时失散。小人遇见个义士欧阳春，将此事说明，义士即到马强家中打听小人的主人下落。谁知小人的主人又被马强拿去，下在地牢，多亏义士欧阳春搭救出来。就定于次日义士帮助捉拿马强，护送到府。我家主人审了马强几次，无奈恶霸总不招承。不想恶霸家中被劫，他就一口咬定说小人的主人'结连大盗，明火执仗'，差遣恶奴进京呈控。可怜小人的主人堂堂太守，因此解任，遭这不明不白的冤枉。望乞众位大人明镜高悬，细细详查是幸。"范大人道："你主人既有此冤枉，你如何此时方来伸诉呢？"倪忠道："只因小人奉家主之命，前往扬州接取家眷，及至到了任所，方知此事。因此急急赶赴京师，替主鸣冤。"说罢痛哭不止。陈公公点头道："难为这老头儿。众位大人当怎么办呢？"文大人道："倪忠的呈词，正与太守倪继祖、义士欧阳春、小童艾虎所供俱各相符，惟有被劫一案尚不知何人，须问倪继祖、欧阳春，便见明白。"吩咐带倪太守与欧阳春。

不多时，二人上堂。文大人问太守道："你与欧阳春定于何时捉

第八十四回　复原职倪继祖成亲　观水灾白玉堂捉怪

拿马强？又于何时解到本府？"倪继祖道："定于二更带领差役捉拿马强，于次日黎明方才到府。"文大人又问欧阳春道："既是二更捉拿马强，为何于次日黎明方到府呢？"欧阳春道："原是二更就把马强拿住，只因他家招募了许多勇士，与小人对垒，小人好容易将他等杀退，于五更时方将马强驮在马上；因霸王庄离府衙二十五六里之遥，小人护送到府时，天已黎明。"

文大人又叫带郭氏上来，问道："你丈夫被何人拿住，你可知道么？"郭氏道："被个紫髯大汉拿住，连小妇人一同捆缚的。"文大人道："你丈夫几时离家的？"郭氏道："天已五鼓。"文大人道："你家被劫是什么时候？"郭氏道："天尚未亮。"文大人道："我看失单内劫去许多物件，非止一人，你可曾看见么？"郭氏道："来的人不少，小妇人唬的以被蒙头，那里还敢瞧呢！后来就听贼人说：'我们乃北侠欧阳春，带领官役前来抢掠。'因此小妇人失单上有北侠的名字。"文大人道："你丈夫结交招贤馆的朋友，如何不见？"郭氏道："就是那一夜的早起，小妇人因查点东西，不但招贤馆内无人，连那里的东西也短了许多。回大人，我丈夫交的这些朋友，全不是好朋友。"文大人听了，笑对众人道："列位听见了，这明是众寇打劫，声言北侠与官役，移害于人之意无疑了。"众人道："大人高见不差。欧阳春五鼓护送马强，焉有黎明从新带领人役打劫之理？此是众寇打劫无疑了。"又把马强带上来，与倪忠当面质对。马强到了此时，再无折辩，就一一招了。文大人吩咐将太守主仆、北侠、艾虎另在一处候旨，其馀案内之人分别收监。公同将复奏摺子拟定，连招供并往来书信，预备明早谨呈御览。

天子看了大怒，却将摺子留下。你道为何？皆因仁宗为君，以孝治天下，其中关碍着皇叔赵爵，不肯深究。止于明发上谕说：马朝贤监守自盗，理应处斩；马强抢掠妇女，私害太守，也定了斩立决；郭氏着毋庸议。所有襄阳王之事一概不提。倪继祖官复原职，欧阳春义举无事，艾虎虽以下犯上，薄有罪名，因为御冠出首，着宽免。倪继祖具摺谢恩。旨意问朱绛贞释放一节，倪继祖一一陈奏；又随了一个夹片，是叙说倪仁被害，李氏含冤，贼首陶宗、贺豹，义仆杨芳即倪忠，并有祖传并梗玉莲花如何失而复得的情由，细细陈奏。天子看了，圣心大悦，道："卿家有许多的原委，可称一段佳话。"即追封倪仁五品官衔，李氏诰封随之。倪太公倪老儿也赏了六品职衔，随任养老。义仆倪忠赏了七品承义郎，仍随任服役。朱绛贞有玉莲花联姻之谊，奉旨毕姻。朱焕章恩赐进士。陶宗、贺豹严缉拿获，即行正法。倪继祖磕头谢恩，复又请训，定日回任。又到开封府拜见包公。

此时，北侠父子却被南侠请去，众英雄俱各欢聚一处。倪太守又到展爷寓所，一来拜望，二来敦请北侠、小侠务必随同到任。北侠难以推辞，只得同艾虎到了杭州。倪太守重新接了任后，即拜见了李氏夫人与太公夫妇。李氏夫人依然持斋，另在静室居住。倪太守又派倪忠随了朱焕章，同去迁了倪仁之柩，立刻提出贺豹正法。祭灵后，念经破土安葬立茔。白事已完，又办红事，即与朱老先生定了吉日，方与朱绛贞完姻。自然是热闹繁华，也不必细述。北侠父子在任，太守敬如上宾，俟诸事已毕，他父子便上茉花村去了。

第八十四回　复原职倪继祖成亲　观水灾白玉堂捉怪

且说仁宗天子自从将马朝贤正法之后，每每想起襄阳王来，圣心忧虑。偏偏的洪泽湖水灾连年为患，屡接奏摺，不是这里淹了百姓，就是那里伤了禾苗，尽为河工消耗国课无数，枉自劳而无功。这日单单召见包相商酌此事，包相便举保颜查散才识谙练，有守有为，堪胜此任。圣上即升颜查散为巡按，稽查水灾，兼理河工民情。颜大人谢恩后，即到开封府，一来叩辞，二来讨教治水之法。包公说了些治水之法，"虽有成章，务必随地势之高低，总要堵泄合宜，方能成功。"颜查散又向包公要公孙策、白玉堂："同门生前往，帮办一切。"包公应允。次日早朝，包公奏明了主簿公孙策、护卫白玉堂随颜查散前去治水，圣上久已知道公孙策颇有才能，即封六品职衔，白玉堂的本领更是圣上素所深知，准其二人随往。颜巡按谢恩请训，即刻起程。

一日来至泗水城，早有知府邹嘉迎接大人。颜大人问了问水势的光景，忽听衙外百姓喧哗，原来是赤堤墩的百姓控告水怪。颜大人吩咐把难民中有年纪的唤几个来问话。不多时，带进四名乡老。但见他等形容憔悴，衣衫褴褛，苦不可言，向上叩头道："救命吓大人！"颜大人问道："你们到此何事？"乡老道："小民连年遭了水灾，已是不幸，不想近来水中生了水怪，时常出来现形伤人。如遇腿快的跑了，他便将窝铺拆毁，东西掠尽，害得小民等时刻不能聊生，望乞大人捉拿水怪要紧。"颜大人道："你等且去，本院自有道理。"众乡老叩头出衙去了，知会了众人，大家散去。颜大人与知府说了多时，定于明日登西虚山观水。知府退后，颜大人又与公孙先生、白五爷计议了一番。

到了次日,乘轿至西虚山下,知府早已伺候。换了马匹上至半山,连马也不能骑了,只得下马步行,好容易到了山头。但见一片白茫茫,沸腾澎湃,由赤堤湾浩浩荡荡漫至赤堤墩,顺流而下,过了横塘,归于杨家庙,一路冲浸之处,不可胜数。漫说房屋四分五落,连树木也是七歪八扭。又见赤堤墩的百姓全在水浸之处搭了窝铺栖身,自命名曰舍命村。他等本应移在横塘,因路途遥远,难以就食,故此舍命在此居住。那一番惨淡形景,令人不堪注目。

旁边的白五爷早动了恻隐之心,暗想道:"黎民遭此苦楚,连个好窝铺没有,还有水怪侵扰,可见是祸不单行。但只一件,他既不伤人,如何拆毁窝铺抢掠东西呢?事有可疑,俺今日夜间倒要看个动静。"他却悄悄的知会了颜巡按,带领四名差役,暗暗来至赤堤墩,假作奉命查验的光景,众百姓俱各上前叩头诉苦。白玉堂叫他们腾出一个窝棚,进去坐下。又叫几个老民,大家席地而坐,细细问了水怪的来踪去迹,可有什么声息没有。众百姓道:"也没有什么声息,不过呕呕乱叫。"白玉堂道:"你们仍在各窝铺内隐藏,我就在这窝棚内存身,夜间好与你们捉拿水怪。你们切不可声张,惟恐水怪通灵,你们嚷嚷的他要知道了,他就不肯出来了。"众百姓听了,登时连个大气儿也不敢出,立刻悄语低言,努嘴打手势。白玉堂看了,又要笑,又可怜,想是被水怪唬的胆都破了。白玉堂回手在兜肚内摸出两个锞子道:"你们将此银拿去备些酒来,馀下的你们籴米买柴。大家饱吃了,夜间务必警醒。倘若水怪来时,你们千万不可乱跑,只要高声一嚷,就在窝铺内稳坐,不要动身,我自有道理。"众百姓听了,欢天喜地。选腿快的寻找酒食去,腿慢的整理现成的鱼虾,七手八脚,登时的你拿这个,我拿那个。白五爷看了也觉有趣,仍叫这几个有年纪的同自己吃酒,并问他水怪凶猛的情形,问他如何埽坝再也打叠不起。众乡老道:"惟有山根之下水势逆,到了那里是个漩涡,那点儿地方不知伤害了多少性命。虽有行舟来往,到了那里没有不小心留神的。"白五爷道:"漩涡那边是什么地方?"众乡老道:"过了漩涡那边二三里之遥,便是三皇庙了。"白五爷暗记在心。

吃毕酒饭,早见一轮明月涌出,清光皎洁,衬着这满湖荡漾,碧浪茫茫,清波浩浩,真是月光如水水如天。大家闭气息声,锦毛鼠五爷踱来踱去,细细在水内留神。约有二鼓之半,只听水面忽喇喇一声响。白玉堂将身躯一伏,回手将石子掏出。见一物跳上岸来,是披头散发,面目不分,见他竟奔窝棚而去。白五爷好大胆,也不管妖怪不妖怪,有何本领,会什么法术,他便悄悄尾在后面。忽听窝棚内嚷了一声道:"妖怪来了!"白玉堂在那物的后面吼了一声,道:"妖怪往那里走!"飕的一声就是一石子,正打在那物后心之上。只听噗哧一声,那物往前一栽。猛见那物一回头,白五爷又是一石子飞来,不偏不歪又打在那物面门之上。只听拍的一声响,那怪"啊呀"了一声,咕咚栽倒在地。白五爷急赶向前,将那妖怪按住,早有差役从窝棚出来,一拥齐上,将妖怪拿住。抬在窝棚一看,见他哼哼不止,原来是个人,外穿皮套。急将皮套扯去,见他血流满面,口吐悲声道:"求爷爷饶命!"刚说至此,只听那边窝棚嚷道:"水怪来了!"白玉堂连忙出来嚷道:"在那里?一并拿来审问!"只听那边喊道:"跑了,跑了!"这里白五爷咤叱道:"速速追上拿来,莫要叫他跑了!"早已听见水面上噗通噗通跳下水去了。

众乡老聚在一处来看水怪,方知是人假扮水怪抢掠,一个个摩拳擦掌,全要打水怪,以消忿恨。白五爷拦道:"你等不要如此,俺还要将他带到衙门,按院大人要亲审呢。你等既知是假水怪,以后见了务必齐心努力捉拿,押解到按院衙门,自有赏赍。"众乡民道:"什么赏不赏的,只要大人与民除害,难民等就感恩不浅了。今日若非老爷前来识破,我等焉知他是假的呢?如今既知他是假的,还怕他什么!倒要盼他上来,拿他几个。"说到高兴,一个个精神百倍,就有沿岸搜寻水怪的,那里有个影儿呢?安安静静过了一夜。到了天明,众乡民又与白五爷叩头:"多亏老爷前来除害,众百姓难忘大恩。"白五爷又安慰了众人一番,方带领差役,押解水贼,竟奔按院衙门而来。

未知后文审办如何,且听下回分解。

第八十五回

公孙策探水遇毛生　　蒋泽长沿湖逢邬寇

且说白玉堂到了巡按衙门，请见大人。颜大人自西虚山回来，甚是耽心，一夜未能好生安寝。如今听说白五爷回来，心中大喜，连忙请进相见。白玉堂将水怪说明，颜大人立刻升堂，审问了一番。原来是十三名水寇，聚集在三皇庙内，白日以劫掠客船为生，夜间假装水怪，要将赤堤墩的众民赶散，他等方好施为作事。偏偏这些难民惟恐赤堤墩的堤岸有失，故此虽无房屋，情愿在窝棚居住，死守此堤，再也不肯远离。白玉堂又将乡老说的漩涡说了，公孙策听了暗想道："这必是别处有壅塞之处，发泄不通，将水攻激于此，洋溢泛滥，堨坝不能垒成。必须详查根源，疏浚开了，水势流通，自无灾害。"想罢回明按院，他要明日亲去探水，颜大人应允。玉堂道："既有水寇，我想水内本领非我四哥前来不可。必须急速具摺写信，一面启奏，一面禀知包相，方保无虞。"颜大人连忙称是，即叫公孙策先生写了奏摺，具了禀帖，立刻拜发起身。

到了次日，颜大人派了两名千总，一名黄开，一名清平，带了八名水手，两只快船，随了公孙先生前去探水。知府又来禀见颜大人，请至书房相见，商议河工之事。忽见清平惊惶失色回来禀道："卑职跟随公孙先生前去探水，刚至漩涡，卑职拦阻不可前进，不想船头一低，顺水一转,将公孙先生与千总黄开俱各落水不见了。卑职难以救援,特来在大人跟前请罪。"颜大人听了,心里着忙,便问道:"这漩涡可有往来船么?"清平道:"先前本有船只往来,如今此处成了汇水之所,船只再也不从此处走了。"颜大人道:"难道黄开他不知此处么?为何不极力的拦阻先生呢?"清平道:"黄开也曾拦阻至再,无奈先生执意不听,卑职等也是无法的。"颜大人无奈,叱退了清平,吩咐知府多派水手前去打捞尸首。知府回去派人去了,半天再也不见踪影,回来禀知。按院颜大人只急得喀声叹气,白玉堂道:"此必是水寇所为,只可等蒋四哥来了再做道理。"颜大人无法,只好静听消息罢了。

过了几天,果然蒋平到了,见了按院颜大人,颜大人便将公孙策先生与千总黄开溺水之事说了一遍。白玉堂将捉拿水怪一名,供出还有十二名水寇,在漩涡那里三皇庙内聚集,作了窝巢的话也一一说了。蒋平道:"据我看来,公孙先生断不至死。此事须要访查个水落石出,得了实迹,方好具摺启奏。"即吩咐预备快船一只,仍叫清平带到漩涡。蒋爷上了船,清平见他身躯瘦小,形如病夫,心中暗道:"这样人从京中特特调了来,有何用处?他也敢去探水?若遇见水寇,白白送了性命。"正在胡思,只见蒋爷穿了水靠,手提鹅眉钢刺,对清平道:"千总将我送至漩涡,我若落水,你们只管在平坦之处远远等候,纵然工夫大了,不要慌张。"清平不敢多言,惟有诺诺而已。水手摇橹摆桨,不多时看看到了漩涡,清平道:"前面就是漩涡了。"蒋爷立起身来,站在船头上,道:"千总站稳了。"他将身体往前一扑,双脚把船往后一蹬,看他身虽弱小,力气却大。又见蒋爷侧身入水,仿佛将水穿刺了一个窟窿一般,连个大声气儿也没有,更觉罕然。

且说蒋平到了水中,运动精神,睁开二目。忽见那边来了一人,穿着皮套,一手提着铁锥,一手乱摸而来。蒋爷便知他在水中不能睁目,急将钢刺对准了那人的胸前,哧的一下,可怜那人在水中连个"嗳哟"也不能嚷,便就哑叭呜呼了。蒋爷把钢刺望回里一抽,一缕鲜血顺着钢刺流出,咕嘟一股水泡翻出水面,尸首也就随波浪去也。话不重叙,蒋爷一连杀了三个,顺着他等来路搜寻下去。约有二三里之遥便是堤岸。

蒋平上得堤岸来,脱了水靠,拣了一棵大树,放在槎桠之上。迈步向前,果见一座庙宇,匾上题有"三皇庙"。蒋爷悄悄进来一看,连个人影儿也是没有。左寻右寻,又找到了厨下,只听里面呻吟之声。蒋爷向前一看,是个年老有病僧人。那僧人一见蒋爷,连忙说道:"不干我事,这都是我徒弟将那先生与千总放走,他却也逃走了,移害于我。望乞老爷见怜。"蒋爷听了话内有因,连忙问道:"俺正为搭救先生而来,他等端的如何,你要细细说来。"老和尚道:"既是为搭救先生与千总的,想来是位官长了,恕老僧不能为礼了。只因数日前有二人在漩涡落水,众水寇捞来,将他二人控水救活。其中有个千总黄大老爷,不但僧人认得,连水寇俱各认得。追问那人,方知是公孙策老爷,原来是按院奉旨查验水灾,修理河工的。水寇听了着忙,大家商量私拿官长不是当耍的,便将二位老爷交与我徒弟看守,留下三人仍然劫掠行船,其下的俱各上襄阳王那里报信,或将二位官长杀害,或将二位官长解到军山,交给飞叉太保钟雄。自他等去后,老僧与徒弟商议,莫若将二位老爷放了,叫徒弟也逃走了,拚着僧家这条老命,又是疾病的身体,不能脱逃,该杀该剐任凭他们,虽死无怨。"蒋平连连点头:"难得这僧人一片好心。"连忙问道:"这头目叫什么名字?"老僧道:"他自称镇海蛟邹泽。"蒋爷又问道:"你可知那先生合千总往那里去了?"老僧道:"我们这里极荒凉幽僻,一边临水,一边靠山,单有一条路崎岖难行,约有数里之遥,地名螺蛳湾。到了那里,便有人家。"蒋爷道:"若从水路到螺蛳湾,可能去得么?"老僧道:"不但去得,而且极近,不过二三里之遥。"蒋平道:"你可晓得水寇几时回来?"老僧道:"大约一二日间就回来了。"蒋平问明来历,道:"和尚,你只管放心,包管你无事。明日即有官兵到来,捉拿水寇,你却不要害怕。俺就去也。"说罢,回身出庙,来到大树之下,穿了水靠,蹿入水中。

不多时,过了漩涡,挺身出水。见清平在那边船上等候,连忙上了船,悄悄对清平道:"千总,急速回去,禀见大人,你明日带领官兵五十名,乘舟到三皇庙,暗暗埋伏。如有水寇进庙,你等将庙团团围住,声声呐喊,不要进庙。俟他等从庙内出来,你们从后杀进。倘若他等入水,你等只管换班巡查,俺在水中自有道理。"清平道:"只恐漩涡难过,如何能到得三皇庙呢?"蒋爷道:"不妨事了。先前难以过去,只因水内有贼用铁锥凿船。目下我将贼人杀了三名,平安无事了。"清平听了,暗暗称奇。又问道:"蒋老爷此时往何方去呢?"蒋平道:"我已打听明白,公孙先生与黄千总俱有下落,趁此时我去探访一番。"清平听说公孙先生与黄千总有了下落,心中大喜。只见蒋爷复又蹿入水内,将头一扎,水面上瞧,只一溜风波,水纹分左右,直奔西北去了。清平这才心服口服,再也不敢瞧不起蒋爷了。吩咐水手拨转船头,连忙回转按院衙门不表。

再说蒋爷在水内欲奔螺蛳湾,连换了几口气,正行之间,觉得水面上唰的一声,连忙挺身一望,见一人站在筏子上撒网捕鱼。那人只顾留神在网上面,反把那人唬了一跳。回头见蒋爷穿着水靠,身体瘦小,就如猴子一般,不由的笑道:"你这个模样,也敢在水内为贼作寇,岂不见笑于人?我对你说,似你这些毛贼,俺是不怕的,何况你这点点儿东西。俺不肯加害于你,还不与我快滚么?倘再延挨,恼了我性儿,只怕你性命难保!"蒋爷道:"我看你不像在水面上作生涯的,俺也不是那在水内为贼作寇的。请问贵姓?俺是特来问路的。"那人道:"你既不是贼寇,为何穿着这样东西?"蒋爷道:"俺素来深识水性,因要到螺蛳湾访查一人,故此穿了水靠,走这捷径路儿,为的是近而且快。"那人道:"你姓甚名谁?要访何人?细细讲来。"蒋爷道:"俺姓蒋名平。"那人道:"你莫非翻江鼠蒋泽长么?"蒋爷道:"正是。足下如何知道贱号呢?"那人哈哈大笑道:"怪道,怪道。失敬,失敬!"连忙将网拢起,从新见礼,道:"恕小人无知,休要见怪!小人姓毛名秀,就在螺蛳庄居住。只因有二位官长现在舍下居住,曾提尊号,说不日就到,命我捕鱼时留心访问,不想今日巧遇,曷胜幸甚!请到寒舍领教。"蒋爷道:"正要拜访,惟命是从。"毛秀撑篙,将筏子摆岸拴好,肩担鱼网,手提鱼篮。蒋爷将水靠脱下,用钢刺也挑在肩头,随着毛秀来到螺蛳庄中。举目看时,村子不大,人家不多。一概是草舍篱墙，柴扉竹牖，家家晒着鱼网，很觉幽雅之甚。

毛秀来到门前，高声唤道："爹爹开门，孩儿回来了。有贵客在此！"只见从里面出来一位老者，须发半白，不足六旬光景，开了柴扉问道："贵客那里？"蒋爷连忙放下挑的水靠，敛手躬身道："蒋平特来拜望老丈，恕我造次不恭。"老者道："小老儿不知大驾降临，有失远迎，多多有罪！请到寒舍待茶。"他二人在此谦逊说话，里面早已听见，公孙策与黄开就迎出来，大家彼此相见，甚是欢喜，一同来至茅屋。毛秀后面已将蒋爷的钢刺水靠带来，大家彼此叙坐，各诉前后情由，蒋平又谢老丈收留之德。公孙先生代为叙明：老丈名九锡，是位高明隐士，而且颇晓治水之法。蒋平听了，心中甚觉畅快。不多时，拢上酒席，虽非珍馐，却也整理的精美。团团围坐，聚饮谈心。毛家父子高雅非常，令人欣羡。蒋平也在此住了一宿。

次日，蒋平惦记着捉拿水寇，提了钢刺，仍然挑着水靠，别了众人，言明剿除水寇之后，再来迎接先生与千总，并请毛家父子。说毕，出了庄门。仍是毛秀引至湖边，要用筏子渡过蒋爷去。蒋爷拦阻道："那边水势汹涌，就是大船尚且难行，何况筏子。"说罢跳上筏子，穿好水靠，提着钢刺，一执手道："请了。"身体一侧，将水面刺开，登时不见了。毛秀暗暗称奇道："怪不得人称翻江鼠，果然水势精通，名不虚传。"赞羡了一番，也就回庄中去了。

再说这里蒋四爷水中行走，直奔了漩涡而来。约着离漩涡将近，要往三皇庙中去打听打听清平水寇来否，再作道理。心中正然思想主意，只见迎面来了二人，看他身上并未穿着皮套，手中也未拿那钢锥,却各人手中俱拿着钢刀。再看他两个穿的衣服,知是水寇,心中暗道:"我要寻找他们,他们赶着前来送命。"手把钢刺照着前一人心窝刺来,说时迟那时快,这一个已经是倾生丧命;抽出钢刺,又向后来的那人一下,那一个也就呜呼哀哉了。可怜这两个水寇,连个手儿也没动,糊里糊涂的都被蒋爷刺死,尸首顺流去了。蒋爷一连杀了二贼之后,刚要往前行走,猛然一枪顺水刺来。蒋爷看见,也不磕迎拨挑,却把身体往斜刺里一闪,便躲过了这一枪。

原来水内交战不比船上交战,就是兵刃来往也无声息,而且水内俱是短兵刃来往,再没有长枪的。这也有个缘故。原来迎面之人就是镇海蛟邬泽,只因带了水寇八名仍回三皇庙,奉命把公孙先生与黄千总送至军山。进得庙来,坐未暖席,忽听外面声声呐喊:"拿水寇吓,拿水寇吓!好歹别放走一个吓!务要大家齐心努力!"众贼听了,那里还有魂咧,也没个商量计较,各持利刃,一拥的往外奔逃。清平原命兵弁不许把住山门,容他们跑出来大家追杀。清平却在树林等候,见众人出来,迎头接住。倒是邬泽还有些本领,就与清平交起手来。众兵一拥上前,先擒了四个,杀却两个。那两个瞧着不好,便持了利刃奔至湖边,跳下水去。蒋爷才杀的就是这两个。后来邬泽见帮手全无,单单的自己一人,恐有失闪,虚点一枪,抽身就跑到湖边,也就跳下水去。故此提着长枪,竟奔漩涡。

他虽能够水中开目视物,却是偶然见蒋爷从那边而来,顺手就是一枪。蒋爷侧身躲过,仔细看时,他的服色不比别个,而且身体雄壮,暗道:"看他这样光景,别是邬泽罢?倒要留神,休叫他逃走了。"邬泽一枪刺空，心下着忙，手中不能磨转长枪，立起从新端平方能再刺。只这点工夫，蒋爷已贴上身后，扬起左手拢住网巾，右手将钢刺往邬泽腕上一点。邬泽水中不能"啊吓"，觉得手腕上疼痛难忍，端不住长枪，将手一撒，枪沉水底。蒋爷水势精通，深知诀窍，原在他身后拢住网巾，却用磕膝盖猛在他腰眼上一拱。他的气往上一凑，不由的口儿一张。水流线道，何况他张着一个大乖乖呢，焉有不进去点水儿的呢。只听咕嘟儿的一声，蒋爷知道他呛了水了。连连的咕嘟儿咕嘟儿几声，登时把个邬泽呛的迷了，两手扎煞，乱抓乱挠，不知所以。蒋爷索性一翻手，身子一闪，把他的头往水内连浸了几口。这邬泽活该遭了报了，每日里淹人当事，今日遇见硬对儿，也合他顽笑顽笑。谁知他不禁顽儿，不大的工夫，小子也就灌成水车一般，蒋爷知他没了能为，要留活口，不肯再让他喝了。将网巾一提，两足踏水出了水面，邬泽嘴还吸溜滑拉往外流水。忽听岸上嚷道："在这里呢。"蒋爷见清平带领兵弁，果是沿岸排开。蒋爷道："船在那里？"清平道："那边两只大船就是。"蒋爷道："且到船上接人。"清平带领兵弁数人，将邬泽用挠钩搭在船上，即刻控水。

　　蒋爷便问擒拿的贼人如何。清平道："已然擒了四名，杀了二名，往水内跑了二名。"蒋爷道："水内二名俺已了却，但不知拿获这人是邬泽不是？"便叫被擒之人前来识认，果是头目邬泽。蒋爷满心欢喜道："不肯叫千总在庙内动手者，一来恐污佛地，二来惟恐玉石俱焚，若都杀死，那是对证呢？再者，他既是头目，必然他与众不同，故留一条活路叫他等脱逃。除了水路就近无路可去，俺在水内等个正着。俺们水旱皆兵,令他等难测。"清平深为佩服,夸赞不已。吩咐兵弁押解贼寇,一同上船,俱回按院衙门而来。

要知详细,且听下回分解。

第八十六回

按图治水父子加封　　好酒贪杯叔侄会面

且说蒋四爷与千总清平押解水寇上船，直奔按院衙门而来。此刻颜大人与白五爷俱各知道蒋四爷如此调度，必然成功，早已派了差人在湖边等候瞭望。见他等船只过了漩涡，荡荡洋洋回来，连忙跑回衙门禀报。白五爷迎了出来，与蒋爷、清平千总见了，方知水寇已平，不胜大喜。同至书房，早见颜大人阶前立候。蒋爷上前见了，同至屋中坐下，将拿获水寇之事叙明，并提螺蛳庄毛家父子极其高雅，颇晓治水之道，公孙先生叫回禀大人，务要备礼聘请出来，帮同治水。颜大人听见了甚喜，即备上等礼物，就派千总清平带领兵弁二十名，押解礼物前到螺蛳庄，一来接取公孙先生，即请毛家父子同来。清平领命，带领兵弁二十名，押解礼物，只用一只大船，竟奔螺蛳湾而去。

这里颜大人立刻升堂，将镇海蛟邬泽带上堂来审问。邬泽不敢隐瞒，据实说了。原来是襄阳王因他会水，就派他在洪泽湖搅扰。所有拆埧毁坝俱是有意为之，一来残害百姓，二来消耗国帑。复又假装水怪，用铁锥凿漏船只，为的是乡民不敢在此居住，行旅不敢从此经过，那时再派人来占住了洪泽湖，也算是一个咽喉要地。可笑襄阳王无人，既有此意，岂是邬泽一人带领几个水寇就要成功？可见将来不能成其大事。

第八十六回　按图治水父子加封　好酒贪杯叔侄会面

且说颜大人立时取了邬泽的口供,又问了水寇众人。水寇四名虽然不知详细,大约所言相同,也取了口供。将邬泽等交县寄监严押,候河工竣时一同解送京中,归部审讯。刚将邬泽等带下,只见清平回来禀道:"公孙先生已然聘请得毛家父子,少刻就到。"颜大人吩咐鞴马,同定蒋四爷、白五爷迎至湖边。不多时,船已拢岸。公孙先生上前参见,未免有才不胜任的话头。颜大人一概不提,反倒慰劳了数语。公孙策又说:"毛九锡因大人备送厚礼,心甚不安。"早有备用马数匹,大家乘骑一同来到衙署。进了书房,颜大人又要以宾客礼相待。毛九锡逊让至再至三,仍是钦命大人上面坐了,其次是九锡,以下是公孙先生、蒋爷、白爷,末座方是毛秀。千总黄开又进来请安请罪,颜大人不但不罪,并勉励了许多言语,"俟河工报竣,连你等俱要叙功的。"黄开闻听叩谢了,仍在外面听差。颜大人便问毛九锡治水之道。毛九锡不慌不忙,从怀中掏出一幅地理图来,双手呈献。颜大人接来一看,见上面山势参差,水光荡漾,一处处崎岖周折,一行行字迹分明,地址关隘远近不同,水面宽窄深浅各异,何方可用埽坝,那里应小发泄,界画极清,宛然在目。颜大人看了心中大喜,不胜夸赞。又递与公孙先生看了,更觉心清目朗,如获珠宝一般。就将毛家父子留在衙署帮同治水,等候纶音。公孙先生与黄开千总又到了三皇庙与老和尚道谢,布施了百金,令人将他徒弟找回,酬报他释放之恩。

不多几日,圣旨已下,即刻动工。按着图样,当泄当坝,果无差谬。不但国帑不至妄消,就是工程也觉省事。算来不过四个月光景,水平土平,告厥成功。颜大人工完回京,将镇海蛟邬泽并四名水寇俱交刑部审问。颜大人递摺请安，额外有个夹片，声明毛九锡、毛秀并黄开、清平功绩。圣上召见颜大人，面奏叙功。仁宗甚喜，赏了毛九锡五品顶戴，毛秀六品职衔，黄开、清平俟有守备缺出，尽先补用。刑部尚书欧阳修审明邬泽果系襄阳王主使，启奏当今。原来颜查散升了巡按之后，枢密院的掌院就补放刑部尚书杜文辉；所遗刑部尚书之缺，就着欧阳修补授。

天子见了欧阳修的奏章，立刻召见包相计议：襄阳王已露形迹，须要早为剿除。包相又密奏道："若要发兵，彰明较著，惟恐将他激起，反为不美。莫若派人暗暗访查，须剪了他的羽翼，然后一鼓擒之，方保无虞。"天子准奏，即加封颜查散为文渊阁大学士，特旨巡按襄阳。仍着公孙策、白玉堂随往。加封公孙策为主事，白玉堂实授四品护卫之职。所遗四品护卫之衔，即着蒋平补授。立即驰驿前往。谁知襄阳王此时已然暗里防备，左有黑狼山金面神蓝骁督率旱路，右有飞叉太保钟雄督率水寨，与襄阳成了鼎足之势，以为羽翼，严密守汛。

且说圣上因见欧阳修的本章，由欧阳二字猛然想起北侠欧阳春，便召见包相问及北侠。包相将北侠为人正直豪爽，行侠尚义，一一奏明。天子甚为称羡。包公见此光景，下朝回衙来到书房，叫包兴请展护卫来告诉此事。南侠回至公所对众英雄述了一番，只见四爷蒋平说道："要访北侠，还是小弟走一趟，庶不负此差。什么缘故呢？现今开封府内王、马、张、赵四位，是再不能离了左右的；公孙兄与白五弟上了襄阳了，这开封府必须展大哥在此料理一切事务。如有不到之处，还有俺大哥可以帮同协办。至于小弟，原是清闲无事之人，与

第八十六回　按图治水父子加封　好酒贪杯叔侄会面

其闲着,何不讨了此差,一来访查欧阳兄,二来小弟也可以疏散疏散,岂不是两便么?"大家计议停当,一同回了相爷。包公心中甚喜,即时付与了开封府的龙边信票,交付蒋爷用油纸包妥,贴身带好,别了众人,意欲到松江府茉花村。

行了几日,不过是饥餐渴饮。一日天色将晚,到了来峰镇悦来店,住了西耳房单间。歇息片时,饮酒吃饭毕,又泡了一壶茶,觉得味香水甜,未免多喝了几碗。到了半夜,不由的要小解。起来刚刚的来至院内,只见那边有人以指弹门,却不声唤。蒋爷将身一影,暗里偷瞧。见门开处,那人挃身而入,仍将门儿掩闭。蒋爷暗道:"事有可疑,倒要看看。"也不顾小解,飞身上墙,轻轻跃下,原来是店东居住之所。

只听有人说道:"小弟求大哥帮助帮助。方才在东耳房我已认明,正是我们员外的对头,如何放得他过!"又听一人答道:"言虽如此,怎么替你报仇呢?"那人道:"小弟已见他喝了个大醉,莫若趁醉将他勒死,撇在荒郊,岂不省事?"又听答道:"索性等他睡熟了,再动不迟。"蒋爷听至此,抽身越墙而来,悄悄奔到东耳房。见挂着软布帘儿,屋内尚有灯光。从帘缝儿往里一看,见灯花结蕊,有一人头向里面而卧,身量却不甚大。蒋爷侧身来至屋内,剪了灯花仔细看时,吓了一跳,原来是小侠艾虎。见他烂醉如泥,呼声震耳,暗道:"这样小小年纪,贪杯误事。若非我今日下在此店,险些儿把个小命儿丧了。但不知那要害他的是何人。不要管他,俺且在这里等他便了。"噗,将灯吹灭,屏息而坐。偏偏的小解又来了,再也支持不住。无可如何，将单扇门儿一掩，就在门后小解起来。因工夫等的大了，他就小解了个不少，流了一地。刚然解完，只听外面有些个声息。他却站在门后，只见进来一人，脚下一跐，往前一扑，后面那人紧步跟到，正撞在前面身上。蒋爷将门一掩，从后转出，也就压在二人身上，却高声先嚷道："别打我，我是蒋平。底下的他俩才是贼呢。"艾虎此时已醒，听是蒋爷，连忙起身。蒋爷抬身，叫艾虎按住了二人。此时店小二听见有人嚷贼，连忙打着灯笼前来。蒋爷就叫他将灯点上一照：一个是店东，一个是店东朋友。蒋爷就把他拿的绳子捆了他二人。底下的那人衣服湿了好些，却是蒋爷撒的溺。

蒋爷坐下，便问店东道："你为何听信奸人的言语，要害我侄儿，是何道理？讲！"店东道："老爷不要生气。小人名叫曹标，只因我这个朋友名叫陶宗，因他家员外被人害却，事不遂心，投奔我来。皆因这位小客人下在我店内，左一壶右一壶，喝了许多的酒，是陶宗心内犯疑：'一个小客官，为何喝了许多的酒呢？况且又在年幼之间呢。'他就悄悄的前来偷看，不想被他认出，说是他家员外的仇人。因此央烦小人，陪了他来作个帮手。"蒋爷道："作帮手是叫你帮着来勒人，你就应他？"曹标道："并无此事，不过叫小人帮着拿住他。"蒋爷道："你们的事如何瞒得过我呢？你二人商议明白，将他勒死，撇在荒郊；你还说，等他睡了再动不迟。你岂是尽为做帮手呢？"一句话说的曹标再也不敢言语，惟有心中纳闷而已。蒋爷道："我看你决非良善之辈，包管也害的人命不少。"说着话，叫艾虎："把那个拉过来，我也问问。"

艾虎上前将那人提起一看："嗳呀，原来是你么？"便对蒋爷道："四叔，他不叫陶宗，他就是马强告状脱了案的姚成。"蒋爷听了，连忙问道："你既是姚成，如何又叫陶宗呢？"陶宗道："我起初名叫陶宗，只因投在马员外家，就改名叫姚成。后来知道员外的事情闹大了，惟恐连累于我，因此脱逃，又复了本名，仍叫陶宗。"蒋爷道："可见你反复不定，连自己姓名都没有准主意。既是如此，我也不必问了。"回头对店小二道："你快去把地方保甲叫了来。我告诉你，此乃是脱了案的要犯，你家店东却没有什么要紧。你就说我是开封府差来拿人，叫他们快些来见，我这里急等。"店小二听了，那敢怠慢。

不多时，进来了二人，朝上打了个千儿道："小人不知上差老爷到来，实在眼瞎，望乞老爷恕罪。"蒋爷道："你们俩谁是地方？"只听一人道："小人王大是地方。他是保甲，叫李二。"蒋爷道："你们这里属那里管？"王大道："此处地面皆属唐县管。"蒋爷道："你们官姓什么？"王大道："我们太爷姓何官名至贤。请问老爷贵姓？"蒋爷道："我姓蒋，奉开封府包太师的钧谕，访查要犯，可巧就在这店内擒获。我已捆缚好了在这里，说不得你们辛苦辛苦，看守看守，明早我与你们一同送县。见了你们官儿，是要即刻起解的。"二人同声说道："蒋老爷只管放心，请歇息去罢。就交给小人们，是再不敢错的。别说是脱案要犯，无论什么事情，小人们断不敢徇私的。"蒋爷道："很好。"说罢，立起身携着艾虎的手，就上西耳房去了。

要知后文如何，且听下回分解。

第八十七回

为知己三雄访沙龙　因救人四义撇艾虎

且说蒋爷咐吩地方保甲好好看守,二人连声答应,说了许多的小心话。蒋爷立起身来,携着艾虎的手,一步步就上西耳房而来。爷儿两个坐下,蒋爷方问道:"贤侄,你如何来到这里？你师父往那里去了？"艾虎道:"说起来话长。只因我同着我义父在杭州倪太守那里住了许久,后来义父屡次要走,倪太守断不肯放。好容易等他完了婚之后,方才离了杭州。到茉花村,给丁家二位叔父并我师父道乏道谢,就在那里住下了。不想丁家叔父那里,早已派人上襄阳打听事情去了,不多几日,回来说道:'襄阳王已知朝廷有些知觉,惟恐派兵征剿,他那里预为防备。左有黑狼山,安排下金面神蓝骁把守旱路；右有军山,安排下飞叉太保钟雄把守水路。这水旱两路皆是咽喉紧要之地,倘若朝廷有什么动静,即刻传檄飞报。'因此,我师父与我义父听见此信,甚是惊骇。什么缘故呢？因有个至好的朋友,姓沙名龙,绰号铁面金刚,在卧虎沟居住。这卧虎沟离黑狼山不远,一来恐沙伯父被贼人侵害,二来又怕沙伯父被贼人诓去入伙。大家商量,我师父与义父,还有丁二叔,他们三位俱各上卧虎沟去了,就把我交与丁大叔了。侄儿一想:这样的热闹不叫侄儿开开眼,反到圈在家里,我如何受得来呢？一连闷了好几日,偏偏的丁大叔时刻不离左右,急的侄儿没有法儿。无奈何,悄悄的偷了丁大叔五两银子做了盘费,我要上卧虎沟看个热闹去。不想今日住在此店,又遇见了对头。"

蒋爷听了,暗暗点头道:"好小子!拿着厮杀对垒当热闹儿,真好胆量,好心胸!但只一件,欧阳兄、智贤弟既将他交给丁贤弟,想来是他去不得。若去得时,为什么不把他带了去呢?其中必有个缘故。如今我既遇见他,岂可使他单人独往呢?"正在思索,只听艾虎问道:"蒋叔父今日此来,是为拿要犯还是有什么别的事呢?"蒋爷道:"我岂为要犯而来,原是为奉相谕,派我找寻你义父。只因圣上想起,相爷惟恐一时要人没个着落,如何回奏呢?因此派我前来,不想在此先拿了姚成。"艾虎道:"蒋叔父如今意欲何往呢?"蒋爷道:"我原要上茉花村来着,如今既知你义父上了卧虎沟,明日只好将姚成送县,起解之后,我也上卧虎沟走走。"

艾虎听了欢喜,道:"好叔叔,千万把侄儿带了去。若见了我师父与义父,就说叔父把侄儿带了去的,也省得他二位老人家嗔怪。"蒋平听了笑道:"你倒会推干净儿,难道久后你丁大叔也不告诉他们二人么?"艾虎道:"赶到日子多了,谁还记得这些事呢?即便丁大叔告诉了,事已如此,我师父与义父也就没有什么怪的了。"蒋爷暗想道:"我看艾虎年幼贪酒,而且又是私逃出来的,莫若我带了他去,一来尽了人情,二来又可找欧阳兄。只是他这样,必须如此如此。"想罢,对艾虎道:"我带虽把你带去,你只要依我一件事。"艾虎听说带他去,好生欢喜,便问道:"四叔,你老只管说是什么事,侄儿无有不应的。"蒋爷道:"就是你的酒,每顿只准你喝三角,多喝一角都是不能的。你可愿意么?"艾虎听了,半晌方说道:"三角就是三角,吃荤强如吃素,到底有三角,可以解解馋也就是了。"叔侄两个整整的谈了半夜。不一时到东耳房照看,惟听见曹标抱怨姚成不了,姚成到了此时一言不发,不过垂头叹气而已。

到了天色将晓,蒋爷与艾虎梳洗已毕,打了包裹。艾虎不用蒋爷吩咐,他就背起行李,叫地方、保甲押着曹标、姚成,竟奔唐县而来。到了县衙,蒋爷投了龙边信票。不多时,请到书房相见。蒋爷面见何县令,将始末说明。因还要访查北侠,就着县内派差役押解赴京。县官即刻办了文书,并申明护卫蒋爷上卧虎沟,带了一笔。蒋爷辞了县官,将龙票仍用油纸包好,带在贴身,与艾虎竟自起身。

这里文书办妥,起解到京。来至开封,投了文书,包公升堂,用刑具威唬的姚成一一供招:原是水贼,曾害过倪仁夫妇。又追问马强交通襄阳之事,姚成供出:马强之兄马刚,曾在襄阳交通信息。取了招供,即将姚成毙于铡下。曹贼定罪充军。此案完结不表。

再说蒋平、艾虎自离了唐县,往湖广进发,果然艾虎每顿三角酒。一日来至濡口雇船,船家富三,水手二名。蒋爷在船上赏玩风景,心旷神怡,颇觉有趣。只见艾虎两眼朦胧,不似坐船,仿佛小孩子上了摇车儿,睡魔就来了。先前还前仰后合,扎挣着坐着打盹,到后来放倒头便睡。惟独到喝酒之时精神百倍,又是说又是笑,只要三角酒一完,咯噔的就打起哈气来了,饭也不能好生吃。蒋爷看了这番光景,又怕他生出病来,想了想在船上无妨,也只好见一半不见一半,由他去便了。

第八十七回　为知己三雄访沙龙　因救人四义擞艾虎

这日刚交申时光景,正行之间,忽见富三说道:"快些撑船,找个避风的所在,风暴来了。"水手不敢怠慢,连忙将船撑在鹅头矶下。此处却是珍玉口,极其幽僻。将船湾住,下了铁锚。整饭食吃毕,已有掌灯之时,却是平风静浪,毫无动静。蒋爷暗道:"并无风暴,为何船家他说有风呢?哦,是了,想是他心怀不善,别是有什么意思罢,倒要留神。"只听呼噜噜呼声震耳,原来是艾虎饮后食困,他又睡着了。蒋爷暗道:"他这样贪杯好睡,焉有不误事的呢。"正在犯想,又听忽喇喇一阵乱响,连船都摆起来,万籁皆鸣。果然大风骤起,波涛汹涌,浪打船头,蒋爷方信富三之言不为虚谬。幸喜乱刮了一阵,不大工夫,天开月霁。衬着清平,波浪荡漾,夜色益发皎洁,不肯就睡,独坐船头赏玩多时。约有二鼓,刚要歇息,觉得耳畔有人声唤:"救人吓,救人!"顺着声音细看,眼往西北一观,隐隐有个灯光闪闪灼灼。蒋爷暗道:"此必有人暗算,我何不救他一救呢。"忙迫之中,也不顾自己衣服,将鞋脱在船头,跳在水内踏水面而行。忽见一人忽上忽下,从西北顺流漂来。蒋爷奔到跟前,让他过去,从后将发揪住,往上一提。那人两手乱抓乱挠,蒋爷却不叫他揪住。这就是水中救人的绝妙好法子。但凡人落了溺水,漫说道是无心落水,就是自己情愿淹死,到了临危之际,再无有不望人救之理。他两手扎煞,见物就抓,若被抓住却是死劲,再也不得开的。往往从水中救人反被溺死的,带累倾生,皆是救的不得门道之故。再者,凡溺水的,两手必抓两把淤泥,那就是挣命之时乱抓的。如今蒋爷提住那人,容他乱抓之后,方一手提住头发,一手把住腰带,慢慢踏水奔到崖岸之上。幸喜工夫不大,略略控水，即便苏醒，哼哼出来。蒋爷方问他名姓。

原来此人是个五旬以外的老者，姓雷名震。蒋爷听了便问道："现今襄阳王殿前站堂官雷英，可是本家么？"雷震道："那就是小老儿的儿子，恩公如何知道？"蒋爷道："我是闻名，有人常提，却未见过。请问老丈家住那里，竟欲何往？"雷震道："小老儿就在襄阳王的府衙后面，有二里半之远，在八宝村居住。因女儿家内贫寒，是我备了衣服簪环，前往陵县探望，因此雇了船只。谁知水手是弟兄二人，一个米三，一个米七。他二人不怀好意，见我有这衣服箱笼，他说有风暴，船不可行，便藏在此处。他先把我跟的人杀了，小老儿喊叫救人，他却又来杀我。是我一急，将船窗撞开，跳在水中，自己也就不觉了。多亏恩公搭救！"蒋爷道："大约船尚未开，老丈在此略等，我给你瞧瞧箱笼去。"雷震听了，焉有不愿意的呢？连忙说道："敢则是好，只是又要劳动恩公。"蒋爷道："不打紧。你在此略等，俺去去就来。"

说罢，跳在水内，一个猛子来至有灯光船边。只听二贼说道："且打开箱笼看看，包管兴头的。"蒋爷把住船边，身体一跃道："好贼！只顾你们兴头，却不管别人晦气了！"说着话到船上。米七猛听见一人答言，提了刀钻出舱来，尚未立稳，蒋爷抬腿就是一脚。虽然未穿鞋，这一脚儿踢了个正着，恰恰踢在米七的腮颊之上，如何禁得起，身体一歪，栽在船上，手松刀落。蒋爷跟步抢刀在手，照着米七一捌，登时了帐。米三在船上看的明白，说声"不好"，就从雷老者破窗之处蹿入水内去了。蒋爷如何肯放，纵身下水，捉住贼的双脚往上一

第八十七回　为知己三雄访沙龙　因救人四义擞艾虎

提,出了水面,犹如捣碓一般,立刻将米三串了个老满儿。然后提到船上,进舱找着绳子,捆缚好了,将他脸面向下控起水来。蒋爷复又跳在水内,来至崖岸,背了雷震,送上船去,告诉他道:"此贼如若醒来,老丈只管持刀威唬他,不要害怕,已然捆缚好好的了。俟天亮时,另雇船只便了。"说罢,翻身入水,来到自己湾船之处一看,罢了,踪影全无!敢则是富三见得了顺风,早已开船去了。

蒋爷无奈,只得仍然踏水面到雷震那里船上。正听雷老者颤巍巍的声音道:"你动一动,我就是一刀!"蒋爷知道他是害怕,远远就答言道:"雷老者,俺又回来了。"雷震听了,一抬头见蒋爷已然上船,心中好生欢喜,道:"恩公为何去而复返?"蒋爷道:"只因我的船只不见,想是开船走了。莫若我送了老丈去如何?"雷震道:"有劳恩公,何以答报。"蒋爷道:"老丈有衣服借一件换换。"雷震应道:"有,有,有。"却是四垂八挂的,蒋爷用丝绦束腰,将衣襟拽起。等到天明,用篙撑开,一脚将米三踢入水中,倒把老者吓了一跳,道:"人命关天,这还了得!"蒋爷笑道:"这厮在水中做生涯,不知劫了多少客商,害了多少性命。如今遇了蒋某,算是他的恶贯已满,理应除却,还心疼他怎的?"雷震嗟叹不已。

且不言蒋爷送雷震上陵县,再说小爷艾虎整整的睡了一夜,猛然惊醒,不见了蒋平,连忙出舱问道:"我叔叔往那里去了?"富三道:"你二人同舱居住,如何问我?"艾虎听了,慌忙出舱看视。见船头有鞋一双,不觉失声道:"嗳呀,四叔掉在水内了。别是你等有意将他害了罢?"富三道:"你这小客官说话好不晓事!昨晚风暴将船湾住,我们俱是在后梢安歇的，前舱就是你二人。想是那位客官夜间出来小解，失足落水或者有的，如何是我们害了他呢？"水手也说道："我们既有心谋害，何不将小客官一同谋害，为何单单害那客官一人呢？"又一水手道："别是你这小客官见那客官行李沉重，把他害了，反倒诬赖我们罢？"小爷听了，将眼一瞪道："岂有此理，满口胡说！那是我叔父，俺如何肯害他！"水手道："那可难说。现在包裹行李都在你手内，你还赖谁呢？"小爷听了，揎拳掠袖，就要打他们水手。富三忙拦道："不要如此。据我看来，那位客官也不是被人谋害的，也不是失脚落水的，竟是自投在水内的。大家想想，若是被人谋害，或者失足落水，焉有两只鞋好好放在一边之理呢？"一句话说的众人省悟。水手也不言语了，艾虎也不生气，连忙回转舱内。只见包裹未动，打开时衣服依然如故，连龙票也在其内；又把兜肚内看了一看，尚有不足百金，只得仍然包好。心中纳闷道："蒋四叔往何处去了呢？难道黉夜之间摸鱼去了？"正在思索，只听富三道："小客官，已到了停泊之处了。"艾虎无奈，束兜肚，背了包裹，搭跳上岸，迈步向前去了。船价是开船付给了，所谓船家不打过河钱。

不知后文如何，且听下回分解。

第八十八回

抢鱼夺酒少弟拜兄　　谈文论诗老翁择婿

且说艾虎下船之后，一路上想起："蒋爷在悦来店救了自己，蒙他一番好意带我上卧虎沟，不想竟自落水，如今弄得我一人踽踽凉凉。"不由的凄惨落泪。正在哭泣，猛然想起蒋爷颇识水性，绰号翻江鼠，焉有淹死的呢？想至此，又不禁大乐起来。走着走着，又转想道："不好，不好！俗语说的好：惯骑马的惯跌跤，河里淹死是会水的。焉知他不是艺高人胆大，阳沟里会翻船，也是有的。可怜一世英名，却在此处倾生。"想至此，不由的又痛哭起来。哭了多时，忽又想起那双鞋来："别是真个的下水摸鱼去了罢？若果如此，还有相逢之日。"想至此，不禁又狂笑起来。他哭一阵，笑一阵，旁人看着，皆以为他有疯魔之症，远远的躲开，谁敢招惹于他？

艾虎此时千端万绪萦绕于心，竟自忘饥，因此过了宿头。看着天色已晚，方觉得饥饿，欲觅饭食，无处可求。忽见灯光一闪，急忙奔至。临近一看，原来是个窝铺。见有二人对面而坐，并听有豁拳之声。他却走至跟前，一人刚叫了个"八马"，艾虎他却把手一伸道："三元。"谁知豁拳的却是两个渔人，猛见艾虎进来，不分青红皂白硬要豁拳，便发话道："你这后生好生无理！我们在此饮酒作乐，你如何前来混搅？"艾虎道："实不相瞒，俺是行路的，只因过了宿头，一是肚中饥饿，没奈何，将就将就，留个相与罢。"说着话，他就要端酒碗。那渔人忙拦道："你要吃食，也等我们吃剩下了，方好周济于你。"艾虎道："俺又不是乞儿花子，如何要你周济？俺有银两，买你几碗酒，你可肯卖么？"渔人道："俺这里又不是酒市，你要买前途买去，我这里是不卖的。"说罢，二人又脑袋摘巾儿豁起拳来。一人刚叫了个"对手"，艾虎又伸一拳道："元宝！"一渔人大怒道："你这小厮好生惫懒！说过不卖，你却歪厮缠则甚？"艾虎道："不卖，俺就要抢了！"渔人冷笑道："你说别的罢了，你说要抢，只怕我们此处不容你放抢。"说罢站起身来，出了窝铺，揎拳掠袖道："小厮，你抢个样儿我看！"艾虎将包袱放下，笑哈哈的道："你不要忙，俺先与你说明：俺若输了，任凭你等；俺若赢了，不消说了，不但酒要够，还要管俺一饱。"那渔人也不答应，扬手就是一拳。艾虎也不躲闪，将手接住往旁边一领，那渔人不知不觉趴伏在地。这渔人一见，气忿忿的道："好小厮，竟敢动手！"抽后就是一脚。艾虎回身将脚后跟往上一托，那渔人仰巴叉栽倒在地。二人爬起来一拥齐上，小侠只用两手左右一分，二人复又跌倒。一连三次，渔人知道不是对手，抱头鼠窜而去。

艾虎见他等去了，进了窝铺，先端起一碗饮干，又要端那碗酒时，方看中间大盘内是一尾鲜籴鲤鱼，刚吃了不多，满心欢喜。又饮了这碗酒，也不用筷箸，抓了一块鱼放在口内。又拿起酒瓶来斟酒，一碗酒一块鱼，霎时间杯盘狼籍。正吃的高兴，酒却没了。他便端起大盘来，囫囵吞的连汤都喝了。虽未尽兴，也可搪饥。回首见有现成的鱼网，将手擦抹了擦抹，站起身来刚要走时，觉有一物将头碰了一下。

回头看时，原来是个大酒葫芦，不由的满心欢喜。摘将下来，复又回身就灯一看，却是个锡盖。艾虎不知是转螺蛳的，左打不开，右打不开，一时性起，用力一掰，将葫芦嘴撅下来。他就嘴对嘴匀了四五气。饮干一松手，拍叉的一声，葫芦正落在大盘子上，砸了个粉碎。艾虎也不管他，提了包裹，出了窝铺，也不管东南西北，信步行去。谁知冷酒后犯，一来是吃的空心酒，二来吃的太急，又着风儿一吹，不觉的酒涌上来。晃里晃荡才走了二三里的路，再也扎挣不来。见路旁有个破亭子，也不顾尘垢，将包袱放下做了枕头，放倒身躯，呼噜噜酣睡如雷。真是一觉放开心地稳，不知日出已多时。

正在睡浓之际，觉的身上一阵乱响，似乎有些疼痛。慢闪二目，天已大亮，见五六个人各持木棒，将自己围绕。猛然省悟，暗道："这是那两个渔人调了兵来了。"再一回想，原是自己的不是，莫若叫他们打几下子出出气，也就完了事了。谁知这些人俱是鱼行生理，因那两个渔人被艾虎打跑，他俩便知会了众渔人，各各擎木棒奔了窝铺而来。大家看时，不独鱼酒皆无，而且葫芦掰了，盘子砸了，一个个气冲两胁，分头去赶。只顾奔了大路，那知小侠醉后混走，倒岔在小路去了。众人追了多时不见踪影，俱说便宜他，只得大家漫散了。

谁知有从小路回家的，走至破亭子，忽听呼声震耳。此时天已黎明，看不真切，似乎是个年幼之人。急忙令人看守，复又知会就近的，凑了五六个人。其中便有窝铺中的渔人，看了道："就是他！"众人就要动手，有个年老的道："众位不要混打，惟恐伤了他的致命之处，不大稳便。须要将他肉厚处打，止于戒他下次就是了。"因此一阵乱响,又是打艾虎,又是棒磕棒。打了几下,见艾虎不动,大家犹疑,恐其伤了性命。那知艾虎故意的不语,叫他打几下子出气呢。迟了半天,见他们不打了,方睁开眼道:"你们为什么不打了?"一翻身爬起,提了包裹,掸了掸尘垢,拱了拱手道:"请了,请了。"众人围绕着,那里肯放。艾虎道:"你们为何拦我?"众人道:"你抢了我们的鱼酒,难道就罢了不成?"艾虎道:"你们不打了我吗? 打几下子出了气,也就是了,还要怎么?"渔人道:"你掰了我的葫芦,砸了我的大盘,好好的还我,不然想走不能!"艾虎道:"原来坏了你的葫芦、盘子。不要紧,俺给你银,另买一份罢。"渔人道:"只要我的原旧东西,要银子做什么?"艾虎道:"这就难了。人有生死,物有毁坏。业已破了,还能整的上么? 你不要银子,莫若再打几下,与你那东西报报仇,也就完了事了。"说罢,放下包裹,复又躺在地下,闹顽皮子,俗语谓之皮子,又谓之魔驼子。闹的众人生气不是,要笑不是,再打也不是。年老的道:"真这后生实在呕人,他倒闹起魔来了!"渔人道:"他竟敢闹魔,我把他打死,给他抵命!"年老的道:"休出此言,难道我们众人瞅着你在此害人不成!"

正说间,只见那边来了个少年的书生,向着众人道:"列位请了。不知此人犯了何罪,你等俱要打他? 望乞看小生薄面,饶了他罢。"说罢就是一揖。众人见是个斯文相公,连忙还礼,道:"叵耐这厮饶抢了嘴吃,还把我们的家伙毁坏,实实可恶! 既是相公给他讨情,我们认个晦气罢了。"说罢,大家散去。

年少后生见众人散去,再看时,见他用袖子遮了面,仍然躺着不肯起来。向前将袖子一拉,艾虎此时臊的满面通红,无可搭讪,"噗哧"的一声,大笑不止。书生道:"不要发笑。端的为何,有话起来讲。"艾虎无奈,站起掸去尘垢,向前一揖,道:"惭愧,惭愧!实在是俺的不是。"便将抢酒吃鱼,以及毁坏家伙的话毫无粉饰,合盘托出,说罢又大笑不止。书生听了,暗暗道:"听他之言,倒是个率真豪爽之人。"又看了看他的相貌,满面英雄,气度不凡,不由的倾心羡慕,问道:"请问尊兄贵姓?"艾虎道:"小弟姓艾名虎。尊兄贵姓?"那书生道:"小弟施俊。"艾虎道:"原来是施相公。俺这不堪的形景,休要见笑。"施俊道:"岂敢,岂敢!四海之内皆兄弟也,焉有见笑之理。"艾虎听了"皆兄弟也",以"皆"字当作"结"字,答道:"俺乃粗鄙之人,焉敢与斯文贵客结为兄弟。既蒙不弃,俺就拜你为兄。"施俊听了甚喜,知他是错会意了,以为他鲠直可交,便问:"尊兄青春几何?"艾虎道:"小弟今年十六岁了。哥哥你今年多大了?"施俊道:"比你长一岁,今年十七岁了。"艾虎道:"俺说是兄长,果然不差。如此,哥哥请上,受小弟一拜。"说罢,趴在地下就磕头。施俊连忙还礼,二人彼此搀扶。小侠提了包裹,施俊一伸手携了艾虎,离了破亭,竟奔树林而来。早见一小童,拉定两匹马在那里瞭望。

施俊来至小童跟前,唤道:"锦笺过来,见过你二爷。"小童锦笺先前见二人说话,后来又见二人对磕头,早就心中纳闷,如今听见相公如此说,不敢怠慢,上前跪倒,道:"小人锦笺与二爷叩头。"艾虎从来没受过人的头,没听见人称呼过二爷,今见锦笺如此,喜出望外,不知如何是好,连忙说道:"起来,起来。"回身在兜肚内掏出两个锞子,递与锦笺道:"拿去买果子吃。"锦笺却不敢受,两眼瞅着施俊。施俊道:"二爷既赏你,你收了就是了。"锦笺接过,复又叩头谢赏。艾虎心中暗道:"为何他又叩头?哦,是了,想是不够用的,还和我再讨些。"回手又向兜肚内要掏。艾虎当初也是馆童,皆因在霸王庄上并没受过这些排场礼节,所以不懂,非前后文不对。施俊道:"二弟赏他一锭足矣,何必赏他许多呢。请问二弟,意欲何往?"一句话方把艾虎岔开。答道:"小弟要上卧虎沟,寻找师父与义父。请问兄长意欲何往呢?"施俊道:"愚兄要上襄阳县金伯父那里。一来看文章,二来就在那里用功。你我二人不能盘桓畅叙,如何是好?"艾虎道:"既然彼此有事,莫若各奔前程,后会有期。兄长请乘骑,待小弟送你一程。"施俊道:"贤弟不要远送。我是骑马,你是步下,如何赶的上?不如就此拜别了罢。"说罢,二人彼此又对拜了。锦笺拉过马来,施俊谦让多时,扳鞍上马。锦笺因艾虎在步下,他不肯骑马,拉着步行。艾虎不依,务必叫他骑上马跟了前去。目送他主仆已远,自己方扛起包裹,迈开大步,竟奔大路去了。

且说施俊父名施乔,字必昌,曾作过一任知县,因害目疾失明,告假还乡。生平有两个结义的朋友:头一个便是兵部尚书金辉,因参襄阳王遭贬在家;第二个便是新调长沙太守邵邦杰。三个人虽是结义的朋友,却是情同骨肉。施老爷知道金老爷有一位千金小姐,自幼儿见过好几次,虽有联姻之说,却未纳聘。如今施俊年已长成,莫若叫施俊去到那里,明是托金公看文章,暗暗却是为结婚姻。

这日施俊来至襄阳县九云山下九仙桥边,问着金老爷的家,投递书信。金老爷即刻请至书房,见施俊品貌轩昂,学问渊博,那一派谦让和蔼,令人羡慕,金公好生欢喜,而且看了来书,已知施乔之意,便问施俊道:"令尊目力可觉好些,不然如何能写书信呢?"施俊鞠躬答道:"家严止于通彻三光,别样皆不能视。此信乃家严谆嘱小侄代笔,望伯父海涵勿哂。"金辉道:"如此看来,贤侄的书法是极妙的了。这上面还要叫老拙改正文章,如何当的起。学业久已荒疏,拈笔犹如马棰,还讲什么改正?只好贤侄在此用功,闲时谈谈讲讲,彼此教正,大家有益罢了。"说至此,早见家人禀道:"饭已齐备,请示在那里摆。"金公道:"在此摆,我同施相公一处用,也好说话。"饮酒之间,金公盘问了多少书籍,施俊一一对答如流,把个金辉乐的了不得。吃毕饭,就把施俊安置在书房下榻,自己洋洋得意,往后面而来。

不知见了夫人有何话讲,且听下回分解。

第八十九回

憨锦笺暗藏白玉钗　痴佳蕙遗失紫金坠

且说金辉见了夫人何氏，盛夸施俊的人品学问。夫人听了，也觉欢喜。原来何氏夫人就是唐县何至贤之妹，膝下生得两个儿女：女名牡丹，今年十六岁；儿名金章，年方七岁。老爷还有一妾，名唤巧娘。且说夫人见老爷夸施俊不绝口，知有许婚之意，便问："施贤侄到此何事？"金老爷道："施公双目失明，如今写信前来，叫施俊在此读书，从我看文章。虽是如此，书中却有求婚之意。"何氏道："老爷意下如何呢？"金公道："当初，施贤弟也曾提过，因女儿尚幼，并未聘定。不想如今施贤侄年纪长成，不但品貌端好，而且学问渊博，堪与我女儿匹配。"何氏道："既如此，老爷何不就许了这头亲事呢？"金公道："且不要忙。他既在此居住，我还要细细看看他的行止如何。如果真好，慢慢再提亲不迟。"

老爷、夫人只顾讲论此事，谁知有跟小姐的亲信丫头，名唤佳蕙，是自幼儿伏侍小姐的，因他聪明伶俐，而且模样儿生的俏丽，又跟着小姐读书习字，文理颇通，故此起名用个"蕙"字，上面又加上个"佳"字，言他是香而且美。佳蕙既然如此，小姐的容颜学问可想而知了。这日他正到夫人卧室，忽听见老夫妻讲论施俊才貌双全，有许婚之意，他便回转绣户，嘻嘻笑笑道："小姐，大喜了。"牡丹小姐道："你道的什么喜?"佳蕙道:"方才我从太太那里来,老爷正然讲究,原来施老爷打发小官人来在我们这里读书,从着老爷看文章。老爷说他不但学问好,而且品貌极美,老爷、太太乐得了不得,有意将小姐许配于他。难道小姐不是大喜么?"牡丹正看书,听说至此,把书一放,嗔道:"你这丫头益发愚顽了。这些事也是大惊小怪对我说的么?越大越没出息!还不与我退了。"

佳蕙一团的高兴,被小姐申饬了一顿,脸上觉的讪讪的,羞答答回转自己屋内,细细思索道:"我与小姐虽是主仆,却是情同骨肉,为何今日听了此话不但不喜,反倒嗔怪呢?哦,是了,往往有才的必不能有貌,有貌的必不能有才,如何能够才貌兼全呢?小姐想来不能深信。仔细想来,倒是我莽撞了。理应替他探了水落石出,方不负小姐待我的深情。"想至此,踟蹰不安,他便悄悄偷到书房,把施俊看了个十分仔细。回来暗道:"怨得老爷夸他,果然生的不错。据我看来,他既有如此的容貌,必有出奇的才情。小姐不知,若要固执起来,岂不把这样的好事耽搁了么?嗳,我何不如此如此,替他们成全成全,岂不是好?"想罢,连忙回到自己屋内,拿出一方芙蓉手帕。暗道:"这也是小姐给我的,我就拿他做个引线。"立刻提笔就在手帕上写了"关关雎鸠,在河之洲"二句,摺叠了摺叠,藏在一边。

到了次日,午间无事,抽空儿袖了手帕,来到书房。可巧施俊手倦抛书,午梦正长,锦笺也不在跟前。佳蕙悄悄的临近桌边,把手帕一丢,转身时又将桌子一靠。施俊惊醒,朦胧二目,翻身又复睡了。谁知锦笺从外面回来,见相公在外面磕睡,腕下却露着手帕,慢慢抽出，抖开一看，异香扑鼻，上面还有字迹，却是两句《诗经》，心中纳闷道："这是什么意思？此帕从何来呢？不要管他，我且藏起来。相公如问我时，我再问相公便知分晓。"及至施俊睡醒，也不找手帕，也不问锦笺。锦笺心中暗道："看此光景，这手帕必不是我们相公的。若是我们相公的，焉有不找不问之理呢？但只一件，既不是我们相公的，这手帕从何而来呢？倒要留神查看查看。"

到了次日，锦笺不时的出入来往，暗里窥探。果然佳蕙从后面出来，到了书房，见相公正在那里开箱找书，不便惊动，抽身回来。刚要入后，只见一人迎面拦道："好吓！你跑到书房做什么来了？快说！不然我就嚷了。"佳蕙见是个小童，问道："你是谁？"小童道："我乃自幼伏侍相公，时刻不离左右，说一是一，说二是二，言听计从的锦笺。你是谁？"佳蕙笑道："原来是锦兄弟么？你问我，我便是自幼伏侍小姐，时刻不离左右，说一是一，说二是二，言听计从的佳蕙。"锦笺道："原来是佳姐姐么？"佳蕙道："什么锦咧佳咧，叫着怪不好听的。莫若我叫你兄弟，你叫我姐姐。咱们把锦、佳二字去了好不好？我问兄弟，昨日有块手帕，你家相公可曾瞧见了没有？"锦笺想道："原来手帕是他的，可见他人大心大，我何不嘲笑他几句。"想罢说道："姐姐不要性急，事宽则圆，姐姐终久总要有女婿的，何必这们忙呢？"佳蕙红了脸道："兄弟休要胡说。只因我家小姐待我恩深意重，又有老爷、太太愿意联婚之意，故此我才拿了手帕来，知会你家相公，叫他早早求婚，莫要耽误了大事。难道《诗经》二句诗在手帕上写的，你还不明白么？那明是韫玉待价之意。"锦笺道："姐姐原来为此，我倒错会了意了。姐姐还不知道呢,我们相公此来,原是奉老爷之命到此求婚。惟恐这里老爷不愿意,故此恳恳切切写了一封信,叫我们相公在此读书,是叫这里老爷知道知道我们相公的人品学问。如今姐姐既要知恩报恩,那手帕是不中用的,何不弄了真实著见的表记来。我们相公那里,有我一面承管。"坏事在此一句,所谓一言丧邦。佳蕙听了道:"兄弟放心,我们小姐那里,有我一面承管。咱二人务必将此事作成,庶不负主仆的情意一场。"说罢,佳蕙往后面去了,锦笺也就回转书房。

凡事有一定的道理,不是强求的,不是混谋的。事不当成,你纵然强求、混谋,冥冥中自有舛错,终久不成。若是事有可成,只用略为谋求,用不着"强""混"二字,不因不由的便成了。至于婚姻一节,更不是强求混谋的。俗话说的"千里姻缘一线牵",又云是"婚姻棒打不散",原是有一定的道理。谁知遇见了佳蕙、锦笺两个,不能听其自然,无心中生出波澜,闹了个天翻地覆,险些儿性命难保。非是他二人安着坏心,有意陷害,却是一派天真烂漫,不知事体轻重。一个为感情,一个为逞能,及至事情叨登出来,他二人谁也不敢吐实,只落的后悔而已。

且说佳蕙自与锦笺说明之后,处处留神,时刻在念。不料事有凑巧,牡丹小姐叫他收什镜妆,他见有精巧玉钗一对,暗暗袖了一枝,悄悄递与锦笺。锦笺回转书房,得便开了书箱,瞧瞧无物可拿,见有一把扇子,拴的个紫金鱼的扇坠,连忙解下来,就势儿将玉钗放在箱内。却把前次的芙蓉手帕打开,刚要包上紫金鱼,见帕上字迹分明,他又展起才来,急忙提笔写上"窈窕淑女,君子好逑"二句,然后将扇坠包裹,得意洋洋来见佳蕙,道:"我说事成在我,姐姐不信,你看如何?"说罢,打开给佳蕙看了。佳蕙等的工夫大了,已然着急,见有个回礼,忙忙碌碌接了过来:"兄弟改日听信罢。"回手向衣襟一掖,转身就去了。

刚走了不多时,只见巧娘的杏花儿,年方十二岁,极其聪明,见了佳蕙问道:"姐姐那里去了?"佳蕙道:"我到花园掐花儿去来。"杏花道:"掐的花在那里?给我几朵儿。"佳蕙道:"花尚未开,因此空手而回。"杏花儿道:"我不信,可巧一朵儿没有吗?我要搜搜。"说罢,拉住佳蕙不放。佳蕙藏藏躲躲,道:"你这丫头,岂有此理!漫说没花儿,就是有花儿,也犯不上给你。难道你怕走大了脚,不会自己掐去么?拉拉扯扯什么意思!"说罢,将衣服一顿,扬长去了。杏花儿觉得不好意思,红涨了脸,发话道:"这有什么呢,明儿我们也掐去,单希罕你的咧!"说着话往地下一看,见有一个包儿,连忙捡起。恰正是芙蓉手帕包着紫金鱼儿,急忙拢在袖内,气忿忿回转姨娘房内而来。巧娘问道:"你往那里去来?又合谁呕了气了?因为什么撅着嘴?"杏花儿道:"可恶佳蕙,他掐了花来,我和他要一两朵,饶不给还摔打我。姨娘白想想,可气不可气!偏偏的他掉了一个包儿,我是再也不给他的了!"巧娘闻了,忙问道:"你捡了什么了?拿来我看。"杏花儿将包儿递将过来。不想巧娘一看,便生出许多的是非来了。

你道为何?只因金辉自从遭贬之后,将宦途看淡了,每日间以诗酒自娱。但凡有可以消遣处,不是十天,就是半月,乐而忘返。家中多亏了何氏夫人,调度的井井有条。惟有巧娘水性杨花,终朝尽盼老爷回来。谁知金公是放浪形骸之外,又不在妇人身上用工夫的。他便急的犹如热地蚂蚁一般,如何忍耐得住,未免有些饥不择食,悄地里就与幕宾先生刮拉上了。俗话说,色胆大来难保机关不泄。一日,正与幕宾在花园厅上刚然入港,恰值小姐与佳蕙上花园烧香,将好事冲散。偏这幕宾是个胆小的,惟恐事要发觉,第二日收拾收拾竟自逃走了。巧娘失了心上之人,他不思己过,反把小姐与佳蕙恨入骨髓,每每要将他二人陷害,又是无隙可乘。

如今见了手帕,又有紫金鱼,正中心怀,便哄杏花儿道:"这个包儿既是捡的,你给我罢。我不白要你的,我给你做件衫子如何?"杏花儿道:"罢哟!姨娘前次叫我给先生送礼送信,来回跑了多少次,应许给我做衫子,到如今何尝做了呢?还提衫子呢,没的尽叫我们耽个名儿罢了!"巧娘道:"往事休提。此次一定要与你做衫子的,并且两次合起来,我给你做件夹衫子如何?"杏花道:"果真那样敢则是好,我这里先谢谢姨娘。"巧娘道:"不要谢。我还告诉你,此事也不可对别人说,只等老爷回来,你千万不要在跟前。我往后还要另眼看待于你。"杏花儿听了欢喜,满口应承。

一日,金公因与人会酒,回来过晚,何氏夫人业已安歇。老爷怜念夫人为家计操劳,不忍惊动,便来到巧娘屋内。巧娘迎接就座,殷勤献茶毕,他便双膝跪倒道:"贱妾有一事禀老爷得知。"金公道:"你有何事,只管说来。"巧娘道:"只因贱妾捡了一宗东西,事关重大。虽然老爷知道,必须访查明白,切不可声张。"说着话,便把手帕拿出,双手呈上。金公接过来一看,见里面包着紫金鱼扇坠儿,又见手帕上字迹分明,写着《诗经》四句,笔迹却不相同,前二句写的轻巧妩媚,后二句写的雄健草率。金辉看毕,心中一动,便问:"此物从何处拾来?"巧娘道:"贱妾不敢说。"金辉道:"你只管说来,我自有道理。"巧娘道:"老爷千万不要生气。只因贱妾给太太请安回来,路过小姐那里,拾得此物。"金辉听了,登时苍颜改变,无名火起,暗道:"好贱人,竟敢做出这样事来。这还了得!"即将手帕金鱼包好,拢在袖内。巧娘又加言道:"老爷,此事与门楣有关,千万不要声张,必须访查明白。据妾看来,小姐绝无此事,或者是佳蕙那丫头,也未可知。"老爷听了点了点头,一语不发,便上内书房安歇去了。

　　不知后来金公如何办理,且听下回分解。

第九十回

避严亲牡丹投何令　充小姐佳蕙拜邵公

且说金辉听了巧娘的言语,明是开通小姐,暗里却是葬送佳蕙。佳蕙既有污行,小姐焉能清白呢？真是君子可欺以其方。那知后来金公见了玉钗,便把佳蕙抛开,竟自追问小姐,生生的把个千金小姐弄成布裙荆钗,险些儿丧了性命,可见他的机谋狠毒。言虽如此,巧娘说"焉知不是佳蕙那丫头"这句话,说的何尝不是呢？他却有个心思,以为要害小姐,必先剪除了佳蕙。佳蕙既除,然后再害小姐就容易了。偏偏的遇见个心急性拗的金辉,不容分说,又搭着个纯孝的小姐不敢强辩,因此这件事倒闹的朦混了。

且说金辉到了内书房安歇,一夜不曾合眼。到了次日,悄悄到了外书房一看,可巧施俊今日又会文去了。金公便在书房搜查,就在书箱内搜出一枝玉钗。仔细留神,正是给女儿的东西。这一气非同小可,转身来至正室,见了何氏,问道："我曾给过牡丹一对玉钗,现在那里？"何氏道："既然给了女儿,必是女儿收着。"金辉道："要来我看。"何氏便叫丫鬟到小姐那里去取。去了多时,只见丫鬟拿了一枝玉钗回来,禀道："奴婢方才到小姐那里取钗,小姐找了半天,在镜箱内找了一枝。问佳蕙时,佳蕙病的昏昏沉沉,也不知那一枝那里去了。小姐说,俟找着那一支,即刻送来。"金辉听了,哼了一声,将丫鬟叱退，对夫人道："你养的好女儿，岂有此理！"何氏道："女儿丢了玉钗，容他慢慢找去，老爷何必生气？"金公冷笑道："再要找时，除非把这一枝送在书房内便了！"何氏听了诧异道："老爷何出此言？"金公便将手帕、扇坠掷与何氏，道："这都是你养的好女儿作的。"便在袖内把那一枝玉钗取出，道："现有对证，还有何言支吾？"何氏见了此钗，问道："此钗老爷从何得来？"金辉便将施生书箱内搜出的话说了，又道："我看父女之情，给他三日限期，叫他寻个自尽，休来见我！"说罢，气忿忿的上外面书房去了。

何氏见此光景，又是着急，又是伤心，忙忙来到小姐卧室，见了牡丹放声大哭。牡丹不知其详，问道："母亲，这是为何？"夫人哭哭啼啼，将始末原由述了一遍。牡丹听毕，只唬的粉面焦黄，娇音软颤，也就哭将起来。哭了多时，道："此事从何说起，女儿一概不知。"叫乳母梁氏追问佳蕙去。谁知佳蕙自那日遗失手帕、扇坠，心中一急，登时病了，就在那日告假，躺在自己屋内将养。此时正在昏愦之际，如何答应上来。梁氏无奈，回转绣房道："问了佳蕙，他也不知。"何氏夫人道："这便如何是好！"复又痛哭起来。牡丹强止泪痕，说道："爹爹既然吩咐孩儿自尽，孩儿也不敢违拗。只是母亲养了孩儿一场，未能答报，孩儿虽死也不瞑目。"夫人听至此，上前抱住牡丹道："我的儿吓，你既要死，莫若为娘的也同你死了罢。"牡丹哭道："母亲休要顾惜女儿。现在我兄弟方交七岁，母亲若死了，叫兄弟倚靠何人，岂不绝了金门香烟么？"说罢，也抱住夫人痛哭不止。

旁边乳母梁氏猛然想起一计，将母女劝住，道："老奴倒有一事回禀。我家小姐自幼稳重,闺门不出,老奴敢保断无此事。未免是佳蕙那丫头干的也未可知,偏偏他又病的人事不知。若是等他好了再问,惟恐老爷性急,是再不能的。若依着老爷逼勒小姐,又恐日后事明,后悔也就迟了。"夫人道:"依你怎么样呢?"梁氏道:"莫若叫我男人悄悄雇上船一只,两口子同着小姐,带佳蕙,投到唐县舅老爷那里暂住几时。俟佳蕙好了,求舅太太将此事访查,以明事之真假。一来暂避老爷的盛怒,二来也免得小姐倾生。只是太太担些干系,遇便再求老爷便了。"夫人道:"老爷跟前我再慢慢说明,只是你等一路上叫我好不放心。"梁氏道:"事已如此,无可如何,听命由天罢了。"牡丹道:"乳娘此计虽妙,但只一件,我自幼从未离了母亲,一来抛头露面,我甚不惯;二来违背父命,我心不安,还是死了干净。"何氏夫人道:"儿吓,此计乃乳母从权之道。你果真死了,此事岂不是越发真了么?"牡丹哭道:"只是孩儿舍不得母亲奈何?"乳娘道:"此不过燃眉之意。日久事明,依然团聚,有何不可?小姐如若怕出头露面,我更有一计在此。就将佳蕙穿了小姐的衣服,一路上说小姐卧病,往舅老爷那里就医养病。小姐却扮作丫鬟模样,谁又晓得呢?"何氏夫人听了,道:"如此很好,你们就急急的办理去罢,我且安置安置老爷去。"牡丹此时心绪如麻,纵有千言万语,一字却也道不出来,止于说道:"孩儿去了。母亲保重要紧。"说罢大哭不止。夫人痛彻心怀,无奈何,狠着心去了。

这里梁氏将他男子汉找来,名叫吴能。既称男子汉,可又叫吴能,这明说是无能的男子汉。他但凡有点能为,如何会叫老婆做了奶子呢？可惜此事交给他,这才把事办坏了。他不及他哥吴燕能有本事,打的很好的刀。到了河边,不论好歹,雇了船只,然后又雇了小轿三乘,来至花园后门。奶娘梁氏带领小姐与佳蕙,乘轿至河边上船。一篙撑开,飘然而去。

且说金辉气忿忿离了上房,来到了书房内。此时,施生已回,见了金公,上前施礼。金辉洋洋不睬。施俊暗道："他如何这等慢待与我？哦,是了,想是嗔我在这里搅他了。可见人情险恶,世道浇薄。我又非倚靠他的门楣觅生活,如何受他的厌气？"想罢便道："告禀大人得知,小人离家日久,惟恐父母悬望,我要回去了。"金辉道："很好。你早就该回去！"施俊听了这样口气,登时羞的满面红涨,立刻唤锦笺鞴马。锦笺问道："相公往那里去？"施俊道："扯臊,自有去处,你鞴马就是了,谁许你问？狗才,你仔细,休要讨打！"锦笺见相公动怒,一声儿也不敢言语,急忙鞴了马来。施生立起身来,将手一拱,也不拜揖,说声："请了。"金辉暗道："这畜生如此无礼,真正可恶！"又听施生发话道："可恶吓,可恶,真正岂有此理！"金辉明明听见,索性不理他了,以为他少年无状。又想起施老爷来,他如何会生出这样子弟,未免叹息了一番。然后将书籍看了看,依然照旧。又将书籍打开看了看,除了诗文之外,止有一把扇儿是施生落下的,别无他物。可惜施生忙中有错,说时原是孤然一身,所有书籍典章全是借用这里的,他只顾生气,却忘了扇儿放在书籍之内。彼时若是想起,由扇子追问扇坠,锦笺如何隐瞒？何况当着金辉再加以质证,大约此冤立刻即明。偏偏的施生忘了此扇,竟遗落在书籍之内。扇儿虽小,事关重大。凡事当隐当现,自有一定之理。若是此时就明白此事,如何又生出下文多少的事来呢!

且说金辉见施俊赌气走了,便回至内室。见何氏夫人哭了个泪人一般,甚是凄惨。金辉一语不发,坐在椅上叹气。忽见何氏夫人双膝跪倒,口口声声"妾身在老爷跟前请罪",老爷连忙问道:"端的为何?"夫人将女儿上唐县情由述了一遍,又道:"老爷只当女儿已死,看妾身薄面,不必深究了。"说罢哭瘫在地。金辉先前听了急的跺脚,惟恐丑声播扬,后来见夫人匍匐不起,究竟是老夫老妻,情分上过意不去,只得将夫人搀起来道:"你也不必哭了。事已如此,我只好置之度外便了。"

金辉这里不究,那知小姐那里生出事来。只因吴能忙迫雇船,也不留神,却雇了一只贼船。船家弟兄二人,乃是翁大、翁二,还有一个帮手王三。他等见仆妇男女二人带领着两个俊俏女子,而且又有细软包袱,便起了不良之意,暗暗打号儿。走不多时,翁大忽然说道:"不好了,风暴来了。"急急将船撑到幽僻之处。先对奶公道:"咱们须要祭赛祭赛方好。"吴能道:"这里那讨香蜡纸马去?"翁二道:"无妨,我们船上皆有,保管预备的齐整,只要客官出钱就是了。"吴能道:"但不知用多少钱?"翁二道:"不多,不多,只要一千二百钱足以够了。"吴能道:"用什么要许多钱?"翁二道:"鸡、鱼、羊头三牲,再加香蜡纸锞,这还多吗?敬神佛的事儿,不要打算盘。"吴能无奈,给了一千二百钱。不多时,翁大请上香。奶公出船一看,见船头上面放的三个盘子,中间是个少皮无毛的羊脑袋,左边是只折脖缺膀的鸡嫁妆，右边是一尾飞鳞凹目的鲤鱼干，再搭上四露五落的一挂元宝，还配着滴溜搭拉的几片千张，更可笑的是少颜无色三张黄钱，最可怜的七长八短的一束高香，还有那一高一矮的一对瓦灯台上，插的不红不白的两个蜡头儿。吴能一见，不由的气往上撞，道："这就是一千二百钱办的么？"翁二道："诸事齐备，额外还得酒钱三百。"吴能听了，发急道："你们不是要讹吓？"翁大道："你这人祭赛不虔，神灵见怪，理应赴水，以保平安。"说罢将吴能一推，噗咚一声落下水去。

乳母船内听着不是话头，刚要出来，正见他男子汉被翁大推下水去，心中一急，连嚷道："救人吓，救人！"王三奔过来就是一拳。乳母站立不稳，摔倒船内，又嚷道："救人吓，救人吓！"牡丹此时在船内知道不好，极力将竹窗撞下，随身跳入水中去了。翁大赶进舱来，见那女子跳入水内，一手将佳蕙拉住道："美人不要害怕，俺和你有话商量。"佳蕙此时要死不能死，要脱不能脱，只急的通身是汗，觉的心内一阵清凉，病倒好了多一半。外面翁二合王三每人一枝篙，将船撑开。佳蕙在船内被翁大拉着，急的他高声叫喊："救人吓，救人！"

忽见那边飞也似来了一只快船，上面站着许多人，道："这船上害人呢，快上船进舱搜来。"翁二、王三见不是势头，将篙往水内一拄，飕的一声跳下水去。翁大在舱内见有人上船，说进舱搜来，他惟恐被人捉住，便从窗户蹿出，赴水逃生去了。可恨他三人贪财好色，枉用心机，白白的害了奶公并小姐落水，也只得赤手空拳，赴水而去。

且言众人上船，其中有个年老之人道："你等莫忙，大约贼人赴水脱逃，且看船内是什么人。"说罢，进舱看时，谁知梁氏藏在床下，此时听见有人，方才从床下爬出。见有人进来，他便急中生智道："众位救我主仆一命。可怜我的男人被贼人陷害，推在水内淹死，丫鬟着急，蹿出船窗投水也死了。小姐又是疾病在身，难以动转。望乞众位见怜。"说罢泪流满面。这人听了，连说道："不要啼哭，待我回那老爷去。"转身去了。梁氏悄悄告诉佳蕙，就此假充小姐，不可露了马脚，佳蕙点头会意。

那人去不多时，只见来了仆妇丫鬟四五个，搀扶假小姐，叫梁氏提了包裹，纷纷乱乱一阵，将祭赛的礼物踏了个稀烂，来到官船之上。只见有一位老爷坐在大圈椅上面，问道："那女子家住那里？姓什么？慢慢的讲来。"假小姐向前万福，道："奴家金牡丹，乃金辉之女。"那老爷问道："那个金辉？"假小姐道："就是作过兵部尚书的。只因家父连参过襄阳王二次，圣上震怒，将我父亲休致在家。"只见那老爷立起身来，笑吟吟的道："原来是侄女到了，幸哉，幸哉。何如此之巧耶！"假小姐连忙问道："不知老大人为谁，因何以侄女呼之？请道其详。"那老爷笑道："老夫乃邵邦杰，与令尊有金兰之谊。因奉旨改调长沙太守，故此急急带了家眷前去赴任，今日恰好在此停泊，不想救了侄女，真是天缘凑巧。"假小姐听了，复又拜倒，口称"叔父"。邵老爷命丫鬟搀起，设座坐了，方问道："侄女为何乘舟，意欲何往？"

不知假小姐说出什么话来，且听下回分解。

第九十一回

死里生千金认张立　苦中乐小侠服史云

且说假小姐闻听邵公此问,便回答道:"侄女身体多病,奉父母之命,前往唐县就医养病。"邵老爷道:"这就是令尊的不是了。你一个闺中弱质,如何就叫奶公、奶母带领去赴唐县呢?"假小姐连忙答道:"平素时常往来。不想此次船家不良,也是侄女命运不济。"邵老爷道:"理宜将侄女送回,奈因钦限紧急,难以迟缓。与其上唐县,何不随老夫到长沙,现有老荆同你几个姊妹,颇不寂寞。俟你病体好时,我再写信与你令尊。不知侄女意下何如?"假小姐道:"既承叔父怜爱,侄女敢不从命。但不知婶母在于何处,待侄女拜见。"邵老爷满心欢喜,连忙叫仆妇丫鬟,搀着小姐送至夫人船上。原来邵老爷有三个小姐,见了假小姐无不欢喜。从此佳蕙就在邵老爷处将养身体,他原没有什么大病,不多几日也就好了。夫人也曾背地里问过他有了婆家没有,他便答道:"自幼与施生结亲。"夫人也悄悄告诉了老爷。

自那日开船,行至梅花湾的双岔口,此处却是两条路:一股往东南,却是上长沙;一股往东北,却是绿鸭滩。且说绿鸭滩内有渔户十三家,内中有一人,年纪四旬开外,姓张名立,是个极其本分的,有个老伴儿李氏。老两口儿无儿无女,每日捕鱼为生。这日,张老儿夜间

第九十一回　死里生千金认张立　苦中乐小侠服史云

撒下网去，往上一拉，觉得沉重，以为得了大鱼，连唤："妈妈快来，快来！"李氏听了，出来问道："大哥唤我做什么？"这老两口子素来就是这等称呼：男人管着女人叫妈妈，女人管着男人叫大哥。当初不知是怎么论的，如今惯了，习以为常。张立道："妈妈帮我一帮，这个行货子可不小。"李氏上前帮着拉上船来，将网打开看时，却是一个女尸，还有竹窗一扇托定。张立连连啐道："晦气，晦气！快些掷下水去。"李氏忙拦道："大哥不要性急，待我摸摸还有气息没有。岂不闻救人一命，胜造七级浮屠吗？"果然摸了摸，胸前兀的乱跳，说道："还有气息，快些控水。"李氏又舒掌揉胸。不多时清水流出不少，方才渐渐苏醒，哼哼出来。婆子又扶他坐起，略定定神，方慢慢呼唤，细细问明来历。

原来此女就是牡丹小姐。自落水之后，亏了竹窗托定，顺水而下，不计里数，漂流至此。自己心内明白，不肯说出真情。答言是唐县宰的丫鬟，因要接金小姐去，手扶竹窗，贪看水面，不想竹窗掉落，自己随窗落水，不知不觉漂流至此，"请问妈妈贵姓？"李氏一一告诉明白，又悄悄合张立商量道："你我半生无儿无女，我今看见此女生的十分俏丽，言语聪明，咱们何不将他认为女儿，将来岂不有靠么？"张立道："但凭妈妈区处。"李氏便对牡丹说了。牡丹自叹命运乖蹇，情愿做田妇村姑，连声应允。李氏见牡丹应了，欢喜非常。登时疼女儿的心盛，也不顾捕鱼，急急催大哥快快回庄，好与女儿换衣服。

张立撑开船，来至庄内。李氏搀着牡丹进了茅屋，找了一身干净衣服叫小姐换了。本是珠围翠绕，如今改了荆钗布裙。李氏又寻找茶叶,烧了开水,将茶叶放在锅内,然后用瓢和弄个不了,方拿过碗来,擦抹净了,吹开沫子,舀了半碗,擦了碗边,递与牡丹道:"我儿喝点热水,暖暖寒气。"牡丹见他殷勤,不忍违却,连忙接过来喝了几口。又见他将茶淘出,从新刷了锅,舀上一瓢水,找出小米面,做了一碗热腾腾的白水小米面的咯哒汤,端到小姐面前,放下一双黄油四楞竹箸,一个白沙碟儿腌萝卜条儿。牡丹过意不去,端起碗来喝了点儿,尝着有些甜津津的,倒没有别的味儿,于是就喝了半碗,咬了一点萝卜条儿,觉着扎口的咸,连忙放下了。他因喝了半碗热汤,登时将寒气散出,满面香汗如沈。婆子在旁看见,连忙掀起衣襟轻轻给牡丹拂拭,更露出本来面目,鲜妍非常。婆子越瞧越爱,越爱越瞧,如获至宝一般。又见张立进来问道:"闺女这时好些了?"牡丹道:"请爹爹放心。"张立听小姐的声音改换,不像先前微弱,而且活了不足五十岁,从来没听见有人叫他"爹爹"二字,如今听了这一声,仿佛成仙了道,醍醐灌顶,从心窝里发出一股至性达天的乐来,哈哈大笑道:"妈妈,好一个闺女呀!"李氏道:"正是,正是。"说罢二人大笑不止。

此时天已发晓。李氏便合张立商议说:"女儿在县宰处,必是珍馐美味惯了,千万不要委屈了他。你卖鱼回来时,千万买些好吃食回来。"张立道:"既如此,我秤些肥肉,再带些豆腐白菜,你道好不好?"李氏道:"很好,就是如此。"乡下人不懂的珍馐,就知肥肉是好东西,若动了豆腐白菜,便是开斋,这都是轻易不动的东西。其实又费几何? 他却另有个算盘。他道有了好菜,必要多吃;既多吃,不但费菜,连饭也是费的。仔细算来,还是不吃好菜的好。如今他夫妻乍得了女儿,一来怕女儿受屈,二来又怕女儿笑话瞧不起,因又发着狠儿,才买肉买菜。调着样儿收拾出来,牡丹不过星星点点的吃些就完了。

一来二去,人人纳罕儿,说张老者老两口儿想开了,无儿无女,天天弄嘴吃。就有搭讪过来闻闻香味的,意思遇巧就要尝尝。谁知到了屋内一看,见床上坐着一位花枝招展,犹如月殿嫦娥、瑶池仙女是的一位姑娘。这一惊不小,各各追问起来,方知老夫妻得了义女,谁不欢喜,谁敢怠慢,登时传扬开了。十二家渔户俱各要前来贺喜。其中有一人姓史名云,会些武艺,且胆量过人,是个见义敢为男子。因此这些渔人们皆器重他,凡遇大小事儿,或是他出头,或是与他相商。他若定了主意,这些渔户们没有不依的。如今要与张老儿贺喜,这十一家,三一群,五一伙,陆陆续续俱各找了他去,告诉他张老儿得女儿的情由。

史云听了,拍手大笑道:"张大哥为人诚实,忠厚有馀,如今得了女儿,将来必有好报,这是他老夫妻一片至诚所感。列位到此何事?"众人道:"因要与他贺喜,故此我等特来计较计较。"史云道:"很好,咱们庄中有了喜事,理应作贺。但只一件,你我俱是贫苦之人,家无隔宿之粮,谁是充足的呢?大家这一去,人也不少,岂不叫张大哥为难么?既要与他贺喜,总要大家真乐方好。依我倒有个主意,咱们原是鱼行生理,乃是本地风光。大家以三日为期,全要辛苦辛苦,奋勇捕了鱼来,俱各交在我这里出脱。该留下咱们吃的留下吃,该卖的卖了钱,买调和沽酒,全有我呢。"又对一人道:"老弟,你这两天要常来。你到底认得几个字,也拿的起笔来,有可以写的,须要帮着我记记方好。"原来这人姓李,满口应承道:"我天天早来就是了。"史云道:"更有一宗要紧的,是日大家去时,务必连桌凳俱要携了去方好,不然张大哥那里如何有这些凳子、桌子、家伙呢?咱们到了那里,大家动手,索性不用张大哥张罗,叫他夫妻安安稳稳乐一天。只算大家凑在一处,热热闹闹的吃喝一天就完了。别的送礼送物,皆是虚文,一概不用。众位以为何如?"众人听罢,俱各欢喜道:"好极,好极,就是这样罢。但只一件,其中有人口多的,有少的,这怎么样呢?"史云道:"全有我呢,包管平允,谁也不能吃亏,谁也不能占便宜。其实乡里乡亲,何在乎这上头呢?然而办事必得要公。大家就辛苦辛苦罢!我到张大哥那里给他送信去。"

众人散了,史云便到了张立的家中,将此事说明。又见了牡丹,果真是如花似玉的女子,快乐非常。张立便要张罗起事来。史云道:"大哥不用操心,我已俱各办妥。老兄就张罗下烧柴就是了,别的一概不用。"张立道:"我的贤弟,这个事不容易,如何张罗下烧柴就是了呢?"史云道:"我都替老兄打算下了,样样俱全,就短柴火,别的全有了,我是再不撒谎的。"张立仍是半疑半信的,只得深深谢了。史云执手,回家去了。

众渔人果然齐心努力,办事容易的很。真是争强赌胜,竟有出去二三十里地捕鱼去的,也有带了老婆孩儿去的,也有带了弟男子侄去的。刚到了第二天,交至史云处的鱼虾真就不少。史云裁夺着,各家平匀了,估量着够用的,便告诉他等,道某人某人交的多,明日不必交了;某人某人交的少,明日再找补些来。他立刻找着行头,公平交易,

第九十一回　死里生千金认张立　苦中乐小侠服史云

换了钱钞,沽酒买菜,全送至张立家中。张立见了这些东西,又是欢喜,又是着急。欢喜的是,得了女儿,如此风光体面;着急的是,这些东西可怎么措置呢?史云笑道:"这有何难。我只问你,烧柴预备下了没有?"张立道:"预备下了。你看靠着篱笆那两垛可够了么?"史云瞧了瞧,道:"够了,够了,还用不了呢。烧柴既有,老兄你就不必管了。今夜五鼓,咱们乡亲都来这里,全是自己动手,你不用张心,静等着喝喜酒罢。"张立听了,哈哈大笑道:"全仗贤弟分心,劣兄如何当得起!"史云笑道:"有甚要紧,一来给老兄贺喜,二来大家凑个热闹,畅快畅快,也算是咱们渔家乐了。"

正说间,只见有许多人,扛着桌凳的,挑着家伙的,背着大锅的,又有倒换挑着调和的,还有合伙挑着菜蔬的,纷纷攘攘送来。老儿接迎不暇,登时丫丫叉叉的一院子。也就是绿鸭滩,若到别处,似这样行人情的也就少少儿的。全是史云张罗帮忙,却好李第老的也来了,将东西点明记帐,一一收下。张老儿惟恐错了,还要自己记了暗记儿。来一个,史云嘱咐一个道:"乡亲明日早到,不要迟了,千万千万。"至黄昏时俱收齐了,史云方同李第老的回去了。

次日四鼓时,史云与李第老的就来了。果是五鼓时众乡亲俱各来到。张老儿迎着道谢。史云便分开脚色,谁挖灶烧火,谁做菜蔬,谁调座位,谁抱柴挑水,俱不用张立操一点心。乐的个老头儿出来进去,这里瞧瞧,那里看看,犹如跳圈猴儿一般。一会儿又进屋内问妈妈道:"闺女吃了什么没有?"李氏道:"大哥不用你张罗,我与女儿自会调停。"张立猛见李氏,笑道:"嗳呀,妈妈今日也高了兴了,竟自洗了脸,梳了头了。"李氏笑道:"什么话呢!众乡亲贺喜,我若黑摸乌嘴的,如何见人呢?你看我这头,还是女儿给我梳的呢。"张立道:"显见得你有了女儿,就支使我那孩子梳头。再过几时,你吃饭还得女儿喂你呢!"李氏听了,啐道:"呸!没的瞎说白道的了。"张立笑吟吟的出去了。

不多时,天已大亮,陆陆续续田妇村姑俱各来了。李氏连忙迎出,彼此拂袖道喜道谢,又见了牡丹,一个个咂嘴吐舌,无不惊讶。牡丹到了此时,也只好入乡随乡,接待应酬,略为施展,便哄的这些人挤眉弄眼,拱肩缩背,不知如何是好,真是丑态百出。到了饭得之时,座儿业已调够:屋内是女眷,所有桌凳俱是齐全的,就是家伙也是挑秀气的;外面院子内是男客,也有高桌,也有矮座,大盘小碗一概不拘。这全是史云的调停,真真也难为他。大家不论亲疏,以齿为序,我拿凳子,你拿家伙,彼此嘻嘻哈哈,团团围住,真是爽快。霎时杯盘狼籍,虽非嘉肴美味,却是鲜鱼活虾,荤素俱有,左添右换,以多为盛。大家先前慢饮,后来有些酒意,便呼么喝六豁起拳来。

张立叫了个"七巧",史云叫了个"全来",忽听外面接声道:"可巧俺也来了,可不是全来吗。"史云便仰面往外侧听,张立道:"听他则甚,咱们且豁拳。"史云道:"老兄且慢,你我十三家俱各在此,外面谁敢答言?待我出去看来。"说罢立起身来,启柴扉一看,见是个年幼之人,背着包裹,正在那里张望。史云"咄"的一声,道:"你这后生窥探怎的?方才答言的敢则是你么?"年幼的道:"不敢,就是在下。因见你们饮酒热闹,不觉口内流涎,俺也要沽饮几杯。"史云道:"此

第九十一回　死里生千金认张立　苦中乐小侠服史云

处又非酒肆饭铺,如何说'沽饮'二字？你妄自答言,俺也不计较于你,快些去罢。"说毕刚要转身,只见少年人一伸手将史云拉住,道:"你说不是酒肆,如何有这些人聚饮？敢是你欺侮我外乡人么？"史云听了,登时喝道:"你这小厮好生无礼！俺饶放你去,你反拉我不放。说欺侮你,俺就欺侮你,待怎么？"说着扬手就是一掌打来,年幼之人微微一笑,将掌接住,往怀里一拉,又往外一搡,只听咕咚,史云仰面栽倒在地。心中暗道:"好大力量！倒要留神。"急忙起来,复又动手。只见张立出来劝道:"不要如此,有话慢说。"问了原由,便对年幼的道:"老弟,休要错会了意,这真不是酒肆饭铺,这些乡亲俱是给老汉贺喜来的。老弟如要吃酒,何妨请进,待老汉奉敬三杯。"年幼的听见了酒,便喜笑颜开的道:"请问老丈贵姓？"张立答了姓名。他又问史云,史云答道:"俺史云,你待怎么？"年幼的道:"史大哥恕小弟莽撞,休要见怪。"说罢一揖到地。

未知如何,且听下回分解。

第九十二回

小侠挥金贪杯大醉　　老葛抢雉惹祸着伤

且说史云见年幼之人如此,闹的倒不好意思的了,连忙问道:"足下贵姓?"年幼的道:"小弟艾虎。只因要上卧虎沟,从此经过,见众位在此饮酒作乐,不觉口渴。既蒙赐酒,感领厚情。请了!"说罢,迈步就进了柴门。

你道艾虎如何来到此处?只因他与施俊结拜之后,每日行程,五里也是一天,十里也算一站。若遇见好酒,不定住三天五天,喝醉了就睡,睡醒了又喝。左右是蒋平不心疼的银子,由着他的性儿花罢了。当下众渔户见张立、史云同了个年幼之人进来,大家都不认得,止于一拱手而已。史云便将艾虎让在自己一处,张立拿起壶来满满斟了一杯递与艾虎。艾虎也不谦让,连忙接过来一饮而尽。史云接过来也斟了一杯,艾虎也就喝了。他又复与二人各斟一杯,自己也陪了一杯。然后慢慢问道:"方才老丈说府上贺喜,不知为着何事?"史云代为说明。艾虎哈哈大笑,道:"原来如此,理当贺的。"说罢,向兜肚内掏出两锭银子,递与张立道:"些须薄礼,望乞收纳。"张立如何肯接,艾虎强扭强捏的揣在他怀内。

张立无奈,谢了又谢,转身来到屋内,叫声:"妈妈,这是方才一位小客官给女儿的贺礼,好好收了。"李氏接来一看,见是两锭五两的锞子,不由吃惊道:"嗳哟,如何有这样的重礼呢?"正说间,牡丹过来,问道:"母亲,什么事?"张立便将客官送贺礼的事说了。牡丹道:"此人可是爹爹素来认得的么?"张立道:"并不认得。"牡丹道:"既不认得,萍水相逢,就受他如此厚礼,此人就令人难测,焉知他不是恶人暴客呢?据孩儿想来,还是不受他的为是。"李氏道:"女儿说的是,大哥趁早儿还他去。"张立道:"真是闺女想的周到,我就还他去。"仍将银子接过,出外面去了。

此时,那些田妇村姑已皆看得呆了,一个个黑漆漆的眼珠儿,瞅着那白花花的银子,觉得心里扑腾扑腾乱跳,脸上唿哒唿哒的冒火,暗想道:"这张老夫妻何等造化,又得女儿,又发财,谁能赶的上他呢?"后见牡丹说了几句,他老两口子连连称是,竟把那们大的两锭银子,滴溜圆的好东西,又还回人家去了,都说可惜了儿的。也有说找上门来送礼,竟会不收;也有说张老夫妻乍得女儿,太由性了,大家纷纷议论不休。张立当下拿回银子,见了艾虎说道:"方才老汉与我老伴并女儿一同言明,他母女说客官远道而来,我等理宜尽地主之情,酒食是现成的,如何敢受如此厚礼。仍将原银奉还,客官休要见怪。"艾虎道:"这有甚要紧。难道今日此举,老丈就不耗费资财么?权当做薪水之资就是了。"张立道:"好叫客官得知,今日此举,全是破费众乡亲的。不信只管问我们史乡亲。"史云在旁答道:"此话千真万真,绝不欺哄。"艾虎道:"俺的银子已经拿出,如何又收回呢?也罢,俺就烦史大哥拿此银两,明日照旧预备。今日是俺扰了众乡亲,明日是俺作东,回请众位乡亲。如若少了一位,俺是不依史大哥的。"史云见此光景,连忙说道:"我看艾客官是个豪爽痛快人,莫若张大哥从实收了罢,省得叫客官为难。"张立只得又谢了。史云便陪着艾虎,左一碗,右一碗,把个史云也喝的愣了,暗道:"这样小小年纪,却有如此大量。"就是别人,也往这边瞅着。喝来喝去,小侠渐渐醉了,前仰后合,身体乱晃,就靠着桌子垂眉闭眼。史云知他酒深,也不惊动他。不多时,只听呼声震耳,已入梦乡。艾虎既是如此,众渔人也就醺醺。独有张立、史云喝的不多。张立是素来不能多饮的,史云酒量却豪,只因与张老儿张罗办事,也就不肯多喝了。张立仍是按座张罗。忽听外面有人唤道:"张老儿在家么?"张立忙出来一看,不由的吃了一惊,道:"二位请了,到此何事?"二人道:"怎么你倒问我们?今日是谁的班儿了?"

你道此二人是谁?原来是黑狼山的喽啰。自从蓝骁占据了此山,知道绿鸭滩有十三家渔户,定了规矩,每日着一人值日,所有山上用的鱼虾,皆出在值日的身上。这日正是张立值日,他只顾贺喜,就把此事忘了。今日喽啰来了,方才想起,连忙告罪道:"是老汉一时忽略,望乞二位在头领跟前方便方便。明日我多备鱼虾补还上就是了。"二喽啰道:"你这话竟是胡说!明日补还,今日大王先空一顿吗?我们全不管,你今日只好跟了我们去见头领,有什么说的,你自己去说罢。"此时史云已然出来,连忙插言道:"二位不要如此,委是张伙计今日有事,务求包容包容。"就把他得女儿贺喜的话说了一遍。二喽啰听了道:"既是如此,我们瞧瞧你这闺女,回去见了头领也好回话。"说罢,不容张立依不依,硬往里走。到了屋内,见了牡丹，暗暗喝彩。转身出来，一眼瞧见了艾虎在那里端坐不动。原来众人见喽啰进来，知有事故，胆大的站起来在一旁听着，胆小的怕有连累也就溜了，独有艾虎坐在那里。这喽啰如何知道他是沉醉酣睡呢，大声嗔喝道："他是什么人？竟敢见了我昂不为礼，这等可恶！快快与我绑了，解上山去。"张立忙上前分解道："他不是本庄之人，而且沉醉了，求爷们宽恕。"史云在旁也帮着说话，二喽啰方气忿忿的去了。

众人见喽啰去了，嘈嘈杂杂，议论不休。史云便合张立商议，莫若将这客官唤醒，叫他早些去罢，省得连累了他。张立听了，急急将艾虎唤醒，说明原由。艾虎不听则可，听了时一声怪叫，道："嗳哟哟，好山贼野寇！俺艾虎正要寻他，他反来捋虎须。待他来，有俺自对付他！"张立着急，只好苦劝。

忽听得人喊马嘶，早有渔户跑的张口结舌，道："不、不好了，葛头领带领人马入庄了。"张立听了，只唬得浑身乱抖。艾虎道："老丈不要害怕，有俺在此。"说罢将包袱递与张立，回头叫道："史大哥，随俺来。"刚然出了柴扉，只见有三二十名喽啰，簇拥着一个贼头骑在马上，声声叫道："张老儿，闻得你有个如花似玉的女儿，正好与俺匹配，俺如今特来求亲。"艾虎听了，一声咤叱道："你这厮叫什么，快些说来！"马上的道："谁不晓得俺葛瑶明，绰号蛤蜊蚌子吗？你是何人，竟敢前来多事。"艾虎道："我只当是蓝骁那厮，原来是个无名的小辈。俺艾虎爷爷在此，你敢怎么？"葛瑶明听了，喝道："好小厮，满口胡说！"吩咐喽啰将他绑了。唿的上来了四五个。艾虎不忙不慌，两只膀臂往左右一分,先打倒了两个,一转身,抬腿又踢倒了一个。众喽啰见小爷猛勇,又上来了十数个,心想以多为胜。那知小侠指东打西,蹿南跃北,犹如虎荡羊群,不大的工夫打了个落花流水。史云在旁见小爷英勇非常,不由喝彩,自己早托定五股鱼叉,猛然喊了一声,一个箭步竟奔葛瑶明而来。原来这些喽啰以为渔户好欺侮,并未防备,皆是赤手而来。独葛瑶明腰间系着一把顺刀,见众喽啰不是艾虎对手,刚然拔刀要上前相助,史云鱼叉已到,连忙用刀一迎。史云把叉往回里一抽,谁知叉上有倒须钩儿,早把顺刀拢住。史云力猛,葛瑶明在马上一晃,手不吃劲,当啷啷顺刀落地,说声"不好",将马一带,咪溜的往庄外就跑。众喽啰见头领已跑,大家也抱头鼠窜而去。

艾虎打的高兴,那里肯放。上前将葛瑶明的刀捡起就追。史云也便大喊"赶吓",手内托定五股鱼叉,也追下去了。艾虎追出庄外,见贼人前面乱跑,他便撒腿紧紧追赶。俗云"归师勿掩,穷寇莫追",如今小侠真是初生的犊儿不怕虎,又仗自己的本领,那把这一群山贼放在眼里。又搭着史云也是一勇之夫,随后紧赶,看看来至山环之内,只见艾虎平空的栽倒在地,两边跑出多少喽啰,将艾虎按住,捆绑起来。史云见了,说声"不好",急转身往回里就跑,给庄中送信去了。你道艾虎如何栽倒? 只因葛贼骑马跑的快,先进了山环,便有把守的喽兵,他就吩咐暗暗埋伏绊脚绳。小侠那里理会,他是跑开了,冷不防,焉有不栽倒之理呢? 众喽啰拿了艾虎,葛瑶明业已看见,忙将喽兵分为两路,着十五人押着艾虎,同着自己上山。十五人回转庄

第九十二回　小侠挥金贪杯大醉　老葛抢雉惹祸着伤

中,到张老儿家抢亲。葛贼洋洋得意,将马驮了艾虎,忙忙的入山。

正走之间,只见一只野鸡打空中落下。葛瑶明上前捡起一看,见鸡胸流血,知是有人打的。复往前面一看,早见有人嚷道:"快些将山鸡放下,那是我们打的。"葛贼仔细一看,原来是个极丑的女子,约有十五六岁。葛瑶明道:"这鸡是你的么?"丑女子道:"是我的。"葛贼道:"你休要哄我。既是你的,你手无寸铁,如何会打下野鸡来?"丑女子道:"原是我姐姐打的,不信你看那树下站的不是?"葛贼转脸一看,见一女子生的美貌非常,果然手握弹弓,在那里站立。葛贼暗暗欢喜,道:"我老葛真是红鸾星照命!张老儿那里有了一个,如今又遇见一个,这才是双喜临门呢!"想罢,对丑女子道:"你说你姐姐打的,我不信。叫你姐姐跟了我去,我们山后头有鸡,叫他打一个我看看。"说罢,两只眼睛直勾勾的瞅着那边女子。女子大怒,道:"你若不还,只怕你姑娘不容你过去。"说毕,拉开架式,就便动手。只听葛瑶明"嗳哟"一声,仰面栽倒在地,扎挣着爬起来,早见两眉攒中流下血来。丑女子已知是姐姐用铁丸打的,不容他站稳,飕的一声,飞起二七的金莲,照后心当的就是一脚。葛瑶明他倒听教训,噗哧的一声,嘴吃屎又躺下了。众喽啰一拥齐上。丑女子微微冷笑,抬了抬手,一个个东倒西歪;动了动脚,一个个呲牙咧嘴。此时,葛贼知道女子利害,不敢抵敌,爬起来就跑。众人见头领跑了,谁还敢怠慢,也就唧噜咕噜的一齐跑了。丑女子正在赶打喽卒,忽听有人高声喝彩叫好。

不知后文如何,且听下回分解。

第九十三回

辞绿鸭渔猎同合伙　　归卧虎姊妹共谈心

且说丑女子将众喽卒打散,单单剩下了捆绑的艾虎在马上驮着,又高阔,又得瞧。见那丑女子打这些人犹如捕蝶捉蜂,轻巧至甚,看到痛快处,不由的高声叫好喝彩,扯开嗓子哈哈大笑道:"打的好,打的妙!"正在快乐,忽听丑女子问道:"你是什么人?"艾虎方住笑,说道:"俺叫艾虎,是被他们暗算拿住的。"丑女子道:"有个黑妖狐与北侠你可认得么?"艾虎道:"智化是我师父,欧阳春是我义父。"丑女子道:"如此说来,是艾虎哥哥到了。"连忙上前,解了绳缚。艾虎下马深深一揖,道:"请问姐姐贵姓?"丑女子道:"我名秋葵,沙龙是我义父。"艾虎道:"方才用弹弓打贼人的那是何人?"秋葵道:"那就是我姐姐凤仙,乃我义父的亲女儿。"说话间,便招手道:"姐姐,这里来。"凤仙在树下见秋葵给艾虎解缚,心甚不乐,暗暗怪道:"妹子好不晓事,一个女儿家不当近于男子,这是什么意思!"后来见秋葵招手,方慢慢过来,道:"什么事?"秋葵道:"艾虎哥哥到了。"凤仙听了艾虎二字,不由的将艾虎看了一看,满心欢喜,连忙向前万福。艾虎还了一揖。忽听半山中一声咤叱道:"好两个无耻的丫头,如何擅敢与男子见礼?"凤仙、秋葵抬头一看,见山腰里有三人,正是铁面金刚沙龙与两个义弟,一名孟杰,一名焦赤。秋葵便高声唤道:"爹爹与二位叔父这里来,艾虎哥哥在此。"右边的焦赤听了道:"嗳呀,艾虎侄儿到了!大哥快快下山吓。"说着话,他就突突突突跑下山来,嚷道:"那个是艾虎侄儿?想煞俺也!"

你道焦赤为何说此言语?只因北侠与智公子、丁二官人到了卧虎沟,叙话说至盗冠拿马朝贤一节,其中多亏了艾虎,如何少年英勇,如何胆量过人,如何开封首告,亲身试铡,五堂会审,救了忠臣义士,从此得了个小侠之名。说得个孟杰、焦赤一壁听着,一壁乐了个手舞足蹈。惟有焦赤性急,恨不得立刻要见艾虎。自那日起,心里时刻在念。如今听说到了,他如何等得?立时要会,先跑下山来,乱喊乱唤,说"想煞俺也"。艾虎听了,也觉纳闷,道:"此人是谁呢?我从来未见过他,想我作什么?"及至来到切近,焦赤扔了钢叉,双关子抱住艾虎,右瞧左看,左观右瞧。艾虎不知为何,挺着身躯纹丝儿不动。只听焦赤哈哈大笑道:"好吓,果然不错!这亲事做定了"。说着话,沙龙、孟杰俱各到了。焦赤便嚷道:"大哥,你看看相貌,好个人品!不要错了主意,这门亲事做定了。"沙龙忙拦道:"贤弟太莽撞了,此事也是乱嚷的么?"

原来北侠与智公子听见沙员外有个女儿名叫凤仙,一身的武艺,更有绝技,是金背弹弓,打出铁丸百发百中。因此一个为义儿,一个为徒弟,转托丁二爷在沙员外跟前求亲。沙龙想了一想,既是黑妖狐的徒弟,又是北侠的义儿,大约此子不错,也就有些愿意了。彼时对丁二爷说道:"既承欧阳兄与智贤弟愿结秦晋,劣兄无不允从。但我有个心愿,秋葵乃劣兄受了托孤重任,认为义女,我疼他比凤仙尤甚。

一来怜念他无父无母孤苦伶仃,二来爱惜他两膀有五六百斤的膂力,不过生的丑陋些。须将秋葵之事完结后,方能聘嫁凤仙,求贤弟与他二人说明方好。"丁二爷就将此事暗暗告诉了北侠、智爷。二人听了,深为器重沙龙,说:"你我做事理应如此。"又道:"艾虎年纪尚小,再过几年也不为晚。"便满口应承了。谁知后来孟、焦二人听见有求亲之说,他俩便极力撺掇沙龙道:"有这样好事,为何不早早的应允?"沙龙因他二人粗鲁,不便细说,随意答道:"愚兄从来没有见过艾虎,知他品貌如何? 儿女大事也有这样就应得的么?"孟、焦二人无的可说,也就罢了。故此,今日焦赤见了艾虎,先端详了品貌,他就嚷"这亲事做定了"。他只顾如此说,旁边把个凤仙羞的满面通红,背转身去了。秋葵方对艾虎道:"这是我爹爹,这是孟叔父与焦叔父。"艾虎一一见了。沙龙见艾虎年少英勇,满心欢喜,便问道:"贤侄为何来到此处?"艾虎一一说了。又道:"他等又派人仍去抢亲,小侄还得回去搭救张老者的女儿。"焦赤听了,舒出大指道:"好的,正当如此。待俺同你走走,"从那边拾起钢叉。沙龙见艾虎赤着双手,便把自己的齐眉棍递与小爷。他二人迈开大步,转身迎来。

方到山环,只见抢牡丹的喽啰抬定一个四方的东西,周围裹着布单,上面盖着一块似红非红的袱子,敢则是个没顶儿的轿子,里面隐隐有哭泣之声。艾虎见了,抡开大棍,吼了一声,一路好打。焦赤托定钢叉,左右一晃,叉环乱响。喽啰等那里还有魂咧,赶着放下轿子,四散的逃命去了。艾虎过来,扯去红袱一看,原来是张桌子,腿儿朝上。再细看时,见里面绑着个女子,已然唬的人事不省,呼之不应。

第九十三回　辞绿鸭渔猎同合伙　归卧虎姊妹共谈心

正在为难,只见山口外哭进一个婆子来,口中嚷道:"天杀的吓,好好的还我女儿!如若不然,我也不活着了,我这老命和你们拚了罢!"正是李氏。艾虎唤道:"妈妈不要啼哭,我已将你女儿截下了。"又见张立从那边跟里跟跄来了,彼此见了好生欢喜。此时,李氏将牡丹的绳绑松了,苏醒过来。

恰好沙龙父女与孟杰不放心,大家迎了上来。见将女子截下,喽啰逃脱。艾虎又带了张立见过沙龙,李氏带了牡丹见过凤仙、秋葵。也是前生缘法,彼此倾心爱慕。凤仙道:"姐姐何不随我们上卧虎沟呢?大料山贼绝不死心,倘若再来,怎生是好?"牡丹听了,甚是害怕。秋葵心直口快,转身去见沙龙,将此事说了。沙龙道:"我也正为此事踌躇。"便问张立道:"闻得绿鸭滩有渔户十三家,约有多少人口?"张立道:"算来男妇老幼不足五六十口。"沙龙道:"既是如此,老丈,你急急回去告诉众人,陈说利害,叫他等暗暗收什收什,俱各上卧虎沟便了。"艾虎道:"小侄同张老丈回去,我还有个包袱要紧。"孟杰道:"俺也随了去。"焦赤也要去,被沙龙拦住道:"贤弟随我回庄,且商议安置众人之处。"便向秋葵道:"这母女二人就交给你姐儿两个,我们先回庄去了。"

谁知牡丹受了惊恐,又绑了一绳,如何转动得来。秋葵道:"无妨,我背着姐姐。"凤仙道:"妹子如何背的了这么远呢?"秋葵道:"姐姐忘了,前面树上还拴着驮姐夫的马呢。"说罢"噗哧"的一声笑了。凤仙将脸一红,一声儿也不言语了。秋葵背起牡丹去了。走不多时,见那马仍拴在那里。秋葵放下牡丹,牡丹却不会骑马。凤仙过去将马拉过来,认镫乘上,走了几步,却无毛病,说道:"姐姐只管骑上,我在旁边照拂着,包管无事。"还是秋葵将牡丹抱上马去,凤仙拢住嚼环慢慢步行,牡丹心甚不安。只听秋葵道:"妈妈走不动,我背你几步儿。"李氏笑道:"婆子如何敢当?告诉姑娘说,我那一天不走一二十里路呢。全是方才这些天杀的乱抢混夺,我又是急,又是气,所以跑的两条腿软了。走了几步儿,溜开了就好了。姑娘放心,我是走的动的。"一路上说着话儿,竟奔卧虎沟而来。

你道卧虎沟的沙龙为何不怕黑狼山的蓝骁呢?其中有个缘故。卧虎沟内原是十一家猎户,算来就是沙龙的年长,武艺超群,为人正直,因此这十家皆听他的调度。自蓝骁占据了黑狼山,他便将众猎户叫来,传授武艺,以防不测。后来又交结了孟杰、焦赤,更有了帮手。暗暗打听,知道绿鸭滩众渔户已然轮流上山,供给鱼虾,"焉知那贼不来向我们要野兽呢?俺卧虎沟既有沙龙,断断不准此例。众位入山,大家留神。倘有信息,自有俺应候他,你等不要惊慌。"众人遵命,谁也不肯献兽与山贼。不料蓝骁那里已知卧虎沟有个铁面金刚沙龙,他却亲身来至卧虎沟,明是索取常例,暗里要会会沙龙。及至见面,蓝骁责备为何不上山纳兽。沙龙破口大骂,所有十一家猎户俱是他一人承当。蓝骁听了大怒,彼此翻脸动起手来。一个步下,一个马上,走了几合,只听唬哧一声,沙龙一刀砍在蓝骁的马镫之上。沙龙道:"俺手下留情,山贼你要明白!"蓝骁回马一执手道:"沙员外,你的本领蓝骁晓得了。"说毕竟自回山去了。暗暗写信与襄阳王说,沙龙本领高强,将来可做先锋。他有意要结交沙龙,所有猎户入山,一提卧虎沟三字，喽啰再也不敢惹，因此沙龙声名远振。如今又把绿鸭滩十三家渔户也归卧虎沟来，从此黑狼山交鱼虾的例也就免了。

再说沙龙同焦赤先到庄中，将西院数间房屋腾出，安顿男子，又将里间跨所安顿妇女，俱是暂且存身。即日鸠工，随庄修盖房屋。俟告成时，再按各家分住。不多时，牡丹母女与凤仙姐妹一同来到，听说在里间跨所安顿妇女，姐儿两个大喜。秋葵道："这等住法很好，咱们可热闹了。"凤仙道："就是将来房屋盖成，别人俱各搬出使得，惟独张家的姐姐不许搬出去，就同张老伯仍住跨所。一来他是个年老之人，二来咱们姊妹也不寂寞，你说好不好？"牡丹道："只是搅扰府上，心甚不安。"凤仙道："姐姐以后千万不要说这些客套话，只求姐姐诸事包涵就完了。"秋葵听了，一扭头道："瞧你们这个俗气法，叫我听着怪牙碜的！走罢，咱们先见见爹爹去。"

说着话，俱各来至厅上，见了沙龙。沙龙正然吩咐杀猪宰羊，预备饭食。只见他姐妹前来，后边跟定李氏、牡丹，上前从新见礼，沙龙还揖不迭。仔细瞧了牡丹：举止安详，礼数周到，而且与凤仙比并起来，尤觉秀美。心中暗忖道："看此女气度体态，绝非渔家女子，必是大家的小姐。"笑盈盈说道："侄女到此，千万莫要见外。如若有应用的，只管和小女说声，千万不必拘束。"秋葵也将房屋盖好，不许张家姐姐搬出去的话说了。沙龙一一应允。李氏也上前致谢了，凤仙方将他母女领至后边去了。原来沙员外并无妻室，就只凤仙姐妹同居。如今同定牡丹，且不到跨所，就在正室闲谈叙话。

未识后文如何，且听下回分解。

第九十四回

赤子居心寻师觅父　小人得志断义绝情

且说艾虎同了孟杰、张立回到庄中,史云正在那里与众商议,忽见艾虎等回来了,便问事体如何。张立一一说了,艾虎又将大家上卧虎沟避兵的话说了一遍。众渔户听了,谁不愿躲了是非,一个个忙忙碌碌,俱各收什衣服细软,所有粗重家伙都抛弃了,携男抱女,搀老扶少,全都在张立家会齐。此时张立已然收什妥协。艾虎跨上包裹,提了齐眉棍,在前开路,孟杰与史云做了合后,保护众渔户家口,竟奔卧虎沟而来。可怜热热闹闹的渔家乐,如今弄成冷冷清清的绿鸭滩。可见凡事难以预料,若不如此,后来如何有渔家兵呢? 一路上嘈嘈杂杂,纷纷乱乱,好容易才到了卧虎沟。沙员外迎至庄门,焦赤相陪。艾虎赶步上前相见,先交代了齐眉棍,沙员外叫庄丁收起,然后对着众渔户道:"只因房屋窄狭,不能按户居住,暂且屈尊众位乡亲。男客俱在西院居住,所有堂客俱在后面与小女同居。俟房屋造完时,再为分住。"众人同声道谢。

沙龙让艾虎同张立、史云、孟、焦等俱各来至厅上。艾虎先就开言问道:"小侄师父、义父、丁二叔在于何处?"沙员外道:"贤侄来晚了些,三日前他三人已上襄阳去了。"艾虎听了,不由的顿足道:"这是怎么说?"提了包裹就要趱路。沙龙拦道:"贤侄不要如此。他三

第九十四回 赤子居心寻师觅父 小人得志断义绝情

人已走了三日,你此时即便去了,追不上了,何必忙在一时呢?"艾虎无可如何,只得将包裹仍然放下。原是兴兴头头而来,如今垂头丧气。自己又一想,全是贪酒的不好,路上若不耽延工夫,岂不早到了?这里暗暗好生后悔。

大家就座献茶。不多时调开座位,放了杯箸,上首便是艾虎,其次是张立、史云,孟、焦二人左右相陪,沙员外在主位打横儿。饮酒之间叙起话来,焦赤便先问盗冠情由。艾虎述了一回,乐的个焦赤狂呼叫好。然后沙员外又问:"贤侄如何来到这里?"艾虎止于答言:"特为寻找师父、义父。"又将路上遇了蒋平,不意半路失散的话说了一遍。只听史云道:"艾爷为何只顾说话,却不饮酒?"沙龙道:"可是呀,贤侄为何不饮酒呢?"艾虎道:"小侄酒量不佳,望伯父包容。"史云道:"昨日在庄上喝的何等痛快,今日为何吃不下呢?"艾虎道:"酒有一日之长。皆因昨日喝的多了,今日有些害酒,所以吃不下。"史云方不言语了。这便是艾虎的灵机巧辩,三五语就遮掩过去。你道艾虎为何的忽然不喝酒了呢?他皆因方才转想之时,全是贪酒误事,自己后悔不迭,此其一也;其次,他又有存心,皆因焦赤声言"这亲事做定了",他惟恐新来乍到,若再贪杯喝醉了,岂不被人耻笑么?因此他宁心耐性,忍而又忍,暂且断他两天儿再做道理。

酒饭已毕,沙龙便叫庄丁将众猎户找来,吩咐道:"你等明日入山,要细细打听蓝骁有什么动静,急急回来禀我知道。"又叫庄丁将器械预备手下,惟恐山贼知道绿鸭滩渔户俱归在卧虎沟,必要前来厮闹。等了一日不见动静,到了第二日,猎户回来说道:"蓝骁那里并无动静,我等细细探听,原来抢亲一节皆是葛瑶明所为,蓝骁一概不知。现今葛瑶明禀报山中,说绿鸭滩的渔户不知为何俱各逃匿了,蓝骁也不介意。"沙龙听了,也就不防备了。独有艾虎一连两日不曾吃酒,憋的他委实难受,决意要上襄阳。沙龙阻留不住,只得定于明日饯行起身。至次日,艾虎打开包裹,将龙票拿出交给沙龙道:"小侄上襄阳,不便带此,恐有遗失。此票乃蒋叔父的,奉了相谕,专为寻找义父而来。倘小侄去后,我那蒋叔父若来时,求伯父将此票交给蒋叔父便了。"沙龙接了,命人拿至后面,交凤仙好好收起。这里众人与艾虎饯行,艾虎今日却放大了胆,可要喝酒了。从沙龙起,每人各敬一杯,全是杯到酒干,把个焦赤乐的拍手大笑道:"怨得史乡亲说贤侄酒量颇豪,果然,果然。来,来,来,咱爷儿两个单喝三杯。"孟杰道:"我陪着。"执起壶来,俱各溜溜斟上酒。这酒到唇边,吱的一声,将杯一照——干!沙龙在旁,不好拦阻。三杯饮毕,艾虎却提了包裹,与众人执手拜别。大家一齐送出庄来。史云、张立还要远送,艾虎不肯,阻之再三,彼此执手,目送艾虎去远了,大家方才回庄。

艾虎上襄阳,算是书中节目,交代明白。然而仔细想来,其中落了笔。是那一笔呢?焦赤刚见艾虎就嚷"这亲事做定了",为何到了庄中,艾虎一连住了三日,焦赤却又一字不提?列位不知书中有明点,有暗过,请看前文便知。艾虎同张立回庄取包裹,孟杰随去,沙龙独把焦赤拦住道:"贤弟随我回庄。"此便是沙龙的用意。知道焦赤性急,惟恐他再提此事,故此叫他一同回庄。在路上就和他说明,亲事是定了,只等北侠等回来,觌面一说就结了。所以焦赤他才一字不提了,非是编书的落笔忘事。这也罢了,既说不忘事,为何蒋平总不提了?这又有一说。书中有缓急,有先后。叙事难,斗榫尤难。必须将通身理清,那里接着这里,是丝毫错不得的。稍一疏神,便说的驴唇不对马口,那还有什么趣味呢?编书的用心最苦,手里写着这边,眼光却注着下文。不但蒋平之事未提,就是颜大人巡按襄阳,何尝又提了一字呢?只好是按部就班,慢慢叙下去,自然有个归结。

如今既提蒋平,咱们就把蒋平叙说一番。蒋平自救了雷震,同他到了陵县。雷老丈心内感激不尽,给蒋平做了合体衣服,又赠了二十两银子盘费。蒋平致谢了,方告别起身。临别时,又谆谆嘱问雷英好,彼此将手一拱,道:"后会有期!请了。"蒋平便奔了大路趱行。这日,天色已晚,忽然下起雨来,又非镇店,又无村庄,无奈何冒雨而行。好容易道旁有个破庙,便奔到跟前。天已昏黑,也看不出是何神圣,也顾不得至诚行礼,只要有个避雨之所。谁知殿宇颓朽,仰面可以见天,处处皆是渗漏。转至神圣背后,看了看尚可容身,他便席地而坐,屏气歇息。到了初鼓之后,雨也住了,天也晴了,一轮明月照如白昼。

刚要动身看看是何神圣,忽听脚步响,有二人说话。一个道:"此处可以避雨,咱们就在这里说话罢。"一个道:"我们亲弟兄有什么讲究呢?不过他那话说的太绝情了。"一个道:"老二,这就是你错了。俗语说的好,'久赌无胜家'。大哥劝你的好话,你还不听说,拿话堵他,所以他才着急,说出那绝情的话来。你如何怨的他呢?"一人道:"丢了急的说快的,如今三哥是什么主意?该怎么样就怎样,兄弟无不从命。"一人道:"皆因大哥应了个买卖,颇有油水,叫我来找你来,请兄弟过去。前头勾了,后头抹了,任什么不用说,哈哈儿一笑就结了,张罗买卖要紧。"一人道:"什么买卖,这么要紧?"一人道:"只因东头儿玄月观的老道找了大哥来,说他庙内住着个先生,姓李,名唤平山,要上湘阴县九仙桥去。托付老道雇船,额外还要找个跟役,为的是路上伏侍伏侍。大哥听了,不但应了船,连跟役也应了。"一人道:"大哥也就胡闹。咱们张罗咱们的船就完了,那有那们大工夫替他雇人呢?"一人道:"老二,你到底不中用,没有大哥有算计。大哥早已想到了,明儿就将我算做跟役人,叫老道带了去。他若中了意,不消说了,咱们三人合了把儿更好;倘若不中意,难道老哥俩连个先生也伏侍不住么?故此大哥叫我来找你。去罢,打虎还得亲兄弟。老二,你别傻咧。"说罢哈哈大笑的去了。你道此二人是谁?就是害牡丹的翁二与王三,所提的大哥就是翁大。只因那日害了奶公,未能得手,俱各赴水逃脱。但逃在此处,恶心未改,仍要害人,那知被蒋四爷听了个不亦乐乎。

到了黎明,出了破庙,访至玄月观中,口呼:"平山兄在那里?平山兄在那里?"李先生听了道:"那个唤吾吓?"说着话,迎了出来,道:"那位?那位?"见是个身量矮小,骨瘦如柴,年纪不过四旬之人,连忙彼此一揖,道:"请问尊兄贵姓?有何见教?"蒋爷听了是浙江口音,他也打着乡谈道:"小弟姓蒋。无事不敢造次,请借一步如何?"说话间,李先生便让至屋内,对面坐了。蒋爷道:"闻得尊兄要到九仙桥公干,兄弟是要到湘阴县找个相知,正好一路同行,特来附骥。

望乞尊兄携带如何？"李先生道："满好个。吾这里正愁一人寂寞，得尊兄来到，你我二子乘舟，是极妙的了。"蒋爷听了，暗道："开口就丧气！什么说不的，单说二子乘舟呢？他算是朔，我可不是寿，我到是长寿儿。"二人正议论之间，只见老道带了船户来见。说明船价，极其便宜。老道又说："有一人颇颇能干老成，堪以伏侍先生。"李平山道："带来吾看。"蒋爷答道："李兄，你我乘舟，何必用人？到了湘阴县，那里还短了人么？"李平山道："也罢，如今有了尊兄，咱二人路上相帮，可以行得，到了那里再雇人也不为晚。"便告诉老道，服役之人不用了。蒋爷暗暗欢喜道："少去了一个，我蒋某少费些气力。"言明于明日急速开船，蒋爷就在李先生处住了。李先生收什行李，蒋爷帮着捆缚，甚是妥当。李先生大乐，以为这个伙计搭着了。

到了次日黎明，搬运行李下船，全亏蒋爷。李先生心内甚是不安，连连道乏称谢。诸事已毕，翁大兄弟撑起船来，往前进发。沿路上蒋爷说说笑笑，把个李先生乐的前仰后合，赞扬不绝，不住的摇头儿，咂嘴儿，拿脚画圈儿，酸不可奈。忽听哗喇喇连声响亮，翁大道："风来了，风来了。快找避风所在呀！"蒋爷立起身来，就往舱门一看，只当翁大等说谎，谁知果起大风。便急急的拢船，藏在山环的去处，甚是幽僻。李平山看了，惊疑不止，悄悄对蒋爷说道："蒋兄，你看这个所在，好不怕人的嚑！"蒋爷道："遇此大风，也是无法的，只好听天由命罢了。"忽听外面噌噌噌锣声大响，李平山唬了一跳，同蒋爷出舱看时，见几只官船从此经过，因风大难行，也就停泊在此。蒋爷看了，道："好了，有官船在这里，咱们是无妨碍的了。"果然，二贼见有官船，不敢动手，自在船后安歇了。李平山同蒋爷在这边瞭望，猛见从那边官船内出来了一人，按船吩咐道："老爷说了，叫你等将铁锚下的稳稳的，不可摇动。"众水手齐声答应。李平山见了此人，不由的满心欢喜，高声呼道："那边可是金大爷么？"那人抬头往这里一看，道："那边可是李先生么？"李平山急答道："正是，正是。请大爷往这边些。请问这位老爷是那个？"那人道："怎么，先生不知道么？老爷奉旨升了襄阳太守了。"李平山听了，道："嗳呀，有这等事，好极，好极！奉求大爷在老爷跟前回禀一声，说我求见。"那人道："既如此——"回头吩咐水手搭跳板，把李平山接过大船去了。蒋爷看了心中纳闷，不知此官是李平山的何人。

原来此官非别个，却正是遭过贬的正直无私的兵部尚书金辉。因包公奏明圣上，先剪去襄阳王的羽翼，这襄阳太守是极紧要的，必须用个赤胆忠心之人方好。包公因金辉连上过两次奏章，参劾襄阳王，在驾前极力的保奏。仁宗天子也念金辉正直，故此放了襄阳太守。那主管便是金福禄。

蒋爷正在纳闷，只见李平山从跳板过来，扬着脸儿，臜着腮儿，摇着膀儿，扭着腰儿，见了蒋平也不理，竟进舱内去了。蒋爷暗道："这小子是什么东西，怎么这等的酸！"只得随后也进舱，问道："那边官船李兄可认得么？"李平山半晌将眼一翻，道："怎么不认得？那是吾的好友。"蒋爷暗道："这酸是当酸的。"又问道："是那位呢？"李平山道："当初作过兵部尚书，如今放了襄阳太守，金辉金大人，那个不晓的呢？吾对你说，吾如今要随他上任，也不上九仙桥了。明早就搬行李到那边船上,你只好独自上湘阴去罢。"小人得志,立刻改样,就你我相称,把兄弟二字免了。蒋爷道:"既如此,这船价怎么样呢?"李平山道:"你坐船,自然你给钱了,如何问吾呢?"蒋爷道:"原说是帮伙,彼此公摊。我一人如何拿得出呢?"李平山道:"那白和吾说,吾是不管的。"蒋爷道:"也罢,无奈何,借给我几两银子就是了。"李平山将眼一翻道:"萍水相逢,吾和你啥个交情,一借就是几两头?你不要闹魔好不好?现有太守在这里,吾把你送官究治,那时休生后悔。"蒋爷听了,暗道:"好小子,翻脸无情,这等可恶!"忽听走的跳板响,李平山迎了出来。蒋爷却隐在舱门槅扇后面,侧耳细听。

不知说些什么,且听下回分解。

第九十五回

暗昧人偏遭暗昧害　豪侠客每动豪侠心

却说蒋爷在舱门侧耳细听,原来是小童,就是当初伏侍他的,手中拿的个字柬道:"奉姨奶奶之命,叫先生即刻拆看。"李平山接过,映着月光看了,悄悄道:"吾知道了。你回去上复姨奶奶,说夜阑人静吾就过去。"原来巧娘与幕宾相好,就是他。蒋爷听在耳内,暗道:"敢则这小子还有这等行为呢!"又听见跳板响,知道是小童过去。他却回身歪在床上,假装睡着。李平山唤了两声不应,他却贼眉贼眼在灯下将字柬又看了一番,乐的他抓耳挠腮,坐立不安。无奈何也歪在床上装睡,那里睡得着,呼吸之气不知怎样才好。蒋爷听了,不由的暗笑,自己却呼吸出入极其平匀,令人听着直是真睡一般。

李平山奈了多时,悄悄的起来,奔到舱门,又回头瞧了瞧蒋爷,犹疑了半晌,方才出了舱门,只听跳板咯噔咯噔乱响。蒋爷这里翻身起来,脱了长衣,出了舱门。只听跳板咯噔一响跳上去,知平山已到了大船之上,便将跳板轻轻扶起,往水内一顺,他方到三船上窗板外细听。果然听见有男女淫欲之声,悄悄说:"先生,你可想煞我也!"蒋爷却不性急,高高的嚷了两声:"三船上有了贼了,有了贼了!"他便刺开水面,下水去了。

金福禄立刻带领多人,各船搜查。到了第三船,正见李平山在那

第九十五回　暗昧人偏遭暗昧害　豪侠客每动豪侠心 695

边着急,因没了跳板,不能够过在小船之上。金福禄见他慌张形景,不容分说将他带至头船,回禀老爷。金公即叫带进来。李平山战战哆嗦,哈着腰儿过了舱门,见了金公,张口结舌,立刻形景难画难描。金公见他哈着腰儿,不住的将衣襟儿遮掩,又用手紧捏着开裰儿。仔细看时,原来他赤着双脚。

金公已然会意,忖度了半晌,主意已定,叫福禄等看着平山。自己出舱,提了灯笼,先到二船,见灯光已息。即往三船一看,却有灯光,忽然灭了。金公更觉明白,连忙来到三船,唤道:"巧娘睡了么?"唤了两声,里面答道:"敢则是老爷么?"仿佛是睡梦初醒之声。金公将舱门一推,进来用灯一照,见巧娘云鬟蓬松,桃腮带赤,问道:"老爷为何不睡?"金公道:"原要睡来,忽听有贼,只得查看查看。"随手把灯笼一放,却好床前有双朱履。巧娘见了,只唬得心内乱跳,暗说:"不好!怎么会把他忘了?"原来巧娘已知将平山拿到船上,就怕有人搜查,他忙忙碌碌将平山的裤袜护膝等,俱各收藏。真是忙中有错,他再也想不到平山是光着脚跑的,独独的把双鞋儿忘了。如今见金公照着鞋,好生害怕。谁知金公视而不见,置而不闻,转说道:"你如何独自孤眠?杏花儿那里去了?"巧娘略定了定神,随机献媚,搭讪过来说道:"贱妾惟恐老爷回来不便,因此叫他后舱去了。"上面说着话,下面却用金莲把鞋儿向床下一踢。金公明明知道,却也不问,反言一句道:"难为你细心,想的到。我同你到夫人那边,方才说嚷有贼,你理应问问安。回来,我也就在这里睡了。"说罢,携了巧娘的手,一同出舱。来到船头,金公猛然将巧娘往下一挤,噗咚的一声,落在水内，然后咕嘟嘟冒了几个泡儿。金公等他沉底，方才嚷道："不好了，姨娘落在水内了！"众人俱各前来，叫水手救已无及。金公来到头船，见了平山，道："我这里人多，用你不着，你回去罢。"叫福禄："带他去罢。"带到三船，谁知水手正为跳板遗失，在那里找寻，后来见水中漂浮，方从水中捞起，仍然搭好，叫平山过去，即将跳板撤了。

金公如何不处治平山，就这等放了平山呢？这才透出金公"忖度半晌，主意拿定"的八个字。他想平山夤夜过船，非奸即盗。若真是盗却倒好办，看他光景，赤着下部，明露着是奸。因此独自提了灯笼，亲身查看。见三船灯明复灭，已然明白。不想又看见那一双朱履，又瞧见巧娘手足失措的形景，此事已真，巧娘如何留得？故诓出舱来，溺于水中。转想平山倒难处治，惟恐他据实说出，丑声播扬，脸面何在？莫若含糊其词，说我这里人多，用你不着，你回去罢。虽然便宜他，其中省却多少口舌，免得众人知觉，倒是正理。

且说李平山就如放赦一般回到本船之上，进舱一看，见蒋平床上只有衣服，却不见人，暗道："姓蒋的那里去了？难道他也有什么外遇么？"忽听后面嚷道："谁，谁，谁？怎么掉在水里头了？到底留点神吓！这是船上，比不得下店，这是顽的么？来罢，我搀你一把儿。这是怎么说呢？"然后，方听战战哆嗦的声音，进了舱来。平山一看，见蒋平水淋淋的一个整战儿，问道："蒋兄怎么样了？"蒋爷道："我上后面去小解，不想失足落水。多亏把住了后舵，不然险些儿丧了性命。"平山见他哆嗦乱战，自己也觉发起噤来了。猛然想起，暗暗道："怪道，怪道！吾下半截是光着的，焉有不冷的呢？"连忙站起，拿过包袱来，找出裤袜等件。又捡出了一份旧的给蒋平，叫他换下湿的来，"晾干了，然后换了还吾。"他却拿出一双新鞋来。二人彼此穿的穿，换的换。蒋爷却将湿衣拧了，抖了抖晾起来，只顾自己收拾衣服。猛回头见平山愣愣柯柯坐在那里，一会儿搓手，一会儿摇头，一会儿拿起巾帕来拭泪。蒋平知他为那葫芦子药，也不理他。

原来李平山在那里得命思财，又是害怕，又是可惜，又是后悔，又是伤心。害怕者，方才那个样儿见公，他要翻起脸来，吾将何言答对？不定闹出什么事来！幸而还好，他竟会善为我辞焉。可惜者，难得这样好机会，而且觌面见了应许带吾上任，吾这一去，焉知发多少财，不定弄到什么田地。至没能耐，也可以捐个从九品未入流。后悔者，姨奶奶打发人来，吾不该就去。何妨写个字儿回复他，俟我到了那边船上，慢慢的觌便再会佳期；即不然，就应他明日晚上也好，吾到底到了他那边船上，有何不可的呢？偏偏的一时性急，按纳不住，如今闹的这个样儿，可怎么好呢？伤心者，细想巧娘的模样儿，恩情儿，只落的溺于水中，果于鱼腹，生生儿一朵鲜花被吾糟蹋了，岂不令人伤心么？想到此，不由的又落下泪来。

蒋爷晾完了衣服，在床上坐下，见他这番光景，明知故问道："先生为着何事伤心呢？"平山道："吾有吾的心事，难以告诉别人。吾问蒋兄，到湘阴县什么公干？"蒋爷道："原先说过，吾到湘阴县找个相知的先生，为何忘了呢？"平山道："吾此时精神恍惚，都记不得了。蒋兄既到湘阴县找相知，吾也到湘阴找个相知。"蒋爷道："先生昨晚说不是跟了金太守上任么？为何又上湘阴呢？"平山道:"蒋兄为何先生、先生称起来呢？你吾还是弟兄,不要见外的。吾对你说,他那里人,吾看着有些不相宜。所以昨晚上吾又见了金主管,叫他告诉太守,回复了他,吾不去了。"蒋爷暗笑道:"好小子,他还和我撇大腔儿呢。似他这样反复小人,真正可杀不可留的。"复又说道:"如此说来,这船价怎么样呢？"平山道:"自然是公摊的了。"蒋爷道:"很好,吾这才放了心了。天已不早了,咱们歇息歇息罢。"平山道:"蒋兄只管睡,吾略略坐坐,也就睡了。"蒋爷说了一声:"有罪了。"放倒头,不多时竟自睡去。平山坐了多时,躺在床上,那里睡得着,翻来复去正正的一夜不曾合眼。后来又听见官船上鸣锣开船,心里更觉难受。蒋爷也就惊醒,即唤船家收什收什,这里也就开船了。

这一日,平山在船上唶声叹气,无精打彩,也不吃不喝,只是呆了的一般。到了日暮之际,翁大等将船藏在芦苇深处。蒋爷夸道:"好所在,这才避风呢。"翁大等不觉暗笑。平山道:"吾昨夜不曾合眼,今日有些困倦,吾要先睡了。"蒋爷道:"尊兄就请安置罢,包管今夜睡的安稳了。"平山也不答言,竟自放倒头睡了。蒋平暗道:"按理应当救他。奈因他这样行为,无故的置巧娘于死地,我要救了他,叫巧娘也含冤于地下。莫若叫翁家弟兄把他杀了,与巧娘报仇。我再杀了翁家弟兄,与他报仇,岂不两全其美。"

正在思索,只听翁大道:"兄弟,你了我了？"翁二道:"有什么要紧！两个脓包,不管谁了,都使得。"蒋平暗道:"好了,来咧。"他便悄地出来,趴伏在舱房之上。见有一物,风吹摆动,原来是根竹杆上面晾着件棉袄。蒋爷慢慢的抽下来,拢在怀内,往下偷瞧。见翁二持刀进舱,翁大也持刀把守舱门。忽听舱内竹床一阵乱响,蒋爷已知平山了结了。他却一长身将棉袄一抖,照着翁大头上放下来。翁大出其不意,不知何物,连忙一路混撕,也是活该,偏偏的将头裹住。蒋爷挺身下来,夺刀在手。翁大刚然露出头来,已着了利刃。蒋爷复又一刀,翁大栽下水去。翁二尚在舱内找寻瘦人,听得舱门外有响动,连忙回身出来,说:"大哥,那瘦蛮子不见了。"话未说完,蒋爷道:"吾在这里。"哧就将刀一颤,正戳在翁二咽喉之上。翁二"嗳哟"了一声,他就两手一扎煞,一半栽在舱内,一半栽在舱外。蒋爷哈腰将发绺一揪,拉到船头一看,谁知翁二不禁戳,一下儿就死了。蒋爷将手一松,放在船头,便进舱内将灯剔亮,见平山扎手舞脚于竹床之上。蒋平暗暗的叹息了一番,便将平山的箱笼拧开,仔细搜寻,却有白银一百六十两。蒋平道声"惭愧",叫道:"平山吓,平山!这银子我却不是白使了你的,我到底给你报了仇了,你也应当谢我!"说罢,将银放在兜肚之内。算来蒋爷颇不折本,艾虎拿了他的一百两,他如今得了一百六十两,再加上雷震赠了二十两,利外利,倒多了八十两,这才算是好利息呢。

且说蒋爷从新将灯照了,通身并无血迹。他又将雷老儿给做的大衫摺叠了,又把自己的湿衣——也早干了——摺好,将平山的包袱拿过来,拣可用的打了包裹,收什停当出舱,用篙撑起船来。出了芦苇深处,奔至岸边,连忙提了包裹,套上大衫,一脚踏定泊岸,这一脚往后尽力一蹬,只见那船哧的滴溜一声,离岸有数步多远,飘飘荡荡,顺着水面去了。

蒋爷迈开大步,竟奔大路而行。此时天光已亮,忽然刮起风来,扬土飞沙,难睁二目。又搭着蒋爷一夜不曾合眼,也觉得乏了,便要找个去处歇息歇息。又无村庄,见前面有片树林,及至赶到跟前一看,原来是座坟头,院墙有倒塌之处。蒋爷心内想着:"进了围墙可以避风。"刚刚转过来,往里一望,只见有个小童,面黄肌瘦,满脸泪痕,正在那小树上拴套儿呢。蒋平看了,嚷道:"你是谁家小厮,跑到我坟地里上吊来,这还了得吗!"那小童道:"我是小童,可怕什么呢?"蒋爷听了,不觉好笑道:"你是小童,原来不怕,要是小童上吊,也就可怕了。"小童道:"若是这们说,我可上那树上死去才好呢?"说罢,将丝绦解下,转身要走。蒋平道:"那小童,你不要走。"小童道:"你这茔地不叫上吊,你又叫我做什么?"蒋爷道:"你转身来,我有话问你。你小小年纪,为何寻自尽?来来来,在这边墙根之上说与我听。"小童道:"我皆因活不得了,我才寻死呀。你要问,我告诉你。若是当死,你把这棵树让给我,我好上吊。"蒋爷道:"就是这等。你且说来我听。"

小童未语先就落下泪来,把以往情由滔滔不断述了一遍,说罢大哭。蒋爷听了,暗道:"看他小小年纪,到是个有志气的。"便道:"你原来如此,我如今赠你盘费,你还死做什么呢?你有了盘费,还死不死呢?"小童道:"若有了盘费,我还死?我就不死了。真个的,我这小命儿是盐换来的吗?"蒋爷回手在兜肚内摸出两个锞子,道:"这些可以够了么?"小童道:"足以够了,只有使不了的。"连忙接过来,趴在地下磕头,道:"多谢恩公搭救,望乞留下姓名。"蒋平道:"你不要多问,及早快赴长沙要紧。"小童去后,蒋爷竟奔卧虎沟去了。

不知小童是谁,且听下回分解。

第九十六回

连升店差役拿书生　　翠芳塘县官验醉鬼

且说蒋爷救了小童,竟奔卧虎沟而来。这是什么原故?小童到底说的什么?蒋爷如何就给银子呢?列位不知,此回书是为交代蒋平,这回把蒋平交代完了,再说小童的正文,又省得后来再为叙写。

蒋爷到了卧虎沟,见了沙员外,彼此言明,蒋爷已知北侠等上了襄阳。自己一想:"颜巡按同了五弟前赴襄阳,我正愁五弟没有帮手。如今北侠等既上襄阳,焉有不帮五弟之理呢?莫若我且回转开封,将北侠现在襄阳的话回禀相爷,叫相爷再为打算。"沙龙又将艾虎留下的龙票当面交明白,蒋爷便回转东京,见了包相,将一切说明。包公即行奏明圣上,说欧阳春已上襄阳,必有帮助巡按颜查散之意。圣上听了大喜道:"他行侠尚义,实为可嘉。"又钦派南侠展昭同卢方等四人,陆续前赴襄阳,俱在巡按衙门供职,俟襄阳平定后,务必邀北侠等一同赴京,再为升赏。此是后话,慢慢再表。

蒋平既已交代明白,翻回头来再说小童之事。你道这小童是谁?原来就是锦笺。自施公子赌气离了金员外之门,乘在马上越想越有气,一连三日饮食不进,便病倒旅店之中。小童锦笺见相公病势沉重,即托店家请医生调治。诊了脉息,系郁闷不舒,受了外感,竟是夹气伤寒之症,开方用药。锦笺衣不解带,昼夜伏侍。见相公昏昏沉沉，好生难受。又知相公没多馀盘费，他又把艾虎赏的两锭银子换了，请医生抓药。好容易把施俊调治的好些了，又要病后的将养。偏偏的马又倒了一匹，正是锦笺骑的。他小孩子家心疼那马，不肯售卖，就托店家雇人掩埋。谁知店家悄悄的将马出脱了，还要合锦笺要工饭钱，这明是欺侮小孩子。再加这些店用房钱、草料麸子，七折八扣，除了两锭银子之外，倒该下了五六两的帐。锦笺连急带气，他也病了。先前还扎挣着伏侍相公，后来施俊见他那个形景，竟是中了大病，慢慢的问他，他不肯实说。问的急了，他就哭了。施俊心中好生不忍，自己便扎挣起来，诸事不用他伏侍，得便倒要伏侍锦笺。一来二去，锦笺竟自伏头不起。施俊又托店家请医生。医生道："他这虽系传染，却比相公沉重，而且症候耽误了，必须赶紧调治方好。"开了方子，却不走，等着马钱。施俊向柜上借，店东道："相公帐上欠了五六两，如何还借呢？很多了我们垫不起。"施俊没奈何，将衣服典当了，开发了马钱并抓药。到了无事，自己到柜上从新算帐，方知锦笺已然给了两锭银子，就知是他的那两锭赏银。又是感激，又是着急。因瞧见马工饭银，便想起那马来了，就和店东商量，要卖马还帐。店东乐得的赚几两银子呢，立刻会了主儿，将马卖了。除了还帐，刚刚的剩了一两头。施俊也不计较，且调治锦笺要紧。

这日，自己拿了药方，出来抓药。正要回店，却是集场之日，可巧遇见了卖粮之人，姓李名存，同着一人姓郑名申，正在那里吃酒。李存却认识施俊，连声唤道："施公子那里去？为何形容消减了？"施俊道："一言难尽。"李存道："请坐，请坐。这是我的伙计郑申，不是外人,请道其详。"施俊无奈,也就入了座,将前后情由述了一番。李存听了道:"原来公子主仆都病了。却在那个店里?"施俊道:"在西边连升店。"李存道:"公子初愈,不必着急。我这里现有十两银子,且先拿去。一来调治尊管,二来公子也须好生将养。如不够了,赶到下集我再到店中送些银两去。"施生见李存一片至诚,赶忙站起,将银接过来,深深谢了一礼,也就提起药包要走。

谁知郑申贪酒,有些醉了。李存道:"郑兄少喝些也好,这又醉了!别的罢了,你这银褡裢怎么好呢?"郑申醉言醉语道:"怕什么,醉了人,醉不了心,就是这一头二百两银子算了事了?我还拿的动,何况离家不远儿呢。"施生问道:"在那里住?"李存道:"远却不远,往西去不足二里之遥,地名翠芳塘就是。"施生道:"既然不远,我却也无事,我就送送他何妨。"李存道:"怎敢劳动公子。偏偏的我要到粮行算帐,莫若还是我送了他回去,再来算帐。"郑申道:"李贤弟,你胡闹么,真个的我就醉么?瞧瞧我能走不能走?"说着话,一溜歪斜往西去了。李存见他如此,便托付施生道:"我就烦公子送送他罢,务必,务必。俟下集,我到店中再道乏去。"施生道:"有甚要紧,只管放心,俱在我的身上。"说罢,赶上郑申,搭扶着郑申一同去了。真是"是非只为多开口,烦恼皆因强出头"。千不该,万不该,施生不应当送郑申。只顾觑面应了李存,后来便脱不了干系。

且说郑申见施生赶来,说道:"相公,你干你的去,我是不相干的。"施生道:"那如何使得。我既受李伙计之托,焉有不送去之理呢?"郑申道:"我告诉相公说,我虽醉了,心里却明白,还带着都记得。相公,你不是与人家抓药呢吗?请问病人等着吃药,要紧不要紧?你只顾送我,你想想那个病人受得受不得?这是一。再者,我家又不远,常来常去,是走惯了的。还有一说,我那一天不醉?天天要醉,天天得人送,那得用多少人呢?到咧,这不是连升店吗,相公请。你要不进店,我也不走了。"正说间,忽见小二说道:"相公,你家小主管找你呢。"郑申道:"巧咧,相公就请罢。"施生应允。郑申道:"结咧,我也走咧!"

施生进了店门,问锦笺,心内略觉好些。施生急忙煎了药,伏侍锦笺吃了。果然夜间见了点汗,到了次日清爽好些。施生忙又托付店家请医生去。锦笺道:"业已好了,还请医生做什么?那有这些钱呢?"施生悄悄的告诉他道:"你放心,不用发愁,又有了银两了。"便将李存之赠说了一遍,锦笺方不言语。不多时,医生来看脉开方,道:"不妨事了,再服两剂也就好了。"施生方才放心,仍然按方抓药,给锦笺吃了,果然见好。

过了两日,忽见店家带了两个公人,进来道:"这位就是施相公。"两个公人道:"施相公,我们奉太爷之命,特来请相公说话。"施生道:"你们太爷请我做什么呢?"公人道:"我们知道吗,相公到了那里就知道了。"施生还要说话,只见公人哗啷一声掏出锁来,拴上了施生,拉着就走了。把个锦笺只唬的抖衣而战。细想相公为着何事竟被官人拿去,说不得只好扎挣起来,到县打听打听。

原来郑申之妻王氏,因丈夫两日并未回家,遣人去到李存家内探问。李存说:"自那日集上散了,郑申拿了二百两银子,已然回去了。"王氏听了，不胜诧异，连忙亲自到了李存家，面问明白。现今人银皆无，事有可疑。他便写了一张状子。此处攸县所管，就在县内击鼓鸣冤，说李存图财害命，不知把他丈夫置于何地。县官即把李存拿在衙内，细细追问。李存方说出原是郑申喝醉了，他烦施相公送了去了。因此派役前来，将施生拿去。到了衙内，县官方九成立刻升堂。把施生带上来一看，却是个懦弱书生，不像害人的形景。便问道："李存曾烦你送郑申么？"施生道："是。因郑申醉了，李存不放心，烦我送他。我却没送。"方令道："他既烦你送去，你为何又不送呢？"施生道："皆因郑申拦阻再三，他说他醉也是常醉，路也是常走，断断不叫送。因此我就回了店了。"方令道："郑申拿的是什么？"施生道："有个大褡裢，肩头搭着，里面不知是什么。李存见他醉了，曾说道：'你这银褡裢要紧。'郑申还说：'怕什么，就是这一头二百两银子算了事了？'其实我并没看见褡裢内是什么。"方令见施生说话诚实，问什么说什么，毫无狡展推诿，不肯加刑，吩咐寄监，再行听审。

众衙役散去。锦笺上前问道："拿我们相公，为什么事？"衙役见他是个带病的小孩子，谁有工夫与他细讲，止于回答道："为他图财害命。"锦笺唬了一跳，又问道："如今怎么样呢？"衙役道："好唠叨呵！怎么样呢，如今寄了监了。"锦笺听了寄监，以为断无生理，急急跑回店内，大哭了一场。仔细想来，必是县官断事不明，"前次我听见店东说，长沙新升来一位太守，甚是清廉，断事如神，我何不去到那里替主鸣冤呢？"想罢，看了看又无可典当的，只得空身出了店，一直竟奔长沙。不料自己病体初愈，无力行走，又兼缺少盘费，偏偏的又遇了大风,因此进退两难。一时越想越窄,要在坟茔上吊。可巧遇见了蒋平,赠他白银两锭。真是钱为人之胆,他有了银子,立刻精神百倍。好容易赶赴长沙,写了一张状子,便告到邵老爷台下。

邵老爷见呈子上面有施俊的姓名,而且叙事明白清顺,立刻升堂,将锦笺带上来细问,果是盟弟施乔之子。又问:"此状是何人所写?"锦笺回道是自己写的。邵老爷命他背了一遍,一字不差,暗暗欢喜,便准了此状。即刻行文到攸县,将全案调来,就过了一堂,与原供相符。县宰方令随后乘马来到禀见。邵老爷面问:"贵县审的如何?"方九成道:"卑职因见施俊不是行凶之人,不肯加刑,暂且寄监。"邵太守道:"贵县此案当如何办理呢?"方令道:"卑职意欲到翠芳塘查看查看,回来再为禀复。"邵老爷点头道:"如此甚好。"即派差役、仵作跟随方令到攸县。

来至翠芳塘,传唤地方。方令先看了一切地势,见南面是山,东面是道,西面有人家,便问:"有几家人家?"地方道:"八家。"方令道:"郑申住在那里?"地方道:"就是西头那一家。"方公指着芦苇道:"这北面就是翠芳塘了?"地方道:"正是。"方公忽见芦苇深处乌鸦飞起复落下去,方令沉吟良久,吩咐地方:"下芦苇去看来。"地方拉了鞋袜,进了芦苇。不多时,出来禀道:"芦苇塘之内有一尸首,小人一人弄他不动。"方令又派差役二名下去,一同拉上来,叫仵作相验。仵作回道:"尸首系死后入水,脖项有手扣的伤痕。"方令即传郑王氏厮认,果是他丈夫郑申。方令暗道:"此事须当如此。"吩咐地方将那七家主人,不准推诿,即刻同赴长沙候审。方令先就乘马到府,将郑申尸首事禀明，并将七家邻舍带来俱各回了。邵太守道："贵县且请歇息。候七家到齐，我自有道理。"邵老爷将此事揣度一番，忽然计上心来。

这一日，七家到齐，邵老爷升堂入座。方公将七家人名单呈上。邵老爷叫带上来，不准乱跪，一溜排开，按着名单跪下。邵老爷从头一个看起，挨次看完，点了点头道："这就是了，怨得他说，果然不差！"便对众人道："你等就在翠芳塘居住么？"众人道："是。"邵老爷道："昨夜有冤魂告到本府案下，名姓已然说明。今既有单在此，本府只用朱笔一点，便是此人。"说罢，提起朱笔，将手高扬，往下一落，虚点一笔，道："就是他，再无疑了。无罪的只管起去，有罪的仍然跪着。"众人俱各起去，独有西边一人，起来复又跪下，自己犯疑，神色仓皇。邵老爷将惊堂木一拍，道："吴玉，你既害了郑申，还想逃脱么？本府纵然宽你，那冤魂断然不放你的！快些据实招上来。"左右齐声喝道："快招，快招！"

不知吴玉招出什么话来，且听下回分解。

第九十七回

长沙府施俊纳丫鬟　黑狼山金辉逢盗寇

话说邵老爷当堂叫吴玉据实招上来。吴玉道："小、小、小人没有招、招的。"邵老爷吩咐："拉下去打。"左右呐了一声喊,将吴玉拖翻在地,竹板高扬,打了十数板。吴玉嚷道："我招吓,我招!"左右放他起来,道："快说,快说!"吴玉道："小人原无生理,以赌为事。偏偏的时运不好,屡赌屡输。不用说别的,拿着打十湖说罢,我圆湖,会抓过张子满不了,倒中了别人碰漂湖。掷骰子,明明坐住了三幺两六,那一个骰子乱转,我赶着叫六,可巧来了个六,却把幺碰了个二,倒成个黑鼻子了。总说罢,东干东不着,西干西不着,要帐堆了门,小人白日不敢出门来。那日天色将晚,小人刚然出来,就瞧着郑申晃里晃荡由东而来。我就追上前去,见他肩头扛着个褡裢,里面鼓鼓囊囊的。小人就合他借贷,谁知郑申不是个酒后开包的,他饶不借,还骂小人。小人一时气忿,将他尽力一推,噗哧、咕咚就栽倒了。一个人栽倒了,怎么两声儿呢?敢则郑申喝成醉泡儿了,栽在地下噗哧的一声,倒是那大褡裢,摔在地下咕咚的一声。小人听的声音甚是沉重,知道里面必是资财,我就一屁股坐在郑申胸脯之上。郑申才待要嚷,我将两手向他咽喉一扣,使劲在地下一按,不大的工夫,郑申就不动了。小人把他拉入苇塘深处,以为此财是发定了,再也无人知晓。不想冤魂告到老爷台前。回老爷,郑申醉魔咕咚的,说的全是醉话,听不的呢。小人冤枉吓!"邵老爷问道:"你将银褡裢放在何处?"吴玉道:"那是二百两银子。小人将褡裢埋好,埋在缸后头了,分文没动。"邵老爷命吴玉画了招,带下去。即请县宰方公,将招供给他看了。叫方公派人将赃银起来,果然未动。即叫尸亲郑王氏收领。李存与翠芳塘住的众街坊释放回家,独有施生留在本府。吴玉定了秋后处决,派役押赴县内监收。方公一一领命,即刻禀辞回本县去了。

邵老爷退堂,来至书房,将锦笺唤进来问道:"锦笺,你在施宅是世仆吓,还是新去的呢?"锦笺道:"小人自幼就在施老爷家。我们相公念书,就是小人伴读。"邵老爷道:"既如此,你家老爷相知朋友有几位,你可知道么?"锦笺道:"小人老爷有两位盟兄,是知己莫逆的朋友。"邵老爷道:"是那两位?"锦笺道:"一位是做过兵部尚书的金辉金老爷,一位是现任太守邵邦杰邵老爷。"旁边书童将锦笺衣襟一拉,悄悄道:"大老爷的官讳,你如何混说?"锦笺连忙跪倒:"小人实实不知,求大老爷饶恕。"邵老爷哈哈笑道:"老夫便是新调长沙太守的邵邦杰,金老爷如今已升了襄阳太守。"锦笺复又磕头。邵老爷吩咐:"起来。本府原是问你,岂又怪你。"即叫书童拿了衣巾,同锦笺到外面与施俊更换。锦笺悄悄告诉施俊说:"这位太守就是邵老爷。方才小人已听邵老爷说,金老爷也升了襄阳府太守。相公如若见了邵老爷,不必提与金老爷呕气一事,省的彼此疑忌。"施生道:"我提那些做什么?你只管放心。"就随了书童来至书房,锦笺跟随在后。

施生见了邵公,上前行礼参见。邵公站起相搀。施生又谢为案

第九十七回　长沙府施俊纳丫鬟　黑狼山金辉逢盗寇

件多蒙庇佑。邵公吩咐看座，施生告坐。邵公便问已往情由，施生从头述了一遍。说至与金公呕气一节，改说："因金公赴任不便在那里，因此小侄就要回家。不想行至攸县，我主仆便病了，生出这节事来。"邵公点了点头。说话间，饭已摆妥，邵公让施生用饭，施生不便推辞。饮酒之间，邵公盘诘施生学问，甚是渊博，满心欢喜，就将施生留在衙门居住，无事就在书房谈讲。因提起亲事一节，施生言："家父与金老伯提过，因彼此年幼，尚未纳聘。"此句暗暗与佳蕙之言相符。邵公听了大乐，便将路上救了牡丹的话一一说了，"如今有老夫作主，一个盟兄之女，一个盟弟之子，可巧侄男侄女皆在老夫这里，正好成其美事。"施俊到了此时也就难以推辞。

邵公大高其兴，来到后面与夫人商量，叫夫人办理牡丹的内务，算是女家那边。邵公办理施生的外事，算是男家那边的。夫人也自欢喜，连三位小姐也替假小姐忙个不了。惟有佳蕙暗暗伤感，到了无人时，想起小姐溺水之苦，不由的泪流满面。夫人等以为他父母不在跟前，他伤心也是情理当然，倒可怜他，劝慰了多少言语，并嘱咐三位小姐不准耍笑打趣他。

到了佳期已近，本府阖署官员皆知太守有此义举，无不钦敬，俱各备了礼来贺喜。邵公难以推辞，只得斟酌收礼，当受的受，当璧的璧。是日却大排筵宴，请众官员吃喜酒，热闹非常。把个施生打扮的花团锦簇，众官员见了无不称赞。就在衙门的东跨所做了新房，到了吉时，将二人双双送了过去，成就百年之好。诸事已毕之后，邵老爷亲笔写了两封书信，差两人送信：一名丁雄，送金公之信，一名吕庆，送施老爷之信,务必觌面投递。二人分头送信去了。

这日,施生正在书房看书,叫锦笺去后面取东西。锦笺来至后面,心中暗道:"自那日随着众人磕头道喜,我却没瞧见新奶奶什么模样,今日倒要留神瞧瞧。"谁知丫鬟正给新娘子烹茶去了,锦笺唤了一声无人,他便来在院内。可巧佳蕙却在廊下用扇儿斗鹦鹉呢,猛见了锦笺,他把扇子一遮,连忙要转回屋内。那知锦笺眼快,早认出是佳蕙来,暗道:"好呀,敢则是他呀!见了我,竟把扇子算个小围幕,他如今有了官诰了。"便高声说了一个"佳"字,新娘已将扇子撤下,连连摆手道:"兄弟不要高声!"锦笺便问:"你如何来到这里?"佳蕙便将做事不密,叫老爷知道了,如何逼勒小姐自尽,如何奶母定计上唐县,如何遇了贼船生生的把个小姐投水死了,自己如何被邵老爷搭救,就冒了小姐之名,"如今闹的事已做成,求兄弟千万不要泄漏。只要你暗暗打听,倘或小姐投水未死,作姐姐的必要成全他二人之事,绝不负主仆的情肠。我如今虽居此位,心实不安,也不过虚左以待之意。"锦笺见他如此,笑道:"言虽如此,如今名分攸关,况且与你磕头见礼,你就觍然受之,未免太过!"佳蕙道:"事已如此,叫我无可如何。再者,你是兄弟,我是姐姐,难道受不起你一拜么?你若不依,我再给你拜上两拜。"就福了两福。锦笺再也没的说了。又见丫鬟烹茶而来,佳蕙连忙进屋内去了。锦笺向丫鬟要了东西,回到书房。见了施生,他却一字不提。从此知道新娘是假小姐,他就暗暗访查真小姐的下落。

且说丁雄与金公送信,从水面迎来,已见有官船预备。问时,果是迎接襄阳太守的。丁雄打听了打听,说金太守由枯梅岭起早而来。他便弃舟乘马,急急赶至枯梅岭。先见有驮轿行李过去,知是金太守的家眷,后面方是太守乘马而来。丁雄下马,抢步上前请安,禀道:"小人丁雄,奉家主邵老爷之命,前来投书。"说罢,将书信高高举起。金太守将马拉住,问了邵老爷起居。丁雄站起,一一答毕,将书信递过。金太守伸手接书,却问道:"你家太太好?小姐们可好?"丁雄一一回答。金公道:"管家乘上马罢,俟我到驿再答回信。"丁雄退后,一抖丝缰上了马,就在金公后面跟随。见了金福禄等,彼此道辛苦。套叙言语,俱不必细表。

且说金公因是邵老爷的书信,非比寻常,就在马上拆看。见前面无非请安想念话头,看到后面有施俊与牡丹完婚一节,心中一时好生不乐,暗道:"邵贤弟做事荒唐!儿女大事,如何硬作主张?倒遂了施俊那畜生的私欲。此事太欠斟酌!"却又无可如何,将书信摺叠摺叠,揣在怀内。丁雄虽在后面跟随,却留神瞧,以为金公见了书信,必有话问,谁知金公不但不问,反觉得有些不乐的光景,丁雄暗暗纳闷。

正走之间,离赤石崖不远,见无数的喽啰排开,当中有个黄面金睛,浓眉凹脸,颔下满部绕丝的黄须,无怪绰号金面神,坐下骑着一匹黄骠马,手中拿着两根狼牙棒,雄赳赳,气昂昂,在那里等候。金公早已看见,不知山贼是何主意。猛见丁雄伏身撒马过去,话语不多,山贼将棒一举,连晃两晃,上来了一群喽啰,鹰拿燕雀,将丁雄拖翻下马捆了。金公一见,暗说"不好"!才待拨转马头,只见山贼忽喇喇马跑过来,一声咤叱道:"俺蓝骁特来请太守上山叙话。"说罢将棒往后一摆,喽啰蜂拥上前,拉住金公坐下嚼环,不容分说,竟奔山中去了。金福禄等见了,谁敢上前,嗯的一声,大家没命的好跑。

且说蓝骁邀截了金公,正然回山,只见葛瑶明飞马近前来禀道:"启大王:小人奉命劫掠驮轿,已然到手。不想山凹蹿出一只白狼,后面有三人追赶,却是卧虎沟的沙员外带领孟杰、焦赤。三人见小人劫掠驮轿,心中不忿,急急上前,将喽啰赶散,仍将驮轿夺去,押赴庄中去了。"蓝骁听了大怒道:"沙龙欺吾太甚!"吩咐葛瑶明押解金公上山,安置妥协,急急带喽啰前来接应。葛瑶明领命,只带数名喽啰,押解金公、丁雄上山,其余俱随蓝骁来至赤石崖下。

早见沙龙与孟杰二人迎将上来。蓝骁道:"沙员外,俺待你不薄,你如何管俺的闲事?"沙龙道:"非是俺管你的闲事,只因听见驮轿内哭的惨切,母子登时全要自尽,俺岂有不救死之理?"蓝骁道:"员外不知,俺与金太守素有仇隙,知他从此经过,特特前来邀截。方才已然擒获上山,忽听葛瑶明说员外将他家眷抢夺回庄,不知是何主意?"沙龙道:"这就是你的不是了。金太守乃国家四品黄堂,你如何擅敢邀截?再者,你与太守有仇,却与他家眷何干?依俺说,莫若你将太守放下山来,交付与俺,俺与你在太守跟前说个分上,置而不理,免得你吃罪不起。"蓝骁听了,一声怪叫:"嗳呀,好沙龙,你真欺俺太甚!俺如今和你誓不两立。"说罢,催马抡棒打来。沙龙扯开架式抵敌,孟杰帮助相攻。蓝骁见沙、孟二人步下蹿跃,英勇非常,他便使个暗令,将棒往后一摆,众喽啰围裹上来。沙龙毫不介意,孟杰漠不关心，一个东指西杀，一个南击北搠。二人杀够多时，谁知喽啰益发多了，筐箩圈将沙龙、孟杰困在当中，二人渐渐的觉得乏了。

原来葛瑶明将金公解入山中，招呼众多喽啰下山。他却指拨喽啰层层叠叠的围裹，所以人益发多了。正在分派，只见那边来了个女子。仔细打量，却是前次打野鸡的。他一见了，邪念陡起，一催马迎将上来，道："娇娘往那里走？"这句话刚然说完，只听弓弦响处，这边葛瑶明眼睛内咕唧的一声，一个铁丸打入眼眶之内，生生把个眼珠儿挤出。葛瑶明"哎哟"的一声，栽下马来。

原来焦赤押解驮轿到庄，叫凤仙、秋葵迎接进去，告诉明白，说蓝骁现领喽啰在山中截战。凤仙姐妹听了甚不放心，就托张妈妈在里头照料，他等随焦赤前来救应沙龙。在路上言明，焦赤从东杀进，凤仙姐妹从西杀进。不料，刚然上山就被葛瑶明看见，押马迎来。秋葵眼快嘴急，叫声："姐姐，前日抢野鸡的那厮又来了。"凤仙道："妹妹不要忙，待我打发他。前次手下留情，打在他眉攒中间，是个二龙戏珠。如今这厮又来，可要给他个'换虎出洞'了。"列位白想想：葛瑶明眉目之间有多大的地方，搁的住闹个龙虎斗么？这也是他贪淫好色之报，从马上栽了下来，秋葵赶上，将铁棒一扬，只听拍的一声，葛瑶明登时了帐，琉璃珠儿砸碎了。

未知他姐妹如何，且听下回分解。

第九十八回

沙龙遭困母女重逢　智化运筹弟兄奋勇

且说凤仙、秋葵从西杀来。只见秋葵抡开铁棒，兵兵梆梆一阵乱响，打的喽啰四分五落。凤仙拽开弹弓，连珠打出，打的喽啰东躲西藏。忽又听东边呐喊，却是焦赤杀来，手托钢叉，连嚷带骂。里面沙龙、孟杰见喽啰一时乱散，他二人奋勇往外冲突。里外夹攻，喽啰如何抵挡得住，往左右一分，让开一条大路。却好凤仙、秋葵接住沙龙，焦赤却也赶到，彼此相见。沙龙道："凤仙，你姐妹到此做甚？"秋葵道："闻得爹爹被山贼截战，我二人特来帮助。"沙龙才要说话，只听山冈上咕噜噜鼓声如雷，所有山口外噇噇噇锣声震耳，又听人声呐喊："拿吓，别放走了沙龙吓！大王说咧，不准放冷箭吓，务要生擒吓！姓沙的，你可跑不了吓！各处俱有埋伏吓，快些早些投降！"沙龙等听了，不由的骇目惊心。

你道如何？原来蓝骁暗令喽啰围困沙龙，只要诱敌，不准交锋。心想把他奈何乏了，一鼓而擒之，将他制伏，作为自己的膀臂。故此他在高山冈上瞭望，见沙龙二人有些乏了，满心欢喜。惟恐有失，又叫喽啰上山，调四哨头领，按山口埋伏。如听鼓响，四面锣声齐鸣，一齐呐喊，惊吓于他。那时再为劝说，断无不归降之理。猛又见东西一阵披靡，喽啰往左右一分，已知是沙龙的接应。他便擂起鼓来，果然

第九十八回　沙龙遭困母女重逢　智化运筹弟兄奋勇

各山口响应，呐喊扬威，声声要拿沙龙。他在高岗之上挥动令旗，沙龙投东他便指东，沙龙投西他便指西。沙龙父女、孟焦二人跑够多时，不是石如骤雨，就是箭似飞蝗，毫无一个对手厮杀之人，跑来跑去并无出路，只得五人团聚一处，歇息商酌。

且不言沙龙等被困。再说卧虎庄上自焦赤押了驮轿进庄，所有渔猎众家的妻女皆知救了官儿娘子来，谁不要瞧瞧官儿娘子是什么模样，全当做希希罕儿一般。你来我去，只管频频往来，却不敢上前，止于偷偷摸摸，扒扒窗户，或又掀掀帘子。及到人家瞧见他，他又将身一撤，直似偷油吃的耗子一般。倒是张立之妻李氏，受了凤仙之托，极力的张罗，却又一人张罗不过来，应酬了何夫人，又应酬小相公金章，额外还要应酬丫鬟仆妇，觉得累的很。出来便向众妇人道："众位大妈、婶子，你们与其在这里张的望的，怎的不进去看看呢？陪着说说话儿，我也有个替换儿。"众人也不答言，也有摆手儿的，也有摇头儿的，又有扭扭捏捏躲了的，又有咭咭咕咕笑了的。李氏见了这番光景，赌气子转身进了角门。

原来角门以内就是跨所，当初凤仙、秋葵曾说过，如若房屋盖成，也不准张家姐姐搬出。故此张立夫妇带同牡丹，仍在跨所居住。李氏见了牡丹道："女儿，今有员外救了官儿娘子前来。妈妈一人张罗不过来，别人都不敢上前，女儿敢去也不敢呀？你若敢去，妈妈将你带过去，咱娘儿两个也有个替换。你不愿意就罢。"牡丹道："母亲，这有什么呢，孩儿就过去。"李氏欢喜道："还是女儿大方。你把那头儿抿抿，把大褂子罩上。我这里烹茶，你就端过去。"牡丹果然将头儿整理整理，换衣系裙。

不多时，李氏将茶烹好，用茶盘托来，递与牡丹。见牡丹挽的头儿光光油油的，衬着脸儿红红白白的，穿着件翠森森的衫儿，系着条青簌簌裙儿，真是娇娇娜娜，袅袅婷婷。虽是布裙荆钗，胜过珠围翠绕。李氏看了，乐的他眉花眼笑，随着出了角门。众妇女见了，一个个低言悄语，接耳交头，这个道："大妗子，你看呀，张奶奶又显摆他闺女呢。"那个道："二娘儿，你听罢，看他见了官儿娘子说些嘛耶，咱们也学些见识。"说话间，李氏上前将帘掀起，牡丹端定茶盘，轻移莲步，至屋内慢闪秋波一看，觉得肝连胆一阵心酸。忽听小金章说道："嗳呀，你不是我牡丹姐姐么？想煞兄弟了！"跑过来抱膝跪倒。牡丹到了此时，手颤腕软，当啷啷茶杯落地，将金章抱住，瘫软在地。何氏夫人早已向前搂住牡丹，儿一声，肉一声，叫了半日，哇的一声方哭出来了，真是悲从中心出。慢说他三人泪流满面，连仆妇、丫鬟无不拭泪在旁劝慰。窗外的田妇、村姑不知为着何事，俱各纳闷。独有李氏张妈愣柯柯的，劝又不是，好容易将他母女三人搀起。

何氏夫人一手拉住牡丹，一手拉住了金章，哀哀切切的一同坐了，方问与奶公奶母赴唐县如何。牡丹哭诉遇难情由，刚说至张公夫妇捞救，猛听的李氏放声哭道："嗳呀，可坑了我了！"他这一哭，比方才他母女姐弟相识犹觉惨切。他想："没有儿女的，怎生这样的苦法？索性没有也倒罢了，好容易认着一个，如今又被本家认去。这以后可怎么好？"越想越哭，越哭越痛，张着瓢大的嘴，扯着喇叭似的嗓子，好一场大哭。何氏夫人感念他救女儿之情，将他搀了过来，一同

第九十八回　沙龙遭困母女重逢　智化运筹弟兄奋勇　719

坐了,劝慰多时。牡丹又说:"妈妈只管放心,绝不辜负厚恩。"李氏方住了声。

金章见他姐姐穿的是粗布衣服,立刻磨着何氏夫人要他姐姐的衣服。一句话提醒了李氏,即到跨所取衣服。见张立拿茶叶要上外边去,李氏道:"大哥,那是给人家的女儿预备的茶叶,你如何拿出去?"张立道:"外面来了多少二爷们,连杯茶也没有,说不得只好将这茶叶拿出。你如何又说人家女儿的话呢?"李氏便将方才母女相认的话说了。张立听了也无可如何,且先到外面张罗。张立来至厅房,众仆役等见了道谢。张立急忙烹茶。

忽见庄客进来说道:"你等众位在此厅上坐不得了,且至西厢房吃茶罢。我们员外三位至厚的朋友到了。"众仆役听了,俱各出来躲避。只见外面进来了三人,却是欧阳春、智化、丁兆蕙。原来他三人到了襄阳,探听明白。赵爵立了盟书,恐有人盗取关系非浅,因此盖了一座冲霄楼,将此书悬于梁间,下面设了八卦铜网阵,处处设了消息,时时有人看守。原打算进去探访一番,后来听说圣上钦派颜大人巡按襄阳,又是白玉堂随任供职,大家计议,莫若仍回卧虎沟与沙龙说明,同去辅佐巡按,帮助玉堂,又为国家,又尽友情,岂不两全其美。因此急急赶回来了。

来至庄中,不见沙龙,智化连忙问道:"员外那里去了?"张立将救了太守的家眷,蓝骁劫战赤石崖,不但员外与孟、焦二位去了,连两位小姐也去了,打算救应,至今未回的话说了。智化听了,说道:"不好!此事必有舛错,不可迟疑。欧阳兄与丁贤弟务要辛苦辛苦。"丁二爷道:"叫我们上何方去呢?"智化道:"就解赤石崖之围。"丁二爷道:"我与欧阳兄都不认得,如何是好?"张立道:"无妨,现有史云,他却认得。"丁二爷道:"如此快唤他来。"张立去不多时,只见来了七人,听说要上赤石崖,同史云全要去的。智化道:"很好。你等随了二位去罢,不许逞强好勇,只听吩咐就是了。欧阳兄专要擒获蓝骁,丁贤弟保护沙兄父女,我在庄中防备贼人分兵抢夺家属。"北侠与丁二官人急急带领史云七人,直奔赤石崖去了。这里,智化叫张立进内,安慰众女眷人等,不必惊怕,惟恐有着急欲寻自尽等情。又吩咐众庄客:"前后左右探听防守,倘有贼寇来时,不要声张,暗暗报我知道,我自有道理。"登时把个卧虎庄主张的井井有条,可见他料事如神,机谋严密。

且说北侠等来至赤石崖的西山口,见有许多喽啰把守。这北侠招呼众人道:"守汛喽啰听真:俺欧阳春前来解围,快快报与你家山主知道。"西山口的头领不敢怠慢,连忙报与蓝骁。蓝骁问道:"来有多少人?"头领道:"来了二人,带领庄丁七人。"蓝骁暗道:"共有九人,不打紧。好便好,如不好时,连他等也困在山内,索性一网打尽。"想罢,传与头领,叫把他等放进山口。早见沙龙等正在那里歇息,彼此相见,不及叙语。北侠道:"俺见蓝骁去,丁贤弟小心吓!"说罢,带了七人奔至山岗。蓝骁迎了下来,问道:"来者何人?"北侠道:"俺欧阳春,特来请问山主,今日此举是为金太守吓,还是为沙员外呢?"蓝骁道:"俺原是为擒拿太守金辉,却不与沙员外相干。谁知沙员外从我们头领手内将金辉的家眷抢去不算,额外还要和我要金辉。这不是沙员外欺我太甚么！所以将他困住，务要他归附方罢。"北侠笑道："沙员外何等之人，如何肯归附于你？再者，你无故的截了皇家的四品黄堂，这不成了反叛了么？"蓝骁听了大怒道："欧阳春，你今此来，端的为何？"北侠道："俺今特来拿你！"说罢，抡开七宝刀，照腿砍来。蓝骁急将铁棒一迎。北侠将手往外一削，噌的一声，将铁棒狼牙削去。蓝骁暗说"不好"，又将左手铁棒打来。北侠尽力往外一磕，又往外一削，迎的力猛，蓝骁觉的从手内夺的一般，飕的一声连磕带削，棒已飞出数步以外。蓝骁身形晃了两晃。北侠赶步纵身上了蓝骁的马后，一伸左手攥住他的皮鞜带，将他往上一提，蓝骁已离鞍心。北侠将身一转，连背带扛，往地下一跳，右肘把马胯一捣，那马哎的一声往前一蹿。北侠提着蓝骁，一松手，咕咚一声栽倒尘埃。史云等连忙上前擒住，登时捆缚起来。此一段北侠擒蓝骁，迥与别书不同，交手别致，迎逢各异，至于擒法更觉新奇。虽则是失了征战的规矩，却正是侠客的行藏，一味的巧妙灵活，绝不是卤莽灭裂、好勇斗狠那一番的行为。

且说丁兆蕙等早望见高岗之上动手，趁他不能挥动令旗，失却眼目，大家奋勇杀奔西山口来。头领率领喽啰，如何抵挡的住一群猛虎。吵发了一声喊，各自逃出去了。丁兆蕙独自一人擎刀把住山口，先着凤仙、秋葵回庄，然后沙龙与兆蕙复又来到高岗。此时，北侠已追问蓝骁金太守在于何处。蓝骁只得说出已解山中，即着喽啰将金辉、丁雄放下山来。北侠就着史云带同金太守先行回庄。至西山口，叫孟、焦二人也来押解蓝骁，上山剿灭巢穴去了。

要知后文如何，且听下回分解。

第九十九回

见牡丹金辉深后悔　　提艾虎焦赤践前言

且说史云引着金辉、丁雄来到庄中,庄丁报与智化,智化同张立迎到大厅之上。金太守并不问妻子下落如何,惟有致谢搭救自己之恩。智化却先言夫人、公子无恙,使太守放心。略略吃茶,歇息歇息,即着张立引太守来到后面,见了夫人、公子。此时凤仙姊妹已知母女相认,正在庆贺。忽听太守进来,便同牡丹上跨所去了。这些田妇村姑,谁不要瞧瞧大老爷的威严。不多时,见张立带进一位戴纱帽的,翅儿缺少一个;穿着红袍,襟子搭拉半边;玉带系腰,因揪折闹的里出外进;皂靴裹足不合脚,弄的底绽帮垂;一部苍髯,揉得上头扎煞下头卷;满面尘垢,抹的左边漆黑右边黄。初见时,只当做走会的扛箱官;细瞧来,方知是新印的金太守。众妇女见了这狼狈的形状,一个个捂着嘴儿嘻笑。

夫人、公子迎出屋来,见了这般光景,好不伤惨。金章上前请安,金公拉起,携手来至屋内。金公略述山王邀截的情由,何氏又说恩公搭救的备细。夫妻二人又是嗟叹,又是感激。忽听金章道:"爹爹,如今却有喜中之喜了。"太守问道:"此话怎讲?"何氏安人便将母女相认的事说出。太守诧异道:"岂有此理,难道有两个牡丹不成?"说罢,从怀中将邵老爷书信拿出,递给夫人看了。何氏道:"其中另有别情。当初女儿不肯离却闺阁,是乳母定计,将佳蕙扮做女儿,女儿改了丫鬟。不想遇了贼船,女儿赴水倾生,多亏了张公夫妇捞救,认为义女。老爷不信,请看那两件衣服。方才张妈妈拿来,是当初女儿投水穿的。"金公拿起一看,果是两件丫鬟服色,暗暗忖度道:"如此看来,牡丹不但清洁,而且有智,竟能保金门的脸面,实属难得。"再一转想:"当初手帕、金鱼原从巧娘手内得来,焉知不是那贼人作弄的呢?就是书箱翻出玉钗,我看施生也并不惧怕,仍然一团傲气。仔细想来,其中必有情弊。是我一时着了气恼,不辨青红皂白,竟把他二人委屈了。"再想起逼勒牡丹自尽一节,未免太狠,心中愧悔难禁。便问何氏道:"女儿今在那里?"何氏道:"方才在这里,听说老爷来了,他就上他干娘那边去了。"金公道:"金章,你同丫鬟将你姐姐请来。"

金章去后,何氏道:"据我想来,老爷不见女儿倒也罢了。惟恐见了时,老爷又要生气。"金公知夫人话内有讥诮之意,也不答言,止于付之一笑。只见金章哭着回来道:"我姐姐断不来见爹爹,说惟恐爹爹见了又要生气。"金公哈哈笑道:"有其母,必有其女。无奈何,烦夫人同我走走如何?"何氏见金公如此,只得叫张妈妈引路,老夫妻同进了角门,来到跨所之内。凤仙姐妹知道太守必来,早已躲避。只见三间房屋,两明一暗,所有摆设颇颇的雅而不俗。这俱是凤仙在这里替牡丹调停的。张李氏将软帘掀起,道:"女儿,老爷亲身看你。"金公便进屋内。见牡丹面里背外,一言不答。金公见女儿的梳妆打扮,居然的布裙荆钗,回想当初珠围翠绕,不由的痛彻肺腑,道:

"牡丹我儿,是为父的委屈了你了!皆由当初一时气恼,不加思索,无怪女儿着恼。难道你还嗔怪爹爹不成?你母亲也在此,快些见了罢!"张妈妈见牡丹端然不动,连忙上前,道:"女儿,你乃明理之人,似此非礼,如何使得?老爷、太太是你生身父母,尚且如此,若是我夫妻得罪了你,那时岂不更难乎为情了么?快些下来叩拜老爷罢。"

此时牡丹已然泪流满面,无奈下床,双膝跪倒,口称:"爹爹,儿有一言告禀。孩儿不知犯了何罪,致令爹爹逼孩儿自尽。如今现为皇家太守,倘若遇见孩儿之事,爹爹断理不清,逼死女子是小事,岂不与德行有亏?孩儿无知顶撞,望乞爹爹宽宥。"金公听了,羞的面红过耳,只得赔笑将牡丹搀起,道:"我儿说的是,以后爹爹诸事细心了。以前之事,全是爹爹不是,再休提起了。"又向何氏道:"夫人,快些与女儿将衣服换了。我到前面致谢致谢恩公去。"说罢,抽身就走。张立仍然引至大厅,智化对金公道:"方才主管带领众役们来央求了我,惟恐大人见责,望乞大人容谅。"金公道:"非是他等无能,皆因山贼凶恶,老夫怪他们则甚?"智化便将金福禄等唤来,与老爷磕头。众人又谢了智爷。智爷叫将太守衣服换来。

只见庄丁进来报道:"我家员外同众位爷们到了。"智化与张立迎到庄门。刚到厅前,见金公在那里立等,见了众人,连忙上前致谢。沙龙见了,便请太守与北侠进厅就座。智化问剿灭巢穴如何,北侠道:"我等押了蓝骁入山,将辎重俱散与喽啰,所有寨栅全行放火烧了。现时把蓝骁押来,交在西院,叫众人看守,特请太守老爷发落。"太守道:"多承众位恩公的威力,既将贼首擒获,下官也不敢擅专。

俟到任所，即行具摺，连贼首押赴东京，交到开封府包相爷那里，自有定见。"智化道："既如此，这蓝骁倒要严加防范，好好看守，将来是襄阳的硬证。"复又道："弟等三人去而复返者，因听见颜大人巡按襄阳，钦派白五弟随任供职。弟等急急赶回来，原欲会同兄长，齐赴襄阳，帮助五弟共襄此事。如今既有要犯在此，说不得必须耽迟几日工夫。沙兄长、欧阳兄、丁贤弟，大家俱各在庄，留神照料蓝骁，惟恐襄阳王暗里遣人来盗取，却是要紧的。就是太守赴任，路上也要仔细。若要小弟保护，随同前往，一到任所，急急具摺。俟摺子到时，即行将蓝骁押赴开封。诸事已毕，再行赶到襄阳，庶乎与事有益。不知众位兄长以为何如？"众人齐声道："好，就是如此。"金公道："只是又要劳动恩公，下官心甚不安。"说话间，酒筵设摆齐备，大家入座饮酒。

只见张立悄悄与沙龙附耳。沙龙出席，来至后面，见了凤仙、秋葵，将牡丹之事一一叙明。沙龙道："如何？我看那女子举止端方，绝不是村庄的气度，果然不错。"秋葵道："如今牡丹姐姐不知还在咱们这里居住，还是要随任呢？"沙龙道："自然是要随任，跟了他父母去。岂有单单把他留在这里之理呢？"秋葵道："我看牡丹姐姐他不愿意去，如今连衣服也不换，仿佛有什么委屈是的，擦眼抹泪的。莫若爹爹问问太守，到底带了他去不带他去，早定个主意为是。"沙龙道："何必多此一问。那有他父母既认着了，不带了去，还把女儿留在人家的道理。这都是你们贪恋难舍，心生妄想之故，我不管。你牡丹姐姐如若不换衣服，我惟你二人是问。少时，我同太守还要进来看呢！"说罢，转身上厅去了。

凤仙听了，低头不语。惟有秋葵将嘴一咧，哇的一声，哭着奔到后面。见了牡丹，一把拉住道："嗳呀姐姐吓，你可快走了，我们可怎么好吓！"说罢放声痛哭，牡丹也就陪哭起来了，众人不知为着何故。随后凤仙也就来了，将此事说明，大家这才放了心了。何氏夫人过来，拉着秋葵道："我的儿，你不要啼哭。你舍不得你的姐姐，那知我心里还舍不得你呢。等着我们到了任所，急急遣人来接你。实对你说，我很爱你这实心眼儿，为人憨厚。你若不憎嫌，我就认你为干女儿，你可愿意么？"秋葵听了，登时止住泪道："这话果真么？"何氏道："有什么不真呢？"秋葵便立起身来道："如此，母亲请上，待孩儿拜见。"说罢，立时拜下去。何氏夫人连忙搀起。凤仙道："牡丹姐姐，你不要哭了，如今有了傻妹子了。"牡丹"噗嗤"的一声也笑了。凤仙道："妹子，你只顾了认母亲，方才我爹爹说的话，难道你就忘了么？"秋葵道："我何尝忘了呢！"便对牡丹道："姐姐，你将衣服换了罢。我爹爹说了，如若不换衣服，要不依我们俩呢！你若拿着我当亲妹妹，你就换了；你若瞧不起我，你就不换。"张妈妈也来相劝。凤仙便吩咐丫鬟道："快拿你家小姐的簪环衣服来。"彼此揎掇，牡丹碍不过脸去，只得从新梳洗起来。凤仙、秋葵在两边，一边一个观妆。见丫鬟仆妇伏侍的全有规矩款式，暗暗的羡慕。不多时梳妆已毕，换了衣服，更觉鲜艳非常。牡丹又将簪珥赠了凤仙姊妹许多，二人深谢了。

且说沙龙来到厅上，复又执壶斟酒。刚然坐下，只见焦赤道："沙大哥，今日欧阳兄、智大哥俱在这里，前次说的亲事，今日还不定规么？"一句话说的也有笑的，也有怔的。怔的因不知其中之事体，此话从何说起；笑的是笑他性急，粗莽之甚。沙龙道："焦贤弟，你忙什么，为儿女之事，何必在此一时呢？"焦赤道："非是俺性急，明日智大哥又要随太守赴任，岂不又是耽搁呢？还是早些定规了的是。"丁二爷道："众位不知，焦二哥为的是早些定了，他还等着吃喜酒呢！"焦赤道："俺单等吃喜酒？这里现放着酒，来来来，咱们且吃一杯。"说罢，端起来一饮而尽，大家欢笑快饮。酒饭已毕，金公便要了笔砚来，给邵邦杰细细写了一信，连手帕并金鱼、玉钗，俱各封固停当，觌面交与丁雄，叫他回去就托邵邦杰将此事细细访查明白。赏了丁雄二十两银子，即刻起身赶赴长沙去了。

　　沙龙此时已到后面，秋葵将何氏夫人认为干女儿之事说了，又说牡丹小姐已然换了衣服，还要请太守与爹爹一同拜见。沙龙便来到厅上请了金公，来到后面。牡丹出来先拜谢了沙龙。沙龙见牡丹花团锦簇，真不愧千金的态度，满心欢喜。牡丹又与金公见礼，金公连忙搀起，见牡丹依然是闺阁妆扮，虽然欢喜，未免有些凄惨。牡丹又带了秋葵与义父见礼，金公连忙叫牡丹搀扶。沙龙也就叫凤仙见了。金公又致谢沙龙："小女在此打搅，多蒙兄长与二位侄女照拂。"沙龙连说"不敢"。他等只管亲的干的，见父认女，旁边把个张妈妈瞅的眼儿热了，眼眶里不由的流下泪来，用绢帕左擦右擦。早被牡丹看见，便对金公道："孩儿还有一事告禀。"金公道："我儿有话只管说来。"牡丹道："孩儿性命多亏了干爹、干娘搭救，才有今日。而且老夫妻无男无女，孤苦只身，求爹爹务必将他老夫妻带到任上，孩儿也可以稍为报答。"金公道："正当如此。我儿放心，就叫他老夫妻收拾收拾,明日随行便了。"张妈妈听了,这才破涕为笑。

　　沙龙又同金公来到厅上,金公见设筵丰盛,未免心甚不安。沙龙道:"今日此筵,可谓四喜俱备。大家坐了,待我说来。"仍然太守首座,其次北侠、智公子、丁二官人、孟杰、焦赤,下首却是沙龙与张立。焦赤先道:"大哥快说四喜。若说是了,有一喜俺喝一碗如何?"沙龙道:"第一,太守今日一家团聚,又认了小姐,这个喜如何?"焦赤道:"好,可喜可贺!俺喝这一碗。快说第二。"沙龙道:"这第二,就是贤弟说的了,今日凑着欧阳兄、智贤弟在此,就把女儿大事定规了。从此咱三人便是亲家了,一言为定,所有纳聘的礼节再说。"焦赤道:"好吓,这才痛快呢! 这二喜,俺要喝两碗:一碗陪欧阳兄、智大哥,一碗陪沙兄长。你三人也要换杯儿才是。"说的大家笑了。果然北侠、智公子与沙员外彼此换杯。焦赤已然喝了两碗。沙龙道:"三喜是明日太守荣任高升,这就算饯行的酒席如何?"焦赤道:"沙兄长会打算盘,一打两副成,也倒罢了。俺也喝一碗。"孟杰道:"这第四喜不知是什么,倒要听听。"沙龙道:"太守认了小女为女,是干亲家,欧阳兄与智贤弟定了小女为媳,是新亲家,张老丈认了太守的小姐为女,是新亲家。通盘算来,今日乃我们三门亲家大会齐儿,难道算不得一喜么?"焦赤听了,却不言语,也不饮酒。丁二爷道:"焦二哥,这碗酒为何不喝?"焦赤道:"他们亲家闹他们的亲家,管俺什么相干?这酒俺不喝他。"丁二爷道:"焦二哥,你莫要打不开算盘。将来这里的侄女儿过了门时,他们亲家爹对亲家爷,咱们还是亲家叔叔呢。"说的大家全笑了,彼此欢饮。饭毕之后,大家歇息。

到了次日,金太守起身,智化随任。独有凤仙、秋葵与牡丹三人痛哭,不忍分别,好容易方才劝止。智化又谆谆嘱咐,好生看守蓝骁,俟摺子到时,即行押解进京。北侠又提拨智化,一路小心。大家珍重,执手分别。上任的上任,回庄的回庄,俱各不表。

要知后文何事,且听下回分解。

第一百回

探行踪王府遣刺客　赶道路酒楼问书童

且说小侠艾虎自离了卧虎沟，要奔襄阳。他因在庄三日未曾饮酒，头天就饮了个过量之酒，走了半天就住了。次日也是如此，到了第三日，猛然省悟，道："不好，若要如此，岂不又像上卧虎沟一样么？倘然再要误事，那就不成事了。从今后酒要检点才好。"自己劝了自己一番。因心里惦着走路，偏偏的起得早了，不辨路径，只顾往前进发。及至天亮，遇见行人问时，谁知把路走错了。理应往东，却岔到东北，有五六十里之遥。幸喜此人老成，的的确确告诉他，由何处到何镇，再由何镇到何堡，过了何堡几里方是襄阳大路。艾虎听了，躬身道谢，执手告别。自己暗道："这是怎么说！起了个五更，赶了个晚集，这半夜的工夫白走了。"仔细想来，全是前两日贪酒之过。若不是那两天醉了，何至于今日之忙？何至有如此之错呢？可见酒之误事不小，自己悔恨无及。那知他就在此一错上，便把北侠等让过去了。所以直到襄阳，全未遇见。

这日，好容易到了襄阳，各处店寓询问，俱各不知。他那知道，北侠等三人再不住旅店，惟恐怕招人的疑忌，全是在野寺古庙存身。小侠寻找多时，心内烦躁，只得找个店寓住了。次日，便在各处访查，酒也不敢多吃了。到处听人传说，新升来一位巡按大人，姓颜，是包丞相的门生,为人精明,办事梗直。倘若来时,大家可要把冤枉伸诉伸诉。又有悄悄低言讲论的,他却听不真切。他便暗暗生智,坐在那里仿佛磕睡,前仰后合,却是闭目合睛侧耳细听。渐渐的听在耳内,原来是讲究如何是立盟书,如何是盖冲霄楼,如何设铜网阵。一连探访了三日,到处讲究的全是这些,心内早得了些主意。因知铜网阵的利害,不敢擅入。他却每日在襄阳王府左右暗暗窥觑,或在对过酒楼瞭望。

这日,正在酒楼之上饮酒,却眼巴巴的瞧着对过。见府内往来行人出入,也不介意。忽然来了二人,乘着马,到了府前下马,将马拴在桩上,进府去了。有顿饭的工夫,二人出来,各解偏缰,一人扳鞍上马,一人刚才认镫。只见跑出一人,一点手,那人赶到跟前,附耳说了几句,形色甚是仓皇。小侠见了心中有些疑惑,连忙会钞下楼,暗暗跟定二人。来至双岔路口,只听一人道:"咱们定准在长沙府关外十里堡镇上会齐。请了!"各自加上一鞭,往东西而去。他二人只顾在马上交谈,执手告别,早被艾虎一眼看出,暗道:"敢则是他两个呀!"

你道他二人是谁?原来俱是招贤馆的旧相识。一个是陡起邪念的赛方朔方貌。自从在夹沟被北侠削了他的刀,他便脱逃,也不敢回招贤馆,他却直奔襄阳,投在奸王府内。那一个是机谋百出的小诸葛沈仲元。只因捉拿马强之时,他却装病不肯出头。后来见他等生心抢劫,不由的暗笑这些没天良之人,什么事都干的出来。又听见大家计议投奔襄阳,自己转想:"赵爵久怀异心,将来国法必不赦宥。就是这些乌合之众,也不能成其大事。我何不将计就计,也上襄阳,投在奸王那里,看个动静。倘有事关重大的,我在其中调停,暗暗给他破法。一来与朝廷出力报效,二来为百姓剪恶除奸,岂不大妙。

但凡侠客义士,行止不同,若是沈仲元尤难。自己先担个从奸助恶之名,而且在奸王面前还要随声附和,迎逢献媚,屈己从人,何以见他的侠义呢?殊不知他仗着自己聪明,智略过人,他把事体看透,犹如掌上观文,仿佛逢场作戏。从游戏中生出侠义来,这才是真正侠义。即如南侠、北侠、双侠,甚至小侠,处处济困扶危,谁不知是行侠尚义呢?这明是露的侠义,却倒容易。若沈仲元,绝非他等可比,他却在暗中调停,毫不露一点声色,随机应变,谲诈多端。到了归齐,恰在侠义之中。岂不是个极难事呢!他的这一番慧心灵机真不愧"小诸葛"三字。

他这一次随了方貂同来,却有一件重大之事。只因蓝骁被人擒拿之后,将锱重分散喽啰,其中就有无赖之徒,恶心不改,急急赶赴襄阳,禀报奸王。奸王听了,暗暗想道:"事尚未举,先折了一只膀臂,这便如何是好?"便来至集贤堂,与大众商议道:"孤家原写信一封与蓝骁,叫他将金辉邀截上山,说他归附。如不依从,即行杀害,免得来至襄阳又要费手。不想蓝骁被北侠擒获。事到如今,列位可有什么主意?"其中却有明公说道:"纵然害了金辉,也不济事。现今圣上钦派颜查散巡按襄阳,而且长沙又改调了邵邦杰。这些人,皆有虎视眈眈之意。若欲加害,索性全然害了,方为稳便。如今却有一计害三贤的妙策。"奸王听了满心欢喜,问道:"何为一计害三贤,请道其详。"这明公道:"金辉必由长沙经过。长沙关外十里堡是个迎接官员的去处，只要派个有本领的去到那里，衾夜之间将金辉刺死。倘若成功，邵邦杰的太守也就作不牢了。金辉原是在他那里住宿，既被人刺死了，焉有本地太守无罪之理？咱们把行刺之人深藏府内，却办一套文书，迎着颜巡按呈递。他做襄阳巡按，襄阳太守被人刺死了，他如何不管呢？既要管，又无处缉拿行刺之人，事要因循起来，圣上必要见怪，说他办理不善。那时漫说他是包公的门生，就是包公，也就难以回护了。"奸王听毕，哈哈大笑道："妙极，妙极！就派方貌前往。"

旁边早惊动了一个大明公沈仲元，见这明公说的得意洋洋，全不管行得行不得，不由的心中暗笑。惟恐万一事成，岂不害一忠良，莫若我亦走走。因此上前说道："启上千岁，此事重大，方貌一人惟恐不能成功。待微臣帮他同去何如？"奸王更加欢喜。方貌道："为日有限，必须乘马方不误事。"奸王道："你等去到孤家御厩中，自己拣选马匹去。"二人领命，就到御厩选了好马，备办停当。又到府内见奸王禀辞。奸王嘱咐了许多言语。二人告别出来，刚要上马，奸王又派亲随之人出来，吩咐道："此去成功不成功，务要早早回来。"二人答应，骑上马，各要到下处收什行李，所以来至双岔口，言明会齐儿的所在，这才分东西各回下处去了。所以艾虎听了个明白，看了个真切，急急回到店中，算还了房钱，直奔长沙关外十里堡而来。一路上酒也不喝，恨不得一步迈到长沙。心内想着："他们是马，我是步行，如何赶的过马去呢？"又转想道："他二人分东西而走，必然要带行李，再无有不图安逸的。图安逸的，必是夜宿晓行。我不管他，我给他个昼夜兼行，难道还赶不上他么？"真是"有志者事竟成"，却是艾虎预先到了。歇息了一夜,次日必要访查那二人的下落。出了旅店,在街市闲游,果然见个镇店之所,热闹非常。自己散步,见路东有接官厅,悬花结彩。仔细打听,原来是本处太守邵老爷与襄阳太守金老爷是至相好,皆因太守上襄阳赴任,从此经过,故此邵老爷预备的这样整齐。艾虎打听这金老爷几时方能到此,敢则是后日才到公馆。艾虎听在心里,猛然省悟道:"是了,大约那两个人必要在公馆闹什么玄虚。后日,我倒要早早的伺候他。"

正在揣度之间,忽听耳畔有人叫道:"二爷那里去?"艾虎回头一看,瞧着认得,一时想不起来,连忙问道:"你是何人?"那人道:"怎么二爷连小人也认不得了呢?小人就是锦笺。二爷与我家爷结拜,二爷还赏了小人两锭银子。"艾虎道:"不错,不错。是我一时忘记了。你今到此何事?"锦笺道:"嗳,说起来话长。二爷无事,请二爷到酒楼,小人再慢慢细禀。"艾虎即同锦笺上了路西的酒楼,拣个僻静的桌儿坐了。锦笺还不肯坐,艾虎道:"酒楼之上,何须论礼?你只管坐了,才好讲话。"锦笺告座,便在横头儿坐了。博士过来,要了酒菜。艾虎便问施公子。锦笺道:"好。现在邵老爷太守衙门居住。"艾虎道:"你主仆不是上九仙桥金老爷那里,为何又到这里呢?"锦笺道:"正因如此,所以话长。"便将投奔九仙桥始末原由,说了一遍。后来如何病在攸县,"若不亏二爷赏的两个锞子,我家相公如何养病呢?"艾虎说:"些须小事,何必提他。你且说后来怎么样。"

锦笺初见面,何以就提赏了小人两锭银子?只因艾虎给的银两恰恰与锦笺救了急儿,所以他深深感激,时刻在念。俗语说的好:

"宁给饥人一口,不送富人一斗。"是再不错的。锦笺又将遇了官司,如何要寻自尽,"却好遇见一位蒋爷,赏了两锭银子,方能奔到长沙。"艾虎听至此,便问:"这姓蒋的是什么模样?"锦笺说了形状,艾虎不胜大喜,暗道:"蒋叔父也有了下落了。"又听锦笺说邵老爷如何"与我家爷完婚"一节,艾虎不由的拍手,笑道:"好!这位邵老爷办事爽快,如今俺有了盟嫂了。"锦笺道:"二爷不知这其中又有了事了!"艾虎道:"还有什么事?"锦笺又讲如何派丁雄送信,昨因丁雄回来,金老爷那里写了一封信来,说他小姐因病上唐县就医,乘舟玩月,误堕水中,现时小人的这位主母是个假的。艾虎听了,诧异道:"这假的又是那个呢?"锦笺又将以前自己同佳蕙做的事,一五一十的说了。艾虎摇头道:"你们这事做的不好了。难道邵老爷见了此书就不问么?"锦笺道:"焉有不问的呢?将我家爷叫了过去,把书信给他看了,额外还有一包东西。我家爷便到卧室,见了假主母,将这东西给他看了。这假主母才哭了个哽气倒噎。"

艾虎道:"见了什么东西,就这等哭?"锦笺道:"就是芙蓉帕、金鱼和玉钗。我家爷因见帕上有字,便问是谁人写的。假主母方说道,这前面是他写的。"艾虎道:"他到底是谁?"锦笺笑道:"二爷你道这假主母是谁?敢则就是佳蕙!"艾虎问道:"佳蕙如何冒称小姐呢?"锦笺又将对换衣服说了。艾虎说:"这就是了。后来怎么样呢?"锦笺道:"这佳蕙说:'前面字是妾写的,这后边字不是老爷写的么?'一句话倒把我家爷提醒了。仔细一看,认出是小人笔迹,立刻将小人叫进去。三曹对案,这才都说了,全是佳蕙与小人彼此对偷的,我家爷与金小姐一概不知。我家爷将我责备一番,便回明了邵老爷。邵老爷倒乐了,说小人与佳蕙两小无猜,全是一片为主之心,倒是有良心的,只可惜小姐薄命倾生。谁知佳蕙自那日起,痛念小姐,饮食俱废。我家爷也是伤感,因此叫小人备办祭礼,趁着明日邵老爷迎接金老爷去,他二人要对着江边遥祭。"艾虎听了,不胜悼叹。他那知道,绿鸭滩给张公贺得义女之喜,那就是牡丹呢。锦笺说毕,又问小侠意欲何往。艾虎不肯明言,托言往卧虎沟去,又转口道:"俺既知你主仆在此,俺倒要见见盟嫂。你先去备办祭礼,我在此等你一路同往。"锦笺下楼,去不多时回来。艾虎会了钱钞,下楼竟奔衙署。相离不远,锦笺先跑去了,报知施生。施生欢喜非常,连忙来至衙外,将艾虎让至东跨所之书房内。彼此欢叙,自不必说。

到了次日,打听邵老爷走后,施生见了艾虎,告过罪,暂且失陪。艾虎已知为遥祭之事,也不细问。施生同定佳蕙、锦笺,坐轿的坐轿,骑马的骑马,来至江边,设摆祭礼。这一番痛哭,不想却又生出巧事来了。

欲知端的如何,且听下回分解。

第一百一回

两个千金真假已辨　一双刺客妍媸自分

且说施生同锦笺乘马，佳蕙坐了一乘小轿，私自来到江边，摆下祭礼，换了素服。施生与佳蕙拜奠，锦笺只得跟在相公后面行礼。佳蕙此时哀哀戚戚的痛哭，甚至施生也是惨惨凄凄泪流不止。锦笺在旁恳恳切切百般劝慰。痛哭之后，复又拈香。候香烬的工夫，大家观望江景。只见那边来了一帮官船，却是家眷行囊。船头上舱门口，一边坐着一个丫鬟，里面影影绰绰有个半老的夫人，同着一位及笄的小姐，还有一个年少的相公。船临江近，不由的都往岸边瞭望。见施生背着手儿远眺江景，瞧佳蕙手持罗帕，仍然拭泪。小姐看了多时，搭讪着对相公说道："兄弟，你看那夫人的面貌好似佳蕙。"小相公尚未答言，夫人道："我儿悄言。世间面貌相同者颇多，他若是佳蕙，那厢必是施生了。"小姐方不言语，惟有秋水凝眸而已。原来此船正是金太守的家眷何氏夫人带着牡丹小姐、金章公子。何氏夫人早已看见岸边有素服祭奠之人，仔细看来，正是施生与佳蕙。施生是自幼儿常见的，佳蕙更不消说了，心中已觉惨切之至。一来惟恐小姐伤心，现有施生，不大稳便；二来又因金公脾气，不敢造次相认。所以说了一句"世间面貌相同者颇多"。

船已过去。到了停泊之处，早有丁雄、吕庆在那里伺候迎接。吕庆已从施公处回来，知是金公家眷到了，连忙伺候。仆妇丫鬟上前搀扶着，弃舟乘轿，直奔长沙府衙门去了。不多时，金老爷亦到。丁雄、吕庆上前请安，说："家老爷备的马匹在此，请老爷乘用。"金公笑吟吟的道："你家老爷在那里呢？"丁雄道："在公馆恭候老爷。"金公忙接丝缰，吕庆坠镫，上了坐骑。丁雄、吕庆也上了马。吕庆在前引路，丁雄策着马在金公旁边。金公问他："几时到的长沙？你家老爷见了书信说些什么？"丁雄道："小人回来时极其迅速，不多几日就到了。家老爷见了老爷的书信，小人不甚明白，俟老爷见了家老爷再为细述。"金公点了点头。说话间，丁雄一伏身，叭喇喇马已跑开。又走了不多会，只见邵太守同定阃署官员，俱在那里等候。此时吕庆已然下马，急忙过来伺候金公下马。二位太守彼此相见，欢喜不尽。同到公厅之上，众官员又从新参见金公，一一应酬了几句，即请安歇去罢。众官员散后，二位太守先叙了些彼此渴想的话头，然后摆上酒肴，方问及完婚一节。邵老爷将锦笺、佳蕙始末原由述了一遍，金公方才大悟，全与施生、小姐毫无相干。二人畅饮阔叙，酒饭毕后，金老爷请邵老爷回署。邵老爷又陪坐多时，方才告别，坐轿回衙。

此时施生早已回来了，独独不见了艾虎，好生着急，忙问书童。书童说："艾爷并未言语，不知向何方去了。"施生心中懊悔，暗自揣度道："想是贤弟见我把他一人丢在此处，他赌气的走了。明日却又往何方找寻去呢？"无奈何，回身来至卧室，却又不见了佳蕙。不多时，丫鬟来回道："奶奶叫回老爷知道，方才接得金太守家眷，谁知金小姐依然无恙，奶奶在那里伺候小姐呢。俟诸事已毕，回来再为细禀。"施生听了不觉诧异,却又暗暗欢喜。

忽听邵老爷回衙,连忙迎接。相见毕,邵老爷也不进内,便来至东跨所之内安歇,施生陪坐。邵老爷道:"我今日面见金兄,俱已说明。你金老伯不但不怪你,反倒后悔。还说明日叫贤侄随到任上,与牡丹完婚。明日必到衙署回拜于我,贤侄理应见见为是。"施生喏喏连声,又与邵公拜揖,深深谢了。叙话多时,方才回转卧室。却好佳蕙回来,施生便问牡丹小姐如何死而复生。佳蕙一一说了,又言:"夫人视如儿女,小姐情同姊妹,贱妾受如此大恩,实实不忍分离。今日回明老爷,明日贱妾就要随赴任所。俟完婚之日,再为伺候老爷。"说罢,磕下头去。施生连忙搀起道:"理应如此。适才邵老爷已然向我说,明日金老爷还要叫我随赴任上完婚。我想离别父母日久,我还想到家中探望探望,俟禀明父母再赴任所也不为迟。"佳蕙道:"正是。"收什行囊已毕,伏侍施生安寝不提。

且说金公在公馆大厅之内,请了智公子来谈了许久。智化惟恐金公劳乏,便告退了。原来智化随金公前来,处处留神。每夜人静,改换行装,不定内外巡查几次。此时天已二鼓,智爷扎抹停当,从公馆后面悄悄的往前巡来。刚至卡子门旁,猛抬头见倒厅有个人影往前张望。智爷一声儿也不言语,反将身形一矮,两个脚尖儿沾地,突突突顺着墙根直奔倒座东耳房而来。到了东耳房,将身一躬,脚尖儿垫劲儿,飕,便上了东耳房。抬头见倒座北耳房高着许多,也不惊动倒座上的人,且往对面观瞧。见厅上有一人趴伏,两手把住椽头,两脚撑住瓦垄,倒垂势往下观瞧。智爷暗道:"此人来的有些蹊跷,倒要看着。"忽见脊后又过来一人,短小身材,极其伶便。见他将趴伏那人的左脚登的砖一抽,那人脚下一松,猛然一跐,急将身形一长,从新将脚按了一按,复又趴伏,本人却不理会。这边智化看的明白,见他将身一长,背的利刃已被那人儿抽去。智爷暗暗放心,止于防着对面那人而已。转眼之间,见趴伏那人从正房上翻转下来,赶步进前,回手刚欲抽刀,谁知剩了皮鞘,暗说"不好"!转身才待要走,只见迎面一刀砍来,急将脑袋一歪,身体一侧,噗哧左膀着刀,"啊呀"一声,栽倒在地。艾虎高声嚷道:"有刺客!"早又听见有人接声说道:"对面上房还有一个呢。"

艾虎转身竟奔倒座,却见倒座上的人跳到西耳房,身形一晃,已然越过墙去。艾虎却不上房,就从这边一伏身蹿上墙头,随即落下。脚底尚未站稳,觉的耳边凉风一股。他却一转身,将刀往上一迎,只听咯当一声,刀对刀,火星乱迸。只听对面人道:"好,真正伶便。改日再会,请了。"一个箭步,脚不沾地,直奔树林去了。艾虎如何肯舍,随后紧紧追来。到了树林,左顾右盼,毫不见个人形。忽听有人问道:"来的可是艾虎儿么?有我在此。"艾虎惊喜道:"正是。可是师父么?贼人那里去呢?"智爷道:"贼已被擒。"艾虎尚未答言,只听贼人道:"智大哥,小弟若是贼,大哥你呢?"智爷连忙追问,原来正是小诸葛沈仲元,即行释放。便问一问现在那里,沈仲元将在襄阳王处说了。

艾虎早已过来,见了智爷,转身又见了沈仲元。沈仲元道:"此是何人?"智化道:"怎么,贤弟忘了么,他就是馆童艾虎。"沈爷道:

"嗳呀,敢则是令徒吗?怪道,怪道,所谓强将手下无弱兵,好个伶俐身段!只他那抽刀的轻快,与越墙的躲闪,真正灵通之至。"智化道:"好是好,未免还有些卤莽,欠些思虑。幸而树林之内是劣兄在此,倘若贤弟令人在此埋伏,小徒岂不吃了大亏呢?"说的沈爷也笑了。艾虎却暗暗佩服。智爷又问道:"贤弟,你何必单单在襄阳王那里作什么?"沈爷道:"有的,没的,几个好去处都被众位哥哥兄弟们占了,就剩了个襄阳王,说不得小弟任劳任怨罢了。再者,他那里一举一动,若无小弟在那里,外面如何知道呢?"智化听了,叹道:"似贤弟这番用心,又在我等之上了。"沈爷道:"分什么上下。你我不能致君泽民,止于借侠义二字,了却终身而已,有甚讲究!"智爷连忙点头称是。又托沈爷:"倘有事关重大,务祈帮助。"沈爷满口应承,彼此分手,小诸葛却回襄阳去了。

智化与艾虎一同来至公馆。此时已将方貌捆缚,金公正在那里盘问。方貌仗着血气之勇,毫无畏惧,一一据实说来。金公录了口供,将他带下去,令人看守。然后,智爷带了小侠拜见了金公,将来历说明。金公感激不尽。

等到了次日,回拜邵老爷,入了衙署,二位相见就座。金公先把昨夜智化、艾虎拿住刺客的话说了。邵老爷立刻带上方貌,略问了一问,果然口供相符,即行文到首县寄监,将养伤痕,严加防范,以备押解东京。邵老爷叫请智化、艾虎相见,金老爷请施俊来见。不多时,施生先到,拜见金公。金公甚觉报颜,认过不已。施生也就谦逊了几句。刚然说完,只见智爷同着小侠进来,参见邵老爷。邵公以客礼相待。施生见了小侠,欢喜非常,道:"贤弟,你往那里去来,叫劣兄好生着急!"大家便问:"你二位如何认得?"施生先将结拜的情由说了一遍,然后小侠道:"小弟此来,非是要上卧虎沟,是为捉拿刺客而来。"大家骇异,问道:"如何就知有刺客呢?"小侠将私探襄阳府,遇见二人说的话,因此急急赶来,"惟恐预先说了,走漏风声。再者,又恐兄长耽心,故此不告辞而去,望祈兄长莫怪。"大家听了,漫说金公感激,连邵老爷与施生俱各佩服。

饮酒之际,金公就请施生随任完婚。施生道:"只因小婿离家日久,还要到家中探望双亲。俟禀明父母后,再赴任所。今日且叫佳蕙先随到任,不知岳父大人以为何如?"金公点点头,也倒罢了。智化道:"公子回去,难道独行么?"施生道:"有锦笺跟随。"智化道:"虽有锦笺,也不济事。我想,公子回家固然无事,若禀明令尊令堂之后赶赴襄阳,这几日的路程恐有些不便。"一句话提醒了金公,他乃屡次受了惊恐之人,连连说道:"是吓,还是恩公想的周到。似此如之奈何?"智化道:"此事不难,就叫小侠保护前去,包管无事。"艾虎道:"弟子愿往。"施生道:"又要劳动贤弟,愚兄甚是不安。"艾虎道:"这劳什么?"大家计议已定,还是女眷先行起身,然后金公告别。邵老爷谆谆要送,金老爷苦苦拦住,只得罢了。

此时锦笺已备了马匹。施生送岳父送了几里,也就回去了。回到衙署的东院书房。邵老爷早吩咐丁雄备下行李盘费。交代明白,刚要转后,只见邵老爷出来,又与他二人饯别,谆谆嘱咐路上小心。施、艾二人深深谢了,临别叩拜。二人出了衙署,锦笺已将行李扣备停当,丁雄帮扶伺候。主仆三人乘马竟奔长洛县施家庄去了。

金牡丹事好容易收煞完了,后面虽有归结,也不过是施生到任完婚,牡丹、佳蕙一妻一妾,三人和美非常。再要叙说那些没要紧之事,未免耽误正文。如今就得由金太守提到巡按颜大人,说要紧关节为是。

想颜巡按起身在太守之先,金太守既然到任,颜巡按不消说了,固然是早到了。自颜查散到任,接了呈子无数,全是告襄阳王的:也有霸占地亩的,也有抢夺妻女的,甚至有稚子弱女之家无故搜罗入府,稚子排演优伶,弱女教习歌舞。黎民遭此残害,不一而足。颜大人将众人一一安置,叫他等俱各好好回去,"不要声张,也不用再递催呈,本院必要设法将襄阳王拿获,与尔等报仇雪恨。"众百姓叩头谢恩,俱各散去。谁知其中就有襄阳王那里暗暗派人前来,假作呈词告状,探听巡按言词动静。如今既有这样的口气,他等便回去启知了襄阳王。

不知奸王如何,且听下回分解。

第一百二回

锦毛鼠初探冲霄楼　黑妖狐重到铜网阵

且说奸王听了探报之言，只气得怪叫如雷道："孤乃当今皇叔，颜查散他是何等样人，擅敢要捉拿孤家，与百姓报仇雪恨。此话说的太大了，实实令人可气！他仗着包黑子的门生，竟敢藐视孤家，孤家要是叫他好好在这里为官，如何能够成其大事？必须设计将他害了，一来出了这口恶气，二来也好举事。"因此转想起俗言捉奸要双，拿贼要赃，"必是孤家声势大了，朝廷有些知觉。孤家只用把盟书放好，严加防范，不落他人之手，无有对证，如何诬赖孤家呢？"想罢，便吩咐集贤堂众多豪杰光棍，每夜轮流看守冲霄楼，所有消息线索，俱各安放停当。额外又用弓箭手、长枪手，倘有动静，鸣锣为号。大家齐心努力，勿得稍为懈弛。奸王这里虽然防备，谁知早有一人暗暗探听了一番。你道是谁？就是那争强好胜不服气的白玉堂。自颜巡按接印到任以来，大人与公孙先生料理公事，忙忙碌碌，毫无暇晷，而且案件中多一半是襄阳王的，他却悄地里访查，已将八卦铜网阵听在耳内。到了夜间人静之时，改扮行装，出了衙署，直奔襄阳府而来。先将大概看了，然后越过墙去，处处留神。在集贤堂窃听了多时，夜静无声。从房上越了几处墙垣，早见那边有一高楼，直冲霄汉。心中暗道："怪道起名冲霄楼，果然巍耸。且自下去看看。"回手掏出小小石子轻轻问路,细细听去却是实地,连忙飞身跃下,蹑足潜踪,滑步而行。来至切近,一立身,他却摸着木城板做的围城,下有石基,上有垛口,垛口上面全有锋芒。中有三门紧闭,用手按了一按,里面关的纹丝儿不能动。只得又走了一面,依然三个门户,也是双扇紧闭。一连走了四面,皆是如此。自己暗道:"我已去了四面,大约那四面亦不过如此。他这八面,每面三门,想是从这门上分出八卦来。闻得奇门上有个八门逢阁,三奇入木。惜乎我不晓得今日是什么日子,看此光景,必是逢阁之期,所以俱各紧紧关闭。我今日来的不巧了,莫若暂且回去,改日再来打探,看是如何。"想罢,刚要转身,只听那边有锣声,又是梆响,知是巡更的来了。他却留神一看,见那边有座小小更棚,连忙隐至更棚的后面,侧耳细听。

不多时,只听得锣梆齐鸣,到了更棚歇了。一人说道:"老王吓,你该当走走了,让我们也歇歇。"一人答道:"你们只管进来歇着罢,今日没事。你忘了咱们上次该班,不是遇见了这么一天么,各处门全关着,怕什么呢? 今儿又是如此,咱们仿佛是个歇班日子,偷点懒儿很使得。"又一人道:"虽然如此,上头传行的紧,锣梆不响工夫大了,头儿又要问下来了,何苦呢? 说不得王第八的你二位辛苦辛苦,回来我们再换你。"又一人道:"你别顽笑闹巧话儿。他姓王,行三。我姓李,行八。你要称姓,索性都称姓,要叫排行,都叫排行。方才你叫他老王,叫我老八,已然不受听了,这时候叫起王第八来了,你怎么想来着! 你们俩凑起来更不够一句呢。你的小名叫小儿,他的小名叫大头。我也把你两人掐到一块儿,叫你们两人小脑袋瓜儿,咱们看谁便宜谁吃亏。"说罢笑着巡更去了。白玉堂趁着锣梆声音,暗暗离了更棚,蹿房跃墙,回到署中。天已五鼓,悄悄进屋安歇。

到了次日,便接了金辉的手本,颜大人即刻相见。金辉就把赤石崖捉了盗首蓝骁,现在卧虎沟看守;十里堡拿了刺客方貂,交到长沙府监禁,此二人系赵爵的硬证,必须解赴东京的话说了。颜大人吩咐赶紧办了奏摺,写了禀帖,派妥当差官先到长沙起了方貂,沿途州县俱要派役护送。后到卧虎沟押了蓝骁,不但官役护送,还有欧阳春、丁兆蕙暗暗防备。丁二爷因要到家中探看,所以约了北侠,俟诸事已毕,仍要同赴襄阳。后文再表。

且说黑妖狐智化自从随金公到任,他乃无事之人,同张立出府闲步。见西北有一去处,山势巉岩,树木葱郁,二人慢慢顺步行去。询之土人,此山古名方山。及至临近细细赏玩,山上有庙,朱垣碧瓦,宫殿巍峨。山下有潭,曲折回环,清水涟漪。水曲之隈有座汉皋台,石径之畔又有解珮亭,乃是郑交甫遇仙之处。这汉皋就是方山的别名。而且房屋楼阁不少,虽则倾倒,不过略为修补即可居住。似此妙境,却不知当初是何人的名园。智化端详了多时,暗暗想道:"好个藏风避气的所在。闻得圣上为襄阳之事,不肯彰明较著,要暗暗削去他的羽翼。将来必有乡勇义士归附,想来聚集人必不少,难道俱在府衙居住么?莫若回明金公,将此处修理修理,以备不虞,岂不大妙。"想罢,同张立回来,见了太守,回明此事。金公深以为然,又禀明按院,便动工修理。智化见金公办事鲠直,昼夜勤劳,心中暗暗称羡不已。

这日,猛然想起:"奸王盖造冲霄楼,设立铜网阵。我与北侠、丁

第一百二回　锦毛鼠初探冲霄楼　黑妖狐重到铜网阵

二弟前次来时未能探访,如今我却闲在这里,何不悄地前去走走。"主意已定,便告诉了张立:"我找个相知,今夜惟恐不能回来。"暗暗带了夜行衣、百宝囊,出了衙署,直奔襄阳王的府第而来。找了寓所安歇,到二鼓之时,出了寓所,施展飞檐走壁之能,来至木城之下。留神细看,见每面三门,有洞开的,有关闭的;有中间开两边闭的,有两边开中间闭的;有两门连开,单闭一头的,又有一头单开,连闭两门的;其中还有开着一扇掩着一扇的。八面开闭,全然不同,与白玉堂探访时全不相同。智化略定了定神,辨了方向,心中豁然明白。暗道:"是了,他这是按乾、坤、艮、震、坎、离、巽、兑的卦象排成。我且由正门进去,看是如何。"及至来到门内,里面又是木板墙,斜正不一,大小不同。门更多了,曲折弯转,左右往来。本欲投东,却是向西,及要往南,反倒朝北。而且门户之内,真的假的,开的闭的,迥不相同。就是夹道之中,通的塞的,明的暗的,不一而足。智化暗道:"好利害法子! 幸亏这里无人隐藏,倘有埋伏,就是要跑,却从何处出去呢?"正在思索,忽听拍的一声,打在木板之上,呱哒又落在地下。仿佛有人掷砖瓦,却是在木板子那边。这边左右留神细看,又不见人。智化纳闷,不敢停步。随弯就弯,转了多时。刚到一个门前,只见飕的一下,连忙一转身,那边木板之上拍的一响,一物落地。智化连忙捡起一看,却是一块石子,暗暗道:"这石子乃五弟白玉堂的技艺,难道他也来了么? 且进此门看看去。"一伏身,进门往旁一闪,是提防他的石子,抬头看时,见一人东张西望,形色仓皇,连忙悄悄唤道:"五弟,五弟,劣兄智化在此。"只见那人往前一凑,道:"小弟正是白玉堂,智兄几时到来?"智化道:"劣兄来了许久,叵耐这些门户闹的人眼迷心乱,再也看不出方向来。贤弟何时到此?"白玉堂道:"小弟也来了许久了。果然的门户曲折,令人难测。你我从何处出去方好?"智化道:"劣兄进来时,心内明明白白。如今左旋右转,闹的糊里糊涂,竟不知方向了。这便怎么处?"

只听木板那边有人接言道:"不用忙,有我呢。"智化与白玉堂转身往门外一看,见一人迎面而来。智化细细留神,满心欢喜道:"原来是沈贤弟么?"沈仲元道:"正是。二位既来至此——那位是谁?"智化道:"不是外人,乃五弟白玉堂。"彼此见了。沈仲元道:"索性随小弟看个水落石出。"二人道:"好。"沈仲元在前引路,二人随后跟来。又过了好些门户,方到了冲霄楼。只见此楼也是八面,朱窗玲珑,周围玉石栅栏,前面丹墀之上,一边一个石象驮定宝瓶,别无他物。沈仲元道:"咱们就在此打坐。此地可远观,不可近玩。"说罢,就在台基之上拂拭了拂拭,三人坐下。

沈爷道:"今日乃小弟值日之期,方才听得有物击木板之声,便知是兄弟们来了,所以才迎了出来。亏得是小弟,若是别位,难免声张起来。"白玉堂道:"小弟因一时性急,故此飞了两个石子,探探路径。"沈爷道:"二位兄长莫怪小弟说,以后众家弟兄千万不要到此。这楼中消息索线利害非常,奸王惟恐有人盗去盟书,所以严加防范,每日派人看守楼梯,最为要紧。"智化道:"这楼梯却在何处?"沈爷道:"就在楼底后面,犹如马道一般。梯底下面有一铁门,里面仅可存身。如有人来,只用将索簧上妥,尽等拿人。这制造的底细,一言难尽。二位兄长回去见了众家弟兄，谆嘱一番，千万不要到此。倘若入了圈套，惟恐性命难保。休怪小弟言之不早也。"白玉堂道："他既设此机关，难道就罢了不成？"沈仲元道："如何就罢了呢，不过暂待时日，俟有机缘，小弟探准了诀窍，设法破了索簧。只要消息不动，那时就好处治了。"智化道："全仗贤弟帮助。"沈仲元道："小弟当得效劳，兄长只管放心。"智化道："我等从何处出去呢？"沈仲元道："随我来。"三人立起身来，下了台基。沈仲元道："今日乃戊午日干，震为长男，兑为少阴。内卦八，兑为泽，左转行去，便到了外边；震为雷，若往右边走错，门户皆闭，是再出不去的。他这制造的外有八卦，内分六十四爻，所以有六十四门。这其中按着奇门休、生、伤、杜、景、死、惊、开的部位安置，一爻一个样儿，周而复始，剥复往来，是再不能错的。"说着话，已然过了无数的门户，果然俱是从左转。不多时，已看见外边的木城。沈仲元道："二位兄长出了此门便无事了，以后千万不要到此！恕小弟不送了。"智化二人谢了沈仲元，暗暗离了襄阳王府。智化又向白玉堂谆嘱了一番，方才分手。白玉堂回转按院衙门。智化悄地里到了寓所，至次日，方回太守衙门。见了张立，无非托言找个相知未遇，私探一节，毫不提起。

且说白玉堂自从二探铜网阵，心中郁郁不乐，茶饭无心。这日，颜大人请至书房，与公孙先生静坐闲谈，雨墨烹茶伺候。说到襄阳王，所有收的呈词至今并未办理，奸王目下严加防范，无隙可乘。颜大人道："办理民词，却是极易之事。只是如何使奸王到案呢？"公孙策道："言虽如此，惟恐他暗里使人探听，又恐他别生枝叶搅扰。他那里既然严加防范，我这里时刻小心。"白玉堂道："先生之言甚是。第一，做官以印为主。"便吩咐雨墨道："大人印信要紧。从今后你要好好护持，不可忽略。"雨墨领命，才待转身，白玉堂唤住道："你往那里去？"雨墨道："小人护印去。"白玉堂笑道："你别要性急，提起印来，你就护印去，方才若不提起，你也就想不起印来了。何必忙在此时呢？再者还有一说，隔墙须有耳，窗外岂无人。焉知此时奸王那里不有人来窥探？你这一去，提拨他了。曾记当初俺在开封盗取三宝之时，原不知三宝放于何处，因此用了个拍手投石问路之计。多亏郎官包兴把俺领了去，俺才知三宝所在。你今若一去，岂不是前车之鉴么？不过以后留神就是了。"雨墨连连称是。白玉堂又将诓诱南侠入岛，暗设线网，拿住展昭的往事述了一番。彼此谈笑至二鼓之半，白玉堂辞了颜大人，出了书房，前后巡查。又吩咐更夫等务要殷勤，回转屋内去了。

不知后来如何，且听下回分解。

第一百三回

巡按府气走白玉堂　　逆水泉搜求黄金印

且说白五爷回到屋内,总觉心神不定,坐立不安。自己暗暗诧异道:"今日如何眼跳耳鸣起来?"只得将软靠扎缚停当,跨上石袋,仿佛预备厮杀的一般。一夜之间惊惊恐恐,未能好生安眠。到了次日,觉的精神倦怠,饮食懒餐,而且短叹长吁,不时的摩拳擦掌。及至到了晚间,自己却要早些就寝,谁知躺在床上,千思万虑一时攒在心头,翻来覆去,反倒焦急不宁。索性赌气子起来,穿好衣服,跨上石袋,佩了利刃,来至院中,前后巡逻。由西边转到东边,猛听得人声嘈杂,嚷道:"不好了,西厢房失了火了!"白玉堂急急从东边赶回来。抬头时,见火光一片,照见正堂之上有一人站立。回手从袋内取出石子,扬手打去。只听噗哧一声,倒而复立。白玉堂暗说:"不好!"此时,众差役俱各看见,又嚷有贼,又要救火。白玉堂一眼看见雨墨在那里指手画脚,分派众人,连忙赶向前来,道:"雨墨,你不护印,张罗这些做什么?"一句话提醒了雨墨,跑至大堂里面一看,哎呀道:"不好了,印匣失去了!"

白玉堂不暇细问,转身出了衙署,一直追赶下去。早见前面有二人飞跑。白玉堂一壁赶,一壁掏出石子,随手掷去。却好打在后面那人身上,只听咯当一声,却是木器声音。那人往前一扑,可巧跑的脚急，收煞不住，噗咚，嘴吃屎趴在尘埃。白玉堂早已赶至跟前，照着脑后连脖子当的一下，跺了一脚。忽然前面那人抽身回来，将手一扬，弓弦一响。白玉堂跺脚伏身，眼光早已注定前面，那人回身扬手弦响，知有暗器，身体一蹲，那人也就凑近一步。好白玉堂，急中生智，故意的将左手一捂脸。前面那人只打量白玉堂着伤，急奔前来。白玉堂觑定，将右手石子飞出。那人忙中有错，忘了打人一拳，防人一脚，只听拍，面上早已着了石子，"嗳呀"了一声，顾不得救他的伙计，负痛逃命去了。白玉堂也不追赶，就将趴伏那人按住，摸了摸脊背上却是印匣，满心欢喜。随即背后灯笼火把，来了多少差役。因听雨墨说白五爷赶贼人，故此随后赶来帮助。见白五爷按住贼人，大家上前解下印匣，将贼人绑缚起来。只见这贼人满脸血渍，鼻口皆肿，却是连栽带跺的。差役捧着印匣，押了贼人，白五爷跟随在后，回到衙署。

此时西厢房火已扑灭，颜大人与公孙策俱在大堂之上，雨墨在旁乱抖。房上之人已然拿下，却是个吹气的皮人儿。差役先将印匣安放公堂之上，雨墨一眼看见，咯噔的他也不抖了。然后又见众人推拥着一个满脸血渍矮胖之人到了公堂之上。颜大人便问："你叫什么名字？"那人也不下跪，声音洪亮答道："俺号钻云燕子，又叫坐地炮申虎。那个高大汉子，他叫神手大圣邓车。"公孙策听了，忙问道："怎么，你们是两个同来的么？"申虎道："何尝不是。他偷的印匣，却叫我背着的。"公孙策叫将申虎带将下去。

说话间白五爷已到，将追贼情形，如何将申虎打倒，又如何用石子把邓车打跑的话说了。公孙策摇头道："如此说来，这印匣须要打开看看方才放心。"白五爷听了,眉头一皱,暗道:"念书人这等腐气!共总有多大的工夫,难道他打开印匣,单把印拿了去么?若真拿去,印匣也就轻了,如何还能够沉重呢!就是细心,也到不了如此的田地。且叫他打开看了,我再奚落他一番。"即说道:"俺是粗莽人,没有先生这样细心,想的周到。倒要大家看看。"回头吩咐雨墨将印匣打开。雨墨上前解开黄袱,揭起匣盖,只见雨墨又乱抖起来,道:"不、不好咧,这、这是什么?"白玉堂见此光景,连忙近前一看,见黑漆漆一块东西,伸手拿起,沉甸甸的,却是一块废铁。登时连急带气,不由的面目变色,暗暗叫着自己:"白玉堂吓,白玉堂,你枉自聪明,如今也被人家暗算了。可见公孙策比你高了一筹,你岂不愧死?"颜查散惟恐白玉堂脸上下不来,急向前道:"事已如此,不必为难。慢慢访查,自有下落。"公孙策在旁也将好言安慰。无奈白玉堂心中委实难安,到了此时一语不发,惟有愧愤而已。公孙策请大人同白玉堂且上书房,"待我慢慢诱问申虎。"颜大人会意,携了白玉堂的手转后面去了。公孙策又叫雨墨将印匣暂且包起,悄悄告诉他:"第一白五爷要紧,你与大人好好看守,不可叫他离了左右。"雨墨领命,也就上后面去了。

公孙策吩咐差役带着申虎,到了自己屋内。却将申虎松了绑缚,换上了手镯脚镣,却叫他坐下,以朋友之礼相待。先论交情,后讲大义,嗣后便替申虎抱屈道:"可惜你这样一个人,竟受了人的欺哄了!"申虎道:"此差原是奉王爷的钧谕而来,如何是欺哄呢?"公孙先生笑道:"你真是诚实豪爽人,我不说明,你也不信。你想想,同是一样差使，如何他盗印，你背印匣呢？果然真有印也倒罢了，人家把印早已拿去请功，却叫你背着一块废铁遭了擒获。难道你不是被人欺哄了么？"申虎道："怎么，印匣内不是印么？"公孙策道："何尝是印呢。方才公同开看，止于一块废铁，印信早被邓车拿了去了。所以你遭擒时，他连救也不救，他乐得一个人去请功呢。"几句话说的申虎如梦方醒，登时咬牙切齿，恨起邓车来。公孙先生又叫人备了酒肴，陪着申虎饮酒，慢慢探问盗印的情由。

申虎深恨邓车，便吐实说道："此事原是襄阳王在集贤堂与大家商议，要害按院大人非盗印不可。邓车自逞其能，就讨了此差，却叫我陪了他来。我以为是大家之事，理应帮助。谁知他不怀好意，竟将我陷害。我等昨晚就来了，只因不知印信放在何处。后来听见白五爷说，叫雨墨防守印信，我等听了甚是欢喜。不想白五爷又吩咐雨墨，不必忙在一时，惟恐隔墙有耳，我等深服白五爷精细。就把雨墨认准了，我们就回去了，故此今晚才来。可巧雨墨正与人讲究护印之事，他在大堂的里间，我们揣度印匣必在其中。邓车就安设皮人，叫我在西厢房放火，为的是惑乱众心，匆忙之际方好下手。果然不出所料，众人只顾张罗救火，又看见房上有那皮人，登时鼎沸起来。趁此时，邓车到了里间，提了印匣，越过墙垣。我随后也出了衙署，寻觅了多时，方见邓车，他就把印匣交付于我。想来就在这个工夫，他把印拿出去了，才放上废铁。可恨他为什么不告诉我呢？我若早知是块废铁，久已的就掷了，背着他做什么？也不至于遭擒了。越想越是他有意捉弄我了，实实令人可气可恨！"

第一百三回　巡按府气走白玉堂　逆水泉搜求黄金印

公孙策又问道："他们将印盗去，意欲何为？"申虎道："我索性告诉先生罢。襄阳王已然商议明白，如若盗了印去，要丢在逆水泉内。"公孙策暗暗吃惊，急问道："这逆水泉在那里？"申虎道："在洞庭湖的山环之内，单有一泉，水势逆流，深不可测。若把印丢下去，是再也不能取出来的。"公孙策探问明白，饮酒已毕，叫人看守申虎，自己即来到书房。见了颜大人，一五一十将申虎的话说了。颜大人听了，虽则惊疑，却也无可如何。

公孙策左右一看，不见了白玉堂，便问："五弟那里去了？"颜大人道："刚才出去，他说到屋中换换衣服就来。"公孙策道："嗐，不该叫他一人出去。"急唤雨墨："你到白五爷屋中，说我与大人有紧要事相商，请他快来。"雨墨去不多时，回来禀道："小人问白五爷伴当，说五爷换了衣服就出去了，说上书房来了。"公孙策摇头道："不好了，白五爷走了。他这一去，除非有了印方肯回来，若是无印，只怕要生出别的事来。"颜大人着急道："适才很该叫雨墨跟了他去。"公孙策道："他决意要去，就是派雨墨跟了去，他也要把他支开。我原打算问明了印的下落，将五弟极力的开导一番，再设法将印找回，不想他竟走了！此时徒急无益，只好暗暗访查，慢慢等他便了。"自此日为始，颜大人行坐不安，茶饭无心。白日盼到昏黑，昏黑盼到天亮，一连就是五天，毫无影响。急的颜大人叹气嗟声，语言颠倒。多亏公孙策百般劝慰，又要料理官务。

这日，只见外班进来禀道："外面有五位官长到了，现有手本呈上。"公孙先生接过一看，满心欢喜。原来是南侠同卢方四弟兄来了，连忙回了颜大人，立刻请至书房相见。外班转身出去，公孙策迎了出来，彼此各道寒暄。独蒋平不见玉堂迎接，心中暗暗辗转。及至来到书房，颜大人也出公座见礼。展爷道："卑职等一来奉旨，二来相谕，特来在大人衙门供职。"要行属员之礼，颜大人那里肯受，道："五位乃是钦命，而且是敝老师的衙署人员，本院如何能以属员相待？"吩咐看座，只行常礼罢了。五人谢了座。只见颜大人愁眉不展，面带赧颜。

卢方先问："五弟那里去了？"颜大人听此一问，不但垂头不语，更觉满面通红。公孙策在旁答道："提起话长。"就将五日前邓车盗印情由述了一遍，"五弟自那日不告而去，至今总未回来。"卢方等不觉大惊失色道："如此说来，五弟这一去别有些不妥罢？"蒋平忙拦道："有什么不妥的呢。不过五弟因印信丢了，脸上有些下不来，暂且躲避几时。俟有了印，也就回来了。大哥不要多虑。请问先生，这印信可有些下落？"公孙策道："虽有些下落，只是难以求取。"蒋平道："端的如何？"公孙又将申虎说出逆水泉的情节说了。蒋平道："既有下落，咱们先取印要紧。堂堂按院，如何没得印信？但只一件，襄阳王那里既来盗印，他必仍然暗里使人探听。又恐他别生事端，须要严加防备方妥。明日，我同大哥、二哥上逆水泉取印，展大哥同三哥在衙署守护。白昼间还好，独有夜间更要留神。"计议已定，即刻排宴饮酒。无非讲论这节事体，大家喝的也不畅快，囫囵吃毕，饭后大家安歇。展爷单住了一间，卢方四人另有三间一所，带着伴当居住。

展爷晚间无事，来到公孙先生屋内闲谈。忽见蒋爷进来，彼此就座。蒋爷悄悄道："据小弟想来，五弟这一去凶多吉少。弟因大哥忠厚，心路儿窄，三哥又是卤莽，性子儿太急，所以小弟用言语儿岔开。明日弟等取印去后，大人前公孙先生须要善为解释。到了夜间，展兄务要留神，我三哥是靠不得的。再者，五弟吉凶，千万不要对二哥说明。五弟倘若回来，就求公孙先生与展兄将他绊住，断不可再叫他走了。如若仍不回来，只好等我们从逆水泉回来再做道理。"公孙先生与展爷连连点头应允，蒋平也就回转屋内安歇。

到了次日，卢方等别了众人，蒋爷带了水靠，一直竟奔洞庭而来。到了金山庙，蒋爷惟恐卢方跟到逆水泉瞅着害怕着急，便对卢方道："大哥，此处离逆水泉不远了，小弟就在此改装。大哥在此专等，又可照看了衣服包裹。"说着话，将大衣服脱下，摺了摺包在包裹之内，即把水靠穿妥，同定韩彰前往逆水泉而去。这里，卢爷提了包裹，进庙瞻仰了一番，原来是五显财神。将包裹放在供桌上，转身出来，坐在门槛之上观看山景。

不知后文如何，且听下回分解。

第一百四回

救村妇刘立保泄机　遇豪杰陈起望探信

且说卢方出庙观看山景,忽见那边来了个妇人,慌慌张张,见了卢方说道:"救人吓,救人吓!"说着话,迈步跑进庙去了。卢方才待要问,又见后面有一人穿着军卒服色,口内胡言乱道,追赶前来。卢方听了,不由的气往上撞,迎面将掌一晃,脚下一踢,那军卒栽倒在地。卢方赶步脚踏胸膛,喝道:"你这厮擅自追赶良家妇女,意欲何为,讲!"说罢,扬拳要打,那军卒道:"你老爷不必动怒,小人实说。小人名叫刘立保,在飞叉太保钟大王爷寨内做了四等的小头目。只因前日襄阳王爷派人送了一个坛子,里面装定一位英雄的骨殖,说此人姓白名叫玉堂。襄阳王爷恐人把骨殖盗去,因此交给我们大王。我们大王说,这位姓白的是个义士好朋友,就把他埋在九截松五峰岭下。今日又派我带领一十六个喽啰,抬了祭礼,前来与姓白的上坟。小人因出恭落在后面,恰好遇见这个妇人。小人以为幽山荒僻,欺侮他是个孤行的妇女,也不过是臊皮打哈哈儿,并非诚心要把他怎么样。就是这么一件事情,你老听明白了?"刘立保一壁说话,一壁偷眼瞧卢方。见卢方愕愕柯柯,不言不语,仿佛出神,忘其所以,后面说的话大约全没听见。刘立保暗道:"这位别有什么症候罢?我不趁此时逃走,还等什么。"轻轻从卢方的脚下滚出,爬起来就往前追赶喽啰去了。

到了那里,见众人将祭礼摆妥,单等刘立保。刘立保也不说长,也不道短,走到祭桌跟前,双膝跪倒。众人同声道:"一来奉上命差遣,二来闻听说死者是个好汉子,来来来,大家行个礼儿也是应当的。"众人跪倒,刚磕下头去,只听刘立保"哇"的一声,放声大哭。众人觉的诧异,道:"行礼使得,哭他何益?"刘立保不但哭,嘴里还数数落落的道:"白五爷吓,我的白五爷!今日奉大王之命前来与你老上坟,差一点儿没叫人把我毁了。焉知不是你老人家的默佑保护,小人方才得脱。若非你老的阴灵显应,大约我这刘立保保不住叫人家凑了活了。嗳呀,我那有灵有圣的白五爷吓!"众人听了,不觉要笑,只得上前相劝,好容易方才住声。众人原打算祭奠完了,大家团团围住一吃一喝。不想刘立保馀恸尚在,众人见头儿如此,只得仍将祭礼装在食盒里面,大家抬起。也有抱怨的:"辛苦了这半天,连个祭馀也没尝着。"也有纳闷的:"刘立保今儿受了谁的气,来到这里借此发泄呢?"俱各猜不出是什么原故。

刘立保眼尖,见那边来了几个猎户,各持兵刃,知道不好,他便从小路儿溜之乎也。这里喽啰抬着食盒,冷不防劈叉拍叉一阵乱响,将食盒家伙砸了个稀烂。其中有两个猎户,一个使棍,一个托叉,问道:"刘立保那里去了?"众喽啰中有认的二人的,便说道:"陆大爷,鲁二爷,这是怎么说,我等并没敢得罪尊驾,为何将家伙俱各打碎?我们如何回去销差呢?"只听使棍的道:"你等休来问俺。俺只问你刘立保在那里?"喽啰道:"他早已从小路逃走。大爷找他则甚?"使棍的冷笑道："好吓，他竟逃走了。便宜这厮！你等回去上复你家大王，问他这洞庭之内可有无故劫掠良家妇女的规矩么？而且他竟敢邀截俺的妻小，是何道理？"众喽啰听了，方明白刘立保所做之事。大约方才恸哭，想来是已然受了委屈了。便向前央告道："大爷、二爷不要动怒，我们回去必禀知大王将他重处，实实不干小人们之事。"使叉的还要抡叉动手，使棍的拦住道："贤弟休要伤害他等，且看钟大王素日情面。"又对众喽啰道："俺若不看你家大王的分上，将你等一个也是不留。你等回去，务必将刘立保所做之恶说明，也叫你家大王知道，俺等并非无故厮闹。且饶恕尔等去罢。"众喽啰抱头鼠窜而去。

原来此二人乃是郎舅，使棍的姓陆名彬，使叉的姓鲁名英。方才那妇人便是陆彬之妻，鲁英之姊，一身好武艺，时常进山搜罗禽兽。因在山上就看见一群喽啰上山，他急急藏躲，惟恐叫人看见不甚雅像。俟众喽啰过去了，才慢慢下山，意欲归家，可巧迎头遇见刘立保胡言乱语。这鲁氏故意的惊慌，将他诱下，原要用袖箭打他，以戒下次。不想来至五显庙前，一眼看见卢方，倒不好意思，只得嚷道："救人吓，救人吓！"卢大爷方把刘立保踢倒。这妇人也就回家，告诉陆、鲁二人。所以二人提了利刃，带了四个猎户，前来要拿刘立保出气。谁知他早已脱逃，只得找寻那紫面大汉。先到庙中寻了一遍，见供桌上有个包裹，却不见人。又吩咐猎户四下搜寻，只听那边猎户道："在这里呢。"陆、鲁二人急急赶至树后，见卢方一张紫面，满部髭髯，身材凛凛，气概昂昂，不由暗暗羡慕，连忙上前致谢道："多蒙恩公救拔,我等感激不尽!请问尊姓大名?"谁知卢方自从听了刘立保之言,一时恼彻心髓,迷了本性,信步出庙,来至树林之内,全然不觉。如今听陆、鲁二人之言,猛然还过一口气来,方才清醒。不肯说出姓名,含糊答道:"些须小事,何足挂齿。请了。"陆、鲁二人见卢方不肯说出名姓,也不便再问,欲邀到庄上酬谢。卢方答道:"因有同人在这里相等,碍难久停,改日再为拜访。"说罢,将手一拱,转身竟奔逆水泉而来。

此时已有昏暮之际。正走之间,只见前面一片火光,旁有一人往下注视。及至切近,却是韩彰。便悄悄问道:"四弟怎么样了?"韩彰道:"四弟已然下去二次,言下面极深,极冷,寒气彻骨,不能多延时刻。所以用干柴烘着,一来上来时可以向火暖寒,二来借火光,水中以作眼目。大哥脚下立稳着再往下看。"卢方登住顽石,往泉下一看,但见碧澄澄回环来往,浪滚滚上下翻腾,那一股冷飕飕寒气侵人的肌骨。卢方不由的连打几个寒噤,道:"了不得,了不得,这样寒泉逆水,四弟如何受得?寻不成印信,性命却是要紧!怎么好,怎么好。四弟吓,四弟,摸的着摸不着,快些上来罢!你若再不上来,劣兄先就禁不起了。"嘴里说着,身体已然打起战来,连牙齿咯咯咯抖的乱响。韩彰见卢方这番光景,惟恐有失,连忙过来搀住道:"大哥且在那边向火去,四弟不久也就上来了。"卢方那里肯动,两只眼睛直勾勾的往水里紧瞅。半晌只听忽喇喇水面一翻,见蒋平刚然一冒,被逆水一滚打将下去。转来转去,一连几次,好容易扒着沿石,将身体一长,出了水面。韩彰伸手接住,将身往后一仰,用力一提,这才把蒋平拉将上来，挽到火堆烘烤暖寒。迟了一会，蒋平方说出话来，道："好利害，好利害！若非火光，险些儿心头迷乱了。小弟被水滚的已然力尽筋疲了。"卢方道："四弟吓，印信虽然要紧，再不要下去了。"蒋平道："小弟也不下去了。"回手在水靠内掏出印来，道："有了此物，我还下去做什么？"

忽听那边有人答道："三位功已成了，可喜可贺！"卢方抬头一看，不是别人，正是陆、鲁二位弟兄，连忙执手道："为何去而复返？"陆彬道："我等因恩公竟奔逆水泉而来，甚不放心，故此悄悄跟随。谁知三位特为此事到此，果然这位本领高强。这泉内没有人敢下去的。"韩彰便问此二位是何人，卢方就把庙前之事说了一遍。蒋平此时却将水靠脱下，问道："大哥，小弟很冷，我的衣服呢？"卢方道："哟，放在五显庙内了。这便怎么？贤弟且穿劣兄的。"说罢就要脱下。蒋平拦道："大哥不要脱，你老的衣服小弟如何穿的起来？莫若将就到五显庙再穿不迟。"只见鲁英早已脱下衣服来道："四爷且穿上这件罢。那包袱弟等已然叫庄丁拿回庄去了。"陆彬道："再者天色已晚，请三位同到敝庄略为歇息，明早再行如何呢？"卢方等只得从命。蒋平问道："贵庄在那里？"陆彬道："离此不过二里之遥，名叫陈起望，便是舍下。"说罢，五人离了逆水泉，一直来到陈起望。

相离不远，早见有多少灯笼火把迎将上来。火光之下看去，好一座庄院，甚是广阔齐整，而且庄丁人烟不少。进了庄门，来在待客厅上，极其宏敞煊赫。陆彬先叫庄丁把包袱取出，与蒋平换了衣服。转眼间，已摆上酒肴，大家叙座，方才细问姓名，彼此一一说了。陆、鲁二人本久已闻名，不能亲近，如今见了，曷胜敬仰。陆彬道："此事我弟兄早已知之。因五日前来了个襄阳王府的站堂官，此人姓雷，他把盗印之事述说一番。弟等不胜惊骇，本要拦阻，不想他已将印信撂在逆水泉内，才到敝庄。我等将他埋怨不已，陈说利害，他也觉的后悔。惜乎事已做成，不能更改。自他去后，弟等好生的替按院大人忧心。谁知蒋四兄有这样的本领，弟等真不胜拜服之至。"蒋爷道："岂敢，岂敢。请问这姓雷的，不是单名一个英字，在府衙之后二里半地八宝庄居住，可是么？"陆彬道："正是，正是。四兄如何认得？"蒋平道："小弟也是闻名，却未会面。"

卢方道："请问陆兄，这里可有个九截松五峰岭么？"陆彬道："有，就在正南之上。卢兄何故问他？"卢方听见，不由的落下泪来，就将刘立保说的言语叙明，说罢痛哭。韩、蒋二人听了，惊疑不止。蒋平惟恐卢方心路儿窄，连忙遮掩道："此事恐是讹传，未必是真。若果有此事，按院那里如何连个风声也没有呢？据小弟看来，其中有诈。俟明日回去，小弟细细探访就明白了。"陆、鲁二人见蒋爷如此说，也就劝卢方道："大哥不要伤心。此一节事，我弟兄就不知道，焉知不是讹传呢？俟四兄上听明白，自然有个水落石出。"卢方听了，也就无可如何。而且新到初交的朋友家内，也不便痛哭流涕的，只得止住泪痕。蒋平就将此事岔开，问陆、鲁如何生理。陆彬道："小弟在此庄内以渔猎为生。我这乡邻，有捕鱼的，有打猎的，皆是小弟二人评论市价。"三人听了，知他二人是丁家弟兄一流人物，甚是称羡。酒饭已毕，大家歇息。

三人心内有事，如何睡的着。到了五鼓便起身，别了陆、鲁弟兄，离了陈起望，那敢耽延，急急赶到按院衙门。见了颜大人，将印呈上。不但颜大人欢喜感激，连公孙策也是夸奖佩服。更有个雨墨，暗暗念佛，殷殷勤勤，尽心伏侍。卢方便问："这几日五弟可有信息么？"公孙策道："仍是毫无影响。"卢方连声叹气道："如此看来，五弟死矣！"又将听见刘立保之言说了一遍。颜大人尚未听完，先就哭了。蒋平道："不必犹疑，我此时就去细细打听一番，看是如何。"

要知白玉堂的下落，且听下回分解。

第一百五回

三探冲霄玉堂遭害　一封印信赵爵耽惊

且说蒋平要去打听白玉堂下落，急急奔到八宝庄，找着了雷震，恰好雷英在家。听说蒋爷到了，父子一同出迎。雷英先叩谢了救父之恩，雷震连忙请蒋爷到书房，献茶寒暄。叙罢，蒋爷便问白玉堂的下落。雷英叹道："说来实在可惨，可伤。"便一长一短说出。蒋爷听了，哭了个哽气倒噎，连雷震也为之掉泪。这段情节不好说，不忍说，又不能不说。

你道白玉堂端的如何？自那日改了行装，私离衙署，找了个小庙存身，却是个小天齐庙。自己暗暗思索道："白玉堂英名一世，归齐却遭了别人的暗算，岂不可气可耻。按院的印信别人敢盗，难道奸王的盟书我就不敢盗么？前次，沈仲元虽说铜网阵的利害，他也不过说个大概，并不知其中的底细，大约也是少所见而多所怪的意思，如何能够处处有线索，步步有消息呢？但有存身站脚之处，我白玉堂仗着一身武艺，也可以支持得来。倘能盟书到手，那时一本奏上当今，将奸王参倒，还愁印信没有么？"越思越想，甚是得意。

到了夜间二鼓之时，便到了木城之下。来过两次，门户已然看惯，毫不介意，端详了端详就由坎门而入。转了几个门户，心中不耐烦，在百宝囊中掏出如意绦来。凡有不通闭塞之处，也不寻门，也不找户，将如意绦抛上去，用手理定绒绳便过去。一连几处，皆是如此，更觉爽快无阻。心中畅快，暗道："他虽然设了疑阵，其奈我白玉堂何！"越过多少板墙，便看见冲霄楼。仍在石基之上歇息了歇息，自己犯想道："前次沈仲元说过，楼梯在正北，我且到楼梯看看。"顺着台基绕到楼梯一看，果与马道相似。才待要上，只见有人说道："什么人？病太岁张华在此！"飕的一刀砍来。白玉堂也不招架，将身一闪，刀却砍空。张华往前一扑，白玉堂就势一脚。张华站不稳，栽将下来，刀已落地。白玉堂赶上一步，将刀一拿，觉着甚是沉重压手，暗道："这小子好大力气，不然如何使这样的笨物呢？"他那知道，张华自从被北侠将刀削折，他却另打了一把厚背的利刃，分量极大。他只顾图了结实，却忘了自己拿他不动。自从打了此刀之后，从未对垒厮杀，不知兵刃累手。今日猛见有人上梯，出其不意，他尽力的砍来。却好白爷灵便，一闪身，他的刀砍空。力猛刀沉，是刀把他累的，往前一扑，再加上白爷一脚，他焉有不撒手掷刀栽下去的理呢？

且说白爷提着笨刀，随后赶下，照着张华的喉嗓将刀不过往下一按。真是兵刃沉重的好处，不用费力，只听噗哧的一声，刀会自己把张华杀了。白玉堂暗道："兵刃沉了也有趣儿，杀人真能省劲儿。"

谁知马道之上，铁门那里还有一人，却是小瘟瘟徐敞。见张华丧命，他将身一闪，进了铁门，暗暗将索簧上妥，专等拿人。白玉堂那里知道，见楼梯无人拦挡，携着笨刀就到了冲霄楼上。从栏杆往下观瞧，其高非常。又见楼却无门，依然的八面窗棂，左寻右找，无门可入。一时性起，将笨刀顺着窗缝，往上一撬一撬，不多的工夫，窗户已然离槽。白爷满心欢喜,将左手把住窗棂,右手再一用力,窗户已然落下一扇。顺手轻轻的一放,楼内已然看见,却甚明亮,不知光从何生。回手掏出一块小小石子,往楼内一掷。侧耳一听,咕噜噜石子滚到那边不响了,一派木板之声。白爷听了,放心将身一纵,上了窗户台儿。将笨刀往下一探,果是实在的木板。轻轻跳下,来至楼内,脚尖滑步,却甚平稳。往亮处奔来一看,又是八面小小窗棂,里面更觉光亮,暗道:"大约其中必有埋伏。我既来到此处,焉有不看之理。"又用笨刀将小窗略略的一撬,谁知小窗随手放开。白玉堂举目留神,原来是从下面一缕灯光,照彻上面一个灯球,此光直射至中梁之上,见有绒线系定一个小小的锦匣。暗道:"原来盟书在此。"这句话尚未出口,觉得脚下一动。才待转步,不由将笨刀一扔,只听咕噜一声,滚板一翻。白爷说声:"不好!"身体往下一沉,觉得痛彻心髓。登时从头上至脚下,无处不是利刃,周身已无完肤。

只听一阵锣声乱响,人声嘈杂,道:"铜网有了人了!"其中有一人高声道:"放箭!"耳内如闻飞蝗骤雨,铜网之上犹如刺猬一般,早已不动的了。这人又吩咐:"住箭!"弓箭手下去,长枪手上来,打着火把照看。见铜网之内血渍淋漓,漫说面目,连四肢俱各不分了。小瘟瘟徐敞满心得意,吩咐拔箭。血肉狼籍难以注目。将箭拔完之后,徐敞仰面觑视。不防有人把滑车一拉,铜网往上一起,那把笨刀就落将下来,不歪不斜,正砍在徐敞的头上,把个脑袋平分两半,一张嘴往两下里一咧,一边是"嗳",一边是"呀",连"乖乖"也给了他了,身体往后一倒,也就呜呼哀哉了。

众人见了，不敢怠慢，急忙来到集贤堂。此时奸王已知铜网有人，大家正在议论。只见来人禀道："铜网不知打住何人。从网内落下一把笨刀来，将徐敞砍死。"奸王道："虽然铜网打住一人，不想倒反伤了孤家两条好汉。又不知此人是谁，孤家倒要看看去。"众人来至铜网之下，吩咐将尸骸抖下来。已然是块血饼，如何认得出来。旁边早有一人看见石袋，道："这是什么物件？"伸手拿起，里面尚有石子。这石袋未伤，是笨刀挡住之故。沈仲元骇目惊心，暗道："五弟吓，五弟，你为何不听我的言语，竟自遭此惨毒？好不伤感人也！"只听邓车道："千岁爷万千之喜！此人非别个，他乃大闹东京的锦毛鼠白玉堂。除他并无第二个用石子的，这正是颜查散的帮手。"奸王听了，心中欢喜。因此用坛子盛了尸首，次日送到军山，交给钟雄掩埋看守。

前次刘立保说的原非讹传。如今蒋爷又听雷英说的伤心惨目，不由的痛哭。雷震在旁拭泪。劝慰多时，蒋爷止住伤心，又问道："贤弟，现今奸王那里作何计较？务求明以告我，幸勿吝教。"雷英道："奸王虽然谋为不轨，每日以歌童舞女为事，也是个声色货利之徒。他此时刻刻不忘的，惟有按院大人，总要设法将大人陷害了，方合心意。恩公回去禀明大人，务要昼夜留神方好。再者，恩公如有用着小可之时，小可当效犬马之劳，绝不食言。"蒋爷听了，深深致谢。辞了雷英父子，往按院衙门而来。暗暗忖道："我这回去见了我大哥，必须如此如此，索性叫他们死心塌地的痛哭一场，省得悬想出病来，反为不美。就是这个主意！"

不多时，到了衙中。刚到大堂，见雨墨从那边出来，便忙问道："大人在那里？"雨墨道："大人同众位俱在书房，正盼望四爷呢。"蒋爷点头。转过二堂，便看见了书房，他就先自放声大哭，道："哎呀，不好了，五弟叫人害了，死的好不惨苦吓！"一壁嚷着，一壁进了书房。见了卢方，伸手拉住道："大哥，五弟真个死了也。"卢方闻听，登时昏晕过去。韩彰、徐庆连忙扶住，哭着呼唤。展爷在旁又是伤心，又是劝慰。不料颜查散那里瞪着双睛，口中叫了一声："贤弟呀！"将眼一翻，往后便仰，多亏公孙先生扶住。却好雨墨赶到，急急上前，也是乱叫。此时书房就如孝棚一般，哭的、叫的忙在一处。好容易卢大爷哭了出来，蒋四爷等放心。展爷又过来照看颜大人，幸喜也还过气来。这一阵悲哭，不堪入耳。展爷与公孙先生虽则伤心，到了此时，反要百般的解劝。卢大爷痛定之后，方问蒋平道："五弟如何死的？"蒋平道："说起咱五弟来，实在可怜。这也是他素日阴毒刻薄，所以遭此惨亡。"便将误落铜网阵遭害的缘由，说了又哭，哭了又说，分外的比别人闹的利害。后来索性要不活着了，要跟了老五去。急的个实心的卢方倒把他劝解了多时。徐庆粗豪直爽人，如何禁的住揉磨，连说带嚷道："四弟，你好胡闹！人死不能复生，也是五弟命短，只是哭他也是无益。与其哭他，何不与他报仇呢！"众人道："还是三弟想的开。"此时，颜大人已被雨墨搀进后面歇息去了。

忽见外班拿了一角文书，是襄阳王那里来的官务。公孙先生接来拆开看毕道："你叫差官略等一等，我这里即有回文答复。"外班回身出去传说。公孙策对众人道："他这文书不是为官务而来。"众人道:"不为官事,却是为何?"公孙策道:"他因这些日不见咱们衙门有什么动静,故此行了文书来,我这里必须答复他。明是移文,暗里却打听印信消息而来。"展爷道:"这有何妨。如今有了印信,还愁什么答复么?"蒋平道:"虽则如此,他若看见有了印信,只怕又要生别的事端了。"公孙策点头道:"四弟虑的是极。如今且自答了回文,我这里严加防备就是了。"说罢,按着原文答复明白,叫雨墨请出印来用上,外面又打了封口,交付外班,即叫原差领回。

官务完毕之后,大家摆上酒饭。仍是卢方首座,也不谦逊,大家团团围坐。只见卢方无精打彩,短叹长吁,连酒也不沾唇,却一汪眼泪泡着眼珠儿,何曾是个干!大家见此光景,俱各闷闷不乐。惟独徐庆一言不发,自己把着一壶酒,左一杯,右一盏,仿佛拿酒杀气的一般。不多会,他就醉了,先自离席,在一边躺着去了。众人因卢方不喝不吃,也就说道:"大哥如不耐烦,何不歇息歇息呢?"卢方顺口说道:"既然如此,众位贤弟,恕劣兄不陪了。"也就回到自己屋内去了。

这里公孙策、展昭、韩彰、蒋平四人,饮酒之间商议事体。蒋平又将雷英说奸王刻刻不忘要害大人的话说了。公孙策道:"我也正为此事踌躇,我想今日这套文书回去,奸王见了必是惊疑诧异,他如何肯善罢干休呢?咱们如今有个道理:第一,大人处要个精细有本领的,不消说了是展大哥的责任。什么事展兄全不用管,就只保护大人要紧。第二,卢大哥身体欠爽,一来要人伏侍,二来又要照看,此差交给四弟。我与韩二兄、徐三弟今晚在书房,如此如此,倘有意外之事,随机应变,管保诸事不至遗漏。众位弟兄想想如何呢?"展爷等听了道:"很好,就是如此料理罢。"酒饭已毕,展爷便到后面看了看颜大人,又到前面瞧了瞧卢大爷。两下里无非俱是伤心,不必细表。

且说襄阳王的差官领了回文,来至衙中。问了问奸王正同众人在集贤堂内,即刻来至厅前。进了厅房,将回文呈上。奸王接来一看,道:"嗳呀,按院印信既叫孤家盗来,他那里如何仍有印信?岂有此理,事有可疑!"说罢将回文递与邓车。邓车接来一看,不觉的满面通红道:"启上千岁,小臣为此印原非容易。难道送印之人有弊么?"一句话提醒了奸王,立刻吩咐:"快拿雷英来!"

未知如何,且听下回分解。

第一百六回

公孙先生假扮按院　　神手大圣暗中机谋

且说襄阳王赵爵因见回文上有了印信,追问邓车,邓车说必是送印之人舞弊。奸王立刻将雷英唤来,问道:"前次将印好好交代托付于你,你送往那里去了?"雷英道:"小臣奉千岁密旨,将印信小心在意撂在逆水泉内;并见此泉水势汹涌,寒气凛冽。王爷因何追问?"奸王道:"你既将印信撂在泉内,为何今日回文仍有印信?"说罢将回文掷下。雷英无奈,从地下拾起一看,果见印信光明,毫无错谬,惊的无言可答。奸王大怒道:"如今有人扳你送印作弊,快快与我据实说来。"雷英道:"小臣实实将印送至逆水泉内,如何擅敢作弊?请问千岁,是谁说来?"奸王道:"方才邓车说来。"雷英听了,暗暗发恨,心内一动,妙计即生,不由的冷笑道:"小臣只道那个说的,原来是邓车!小臣启上千岁,小臣正为此事心中犯疑。我想按院乃包相的门生,智略过人,而且他那衙门里能人不少,如何能够轻易的印信叫人盗去?必是将真印藏过,故意的设一方假印,被邓车盗来。他为干了一件少一无二的奇功,谁知今日真印现出,不但使小臣徒劳无益,额外还耽个不白之冤,兀的不委屈死人了。"一席话说的个奸王点头不语。邓车羞愧难当,真是羞恼变成怒,一声怪叫道:"啊哟,好颜查散,你竟敢欺侮俺么?俺和你誓不两立!"雷英道:"邓大哥不要着急。小弟是据理而论,你既能以废铁倒换印信,难道不准人家提出真的,换上假的么?事已如此,须要大家一同商议商议方好。"邓车道:"商议什么!俺如今惟有杀了按院,以泄欺侮之恨,别无他言。有胆量的随俺走走吓!"只见沈仲元道:"小弟情愿奉陪。"奸王闻听,满心欢喜,就在集贤堂摆上酒肴,大家畅饮。

到了初鼓之后,邓车与沈仲元俱各改扮停当,辞了奸王,竟往按院衙门而来。路途之间计议明白,邓车下手,沈仲元观风。及至到了按院衙门,邓车往左右一看,不见了沈仲元,并不知他何时去的,心中暗道:"他方才还和我说话,怎么转眼间就不见了呢?哦,是了,想来他也是个畏首畏尾之人,瞧不得素常夸口,事到头来也不自由了。且看邓车的能为!俟成功之后,再将他极力的奚落一场。"想罢,纵身越墙,进了衙门。急转过二堂,见书房东首那一间灯烛明亮。蹑足潜踪,悄到窗下,湿破窗纸,觑眼偷看。见大人手执案卷,细细观看,而且时常掩卷犯想。虽然穿着便服,却是端然正坐,旁边连雨墨也不伺候。邓车暗道:"看他这番光景,却像个与国家办事的良臣,原不应将他杀却。奈俺老邓要急于成功,就说不得了。"便奔到中间门边,一看却是四扇槅扇,边槅有锁锁着,中间两扇关闭。用手轻轻一撼,却是竖着立栓。回手从背后抽出刀来,顺着门缝将刀伸进,右腕一挺劲,刀尖就扎在立栓之上,然后左手按住刀背,右手只用将腕子往上一拱,立栓的底下已然出槽;右手又往旁边一摆,左手往下一按,只听咯当的一声,立栓落地。轻轻把刀抽出,用口衔住。左右手把住了槅扇,一边往怀里一带,一边往外一推,微微有些声息,吱溜溜便开开了一扇。邓车回手拢住刀靶,先伸刀,后伏身,斜跨而入。即奔东间的软帘,用刀将帘一挑,呼的一声,脚下迈步,手举钢刀,只听咯当一声。邓车口说:"不好!"磨转身往外就跑。早已听见哗啷一声,又听见有人道:"三弟放手,是我!"噗哧的一声,随后就追出来了。

你道邓车如何刚进来就跑了呢?只因他撬栓之时,韩二爷已然谆谆注视,见他将门推开,便持刀下来。尚未立稳,邓车就进来了。韩二爷知他必奔东间,却抢步先进东间。及至邓车掀帘、迈步、举刀,韩二爷的刀已落下。邓车借灯光一照,即用刀架开,咯当,转身出来,迫忙中将桌上的蜡灯哗啷砸在地下。此时三爷徐庆赤着双足,仰卧在床上酣睡不醒。觉得脚下后跟上有人咬了一口,猛然惊醒,跳下地来就把韩二爷抱住。韩二爷说:"是我!"一摔身。恰好徐三爷脚踏着落下蜡灯的蜡头儿,一滑,脚下不稳,趴伏噗哧在地。谁知看案卷的不是大人,却是公孙先生。韩爷未进东间之先,他已溜了出来,却推徐爷。又恐徐爷将他抱住,见他赤着双足,没奈何才咬了他一口,徐爷这才醒了。因韩二爷摔脱追将出去,他却跌倒的快当,爬起来的剪绝,随后也就呱咭呱咭追了出来。

且说韩二爷跟定邓车,蹿房越墙,紧紧跟随。忽然不见了,左顾右盼,东张西望,正然纳闷。猛听有人叫道:"邓大哥,邓大哥,榆树后头藏不住,你藏在松树后头罢。"韩二爷听了,细细往那边观瞧,果然有一棵榆树,一棵松树,暗暗道:"这是何人呢?明是告诉我这贼在榆树后面,我还发呆么?"想罢,竟奔榆树而来。真果邓车离了榆树,又往前跑。韩二爷急急垫步紧赶,追了个嘴尾相连,差不了两步,再也赶不上。又听见有人叫道:"邓大哥,邓大哥,你跑只管跑,小心着暗器呀!"这句话,却是沈仲元告诉韩彰,防着邓车的铁弹。不想提醒了韩彰,暗道:"是呀,我已离他不远,何不用暗器打他呢?这个朋友真是旁观者清!"想罢,左手一撑,将弩箭上上。把头一低,手往前一点,这边噌,那边拍,又听"嗳呀",韩二爷已知贼人着伤,更不肯舍。谁知邓车肩头之上中了弩箭,觉得背肩发麻,忽然心内一阵恶心,暗说:"不好!此物必是有毒。"又跑了有一二里之遥,心内发乱,头晕眼花,翻斤斗栽倒在地。韩二爷已知药性发作,贼人昏晕过去,脚下也就慢慢的走了。

只听背后呱咭呱咭的乱响,口内叫道:"二哥,二哥,你老在前面么?"韩二爷听声音是徐三爷,连忙答道:"三弟,劣兄在此。"说话间,徐庆已到,说:"怪道那人告诉小弟说,二哥往东北追下来了,果然不差。贼人在那里?"韩爷道:"已中劣兄的暗器栽倒了。但不知暗中帮助的却是何人,方才劣兄也亏了此人。"二人来至邓车跟前,见他四肢扎然躺在地下。徐爷道:"二哥将他扶起,小弟背着他。"韩爷依言扶起邓车,徐庆背上,转回衙门而来。走不多几步,见有灯光明亮,却是差役人等前来接应,大家上前帮同将邓车抬回衙去。

此时公孙策同定卢方、蒋平俱在大堂之上立等,见韩彰回来,问明了备细,大家欢喜。不多时,把邓车抬来。韩二爷取出一丸解药,一半用水研开灌下,一半拔出箭来敷上伤口。公孙先生即吩咐差役,拿了手镯脚镣给邓车上好,容他慢慢苏醒。迟了半晌,只听邓车口内嘟囔道:"姓沈的,你如何是来帮俺,你直是害俺来了。好吓,气死俺也!"哎呀了一声,睁开二目,往上一看,上面坐着四五个人,明灯亮烛,照如白昼。即要转动,觉着甚不得力。低头看时,腕上有镯,脚下有镣。自己又一犯想,还记得中了暗器,心中一阵迷乱,必是被他们擒获了。想至此,不由的五内往上一翻,咽喉内按捺不住,将口一张,哇的一声,吐了许多绿水涎痰。胸膈虽觉乱跳,却是明白清爽。他却闭目一语不发。

忽听耳畔有人唤道:"邓朋友,你这时好些了?你我作好汉的,决无儿女情态,到了那里说那里的话。你若有胆量,将这杯暖酒喝了,如若疑忌害怕,俺也不强让你。"邓车听了,将眼一睁开看时,见一人身形瘦弱,蹲在身旁,手擎着一杯热腾腾的黄酒。便问道:"足下何人?"那人答道:"俺蒋平,特来敬你一杯。你敢喝么?"邓车笑道:"原来是翻江鼠。你这话欺俺太甚!既被你擒来,刀斧尚且不怕,何况是酒。纵然是砒霜毒药,俺也要喝的,何惧之有!"蒋平道:"好朋友,真正爽快!"说罢,将酒杯送至唇边。邓车张开口一饮而尽。又见过来一人道:"邓朋友,你我虽有嫌隙,却是道义相同,各为其主。何不请过来大家坐谈呢?"邓车仰面看时,这人不是别人,就是在灯下看案卷的假按院。心内辗转道:"敢则他不是颜按院。如此看来,竟是遭了他们圈套了。"便问道:"尊驾何人?"那人道:"在下公孙策。"回手又指卢方道:"这是钻天鼠卢方卢大哥,这是彻地鼠韩彰韩二哥,那边是穿山鼠徐庆徐三哥,还有御猫展大哥在后面保护大人,已命人请去了,少刻就到。"邓车听了道:"这些朋友俺都知道,久仰,久仰。既承抬爱,俺倒要随喜随喜了。"蒋爷在旁伸手将他搀起,唧嚼哗啷蹭到桌边,也不谦逊,刚要坐下,只见展爷从外面进来,一执手道:"邓朋友,久违了!"邓车久已知道展昭,无可回答,止于说道:"请了。"展爷与大众见了,彼此就座,伴当添杯换酒。邓车到了此时,讲不得砢碜,只好两手捧杯,缩头而饮。

只听公孙先生问道:"大人今夜睡得安稳么?"展爷道:"略觉好些,只是思念五弟,每每从梦中哭醒。"卢方听了,登时落下泪来。忽见徐庆瞪起双睛,擦摩两掌,立起身来,道:"姓邓的,你把俺五弟如何害了,快快说来!"公孙策连忙说道:"三弟,此事不关邓朋友相干,休要错怪了人。"蒋平道:"三哥,那全是奸王设下圈套,五弟争强好胜,自投罗网。如何抱怨得别人呢?"韩爷也在旁拦阻。展爷知道公孙先生要探问邓车,惟恐徐庆搅乱了事体,不得实信,只得张罗换酒,用言语岔开。徐庆无可如何,仍然坐在那里,气忿忿的一语不发。

展爷换酒斟毕,方慢慢与公孙策你一言我一语套问邓车,打听襄阳王的事件。邓车原是个卑鄙之人,见大家把他朋友相待,他便口不应心的说出实话来。言襄阳王所仗的是飞叉太保钟雄为保障,若将此人收伏,破襄阳王便不难矣。公孙策套问明白,天已大亮,便派人将邓车押至班房,好好看守。大家也就各归屋内,略为歇息。

且说卢方回至屋内,与三个义弟说道:"愚兄有一事与三位贤弟商议。想五弟不幸遭此荼毒,难道他的骨殖就搁在九截松五峰岭不成?劣兄意欲将他骨殖取来送回原籍,不知众位贤弟意下如何?"三人听了同声道:"正当如此,我等也是这等想。"只见徐庆道:"小弟告辞了。"卢方道:"三弟那里去?"徐庆道:"小弟盗老五的骨殖去。"卢方连忙摇头道:"三弟去不得。"韩彰道:"三弟太莽撞了。就去,也要大家商议明白,当如何去法。"蒋平道:"据小弟想来,襄阳王既将骨殖交付钟雄,钟雄必是加意防守。事情若不预料,恐到了临期,有了疏虞,反为不美。"卢方点头道:"四弟所论甚是。当如何去法呢?"蒋平道:"大哥身体有些不爽,可以不去,叫二哥替你老去。三哥心急性躁,此事非冲锋打仗可比,莫若小弟替三哥去,大哥在家也不寂寞。就是我与二哥同去,也有帮助。大哥想想如何?"卢方道:"很好,就这样罢。"徐庆瞅了蒋平一眼,也不言语。只见伴当拿了杯箸放下,弟兄四人就座。卢方又问:"二位贤弟几时起身?"蒋平道:"此事不必太忙,后日起身也不为迟。"商议已毕,饮酒用饭。

不知他等如何盗骨,且听下回分解。

第一百七回

愣徐庆拜求展熊飞　病蒋平指引陈起望

且说卢方自白玉堂亡后，每日茶饭无心，不过应个景儿而已。不多时，酒饭已毕，四人闲坐。卢方因一夜不曾合眼，便有些困倦，在一旁和衣而卧。韩彰与蒋平二人，计议如何盗取骨殖，又张罗行李马匹，独独把个愣爷撇在一边，不瞅不睬，好生气闷。心内辗转道："同是结义弟兄，如何他们去得，我就去不得呢？难道他们尽弟兄的情长，单不许我尽点心么？岂有此理！我看他们商量的得意，实实令人可气！"站起身来，出了房屋，便奔展爷的单间而来。刚然进屋，见展爷方才睡醒，在那里搽脸。他也不管事之轻重，扑翻身跪倒道："嗳呀展大哥呀，委屈煞小弟了，求你老帮扶帮扶吓！"说罢痛哭。倒把展爷唬了一跳，连忙拉起他道："三弟，这是为何？有话起来说。"徐庆更会撒泼，一壁抽着，一壁说道："大哥，你老若应了帮扶小弟，小弟方才起来；你老若不应，小弟就死在这里了。"展爷道："是了，劣兄帮扶你就是了。三弟快些起来讲。"徐庆又磕了一个头道："大哥应了，再无翻悔。"方立起身来，拭去泪痕，坐下道："小弟非为别事，求大哥同小弟到五峰岭走走。"展爷道："到底为着何事？"徐庆便将卢方要盗白玉堂的骨殖说了一遍，"他们三个怎么拿着我不当人，都说我不好。我如今偏要赌赌这口气。没奈何，求大哥帮扶小弟走走。"

展爷听了,暗暗思忖道:"原来为着此事。我想蒋四弟是个极其精细之人,必有一番见解。而且盗骨是哑密之事,似他这卤莽性烈,如何使得呢?若要不去,已然应了他,又不好意思,而且为此事屈体下礼,说不得了,好歹只得同他走走。"便问道:"三弟几时起身?"徐庆道:"就在今晚。"展爷道:"如何恁般忙呢?"徐庆道:"大哥不晓得,我二哥与四弟定于后日起身。我既要赌这口气,须早两天。及至他们到时,咱们功已成了,那时方出这口恶气。还有一宗,大哥千万不可叫二哥、四弟知道。晚间,我与大哥悄悄的一溜儿,急急赶向前去方妙。"展爷无奈何,只得应了。徐庆立起身来道:"小弟还到那边照应去。大哥暗暗收什行李、器械、马匹,起身以前在衙门后墙专等。"展爷点头。

徐庆去后,展爷又好笑,又后悔。笑是笑他粗鲁,悔是不该应他。事已如此,无可如何,只得叫过伴当来,将此事悄悄告诉他,叫他收什行李马匹。又取过笔砚来,写了两封字儿藏好。然后到按院那里看了一番,又同众人吃过了晚饭。看天已昏黑,便转回屋中,问伴当道:"行李、马匹俱有了?"伴当道:"方才跟徐爷伴当来了,说他家爷在衙门后头等着呢,将爷的行李、马匹也拢在一处了。"展爷点了点头,回手从怀中掏出两个字柬来,道:"此柬是给公孙老爷的,此柬是给蒋四爷的。你在此屋等着,候初更之后再将此字送去,就交与跟爷们的从人,不必面递。交代明白,急急赶赴前去,我们在途中慢慢等你。这是怕他们追赶之意,省得徐三爷抱怨于我。"伴当一一答应。展爷却从从容容出了衙门,来至后墙,果见徐庆与伴当拉着马匹,在那里

第一百七回　愕徐庆拜求展熊飞　病蒋平指引陈起望

张望。上前见了,徐庆问道:"跟大哥的人呢?"展爷道:"我叫他随后来,惟恐同行叫人犯疑。"徐庆道:"很好。小弟还忘了一事,大哥只管同我的伴当慢慢前行,小弟去去就来。"说罢,回身去了。

且说跟展爷的伴当在屋内候至起更,方将字柬送去。蒋爷的伴当接过字柬,来到屋内一看,只见卢方仍是和衣而卧,韩彰在那里吃茶,却不见四爷蒋平。只得问了问同伴,人说在公孙先生那里。伴当即来至公孙策屋内,见公孙策拿着字柬,正在那里讲论道:"展大哥嘱咐小心奸细刺客,此论甚是,然而不当跟随徐三弟同去。"蒋平道:"这必是我三哥磨着展大哥去的。"刚说着,又见自己的伴当前来,便问道:"什么事件?"伴当道:"方才跟展老爷的人给老爷送了个字柬来。"说罢呈上。蒋爷接来,打开看毕,笑道:"如何?我说是我三哥磨着展大哥去的,果然不错。"即将字柬递与公孙策。公孙策从头至尾看去,上面写着"徐庆跪求,央及劣兄,断难推辞,只得暂时随去。贤弟见字,务于明日急速就道,共同帮助。千万不要追赶,惟恐识破了,三弟面上不好看"云云。公孙策道:"言虽如此,明日二位再要起身,岂不剩了卢大哥一人,内外如何照应呢?"蒋平道:"小弟回去与大哥、二哥商量,既是展大哥与三哥先行,明日小弟一人足已够了。留下二哥如何?"公孙策道:"甚好,甚好!"

正说间,只见看班房的差人慌慌张张进来道:"公孙老爷,不好了!方才徐老爷到了班房,吩咐道:'你等歇息,俺要与姓邓的说句机密话。'独留小人伺候。徐老爷进屋,尚未坐稳,就叫小人看茶去。谁知小人烹了茶来,只见屋内漆黑。急急唤人掌灯看时,哎呀老爷呀,只见邓车仰卧在床上,昏迷不醒,满床血渍。原来邓车的双睛被徐老爷剜了去了。现时不知邓车的生死,特来回禀二位老爷知道。"公孙策与蒋平二人听了,惊骇非常,急叫从人掌灯。来至外面班房看时,多少差役将邓车扶起,已然苏醒过来,大骂徐庆不止。公孙策见此惨然形景,不忍注目。蒋平吩咐差役好生伏侍将养,便同公孙策转身来见卢方,说了详细,不胜骇然。大家计议了一夜。至次日天明,只见门上的进来,拿着禀帖递与公孙先生,一看,欢喜道:"好,好,好,快请,快请!"

原来是北侠欧阳春、双侠丁兆蕙,自从解押金面神蓝骁、赛方朔方貂之后,同到茉花村。本欲约会了兆兰同赴襄阳,无奈丁母欠安,只得在家侍奉。北侠告辞,丁家弟兄苦苦相留。北侠也是无事之人,权且住下。后来丁母痊愈,双侠商议,老母是有了年岁之人,为人子者不可远离膝下,又恐北侠踽踽凉凉一人上襄阳,不好意思;而且因老母染病,晨昏问安,耽搁了多少日期,左右为难。只得仍叫丁二爷随着北侠同赴襄阳,留下丁大爷在家奉亲,又可以照料家务。因此北侠与丁二爷起身。

在路行程,非止一日。来到襄阳太守衙门,可巧门上正是金福禄,上前参见,急急回禀了老爷。金辉立刻请至书房,暂为少待。此时黑妖狐智化早已接出来,彼此相见,快乐非常。不多时,金太守更衣出来,北侠与丁二官人要以官长见礼,金公那里肯受,口口声声以"恩公"呼之。大家谦让多时,仍是以宾客相待。左右献茶已毕,寒温叙过,便提起按院衙门近来事体如何。黑妖狐智化连声叹气道:

"一言难尽!好叫仁兄、贤弟得知,玉堂白五弟遭了害了。"北侠听了,好生诧异,丁二爷不胜惊骇,同声说道:"竟有这等事,请道其详。"智化便从访探冲霄楼说起,如何遇见白玉堂,将他劝回,后来又听得按院失去印信,想来白五弟就因此事拚了性命,误落在铜网阵中倾生丧命,滔滔不断说了一遍。北侠与丁二爷听毕,不由的俱各落泪叹息。所谓"人以类聚,物以群分",原是声应气求的弟兄,焉有不伤心的道理。因此也不在太守衙门耽搁,便约会了智化,急急赶至按院衙门而来。

早见公孙策在前,卢方等随在后面,彼此相见。虽未与卢方道恼,见他眼圈儿红红的,面庞儿比先前瘦了好些,大家未免欷歔一番。独有丁兆蕙拉着卢方的手,由不得泪如雨下。想起当初陷空岛与茉花村,不过隔着芦花荡,彼此义气相投,何等的亲密。想不到五弟却在襄阳丧命,而且又在少年英勇之时,竟自如此早夭,尤为可伤。二人哭泣多时,还亏了智化用言语劝慰,北侠亦拦住丁二爷,道:"二弟,卢大哥全仗你我开导解劝,你如何反招大哥伤起心来呢?"说罢,大家来至卢方的屋内,就座献茶。北侠等三人又问候颜大人的起居。公孙策将颜大人得病的情由述了一番,三人方知大人也是为念五弟欠安,不胜浩叹。

智化便问衙门近来事体如何。公孙策将已往之事一一叙说,渐渐说到拿住邓车。蒋平又接言道:"不想从此又生出事来。"丁二爷问道:"又有何事?"蒋平便将"要盗五弟的骨殖,谁知俺三哥暗求展大哥帮助,昨晚已然起身。起身也罢了,临走时俺三哥又把邓车二目刎去。"北侠听了皱眉道:"这是何意?"智化道:"三哥不能报仇,暂且拿邓车出气,邓车也就冤的很了。"丁二爷道:"若论邓车的行为,害天伤理,失去二目也就不算冤。"公孙策道:"只是展大哥与徐三弟此去,小弟好生放心不下。"蒋平道:"如今欧阳兄、智大哥、丁二弟俱各来了,妥当的很。明日我等一同起身,衙中留下我二哥伏侍大哥,照应内外。小弟仍是为盗五弟骨殖之事。欧阳兄三位另有一宗紧要之事。"智化问道:"还有什么事?"蒋平道:"只因前次拿获邓车之时,公孙先生与展大哥探访明白,原来襄阳王所仗者飞叉太保钟雄,若能收伏此人,则襄阳不难破矣。如今就将此事托付三位弟兄,不知肯应否?"智化、丁兆蕙同声说道:"既来之则安之。四兄不必问我等应与不应,到了那里,看势做事就是了,何能预为定准。"公孙先生在旁称赞道:"是极,是极!"说话间,酒席早已排开,大家略为谦逊,即便入席。却是欧阳春的首座,其次智化、丁兆蕙,又其次公孙策、卢方,下首是韩彰、蒋平。七位爷把酒谈心,不必细表。

到了次日,北侠等四人别了公孙策与卢、韩二人,四人在路行程。偏偏的蒋平肚泄起来,先前还可扎挣,到后来连连泄了几次,觉得精神倦怠,身体劳乏。北侠道:"四弟既有贵恙,莫若找个寓所暂为歇息,明日再作道理,有何不可呢?"蒋平道:"不要如此。你三位有要紧之事,如何因我一人耽搁。小弟想起来了,有个去处颇可为聚会之所。离洞庭湖不远,有个陈起望,庄上有郎舅二人,一人姓陆名彬,一人姓鲁名英,颇尚侠义。三位到了那里,只要提出小弟,他二人再无不扫榻相迎之理。咱们就在那里相会罢。"说着拧眉攒目,又要肚泄起来。北侠等三人见此光景，只得依从。蒋平又叫伴当随去，沿途好生伏侍，不可怠慢。伴当连连答应，跟随去了。

蒋爷这里左一次右一次泄个不了。看看的天色晚了，心内好生着急，只得勉强认镫上了坐骑，往前进发。心急嫌马慢，又不敢极力的催他，恐自己气力不加，乘控不住，只得缓辔而行。此时天已昏黑，满天星斗，好容易来至一个村庄。见一家篱墙之上高高挑出一个白纸灯笼，及至到了门前，又见柴门之旁挂着个小小笊篱，知是村庄小店，满心欢喜，犹如到了家里一般。连忙下马，高声唤道："里面有人么？"只听里面颤巍巍的声音答应。

不知果是何人，且听下回分解。

第一百八回

图财害命旅店营生　　相女配夫闺阁本分

且说蒋平听得里面问道:"什么人,敢则是投店的么?"蒋平道:"正是。"又听里面答道:"少待。"不多时,灯光显露,将柴扉开放,道:"客官请进。"蒋平道:"我还有鞍马在此。"店主人道:"客官自己拉进来罢,婆子不知尊骑的毛病,恐有失闪。"蒋平这才留神一看,原来是个店妈妈,只得自己拉进了柴扉。见是正房三间,西厢房两间,除此并无别的房屋。蒋平问道:"我这牲口在那里喂呢?"婆子道:"我这里原是村庄小店,并无槽头马棚。那边有个碾子,就在那碾台儿上就可以喂了。"蒋平道:"也倒罢了,只是我这牲口就在露天地里了。好在夜间还不甚凉,尚可以将就。"说罢,将坐骑拴在碾台子桩柱上。将镫扣好,打去嚼子,打去后鞦,把皮鞑拢起,用梢绳捆好,然后解了肚带,轻轻将鞍子揭下,屉却不动,恐鞍心有汗。

此时店婆已将上房掸扫,安放灯烛。蒋爷抱着鞍子,到了上房,放在门后。抬头一看,却是两明一暗。掀起旧布单帘,来至暗间,从腰间解下包囊,连马鞭子俱放在桌子上面,掸了掸身上灰尘。只听店妈妈道:"客官是先净面后吃茶,是先吃茶后净面呢?"蒋平这才把店妈妈细看,却有五旬年纪,甚是干净利便,答道:"脸也不净,茶也不吃。请问妈妈贵姓?"店婆道:"婆子姓甘。请问客官尊姓?"蒋爷道:

"我姓蒋。请问此处是何地名?"甘婆子道:"此处名叫神树岗。"蒋爷道:"离陈起望尚有多远?"婆子道:"陈起望在正西,此处却是西北。从此算起,要到陈起望,足有四五十里之遥。客官敢则是走差了路了。"蒋爷道:"只因身体欠爽,又在昏黑之际,不料把道路走错了。请问妈妈,你这里可有酒么?"甘婆子道:"酒是有的。就只得村醪,并无上样名酒。"蒋爷道:"村醪也好,你与我热热的暖一角来。"甘婆子答应,回身去了。

多时,果然暖了一壶来,倾在碗内。蒋爷因肚泄口燥,那管好歹,端起来一饮而尽。真真是沟里翻船。想蒋平何等人物,何等精明,一生所作何事! 不想他在妈妈店竟会上了一大当,可见为人艺高是胆大不得的。此酒入腹之后,觉得头眩目转。蒋平说声:"不好!"尚未说出口,身体一晃,咕咚栽倒尘埃。甘婆子笑道:"我看他身材瘦弱,是个不禁酒的,果然。"伸手向桌子上拿起包囊一摸,笑容可掬,正在欢喜,忽听外面叫门道:"里面有人么?"这一叫,不由的心里一动,暗道:"忙中有错。方才既住这个客官,就该将门前灯笼挑了。一时忘记,所以又有上门的买卖来了。既来了,再没有往外推之理。且喜还有两间厢房,莫若让到那屋里去。"心里如此想,口内却应道:"来了,来了。"执了灯笼来开柴扉,一看却是主仆二人。只听那仆人问道:"此间可是村店么?"甘婆道:"是便是,却是乡村小店,惟恐客官不甚合心。再者并无上房,止有厢房两间,不知可肯将就么?"又听那相公道:"既有两间房屋,足以够了,何必务要正房呢。"甘婆道:"客官说的是,如此请进来罢。"主仆二人刚然进来,甘婆子却又出去,将那白纸灯笼系下来,然后关了柴扉,就往厢房导引。忽听仆人说道:"店妈妈,你方才说没有上房,那不是上房么?"甘婆子道:"客官不知,这店并无店东主人,就是婆子带着女儿过活。这上房是婆子住家,止于厢房住客,所以方才说过恐其客官不甚合心呢。"这婆子随机应变,对答的一些儿马脚不露。这主仆那里知道,上房之内现时迷倒一个呢。

说话间来至厢房,婆子将灯对上。这主仆看了看,倒也罢了,干干净净,可以住得。那仆人将包裹放下,这相公却用大袖掸去灰尘。甘婆子见相公形容俏丽,肌肤凝脂,妩媚之甚,便问道:"相公用什么,趁早吩咐。"相公尚未答言,仆人道:"你这里有什么,只管做来,不必问。"甘婆道:"可用酒么?"相公道:"酒倒罢了。"仆人道:"如有好酒,拿些来也可以使得。"甘婆听了,笑了笑转身出来。执着灯笼进了上房,将桌子上包裹拿起,出了上房,却进了东边角门。原来角门以内仍是正房、厢房以及耳房,共有数间。只听屋内有人问:"母亲,前面又是何人来了?"婆子道:"我儿休问。且将这包裹收起,快快收什饭食,又有主仆二人到了。老娘看这两个也是雏儿,少时将酒预备下就是了。"忽听女子道:"母亲,方才的言语难道就忘了么?"甘婆子道:"我的儿吓,为娘的如何忘了呢?原说过就做这一次,下次再也不做了。偏他主仆又找上门来,叫为娘的如何推出去呢?说不得,这叫做一不做二不休。好孩子,你帮着为娘的再把这买卖做成了,从此后为娘的再也不干这营生了。可是你说的咧,伤天害理做什么。好孩子,快着些儿罢,为娘的安放小菜去。"说着话又出去了。

原来这女子就是甘婆之女,名叫玉兰,不但女工针黹出众,而且有一身好武艺,年纪已有二旬,尚未受聘。只因甘婆作事暗昧,玉兰每每规谏,甘婆也有些回转。就是方才取酒药蒋平时,也央及了个再三,说过就做这一次,不想又有主仆二人前来。玉兰无奈何,将菜蔬做妥。甘婆往来搬运,又称赞这相公极其俊美。玉兰心下踌躇。后来甘婆拿了酒去,玉兰就在后面跟来,在窗外偷看。见这相公面如傅粉,白而生光;唇似涂朱,红而带润;惟有双眉紧蹙,二目含悲,长吁短叹,似有无限的愁烦。玉兰暗道:"看此人不是俗子村夫,必是贵家公子。"再看那仆人坐在横头,粗眉大眼,虽则丑陋,却也有一番娇媚之态。只听说道:"相公早间打尖,也不曾吃些什么。此时这些菜蔬虽则清淡,却甚精美,相公何不少用些呢?"又听相公呖呖莺声说道:"酒肴虽美,无奈我吃不下咽。"说罢,又长叹了一声。忽听甘婆道:"相公既懒进饮食,何不少用些暖酒,开开胃口,管保就想吃东西了。"玉兰听至此,不由的发恨道:"人家愁到这步田地,还要将酒害人,我母亲太狠心了!"忿忿回转房中去了。

不多时,忽听甘婆从外角门过来,拿着包裹,笑嘻嘻的道:"我的儿吓,活该我母女要发财了!这包裹比方才那包裹尤觉沉重。快快收起来,帮着为娘的打发他们上路。"口内说着,眼儿却把玉兰一看。只见玉兰面向里,背朝外,也不答言,也不接包裹。甘婆连忙将包裹放下,赶过来将玉兰一拉道:"我的儿,你又怎么了?"谁知玉兰已然哭的泪人儿一般。婆子见了,这一惊非小,道:"哎呀,我的肉儿心儿,你哭的为何?快快说与为娘的知道。不是心里又不自在了?"说罢,又用巾帕与玉兰拭泪。玉兰将婆子的手一推,悲切切的道:"谁不自在了呢?"婆子道:"既如此,为何啼哭呢?"玉兰方说道:"孩儿想,爹爹留下的家业够咱们娘儿两个过的了,母亲务要做这伤天害理的事做什么?况且爹爹在日,还有三不取:僧道不取,囚犯不取,急难之人不取。如今母亲一概不分,只以财帛为重。倘若事发,如何是好?叫孩儿怎不伤心呢?"说罢,复又哭了。婆子道:"我的儿原来为此,你不知道为娘的也有一番苦心。想你爹爹留下家业,这几年间坐吃山空,已然消耗了一半,再过一二年也就难以度日了。再者你也不小了,将来赔嫁妆奁,那不用钱呢。何况我偌大年纪,也不弄下个棺材本儿么?"玉兰道:"妈妈也是多虑。有说有的话,没说没的话。似这样损人利己,断难永享。而且人命关天的,如何使得?"婆子道:"为娘的就做这一次,下次再也不做了。好孩子,你帮了妈妈去。"玉兰道:"母亲休要多言。孩儿就知恪遵父命,那相公是急难之人,这样财帛是断取不得的。"甘婆听了犯想道:"闹了半天,敢则是为相公,可见他人大心大了。"便问道:"我儿,你如何知那相公是急难之人呢?"玉兰道:"实对妈妈说知,方才孩儿已然悄到窗下看了,见他愁容满面,饮食不进,他是有急难之事的,孩儿实实不忍害他。孩儿问母亲,将来倚靠何人?"甘婆道:"嗳呀,为娘的又无多馀儿女,就只生养了你一个,自然靠着你了。难道叫娘靠着别人不成么?"玉兰道:"虽然不靠别人,难道就忘了半子之劳么?"

一句话提醒了甘婆,心中恍然大悟,暗道:"是呀,我正愁女儿没有人家,如今这相公生的十分美俊,正可与女儿匹配。我何不把他做个养老女婿,又完了女儿终身大事,我也有个倚靠,岂不美哉?可见利令智昏,只顾贪财,却忘了正事。"便嘻嘻笑道:"亏了女儿提拨,我险些儿错了机会。如此说来,快快把他救醒,待为娘的与他慢慢商酌。只是不好启齿。"玉兰道:"这也不难,莫若将上房的客官也救醒了,只认做和他戏耍,就烦那人替说,也免得母亲碍口,岂不两全其美么?"甘婆哈哈笑道:"还是女儿有算计。快些走罢,天已三鼓了。"玉兰道:"母亲还得将包裹拿着,先还了他们。不然他们醒来时不见了包裹,那不是有意图谋了么?"甘婆道:"正是,正是。"便将两个包裹抱着,执了灯笼,玉兰提了凉水,母女二人出了角门。

来至前院,先奔西厢房,将包裹放下。见相公伏几而卧,却是饮的酒少之故。甘婆上前,轻轻扶起。玉兰端过水来,慢慢灌下。暗将相公着实的看了一番,满心欢喜。然后见仆人已然卧倒在地,也将凉水灌下。甘婆依然执灯笼,又提了包囊,玉兰拿着凉水,将灯剔亮了。临出门时,还回头望了一望,见相公已然动转。连忙奔到上房,将蒋平也灌了凉水。玉兰欢欢喜喜回转后面去了。

且说蒋平饮的药酒工夫大了,已然发散,又加灌了凉水,登时苏醒。蜷手伸腿,揉了揉眼,睁开一看,见自己躺在地下;再看桌上灯光明亮,旁边坐着个甘妈妈嘻嘻的笑。蒋平猛然省悟,爬起来道:"好吓!你这婆子不是好人,竟敢在俺跟前弄玄虚,也就好大胆呢!"婆子"噗哧"的一声笑道:"你这人好没良心!饶把你救活了,你反来嗔我。请问,你既知玄虚,为何入了圈套呢?你且坐了,待我细细告诉你。老身的丈夫名唤甘豹,去世已三年了。膝下无儿,只生一女。"蒋平道:"且住,你提甘豹,可是金头太岁甘豹么?"甘婆道:"正是。"蒋平连忙站起,深深一揖道:"原来是嫂嫂,失敬了!"甘婆道:"客官为何如此相称?请道其详。"蒋平道:"小弟翻江鼠蒋平,甘大哥曾在敝庄盘桓过数日。后来又与白面判官柳青劫掠生辰黄金,用的就是蒙汗药酒。他说还有五鼓鸡鸣断魂香,皆是甘大哥的传授。不想大哥竟自仙逝,有失吊唁,望乞恕罪。"说罢,又打一躬。甘婆连忙福了一福道:"惭愧,惭愧。原来是蒋叔叔到了,恕嫂嫂无知,休要见怪。亡夫在日,曾说过陷空岛的五义,实实令人称羡不尽。方才叔叔提的柳青,他是亡夫的徒弟。自从亡夫去世,多亏他殡殓发送,如今还时常的资助银两。"

蒋平道:"方才提膝下无儿,只生一女,侄女有多大了?"甘婆道:"今年十九岁,名唤玉兰。"蒋平道:"可有婆家没有?"甘婆道:"并无婆家。嫂嫂意欲求叔叔做个媒妁,不知可肯否?"蒋平道:"但不知要许何等样人家?"甘婆道:"好叫叔叔得知,远在天涯,近在咫尺。"就将投宿主仆已然迷倒,"是女儿不依,劝我救醒。看这相公甚是俊美,女儿年纪相仿,嫂嫂不好启齿,求叔叔做个保山如何?"蒋平道:"好吓,若不亏侄女劝阻,大约我等性命休矣。如今看着侄女的分上,且去说说看。但只一件,小弟自进门来,蒙嫂嫂赐了一杯闷酒,到了此时也觉饿了。可还有什么吃的没有呢?"甘婆道:"有有有,待我给你收什饭食去。"蒋平道:"且住。方才说的事,成与不成事在两可,好歹别因不成了,嫂嫂又把那法子使出来了,那可不是顽的!"甘婆哈哈笑道："岂有此理，叔叔只管放心罢。"甘婆子上后面收什饭去了。

不知亲事说成与否，且听下回分解。

第一百九回

骗豪杰贪婪一万两　作媒妁识认二千金

且说甘婆去后,谁知他二人只顾在上房说话,早被厢房内主仆二人听了去了,又是欢喜,又是愁烦。欢喜的是认得蒋平,愁烦的是机关泄露。你道此二人是谁?原来是凤仙、秋葵姊妹两个女扮男妆来至此处。

自从沙龙沙员外拿住金面神蓝骁,后来起解了,也就无事了。每日与孟杰、焦赤、史云等游田射猎,甚是清闲。一日,本县令尹忽然来拜,声言为访贤而来,襄阳王特请沙龙做个领袖,督帅乡勇操演军务。沙员外以为也是好事,只得应允。到了县内,令尹待为上宾,优隆至甚。隔三日设一小宴,十日必是一大宴。漫说是沙员外自以为得意,连孟杰、焦赤俱是望之垂涎,真是"君子可欺以其方"。

那知这令尹是个极其奸滑的小人。皆因襄阳王知道沙龙本领高强,情愿破万两黄金拿获沙龙,与蓝骁报仇。偏偏的遇见了这贪婪的赃官,他道:"拿沙龙不难,只要金银凑手,包管事成。"奸王果然如数交割,他便设计将沙龙诓上圈套。这日,正是大宴之期,他又暗设牢笼,以殷勤劝酒为题,你来敬三杯,我来敬三杯,不多的工夫把个沙龙喝的酩酊大醉,步履皆难。便叫伴当回去,说:"你家员外多吃了几杯,就在本县堂斋安歇,明日还要操演军务。"又赏了伴当几两银子,伴当欢欢喜喜回去。就是焦、孟二人也皆以为常，全不在意。他却暗暗将沙龙交付来人，连夜押解襄阳去了。

后来孟、焦二人见沙龙许多日期不见回来，便着史云前去探望几次，不见信息，好生设疑。一时惹恼了焦赤性儿，便带了史云猎户人等，闯至公堂厮闹。谁知人人皆知县宰因亲老告假还乡，已于三日前起了身了。又问沙龙时，早已解到襄阳去了。焦赤听了，急得两手扎煞，毫无主意。纵要闹，正头乡主已走，别人全不管事的。只得急急回庄，将此情节告诉孟杰，孟杰也是暴跳如雷。登时传扬，里面皆知，凤仙、秋葵姊妹哭个不了。幸亏凤仙有主意，先将孟杰、焦赤二人安置，恐他二人粗鲁，生出别的事来，便对二人说道："二位叔父不要着急。襄阳王既与我父作对，他必暗暗差人到卧虎沟前来图害，此庄却是要紧的。我父亲既不在家，全仗二位叔父支持，说不得二位叔父操劳，昼夜巡察，务要加意的防范，不可疏懈。"孟、焦二人满口应承，只知昼夜保护此庄，再也不生妄想了。

后来凤仙却暗暗使得用之人到襄阳打听，幸喜襄阳王爱沙龙是一条好汉，有意收伏，不肯加害，惟有囚禁而已。差人回来将此情节说了，凤仙姊妹心内稍觉安慰，复又思忖道："襄阳王作事这等机密，大约欧阳伯父与智叔父未必尽知其详。莫若我与妹子亲往襄阳走走，倘能见了欧阳伯父与智叔父，那时大家商议，搭救父亲便了。"主意已定，暗暗与秋葵商议。秋葵更是乐从，便说道："很好，咱们把正事办完了，顺便到太守衙门，再看看牡丹姐姐，我还要与干娘请请安呢。"凤仙道："只要到了那里，那就好说了。但咱如何走法呢？"秋葵道:"这有何难呢? 姐姐扮作相公,充作姐夫,就算艾虎。待妹妹扮作个仆人,跟着你,岂不妥当么?"凤仙道:"好是好,只是妹妹要受些屈了。"秋葵道:"这有什么呢,为救父亲,受些屈也是应当的,何况是逢场作戏呢?"二人商议明白,便请了孟、焦二位,一五一十俱各说明,托他二人好好保守庄园。又派史云急急赶到茉花村,惟恐欧阳伯父还在那里尚未起身,约在襄阳会齐。诸事分派停妥,他二人改扮起来。也不乘马,惟恐犯人疑忌,仿佛是闲游一般。亏得姐妹二人虽是女流,却是在山中行围射猎惯的,不至于鞋弓袜小,寸步难挪。在路行程,非止一日。这天恰恰行路迟了,在妈妈店内。虽被甘婆用药酒迷倒,多亏玉兰劝阻搭救。

且说凤仙饮水之后,即刻苏醒。睁眼看时,见灯光明亮,桌上菜蔬犹存,包裹照旧。自己纳闷道:"我喝了两三口酒,如何就喝醉了不成?"正在思索,只见秋葵张牙欠口,翻身起来道:"姐姐,我如何醉倒了呢?"凤仙摆手道:"你满口说的是什么?"秋葵方才省悟,手把嘴一搭,悄悄道:"幸亏没人。"凤仙将头一点,秋葵凑至跟前。凤仙低言道:"我醉的有些奇怪,别是这酒有什么缘故罢?"秋葵道:"不错。如此说来,这不是贼店吗?"凤仙道:"你听,上房有人说话,咱们悄地听了再做道理。"因此姊妹二人来至窗下,将蒋平与甘婆说的话听了个不亦乐乎。急急回转厢房,又是欢喜,又是愁烦。忽听窗外脚步声响,是蒋爷与马添草料奔了石碾台儿去了。凤仙道:"俟蒋叔父回来便唤住,即速请进。"秋葵即倚门而待。

少时,蒋平添草回来,便唤道:"蒋叔,请进内屋坐。"只这一句,把个蒋平唬了一跳，只得进屋。又见一个后生，迎头拜揖道："侄儿艾虎拜见。"蒋爷借灯光一看，虽不是艾虎，却也面善，更觉发起怔来了。秋葵在旁道："他是凤仙，我是秋葵，在道上冒了艾虎的名儿来的。"蒋爷在卧虎沟住过，俱是认得的，不觉诧异道："你二人如何来至此处呢？"说罢回身往外望一望。凤仙叫秋葵在门前站立，如有人来时咳嗽一声。方对蒋爷将父亲被获情节略说梗概，未免的泪随语下。蒋平道："你且不必啼哭，侄女仍以艾虎为名，同我到上房。"来到上房，就在明间坐下。

秋葵一同来到上房。忽见甘婆从后面端了小菜、杯箸来，见蒋爷已将那厢房主仆让至上屋明间，知道为提亲一事，便嘻嘻笑道："怎么，叔叔在明间坐么？"蒋爷道："明间宽阔豁亮。嫂嫂且将小菜放下，过来见了。这是我侄儿艾虎，他乃紫髯伯的义儿，黑妖狐的徒弟。"甘婆道："呀，真是大水冲了龙王庙，一家人不认得一家人！就是欧阳爷、智公子，亡夫俱是好相识。原来是他二位义儿、高徒，怪道这样的英俊呢。相公休要见怪，恕我无知失敬了。"说罢，福了一福。凤仙只得还了一揖，连称："好说，不敢！"秋葵过来，将桌子帮着往前搭了一搭。甘婆安放了小菜，却是两份杯箸，原来是蒋爷一份，自己陪的一份。如今见这相公过来，转身还要取去。蒋爷说："嫂嫂不用取了，厢房中还有两份，拿过来岂不省事。不过是嫂嫂将酒杯洗净了，就不妨事了。"甘婆瞅了蒋平一眼，道："多嘴，讨人嫌吓！"蒋平道："嫂嫂嫌我多嘴，回来我就一句话也不说了。"甘婆笑道："好叔叔，你说罢，嫂嫂多嘴不是了。"笑着端菜去了。这里蒋爷悄悄的问了一番。

不多时,甘婆端了菜来,果然带了两份杯箸,俱各安放好了。蒋爷道:"贤侄,你这尊管,何不也就叫他一同坐了呢?"甘婆道:"真个的,又没有外人,何妨呢。就在这里打横儿,岂不省了一番事呢。"于是蒋平上座,凤仙次座,甘婆主座相陪,秋葵在下首打横。甘婆先与蒋爷斟了酒,然后挨次斟上,自己也斟上一杯。蒋平道:"这酒喝了大约没有事了。"甘婆笑道:"你喝罢,只怪人家说你多嘴。你不信,看嫂嫂喝个样儿你看。"说着,端起来吱的一声就是半杯子。蒋平笑道:"嫂嫂,你不要喉急,小弟情愿奉陪。"又让那主仆二人,端起杯来,一饮而尽;凤仙、秋葵俱各喝了一口。甘婆复又斟上。这婆子一壁殷勤,一壁注意在相公面上,把个凤仙倒瞧的不好意思了。蒋平道:"嫂嫂,我与艾虎侄儿相别已久,还有许多言语细谈一番。嫂嫂不必拘泥,有事请自尊便。"甘婆听了,心下明白,顺口说道:"既是叔叔要与令侄攀话,嫂嫂在此反倒搅乱清谈。我那里还吩咐你侄女做的点心、羹汤,少时拿来,外再烹上一壶新茶如何?"蒋平道:"很好。"甘婆又向凤仙道:"相公,夜深了,随意用些酒饭,休要作客。老身不陪了。"凤仙道:"妈妈请便,明日再为面谢。"甘婆道:"好说,好说,请坐罢。"秋葵送出屋门。甘婆道:"管家,让你相公多少吃些,不要饿坏了。"秋葵答应,回身笑道:"这婆子竟有许多唠叨。"蒋爷道:"你二人可知他的意思么?"秋葵道:"不用细言,我二人早已俱听明白了。"凤仙努嘴道:"悄言,不要高声。"蒋平道:"既然听明,我也不必絮说。侄女的意下如何呢?"凤仙道:"但凭叔父作主。"蒋平道:"不是这等说,此事总要侄女自己拿主意。若论此女,我知道的。当初甘大哥在日,我们时常盘桓。提起此女来,不但品貌出众,而且家传的一口飞刀,甚是了得。原要与卢大哥攀亲,无奈卢珍侄儿岁数太小,因此也就罢了。如今他将此事谆谆的托我,侄女若要是个男子倒好说了,似此我倒为了难了!"秋葵插言道:"依我说,此事颇可做的。人家三房四妾的多着呢,我姐姐也不是争大论小的人,再者将来过门时多了一位新人,难道艾虎哥哥还抱怨不成?我乐得的多一个姐姐,又热闹些。"说的蒋平、凤仙也笑了。

正在谈论,果然甘婆端了羹汤、点心来,又是现烹的一壶新茶,还问要什么不要。蒋爷道:"足以够了,嫂嫂歇歇罢。"甘婆方转身回到后面去了。蒋爷又将此事斟酌了一番,凤仙也是愿意。因问蒋平因何到此,蒋爷将往事说了一遍,又言:"与侄女在此遇的很巧,明日同赴陈起望,你欧阳伯父、智叔父、丁二叔父等俱在那里。大家商议,搭救你父亲便了。"凤仙、秋葵深深谢了。真是事多话长,整整说了一夜。

天光发晓,甘婆早已出来张罗。蒋平却与凤仙商议明白,俟到陈起望禀过欧阳春、智化,即来纳聘。甘婆听见事成,不胜欣喜。又见蒋爷打开包裹,取出了二十两银,道:"大哥仙逝,未能吊唁,些须薄意,聊以代楮。"甘婆不能推辞,欣然受了。凤仙叫秋葵拿出白银一封,道:"岳母将此银收下,做为日用薪水之资,以后千万不要做此暗昧之事了。"一句话说的甘婆满面通红,无言可答,止于说道:"贤婿放心。如此厚贶,却之不恭,受之有愧,权且存留就是了。"说罢,就福了一福。此时,蒋平已将坐骑备妥,连凤仙的包裹俱各扣备停当,拉出柴扉。彼此叮咛一番,甘婆又指引路径,蒋平等谨记在心,执手告别,直奔陈起望的大路而来。

未知后文如何,且听下回分解。

第一百十回

陷御猫削城入水面　救三鼠盗骨上峰头

且说蒋平因他姊妹没有坐骑,只得拉着马一同步行。刚走了数里之遥,究竟凤仙柔弱,已然香汗津津,有些娇喘吁吁。秋葵却好,依然行有馀力。蒋平劝着凤仙骑马歇息,凤仙也就不肯推辞,捋过丝缰上马,缓辔而行。蒋爷与秋葵慢慢随后步履。又走了数里之遥,秋葵步下也觉慢了。蒋爷是昨日泄了一天肚,又熬了一夜,未免也就报了扎达汗了。因此找了个荒村野店,一壁打尖,一壁歇息。问了问陈起望,尚有二十多里。随意吃了些饮食,喂了坐骑,歇息足了,天将挂午,复又起身,仍是凤仙骑马。及至到了陈起望,日已西斜。来到庄门,便有庄丁问了备细,连忙禀报。

只见陆彬、鲁英迎接出来,见了蒋平,彼此见礼。鲁英便问道:"此位何人?"蒋爷道:"不必问,且到里面自然明白。"于是大家进了庄门,早见北侠等正在大厅的月台之上恭候。丁二爷问道:"四哥如何此时才来?"蒋爷道:"一言难尽。"北侠道:"这后面是谁?"蒋爷道:"兄试认来。"只见智化失声道:"嗳呀,侄女儿为何如此装束?"丁二爷又说道:"这后面的也不是仆人,那不是秋葵侄女儿么?"大家诧异,陆、鲁二人更觉愕然。蒋爷道:"且到厅上,大家坐了好讲。"进了厅房,且不叙座。凤仙就说父亲被获,现在襄阳王那里囚禁,"侄女等特特改装来寻伯父、叔父,早早搭救我的爹爹要紧。"说罢,痛哭不止。大家惊骇非常,劝慰了一番。陆彬急急到了后面,告诉鲁氏,叫他预备簪环衣服,又叫仆妇丫鬟将凤仙姊妹请至后面,梳洗更衣。

这里,众人方问蒋爷如何此时方到。蒋平笑道:"更有可笑事,小弟却上了个大当。"大家问道:"又是什么事?"蒋爷便将妈妈店之事述说一番,众人听了,笑个不了。其中多有认得甘豹的,听说亡故了,未免又叹息一番。蒋爷往左右一看,问道:"展大哥与我三哥怎么还没到么?"智化道:"并未曾来。"正说之间,只见庄丁进来禀道:"外面有二人,说是找众位爷们的。"大家说道:"他二人如何此时方到呢?快请。"庄丁转身去不多时,众人才要迎接,谁知是跟展爷、徐爷的伴当,形色仓皇。蒋爷见了就知不妥,连忙问道:"你家爷为何不来?"伴当道:"四爷,不好了,我家爷们被钟雄拿了去了!"众人问道:"如何会拿了去呢?"展爷的伴当道:"只因昨晚徐三爷要到五峰岭去,是我家爷拦之再三。徐三爷不听,要一人单去。无奈何我家爷跟随去了,却暗暗吩咐,叫小人二人暗暗瞧望:'倘能将五爷骨殖盗出,事出万幸;如有失错之事,你二人收什马匹行李,急急奔陈起望便了。'谁知到了那里,徐三爷不管高低便往上闯,我家爷再也拦挡不住。刚然到了五峰岭上,徐三爷往前一跑,不防落在堑坑里面。是我家爷心中一急,原要上前解救,不料脚上一踮,也就落下去了,原来是梅花堑坑。登时出来了多少喽兵,用挠钩、套索将二位搭将上来,立刻绑缚了。众喽兵声言必有馀党,快些搜查。我二人听了急跑回寓所,将行李马匹收什收什,急急来至此处。众位爷们早早设法搭救二位爷方好。"众人听了,俱各没有主意。智化道:"你二人且自歇息去罢。"二人退了下来。

此时厅上已然调下桌椅,摆上酒饭。大家入座,一壁饮酒,一壁计议。智化问陆彬道:"贤弟,这洞庭水寨,广狭可有几里?"陆彬道:"这水寨在军山内,方圆有五里之遥。虽称水寨,其中又有旱寨,可以屯积粮草,似这九截松五峰岭,俱是水寨之外的去处。"智化又问道:"这水寨周围,可有什么防备呢?"陆彬道:"防备的甚是坚固。每逢通衢之处,俱有碗口粗细的大竹栅,似一座竹城。此竹见水永无损坏,纵有枪炮,却也不怕。倒是有纯钢利刃可削的折,馀无别法。"蒋平道:"如此说来,丁二弟的宝剑却是用着了。"智化点了点头道:"此事须要偷进水寨,探个消息方好。"蒋平道:"小弟同丁二弟走走。"陆彬道:"弟与鲁二弟情愿奉陪。"智化道:"好极。就是二位贤弟不去,劣兄还要劳烦。什么缘故呢?因你二位地势熟识。"陆彬道:"当得,当得。"回头吩咐伴当,预备小船一只,水手四名,于二鼓起身。伴当领命,传话去了。蒋平又道:"还有一事,沙员外又当怎么样呢?"智化道:"据我想来,奸王囚禁沙大哥,无非使他归附之意,绝无陷害之心。我明日写封书信,暗暗差人知会沈仲元,叫他暗中照料。倘有机缘,得便救出,也就完了事了。"大家计议已定,饮酒吃饭已毕,时已初鼓之半。丁、蒋、鲁、陆四位收什停当,别了众人,乘上小船。水手摇桨,荡开水面,竟奔竹城而来。此时正在中秋,淡云笼月,影映清波,寂静至甚。越走越觉幽僻,水面更觉宽了。陆彬吩咐水手往前摇,来到了竹城之下。陆彬道:"住桨。"水手四面撑住。陆彬道:"蒋四兄,这外面水势宽阔,竹城以内却甚狭隘,不远即可到岸,登岸便是旱寨的境界了。"鲁英向丁二爷要过剑来,对着竹城抡开就劈,只听唿嚓一声,鲁二爷连声称:"好剑,好剑!"蒋爷看时,但见大竹斜岔儿已然开了数根。丁二爷道:"好是好,但这一声真是爆竹相似,难道里面就无人知觉么?"陆彬笑道:"放心,放心。此处极其幽僻的所在,里面之人轻容易不得到此的。"蒋平道:"此竹虽然砍开,只是如何拆法呢?"鲁二爷道:"何用拆呢,待小弟来。"过去伸手将大竹攥住,往上一挺,一挺,上面的竹梢儿就比别的竹梢儿高有三尺,底下却露出一个大洞来。鲁英道:"四兄,请看如何?"蒋平道:"虽则开了便门,只是上下斜尖锋芒,有些不好过。又恐要过时,再落下一根来,扎上一下也就不轻呢。"陆彬道:"不妨事。此竹落不下来,竹梢之上有竹枝彼此攀绕,是再也不能动的。实对四兄说,我们渔户往往要进内偷鱼就用此法,是万无一失的。"

蒋爷听了,急急穿了水靠,又将丁二爷的宝剑掖在背后,说声"失陪了",一伏身,飕的一声,只见那边噗通的一声,就是一个猛子。不用换气,便抬起头来一看,已然离岸不远,果然水面窄狭。急忙奔到岸上,顺堤行去。只见那边隐隐有个灯光忽忽悠悠而来。蒋爷急急奔至树林,跃身上树,坐在槎桠之上,往下觑视。

可巧那灯也从此条路经过,却是两个人。一个道:"咱们且商量商量。刚才回了大王,叫咱们把那黑小子带了去。你想想他那个样子,咱们伏侍的住吗? 告诉你说,我先不了贺儿。"那一个道:"你站站,别推干净吓! 你要不了贺儿,谁又了贺儿呢? 就是回,不是你要回的吗？怎么如今叫带了去，你就不管了呢？这是什么话呢？"这一个道："我原想着：他要酒要菜闹的不像，回回大王，或者赏下些酒菜来，咱们也可以润润喉，抹抹嘴头子。不想要带了去，要收什。早知叫带了去，我也就不回了。"那人道："我不管。你既回了你就带了去，我全不管。"这一个道："好兄弟，你别着急，我到有个主意，你得帮着我说。见了黑小子，咱们就说替他回了，可巧大王正在吃酒，听说他要喝酒，甚是欢喜，立刻请他去，要与他较较酒量。他听见这话，包管欢欢喜喜跟着咱们走。只要诓到水寨，咱们把差事交代了，管他是怎么着呢。你想好不好？"那人道："这到使得，咱们快着去罢。"二人竟奔旱寨去了。

蒋爷见他们去远，方从树上下来，暗暗跟在后面。见路旁有一块顽石，颇可藏身，便隐住身体。等候不多时，见灯光闪烁而来。蒋爷从背后抽出剑来，侧身而立。见灯光刚到跟前，只将脚一伸，打灯笼的不防，栽倒在地。蒋爷回手一剑，已然斩讫。后面那人还说："大哥，走的好好的，怎么躺下了？"话未说完，钢锋已到，也就呜呼哀哉了。此时徐庆却认出是四爷蒋平，连声唤道："四弟，四弟！"蒋爷见徐爷锁铐加身，急急用剑砍断。徐庆道："展大哥现在水寨，我与四弟救他去。"蒋平闻听，心内辗转，暗道："水寨现有钟雄，如何能够救的出来？若说不去救，知道徐爷的脾气，他是绝意不肯一人出去的。何况又是他请来的呢？"只得扯谎道："展大哥已然救出，先往陈起望去了。还是听见展大哥说三哥押在旱寨，所以小弟特特前来。"徐庆道："你我从何处出去？"蒋爷道："三哥随我来。"他仍然绕到河堤。

可巧那边有个小小的划子,并且有个招子,是个打鱼小船。蒋爷道:"三哥少待。"他便跳下水去,上了划子,摇起棹子,来至堤下,叫徐庆坐好,奔到竹洞之下。先叫徐庆蹿出,自己随后也就出来,却用脚将划子登开。陆彬且不开船,叫鲁英仍将大竹一根一根按斜岔儿对好。收什已毕,方才开船回庄。此时已有五鼓之半了。大家相见,徐庆独独不见展熊飞,便问道:"展大哥在那里?"蒋爷已悄悄的告诉丁二爷了。丁二爷见问,即接口道:"因听见沙员外之事,急急回转襄阳去了。"真是粗鲁之人好哄,他听了此话信以为真,也就不往下问了。

　　到了次日,智爷又嘱陆、鲁二人,派精细渔户数名,以打鱼为由,前到湖中探听。这里,众人便商量如何收伏钟雄之计。智化道:"怎么能够身临其境,将水寨内探访明白方好行事。似这等望风捕影,实在难以预料。如今且商量盗五弟的骨殖要紧。"正在议论,只见数名渔户回来禀道:"探得钟雄那里因不见了徐爷,各处搜查,方知杀死喽兵二名,已知有人暗到湖中。如今各处添兵防守,并且将五峰岭的喽兵俱各调回去了。"智化听了,满心欢喜道:"如此说来,盗取五弟的骨殖不难了。"便仍嘱丁、蒋、鲁、陆四位道:"今晚务将骨殖取回。"四人欣然愿往。智化又与北侠等商议,备下灵幡、祭礼,俟取回骨殖,大家公同祭奠一番,以尽朋友之谊。众人见智化处事合宜,无不乐从。

　　且说蒋、丁、陆、鲁四人,到了晚间初鼓之后便上了船,却不是昨日晚间去的径路。丁二爷道:"陆兄为何又往南去呢?"陆彬道:"丁二哥却又不知。小弟原说过,这九截松五峰岭原不在水寨之内。昨日偷进水寨,故从那里去;今晚要上五峰岭,须向这边来。再者,他虽然将喽兵撤去,那梅花堑坑必是依然埋伏。咱们与其涉险,莫若绕远。俗语说的好:'宁走十步远,不走一步险。'小弟意欲从五峰岭的山后上去,大约再无妨碍。"丁、蒋二人听了,深为佩服。

一时来至五峰岭山后,四位爷弃舟登岸。陆彬吩咐水手,留下两名看守船只,叫那两名水手扛了锹镢,后面跟随。大家攀藤附葛,来至山头。原来此山有五个峰头,左右一边两个,俱各矮小,独独这个山头高而大。趁着这月朗星稀,站在峰头往对面一看,恰对着青簇簇、翠森森的九株松树。丁二爷道:"怪道唤做九截松五峰岭,真是天然生成的佳景。"蒋平到了此时,也不顾细看景致,且向地基寻找埋玉堂之所。才下了峻岭,走未数步,已然看见一座荒丘高出地上。蒋平由不得痛彻肺腑,泪如雨下,却又不敢放声,惟有悲泣而已。陆、鲁二人便吩咐水手动手,片刻工夫,已然露出一个磁坛。蒋平却亲身扶出土来,丁二爷即叫水手小心运至船上。才待转身,却见一人在那边啼哭。

不知此人是谁,且听下回分解。

第一百十一回

定日盗簪逢场作戏　先期祝寿改扮乔装

且说丁、蒋、鲁、陆四位将白玉堂骨殖盗出,又将埋藏之处仍然堆起土丘。收什已毕,才待回身,只听那边有人啼哭。蒋爷这里也哭道:"敢则是五弟含冤前来显魂么?"说着话往前一凑,仔细看来,是个樵夫。虽则明月之下,面庞儿却有些个熟识。一时想不起来,心中思忖道:"五弟在日,并未结交樵夫,何得黉夜来此啼哭呢?"再细看时,只见那人哭道:"白五兄为人英名一世,志略过人。惜乎你这一片血心竟被那忘恩负义之人欺哄了。什么叫结义?什么叫立盟?不过是虚名具文而已。何能似我柳青,三日一次乔装哭奠于你?啊呀,白五兄吓,你的那阴灵有知,大约妍媸也就自明了。"蒋爷听说,猛然想起果是白面判官柳青,连忙上前劝道:"柳贤弟,少要悲痛。一向久违了!"柳青登时住声,将眼一瞪道:"谁是你的贤弟!也不过是陌路罢了。"蒋爷道:"是,是,柳员外责备的甚是。但不知我蒋平有什么不到处,倒要说说。"鲁英在旁,见柳青出言无状,蒋平却低声下气,心甚不平。刚要上前,陆彬将他一拉,丁二爷又暗暗送目,鲁英只得忍住。又听柳青道:"你还问我!我先问你:你们既结了生死之交,为何白五兄死了许多日期,你们连个仇也不报,是何道理?"蒋平笑道:"员外原来为此。这报仇二字,岂是性急的呢。大丈夫作事当行则行,当止则止。我五弟已然自作聪明,轻身丧命。他已自误,我等岂肯再误?故此今夜前来,先将五弟骨殖取回,使他魂归原籍,然后再与他慢慢的报仇,何晚之有?若不分事之轻重,不知先后,一味的邀虚名儿,毫无实惠,那又是徒劳无益了。所谓'运筹帷幄,决胜千里',员外何得怪我之深耶?"

柳青听了此言大怒,而且听说白玉堂自作聪明,枉自轻生,更加不悦,道:"俺哭奠白五兄是尽俺朋友之谊,要那虚名何用?俺也不合你巧辩饶舌。想白五兄生平作了多少惊天动地之事,谁人不知,那个不晓。似你这畏首畏尾,躲躲藏藏,不过作鼠窃狗盗之事,也算得'运筹'与'决胜',可笑吓,可笑吓!"旁边鲁英听至此,又要上前。陆彬拦道:"贤弟,人家说话,又非拒捕,你上前作甚?"丁二爷亦道:"且听四兄说什么?"鲁英只得又忍住了。蒋爷道:"我蒋平原无经济学问,只这鼠窃狗盗,也就令人难测!"柳青冷笑道:"一技之能,何至难测呢。你不过行险,一时侥幸耳。若遇我柳青,只怕你讨不出公道。"蒋平暗想道:"若论柳青,原是正直好人,我何不将他制伏,将来以为我用,岂不是个帮手。"想罢,说道:"员外如不相信,你我何不戏赌一番,看是如何。"柳青道:"这倒有趣。"即回手向头上拔下一枝簪来,道:"就是此物,你果能盗了去,俺便服你。"蒋爷接来,对月光细细看了一番,却是玳瑁别簪,光润无比,仍递与柳青,道:"请问员外,定于何时,又在何地呢?"柳青道:"我为白五兄设灵遥祭,尚有七日的经忏。诸事已毕,须得十日工夫。过了十日后,我在庄上等你。但只一件,以三日为期。倘你若不能,以后再休要向柳某夸口,你也要甘拜下风了。"蒋平笑道："好极，好极！过了十日后，俺再到庄问候员外便了。请！"彼此略一执手，柳青转身下岭而去。这里，陆彬、鲁英道："蒋四兄如何就应了他，知他设下什么埋伏呢？"蒋平道："无妨。我与他原无仇隙，不过同五弟生死一片热心。他若设了埋伏，岂不怕别人笑话他么？"陆彬又道："他头上的簪儿，吾兄如何盗得呢？"蒋平道："事难预料到他那里还有什么刁难呢，且到临期再做道理。"说罢，四人转身下岭。此时，水手已将骨殖坛安放好了。四人上船，摇起桨来。

不多一会，来至庄中，时已四鼓。从北侠为首，挨次祭奠，也有垂泪的，也有叹息的。因在陆彬家中，不便放声举哀。惟有徐庆，张着个大嘴痛哭，蒋平哽咽悲泣不止。众人奠毕，徐庆、蒋平二人深深谢了大家。从新又饮了一番酒，吃夜饭，方才安歇。

到了次日，蒋爷与大众商议，即着徐庆押着坛子先回衙署，并派两名伴当沿途保护而去。这里，众人调开桌椅饮酒。丁二爷先说起柳青与蒋爷赌戏，智化问道："这柳青如何？"蒋爷就将当日劫掠黄金述说一番，"因他是金头太岁甘豹的徒弟，惯用蒙汗药酒、五鼓鸡鸣断魂香。"智化道："他既有这样东西，只怕将来到用的着。"正说之间，只见庄丁拿着一封字柬，向陆大爷低言说了几句。陆彬即将字柬接过，拆开细看。陆彬道："是了，我知道了。告诉他修书不及，代为问好。这些日如有大鱼，我必好好收存。俟到临期，不但我亲身送去，还要拜寿呢。"庄丁答应刚要转身，智化问道："陆贤弟，是何事？我们可以共闻否？"陆彬道："无甚大事，就是钟雄那里差人要鱼。"说着话，将字柬递与智化。智化看毕，笑道："正要到水寨探访，不想来了此柬，真好机会也。请问陆贤弟，此时可有大鱼？"陆彬道："早间渔户报到，昨夜捕了几尾大鱼，尚未开簄。"智化道："妙极！贤弟吩咐管家，叫他告诉来人，就说大王既然用鱼，我们明日先送几尾，看看以为如何。如果使得，我们再照样捕鱼就是了。"陆彬向庄丁道："你听明白了？就照着智老爷的话告诉来人罢。"庄丁领命，回复那人去了。这里众人便问智化有何妙策，智化道："少时饭毕，陆贤弟先去到船上拣大鱼数尾，另行装簄。俟明日，我与丁二弟改扮渔户二名，陆贤弟与鲁二弟仍是照常，算是送鱼，额外带水手二名，只用一只小船足矣。咱们直入水寨，由正门而入，劣兄好看他的布置如何。到了那里，二位贤弟只说：'闻得大王不日千秋，要用大鱼。昨接华函，今日捕得几尾，特请大王验看。如果用得，我等回去告诉渔户照样搜捕。大约有数日工夫，再无有不敷之理。'不过说这冠冕言语，又尽人情，又叫他不怀疑忌，劣兄也就可以知道水寨大概情形了。"众人听了，欢喜无限，饮酒用饭。陆、鲁二人下船拣鱼，这里众人又细细谈论了一番，当日无事。

到了次日，智爷叫陆爷问渔户要了两身衣服，不要好的，却叫陆、鲁二人打扮齐整，定于船上相见。智爷与丁二爷惟恐众人瞧着发笑，他二人带了伴当，携着衣服出了庄门，找了个幽僻之处，改扮起来。脱了华衣，抹了面目，带了斗笠，穿上渔服，拉去鞋袜将裤腿卷到磕膝之上；然后穿上裤叉儿，系上破裙，登上芒鞋，腿上抹了污泥。丁二爷更别致，鬓边还插了一枝野花。二人收什已毕，各人的伴当已将二位爷的衣服、鞋袜包好。问明下船所在,到了那里,却见陆、鲁二人远远而来,见他二人如此装束,不由的哈哈大笑。鲁英道:"猛然看来,真仿佛怯王二与俏皮李四。"智化道:"很好。俺就是王二,丁二弟就是俏皮李四,你们叫着也顺口。"吩咐水手就以王二、李四相称。陆、鲁二人先到船上,智、丁二人随后上船,却守着渔簇,一边一个,真是卖艺应行,干何事司何事,是再不错的。陆、鲁二人只得在船头坐下,依然是当家的一般。水手开船,直奔水寨而来。

一叶小舟,悠悠荡荡。一时过了五孔大桥,却离水寨不远。但见旌旗密布,剑戟森严。又至切近看时,全是大竹扎缚。上面敌楼,下面瓮门,也是竹子做成的水寨。小船来至寨门,只听里面隔着竹寨问道:"小船上是何人?快快说明,不然就要放箭了!"智化挺身来至船头,道:"住搭拉罢,你做嘛放箭吓?俺们陈起望的,俺当家的弟兄斗(都)来了,特特给你家大王送鱼来了。官儿还不打送礼的呢,你又放箭做嘛呢?"里面的道:"原来是陆大爷、鲁二爷么?请少待,待我回禀。"说罢,乘着小船不见了。

这里智化细细观看寨门。见那边挂着个木牌,字有碗口大小。用目力觑视,却是一张招募贤豪的榜文。智化暗暗道:"早知有此榜文,我等进水寨多时矣,又何必费此周折。"正在犯想,忽听鼓楼咕噜咕噜的一阵鼓响,下面接着喤喤喤几棒锣鸣,立刻落锁抬栓,吱喽喽门分两扇,从里面冲出一只小船,上面有个头目,躬身道:"我家大王请二位爷进寨。"说罢将船一拨,让出正路。只见左右两边却有无数船只一字儿排开,每船上有二人带刀侍立,后面隐隐又有弓箭手埋伏。船行未到数步，只见路北有接官厅一座，设摆无数的兵器利刃。早有两个头目迎接上来道："请二位爷到厅上坐。"陆、鲁二人只得下船，到厅上逊座献茶。头目道："二位到此何事？"陆彬道："只因昨日大王差人到了敝庄，寄去华函一封，言不日就是大王寿诞之期，要用大鱼。我二人既承钧命，连夜叫渔户照样搜捕。难道头领不知，大王也没传行么？"那头目道："大王业已传行。这是我们规矩，不得不问。再者，也好给跟从人的腰牌。二位休要见怪。"原来此厅是钟雄设立，盘查往来行人的。虽是至亲好友，进了水寨必要到此厅上。虽不能挂号，他们也要暗暗记上门簿，记上年月日时，进寨为着何事，总要写个略节。今日陆、鲁之来，钟雄已然传令知会了。他们非是不知道，却故意盘查盘查，一来好登门簿，二来查看随从来几名，每人给腰牌一个。俟事完回来时，路过此处再将腰牌缴回。一个水贼竟有如此这样规矩。

且说头目问明了来历，此时渔户、水手已然给了腰牌。又有一个头目陪着陆、鲁二人，从新上了船，这才一同来至钟雄住居之所。好大一所宅子，甚是煊赫，犹如府第一般。竟敢设立三间宫门，有多少带刀虞候两旁侍立。头目先跑上台阶，进内回禀。陆、鲁二人在阶下恭候。智爷与丁二爷抬着鱼篓，远远而立，却是暗暗往四下偷看。见周围水绕住宅，惟中间一条直路，却甚平坦。正南面一座大山，正是军山，正对宫门。其馀峰岭不少，高低不同。原来这水寨在军山山环之间，真是山水汇源之地。再往那边看去，但见树木丛杂，隐隐的旗幡招展，想来那就是旱寨了。

此时却听见传梆击点,已将陆、鲁弟兄请进。迟不时会,只见跑出三四人来,站在台阶上点手道:"将鱼抬到这里来。"智爷听见,只得与丁二爷抬过来。就要上台阶儿,早有一人跑过来道:"站住!你们是进不去的。"智化道:"怎么,难(俺)们是嘛行子进不去呢?"有一人道:"朋友,别顽笑。告诉你,这个地方大王传行的紧,闲杂人等是进不去的了。"智化道:"怎么着,难们是闲杂人,你们是干嘛的呢?"那人道:"我们是跟着头目当散差使,俗名叫做打杂儿的。"智爷道:"哦,这就是了。这们说起来,你们是不闲尽杂了。"那人听了道:"好呀,真正怯快!"又有一个道:"你本来胡闹,张口就说人家闲杂人,怎么怨得人家说呢? 快着罢,忙忙接过来,抬着走罢。"说罢,二人接过来,将鱼簸抬进去了。

不知后文如何,且听下回分解。

第一百十二回

招贤纳士准其投诚　合意同心何妨结拜

且说智爷、丁爷见他等将鱼篓抬进去了,得便又往里面望了一望。见楼台殿阁,画栋雕梁,壮丽非常,暗道:"这钟雄也就僭越的很呢。"二人在台基之上等候。又见方才抬鱼那人出来叫:"怯哥哥,怯哥哥在那里呢?"智爷道:"怎么?难姓王不姓怯,你别合难闹巧法儿。"那人笑道:"我是爱顽儿呀。"智爷道:"你顽儿叫人家笑话。"那人道:"好的,你真会吃个巧儿。俺告诉你,这是两包银子,每包二两,大王赏你们俩的。"智爷接过道:"回去替难俩谢赏。"又将包儿掂了一掂。那人道:"你掂他做什么?"智爷道:"这是嘛平呀,难掂着好嘛有一两。你可别打难们的脖子拐呀。"那人笑道:"岂有此理!你也太知道的多了。你看你们伙计怎么不言语呢?"智爷道:"你还知不道他呢,他叫俏皮李四。他要闹起俏皮来,只怕你是二姑娘顽老雕,你更架不住。"刚说至此,只见陆、鲁二人从内出来,两旁人俱各垂手侍立。仍是那头目跟随,下了台阶。智、丁二人也就一同来至船边,乘舟摇桨,依然由旧路回来。到了接官厅,将船拢住。那头目还让厅上待茶,陆、鲁二人不肯,那人纵身登岸,复又执手。此时,早有人将智、丁与水手的腰牌要去。水手摇桨,离寨门不远,只见方才迎接的那只小船,有个头目将旗一展,又是一声锣鼓齐鸣,开了竹栅。

小船上的头目送出陆、鲁的船来,即拨转船头,进了竹栅。依然锣鼓齐鸣,寨门已闭。真是法令森严,甚是齐整,智化等深加称赞。

及至过了五孔桥,忽听丁二爷"噗嗤"的一笑,然后又大笑起来。陆、鲁二人连忙问道:"丁二哥笑什么?"兆蕙道:"实实憋的我受不的了!这智大哥装什么像什么,真真呕人。"便将方才的那些言语述了一遍,招的陆、鲁二人也笑了。丁二爷道:"我彼时如何敢答言呢?就只自己忍了又忍,后来智大哥还告诉那人说我俏皮,那知我俏皮的都不俏皮了。"说罢复又大笑。智化道:"贤弟不知,凡事到了身临其境,就得搜索枯肠,费些心思。稍一疏神,马脚毕露。假如平日,原是你为你,我为我。若到今日,你我之外,又有王二、李四,他二人原不是你我;既不是你我,必须将你之为你、我之为我俱各抛开,应是他之为他。既是他之为他,他之中绝不可有你,亦不可有我。能够如此设身处地的做去,断无不像之理。"丁二爷等听了点头称是,佩服之至。

说话间已至庄中,只见北侠等俱在庄门瞭望。见陆、鲁等回来,彼此相见。忽见智化、兆蕙这样形景,大家不觉大笑。智化却不介意,回手从怀中掏出两包儿银子,赏了两个水手,叫他不可对人言讲。众人说说笑笑,来至客厅上。智爷与丁爷先梳洗改装,然后大家就座,方问探的水寨如何。智爷将寨内光景说了,又道:"钟雄是个有用之才,惜乎缺少辅佐,竟是用而不当了。再者,他那里已有招贤的榜文,明日我与欧阳兄先去投诚,看是如何。"蒋平失惊道:"你二位如何去得!现今展大哥尚且不知下落,你二人再若去了,岂不是自投罗网呢?"智化道:"无妨。既有招贤的榜,绝无有陷害之心。他若怀了歹意,就不怕阻了贤路么?而且不入虎穴,焉能伏得钟雄。众位弟兄放心,成功直在此一举。料得定的是真知。"计议已定,大家饮酒吃饭。是日无话。

到了次日,北侠扮作个赳赳的武夫,智化扮作个翩翩公子,各自佩了利刃一把,找了个买卖渡船,从上流头慢慢的摇曳到了五孔桥下。船家道:"二位爷往那里去?"智爷道:"从桥下过去。"船家道:"那里到了水寨了。"智爷道:"我等正要到水寨。"船家慌道:"他那里如何去得?小人不敢去的。"北侠道:"无妨,有我们呢,只管前去。"船家尚在犹疑,智化道:"你放心。那里有我的亲戚朋友,是不妨事的。"船家无奈何,战战哆嗦撑起篙来,贼眉鼠眼过了桥,更觉的害起怕来。好容易刚到寨门,只听里面吱的一声,船家就堆缩了一块。又听得里面道:"什么人到此?快说,不然就要放箭了!"智化道:"里面听真,我们因闻得大王招募贤豪,我等特来投诚。若果有此事,烦劳通禀一声。如若挂榜是个虚文,你也不必通报,我们也就回去了。"里面的答道:"我家大王求贤若渴,岂是虚文。请少待,我们与你通禀去。"不多时,只听敌楼一阵鼓响,又是三棒锣鸣,水寨竹栅已开。从里面冲出一只小船,上面有个头目道:"既来投诚,请过此船,那只船是进去不得的。"这船家听了,犹如放赦一般,连忙催道:"二位快些过去罢。"智化道:"你不要船价么?"船家道:"爷改日再赏罢,何必忙在一时呢。"智爷笑了一笑,向兜肚中摸出一块银子,道:"赏你吃杯酒罢。"船家喜出望外。二位爷跳在那边船上。这船家不顾性命的连撑几篙,直奔五孔桥去了。

且说北侠、黑妖狐进了水寨,门就闭了。一时来至接官厅,下来两个头目,智化看时,却不是昨日那两个头目。而且昨日自己未到厅上,今日见他等迎了上来,连忙弃舟登岸,彼此执手。到了厅上,逊座献茶。这头目谦恭和蔼的问了姓名以及来历备细,着一人陪坐,一人通报。不多时,那头目出来,笑容满面道:"适才禀过大王。大王闻得二位到来,不胜欢喜,并且问欧阳爷可是碧眼紫髯的紫髯伯么?"智化代答道:"正是。我这兄长就是北侠紫髯伯。"头目道:"我家大王言,欧阳爷乃当今名士,如何肯临贱地,总有些疑似之心。忽然想起欧阳爷有七宝刀一口,堪作实验,意欲借宝刀一观,不知可肯赐教否?"北侠道:"这有何难。刀在这里,即请拿去。"说罢,从衣里取下宝刀,递与头目。头目双手捧定,恭恭敬敬的去了。迟不多时,那头目转来道:"我家大王奉请二位爷相见。"智化听头目之言,二位下面添了个"爷"字,就知有些意思,便同北侠下船来至泊岸。到了宫门,北侠袒腹挺胸,气昂昂,英风满面;智化却是一步三扭,文绉绉,酸态周身。

进了宫门,但见中间一溜花石甬路,两旁嵌着石子,直达月台。再往左右一看,俱有配房五间,衬殿七间,俱是画栋雕梁,金碧交辉。而且有一块闹龙金匾,填着洋蓝青字,写着"银安殿"三字。刚至廊下,早有虞候高挑帘栊。只见有一人,身高七尺,面如獬豸,头戴一顶闹龙软翅绣盖巾,身穿一件闹龙宽袖团花紫氅,腰系一条香色垂穗如意丝绦,足登一双元青素缎时款官靴。钟雄略一执手,道:"请了。"吩咐看座献茶。北侠也就执了一执手,智爷却打一躬,彼此就座。钟雄又将二人看了一番，便对北侠道："此位想是欧阳公了。"北侠道："岂敢。仆欧阳春闻得寨主招贤纳士，特来竭诚奉谒。素昧平生，殊深冒渎。"钟雄道："久仰英名，未能面晤，曷胜怅望。今日幸会，实慰鄙怀。适才瞻仰宝刀，真是稀世之物。可羡吓，可羡！"

智化见他二人说话，却无一语道及自己，未免有些不自在。因钟雄称羡宝刀，便说道："此刀虽然是宝，然非至宝也。"钟雄方对智化道："此位想是智公了。如此说来，智公必有至宝。"智化道："仆孑然一身之外，并无他物，何至宝之有？"钟雄道："请问至宝安在？"智爷道："至宝在在皆有，处处皆是。为善以为宝，仁亲以为宝，土地、人民、政事，又是三宝。寨主何得舍正路而不由，但以刀为宝乎？再者，仆等今日之来，原是投诚，并非献刀。寨主只顾称羡此刀，未免重物轻人。惟望寨主贱货而贵德，庶不负招贤的那篇文字。"钟雄听智化咬文咂字的背书，不由的冷哂道："智公所论虽是，然而未免过于腐气了。"智化道："何以见得腐气？"钟雄道："智公所说的，全是治国为民的道理。我钟雄原非三台卿相，又非世胄功勋，要这些道理何用？"智化也就微微冷哂道："寨主既知非三台卿相，又非世胄功勋，何得穿闹龙服色，坐银安宝殿？此又智化所不解也。"一句话说的钟雄哑口无言，半晌，忽然向智化一揖道："智兄大开茅塞，钟雄领教多多矣。"从新复又施礼，将北侠、智化让至客位，分宾主坐了。即唤虞候等看酒宴伺候，又悄悄吩咐了几句。虞候转身，不多时拿了一个包袱来，连忙打开，钟雄便脱了闹龙紫氅，换了一件大领天蓝花氅，除去闹龙头巾，戴一顶碎花武生头巾。北侠道："寨主何必忙在一时呢？"

钟雄道:"适才听智兄之言,觉得背生芒刺,是早些换了的好。"

此时酒宴已设摆齐备,钟雄逊让再三,仍是智爷、北侠上座,自己下位相陪。饮酒之间,钟雄又道:"既承智兄指教,我这殿上……"刚说至此,自己不由的笑了,道:"还敢忝颜称'殿'?我这厅上匾额应当换个名色方好。"智爷道:"若论匾额,名色极多,若是晦了不好,不贴切也不好,总要雅俗共赏,使人一见即明,方觉恰当。"仰面想了一想,道:"却倒有个名色,正对寨主招募贤豪之意。"钟雄道:"是何名色?"智化道:"就是'思齐堂'三字。虽则俗些,却倒现成,'见贤思齐焉'。此处原是待贤之所,寨主却又求贤若渴。既曰思齐,是已见了贤了,必思与贤齐,然后不负所见。正是说寨主已得贤豪之意。然而这'贤'字,弟等却担不起。"钟雄道:"智兄太谦了。今日初会,就教导弟归于正道,非贤而何?我正当思齐,好极,好极!清而且醒,容易明白。"立刻吩咐虞候,即到船场取木料,换去匾额。

三人传杯换盏,互相议论,无非是行侠尚义,把个钟雄乐的手舞足蹈,深恨相见之晚,情愿与北侠、智化结为异姓兄弟。智化因见钟雄英爽,而且有意收伏他,只得应允。那知钟雄是个性急人,登时叫虞候备了香烛,叙了年庚,就在神前立盟。北侠居长,钟雄次之,智化第三。结拜之后,复又入席。你兄我弟,这一番畅快,乐不可言。钟雄又派人到后面把世子唤出来。原来钟雄有一男一女,女名亚男,年方十四岁;子名钟麟,年方七岁。不多时钟麟来至厅上,钟雄道:"过来拜了欧阳伯父。"北侠躬身还礼,钟雄断断不依。然后又道:"这是你智叔父。"钟麟也拜了。智化拉着钟麟细看,见他方面大耳,目秀眉清，头戴束发金冠，身穿立水蟒袍。问了几句言语，钟麟应答如流。智化暗道："此子相貌非凡，我今既受了此子之拜，将来若负此拜，如何对的过他呢？"便叫虞候送入后面去了。钟雄道："智贤弟看此子如何？"智化道："好则好矣，小弟又要直言了。方才侄儿出来，唬了小弟一跳，真不像吾兄的儿郎，竟仿佛守缺的太子。似此如何使得？再者，世子之称亦属越礼，总宜改称公子为是。"钟雄拍手大乐道："贤弟见教，是极，是极，劣兄从命。"回头便吩咐虞候人等，从此改称公子。

你道钟雄既能言听计从，说什么就改什么，智化何不劝他弃邪归正呢，岂不省事，又何必后文费许多周折呢？这又有个缘故。钟雄据占军山，非止一日，那一派骄倨倨傲，同流合污，已然习惯性成，如何一时能够改的来呢？即或悛改，稍不如意，必至依然照旧，那不成了反复小人了么？就是智化今日劝他换了闹龙服色，除了银安匾额，改了世子名号，也是试探钟雄服善不服善。他要不服善，情愿以贼寇逆叛终其身，那就另有一番剿灭的谋略。谁知钟雄不但服善，而且勇于改悔。知时务者呼为俊杰，他既是好人，智化焉有不劝他之理。所以后文智化委曲婉转，务必叫钟雄归于正道，方见为朋友的一番苦心。

是日三人饮酒谈心，至更深夜静方散。北侠与智爷同居一处，智爷又与北侠商议如何搭救沙龙、展昭，便定计策，必须如此如此方妥。商议已毕，方才安歇。

不知如何救他二人，且听下回分解。

第一百十三回

钟太保贻书招贤士　蒋泽长冒雨访宾朋

且说北侠、智化二人商议已毕,方才安歇。到了次日,钟雄将军务料理完时,便请北侠、智爷在书房相会。今日比昨日更觉亲热了,闲话之间,又提起当今之世谁是豪杰,那个是英雄。北侠道:"劣兄却知一个人,惜乎他为宦途羁绊,再也不能到此。"钟雄道:"是何样人物?姓甚名谁?"北侠道:"就是开封府的四品带刀护卫展昭,字熊飞,为人行侠尚义,济困扶危,人人都称他为南侠,敕封号为御猫,他乃当世之豪杰也。"钟雄听了,哈哈大笑道:"此人现在小弟寨中,兄长如何说他不能到此?"北侠故意吃惊道:"南侠如何能够到此地呢?劣兄再也不信。"钟雄道:"说起来话长。襄阳王送了一个坛子来,说是大闹东京锦毛鼠白玉堂的骨殖,交到小弟处。小弟念他是个英雄,将他葬在五峰岭上,小弟还亲身祭奠一回。惟恐有人盗去此坛,就在那坟冢前刨了个梅花堑坑,派人看守,以防不虞。不料迟不多日,就拿了二人,一个是徐庆,一个是展昭。那徐庆已然脱逃。展昭弟也素所深知,原要叫他做个帮手,不想他执意不肯,因此把他囚在碧云崖下。"北侠暗暗欢喜,道:"此人颇与劣兄相得,待明日作个说客,看是如何。"

智化接言道:"大哥既能说南侠,小弟还有一人,亦可叫他投诚。"钟雄道:"贤弟所说之人是谁呢?"智化道:"说起此人,也是有名的豪杰。他就在卧虎沟居住,姓沙名龙。"钟雄道:"不是拿蓝骁的沙员外么?"智化道:"正是。兄何以知道?"钟雄道:"劣兄想此人久矣,也曾差人去请过,谁知他不肯来。后来闻得黑狼山有失,劣兄还写一信与襄阳王,叫他把此人收伏,就叫他把守黑狼山,却是人地相宜。至今未见回音,不知事体如何。"智化道:"既是兄长知道此人,小弟明日就往卧虎沟便了。大约小弟去了,他没有不来之理。"钟雄听了大乐。三个人就在书房饮酒用饭,不必细表。

至次日,智化先要上卧虎沟。钟雄立刻传令开了寨门,用小船送出竹栅。过了五孔桥,他却不奔卧虎沟,竟奔陈起望而来。进了庄中,庄丁即刻通报。众人正在厅上,便问投诚事体如何。智爷将始末原由说了一遍,深赞钟雄是个豪杰,惜乎错走了路头,必须设法将这朋友提出苦海方好。又将与欧阳兄定计,搭救展大哥与沙大哥之事说了。蒋平道:"事有凑巧,昨晚史云到了。他说因找欧阳兄,到了茉花村,说与丁二爷起身。他又赶到襄阳,见了张立,方知欧阳兄、丁二弟与智大哥俱在按院那里。他又急急赶到按院衙门,卢大哥才告诉他说,咱们都上陈起望了。他从新又到这里来,所以昨晚才到。"智化听了,即将史云叫来,问他按院衙门可有什么事。史云道:"我也曾问了。卢大爷叫问众位爷们好,说衙门中甚是平安,颜大人也好了,徐三爷也回去了。诸事妥当,请诸位爷们放心。"智化道:"你来得正好,歇息两日急速回卧虎沟,告诉孟、焦二人,叫他将家务派妥当人管理,所有渔户、猎户人等,凡有本领的齐赴襄阳太守衙门。"丁二爷道："金老爷那里如何住得许多人呢？"智化笑道："劣兄早已预料，已在汉皋那里修葺下些房屋。"陆彬道："汉皋就是方山，在府的正北上。"智化道："正是此处，张立尽知。到了那里见了张立，便有住居之处了。"说罢，大家入席饮酒。

蒋平问道："钟雄到底是几时生日？"智化道："前者结拜时已叙过了，还早呢，尚有半月的工夫。我想要制伏他，就在那生日。趁在忙乱之时，须要设法把他请至此处，你我众弟兄以大义开导他，一来使他信服，二来把圣旨、相谕说明，他焉有不倾心向善之理。"丁二爷道："如此说来，不用再设别法，只要四哥到柳员外庄上，赢了柳青，就请带了断魂香来。临期如此如此，岂不大妙？"智化点头道："此言甚善。不知四弟几时才去？"蒋平道："原定于十日后，今刚三日，再等四五天，小弟再去不迟。"智化道："很好。我明日回去，先将沙大哥救出。然后暗暗探他的事件，掌他的权衡，那时就好说了。"这一日大家聚饮欢呼，至三鼓方散。

第二日，智化别了众人，驾一小舟，回至水寨见了钟雄。钟雄问道："贤弟回来的这等快？"智化道："事有凑巧，小弟正往卧虎沟进发，恰好途中遇见卧虎沟来人。问及沙员外，原来早被襄阳王拿去囚在王府了。因此急急赶回，与兄长商议。"钟雄道："似此如之奈何？"智化道："据小弟想来，襄阳王既囚沙龙，必是他不肯顺从。莫若兄长写书一封，就说咱们这里招募了贤豪，其中颇有与沙龙至厚的，若要将他押至水寨，叫这些人劝他归降，他断无不依的。不知兄长意下如何？"钟雄道："此言甚善，就求贤弟写封书信罢。"智化立刻写了封恳切书信,派人去了。智化又问:"欧阳兄说的南侠如何?"钟雄道:"昨日去说,已有些意思,今日又去了。"正说间,虞候报:"欧阳老爷回来了。"钟雄、智化连忙迎出来,问道:"南侠如何不来?"北侠道:"劣兄说至再三,南侠方才应允,务必叫亲身去请,一来见贤弟诚心,二来他脸上觉得光彩。"智化在旁帮衬道:"兄长既要招募贤豪,理应折节下士,此行断不可少。"钟雄慨然应允,于是大家乘马到了碧云崖。这原是北侠做就活局,从新给他二人见了,彼此谦逊了一番,方一同回转思齐堂。四个人聚饮谈心,欢若平生。

再说那奉命送信之人到了襄阳王那里,将信投递府内。谁知襄阳王看了此书,暗暗合了自己心意,恨不得沙龙立时归降自己,好做帮手。急急派人押了沙龙,送至军山。送信人先赶回来,报了回信。智化便对钟雄道:"沙员外既来了,待小弟先去迎接。仗小弟舌上钝锋,先与他陈说利害,再以交谊规劝,然后述说兄长礼贤下士。如此谆谆劝勉,包管投诚无疑矣。"钟雄听了大悦,即刻派人备了船只,开了竹寨。他只知智化迎接沙龙递信,那知他们将圈套细说明白。一同进了水寨,把沙龙安置在接官厅上,他却先来见了钟雄,道:"小弟见了沙员外,说至再三,沙员外道他在卧虎沟虽非簪缨,却乃清白的门楣,只因误遭了赃官局骗,以致被获遭擒,已将生死置之度外,既不肯归降襄阳王,如何肯投诚钟太保呢。"钟雄道:"如此说来,这沙员外是断难收伏的了。"智化道:"亏了小弟百般的苦劝,又述说兄长的大德,他方说道:'为人要知恩报恩,既承寨主将俺救出囹圄之中,如何敢忘大德。话要说明了,俺若到了那里,情愿以客自居,所有军务之事概不与闻,止于是相好朋友而已。倘有急难之处用着俺时,必效犬马之劳,以报今日之德。'小弟听他这番言语,他是怕堕了家声,有些留恋故乡之意。然而既肯以朋友相许,这是他不肯归伏之归伏了。若再谆谆,又恐他不肯投诚。因此安置他在接官厅上,特来告禀兄长得知。"北侠在旁答道:"只要肯来便好说了,什么客不客呢,全是好朋友罢了。"钟雄笑道:"诚哉是言也!还是大哥说的是。"南侠道:"咱们还迎他不迎呢?"智化道:"可以不必远迎,止于在宫门接接就是了。小弟是要先告辞了。"

不多时智化同沙龙到来,上了泊岸,望宫门一看,见多少虞候侍立,宫门之下钟太保与南、北二侠等候。智化导引在前,沙龙在后,登台阶,两下彼此迎凑。智化先与钟雄引见。沙龙道:"某一介鲁夫,承寨主错爱,实实叨恩不浅。"钟雄道:"久慕英名,未能一见。今日幸会,何乐如之!"智化道:"此位是欧阳兄,此位是展大哥。"沙龙一一见了,又道:"难得南、北二侠俱各在此,这是寨主威德所致。我沙龙今得附骥,幸甚吓,幸甚!"钟雄听了,甚为得意。彼此来至思齐堂,分宾主坐定。钟雄又问沙龙如何到了襄阳那里。沙龙便将县宰的局骗说了:"若不亏寨主救出图圄,俺沙某不复见天。实实受惠良多,改日自当酬报。"钟雄道:"你我作豪杰的乃是常事,何足挂齿。"沙龙又故意的问了问南、北二侠,彼此攀话,酒宴已设摆下了。钟雄让沙龙,沙龙谦让再三,寨主长,寨主短。钟雄是个豪杰,索性叙明年庚,即以兄长呼之,真是英雄的本色。沙龙也就磊磊落落,不闹那些虚文。

饮酒之间,钟雄道:"难得今日沙兄长到此,足慰平生。方才智贤弟已将兄长的豪志大度说明,沙兄长只管在此居住,千万莫要拘束,小弟绝不有费清心。惟有欧阳兄、展兄小弟还要奉托,替小弟操劳。从今后,水寨之事求欧阳兄代为管理;旱寨之事原有妻弟姜铠料理,恐他一人照应不来,求展兄协同经理;智贤弟作个统辖,所有两寨事务全要贤弟稽查。众位弟兄如此分劳,小弟就可以清闲自在,每日与沙大哥安安静静的盘桓些时,庶不负今日之欢聚,素日之渴想。"智化听了,正合心意,也不管南、北二侠应与不应,他就满口应承。是日,四人尽欢而散。到了次日,钟雄传谕大小头目:所有水寨事务俱回北侠知道,旱寨事务俱回南侠与姜爷知道;倘有两寨不合宜之事,俱各会同智化参酌。不上五日工夫,把个军山料理得益发整齐严肃,所有大小头目、兵丁无不欢呼颂扬。钟雄得意洋洋,以为得了帮手,乐不可言。那知这些人全是算计他的呢!

且说蒋平在陈起望,到了日期应当起身,早别了丁二爷与陆、鲁二人,竟奔柳家庄而来。此时正在深秋之际,一路上黄花铺地,落叶飘飘,偏偏的阴云密布,淅淅泠泠下起雨来。蒋爷以为深秋没有什么大雨,因此冒雨前行。谁知细雨濛濛,连绵不断,刮来金风瑟瑟,遍体清凉。低头看时,浑身皆湿。再看天光,已然垂暮。又算计柳家庄尚有四十五里之遥,今日断不能到。幸亏今日是十日之期,就是明日到也不为迟。因此要找个安身之处,且歇息避雨。往前又赶行了几里,好容易见那边有座庙宇,急急奔到山门,敲打声唤,再无人应。心内甚是踌躇,更兼浑身皆湿,秋风飕来,冷不可当。自己说道:"利害!

真是一场秋雨一场寒。这可怎么好呢?"只见那边柴扉开处,出来一老者,打着一把半零不落的破伞。见蒋平瘦弱身躯,犹如水鸡儿一般,唏唏呵呵的,心中不忍,便问道:"客官想是走路远了,途中遇雨。如不憎嫌,何不到我豆腐房略为避避呢。"蒋平道:"难得老丈大发慈悲,只是小可素不相识,怎好搅扰。"老丈道:"有甚要紧。但得方便地,何处不为人。休要拘泥,请呀!"蒋平见老丈诚实,只得随老丈进了柴扉。

不知老丈是谁,且听下回分解。

第一百十四回

忍饥挨饿进庙杀僧　少水无茶开门揖盗

且说蒋平进了柴扉,一看却是三间茅屋,两明间有磨与屉板、罗榻等物,果然是个豆腐房。蒋平先将湿衣脱下,拧了一拧,然后抖晾。这老丈先烧了一碗热水,递与蒋平。蒋平喝了几口,方问道:"老丈贵姓?"老丈道:"小老儿姓尹,以卖豆腐为生。膝下并无儿女,有个老伴儿,就在这里居住。请问客官贵姓?要往何处去呢?"蒋平道:"小可姓蒋,要上柳家庄找个相知,不知此处离那里还有多远?"老丈道:"算来不足四十里之遥。"说话间,将壁灯点上。见蒋平抖晾衣服,即回身取了一捆柴草来,道:"客官,就在那边空地上将柴草引着,又向火,又烘衣,只是小心些就是了。"蒋平深深谢了,道:"老丈放心,小可是晓得的。"尹老儿道:"老汉动转一天,也觉乏了。客官烘干衣服,也就歇息罢,恕老汉不陪了。"蒋平道:"老丈但请尊便。"尹老儿便向里屋去了。蒋平这里向火烘衣,及至衣服烘干,身体暖和,心里却透出饿来了。暗道:"自我打尖后只顾走路,途中再加上雨淋,竟把饿忘了,说不得只好忍一夜罢了。"便将破床掸了掸,倒下头,心里想着要睡。那知肚子不做劲儿,一阵阵咕噜噜的乱响,闹的心里不得主意,哧哧哧的乱跳起来。自己暗道:"不好,索性不睡的好。"将壁灯剔了一剔,悄悄开了屋门,来到院内。仰面一看,见满天星斗,原来雨住天晴。

正在仰望之间,耳内只听兵兵梆梆犹如打铁一般。再细听时,却是兵刃交加的声音。心内不由的一动,思忖道:“这样荒僻去处,如何夤夜比武呢？倒要看看。”登时把饿也忘了,纵身跳出土墙,顺着声音一听,恰好就在那边庙内。急急紧行几步,从庙后越墙而过。见那边屋内灯光明亮,有个妇人啼哭,连忙挨身而入。妇人一见,唬的惊惶失色。蒋爷道:“那妇人休要害怕,快些说明为何事来,俺好救你。”那妇人道:“小妇人姚王氏,只因为与兄弟回娘家探望,途中遇雨,在这庙外山门下避雨,被僧人开门看见,将我等让至前面禅堂。刚然坐下,又有人击户,也是前来避雨的。僧人道前面禅堂男女不便,就将我等让在这里。谁知这僧人不怀好意,到了一更之后,提了利刃进来时,先将我兄弟踢倒,捆缚起来,就要逼勒于我。是小妇人着急喊叫。僧人道:‘你别嚷！俺先结果了前面那人,回来再合你算帐。’因此提了利刃,他就与前面那人杀起来了。望乞爷爷搭救搭救。”

蒋爷道:“你不必害怕,待俺帮那人去。”说罢,回身见那边立着一根门闩,拿在手中,赶至跟前。见一大汉左右躲闪,已不抵敌。再看和尚上下翻腾,堪称对手。蒋爷不慌不忙,将门闩端了个四平,仿佛使枪一般,对准那僧人的肋下,一言不发尽力的一戳。那僧人只顾赶杀那人,那知他身后有人戳他呢,冷不防觉得左肋痛彻心髓,翻斤斗栽倒尘埃。前面那人见僧人栽倒,赶上一步,抬脚往下一跺,只听的拍的一声,僧人的脸上已然着重。这僧人好苦,临死之时,先挨一

第一百十四回　恩饥挨饿进庙杀僧　少水无茶开门揖盗

戳,后挨一跺,"嗳哟"一声,手一扎煞,刀已落地。蒋爷撤了门闩,赶上前来,抢刀在手,往下一落,这和尚登时了帐。叹他身入空门,只因一念之差,枉自送了性命。

且说那人见蒋平杀了和尚,连忙过来施礼,道:"若不亏恩公搭救,某险些儿丧在僧人之手。请问尊姓大名?"蒋平道:"俺姓蒋名平。足下何人?"那人道:"阿呀,原来是四老爷么!小人龙涛。"说罢拜将下去。蒋四爷连忙搀起问道:"龙兄为何到此?"龙涛道:"自从拿了花蝶与兄长报仇,后来回转本县缴了回批,便将捕快告退不当。躲了官人的辖制,自己务了农业,甚是清闲。只因小人有个姑母,别了三年,今日特来探望。不料途中遇雨,就到此庙投宿,忽听后面声嚷救人,正欲看视,不想这个恶僧反来寻我。小人与他对垒,不料将刀磕飞。可恶僧人好狠,连搠几刀,皆被我躲过。正在危急,若不亏四老爷前来,性命必然难保,实属再生之德。"蒋平道:"原来如此,你我且到后面救那男女二人要紧。"

蒋平提了那僧人的刀在前,龙涛在后跟随,来到后面,先将那男人释放,姚王氏也就出来叩谢。龙涛问道:"这男女二人是谁?"蒋爷道:"他是姊弟二人,原要回娘家探望,也因避雨,误被恶僧诓进。方才我已问过,乃是姚王氏。"龙涛道:"俺且问你,你丈夫他可叫姚猛么?"妇人道:"正是。"龙涛道:"你婆婆可是龙氏么?"妇人道:"益发是了,不幸婆婆已于去年亡故了。"龙涛听说他婆婆亡故了,不觉放声大哭,道:"啊呀,我那姑母吓!何得一别三年就做了故人了。"姚王氏听如此说,方细看了一番,猛然想起道:"你敢是龙涛表兄哥哥么?"龙涛此时哭的说不上话来,止于点头而已。姚王氏也就哭了。蒋爷见他等认了亲戚,便劝龙涛止住哭声。龙涛便问道:"表弟近来可好?"叙了多少话语。龙涛又对蒋爷谢了,道:"不料四老爷救了小人,并且救了小人的亲眷。如此恩德,何以答报?"蒋爷道:"你我至契好友,何出此言?龙兄,你且同我来。"龙涛不知何事,跟着蒋爷。左寻右找,到了厨房,现成的灯烛,仔细看时,不但有菜蔬馒首,并有一瓶好烧酒。蒋爷道:"妙极,妙极。我是实对龙兄说罢,我还没吃饭呢。"龙涛道:"我也觉得饿了。"蒋爷道:"来罢,来罢,咱们搬着走,大约他姐儿两个也未必吃饭呢。"龙涛见那边有个方盘,就拿出那当日卖煎饼的本事来了,端了一方盘。蒋爷提了酒瓶,拿了酒杯、碗、碟、筷子等,一同来到后面来。姐儿两个果然未进饮食。却不喝酒,就拿了菜蔬点心在屋内吃。蒋爷与龙涛在外间一壁饮酒,一壁叙话。龙涛便问蒋爷何往。蒋爷便叙述已往情由,如今要收伏钟雄,特到柳家庄,找柳青要断魂香的话说了一遍。龙涛道:"如此说来,众位爷们俱在陈起望。不知有用小人处没有?"蒋爷道:"你不必问哪!明日送了令亲去,你就到陈起望去就是了。"龙涛道:"既如此,我还有个主意。我这个表弟姚猛,身量魁梧,与我不差上下,他不过年轻些。明日我与他同去如何?"蒋平道:"那更好了。到了那里,丁二爷你是认得的,就说咱们遇着了。还有一宗,你告诉丁二爷,就求陆大爷写一封荐书,你二人直奔水寨,投在水寨之内。现有南、北二侠,再无有不收录的。"龙涛听了,甚是欢喜。

二人饮酒多时,听了听已有鸡鸣,蒋平道:"你们在此等候我,我

第一百十四回　忍饥挨饿进庙杀僧　少水无茶开门揖盗

去去就来。"说罢,出了屋子,仍然越过后墙,到了尹老儿家内,又越了土墙,悄悄来至屋内。见那壁上灯点的半明不灭的,从新剔了一剔,故意的咳嗽。尹老儿惊醒,伸腰欠口道:"天是时候了,该磨豆腐了。"说罢,起来出了里屋,见蒋爷在床上坐着,便问道:"客官起来的恁早,想是夜静有些寒凉。"蒋平道:"此屋还暖和,多承老丈挂心。天已不早了,小可要赶路了。"尹老儿道:"何必忙呢,等着热热的喝碗浆,暖暖寒,再去不迟。"蒋爷道:"多承美意,改日叨扰罢。小可还有要紧事呢。"说着话,披上衣服,从兜肚中摸了一块银子,足有二两重,道:"老丈,些须薄礼,望乞笑纳。"老丈道:"这如何使得。客官在此屈尊一夜,费了老汉什么,如何破费许多呢?小老儿是不敢受的。"蒋爷道:"老丈休要过谦,难得你一片好心。再要推让,反觉得不诚实了。"说着话便塞在尹老儿袖内。尹老儿还要说话,蒋爷已走到院内。只得谢了又谢,送出柴扉,彼此执手。那尹老儿还要说话,见蒋爷已走出数步,只得回去,掩上柴扉。

　　蒋爷仍然越墙进庙。龙涛便问:"上何方去了?"蒋爷将尹老儿留住的话说了一遍。龙涛点头道:"四老爷做事真个周到。"蒋平道:"咱们也该走了。龙兄送了令亲之后,便与令表弟同赴陈起望便了。"龙涛答应。四人来至山门,蒋爷轻轻开了山门,往外望了一望,悄悄道:"你三人快些去罢。我还要关好山门,仍从后墙而去。"龙涛点头,带领着姊弟二人扬长去了。蒋爷仍将山门闭妥,又到后面检点了一番,就撂下这没头脑的事儿,叫地面官办去罢了。他仍从后墙跳出,溜之乎也。一路观看清景,走了二十馀里,打了早尖。及至到了柳家庄,日将西斜。自己暗暗道:"这们早到那里做什么,且找个僻静的酒肆,沽饮几杯,知他那里如何款待呢?别像昨晚饿的抓耳挠腮,若不亏那该死的和尚预备下,我如何能够吃到十二分。"心里想着,早见有个村店酒市,仿佛当初大夫居一般,便进去拣了座头坐下。酒保儿却是个少年人,暖了酒,蒋爷慢慢消饮。暗听别的座上三三两两讲论,柳员外这七天的经忏费用不少,也有说他为朋友尽情真正难得的;也有说他家内充足,耗财买脸儿的;又有那穷小子苦混混儿说:"可惜了儿的,交朋友已经过世就是了,人在人情在,那里犯的上呢?若把这七天费用帮了苦哈哈,包管够过一辈子的。"蒋爷听了暗笑。酒饮够了,又吃了些饭。看看天色已晚,会了钱钞,离了村店,来到柳青门首,已然掌灯,连忙击户。

只见里面出来了个苍头,问道:"什么人?"蒋爷道:"是我。你家员外可在家么?"苍头将蒋爷上下打量一番,道:"俺家员外在家等贼呢!请问尊驾贵姓?"蒋爷听了苍头之言,有些语辣,只得答道:"我姓蒋,特来拜望。"苍头道:"原来是贼爷到了,请少待。"转身进去了。蒋爷知道,这是柳青吩咐过了,毫不介意,只得等候。不多时,只见柳青便衣、便帽出来,执手道:"姓蒋的,你竟来了,也就好大胆呢!"蒋平道:"劣兄既与贤弟定准日期,劣兄若不来,岂不叫贤弟呆等么?"柳青说:"且不要论弟兄,你未免过于不自量了。你既来了,只好叫你进来说罢。"也不谦让,自己却先进来。蒋爷听了此话,见此光景,只得忍耐。刚要举步,只见柳青转身,奉了一揖,道:"我这一揖,你可明白?"蒋爷笑道:"你不过是开门揖盗罢了,有甚难解。"柳青道:

"你知道就好。"说着便引到西厢房内。蒋爷进了西厢房一看,好样儿,三间一通连,除了一盏孤灯,一无所有,止于迎门一张床,别无他物。蒋爷暗道:"这是什么意思?"只听柳青道:"姓蒋的,今日你既来了,我要把话说明了。你就在这屋内居住,我在对面东屋内等你。除了你我,再无第三人,所有我的仆妇人等,早已吩咐过了,全叫他们回避。就是前次那枝簪子,你要偷到手内,你便隔窗儿叫一声说:'姓柳的,你的簪子我偷了来了。'我在那屋里,在头上一摸果然不见了,这是你的能为。不但偷了来,还要送回去。再迟一会你能够送去,还是隔窗叫一声:'姓柳的,你的簪子我还了你了。'我在屋内,向头上一摸,果然又有了。若是能够如此,不但你我还是照旧的弟兄,而且甘心佩服,就是叫我赴汤蹈火,我也是情愿的。"蒋爷点头笑道:"就是如此。贤弟到了那时,别又后悔。"柳青道:"大丈夫说话那有改悔!"蒋爷道:"很好,很好!贤弟请了。"

不知果能否,且听下回分解。

第一百十五回

随意戏耍智服柳青　有心提防结交姜铠

且说柳青出了西厢房,高声问道:"东厢房炭烛、茶水、酒食等物俱预备妥当了没有?"只听仆从应道:"俱已齐备了。"柳青道:"你们俱各回避了,不准无故的出入。"又听妇人声音说道:"婆子丫鬟,你们惊醒些。今晚把贼关在家里,知道他净偷簪子,还偷首饰呢?"早有个快嘴丫鬟接言道:"奶奶请放心罢,奴婢将裤腿带子都收什过了,外头任嘛儿也没有了。"妇人嗔道:"多嘴的丫头子!进来罢,不要混说了!"这说话的,原来是柳娘子。蒋爷听在心内,明知是说自己,置若罔闻。

此时已有二鼓,柳青来至东厢房内,抱怨道:"这是从那里说起!好好的美寝不能安歇,偏偏的这盆炭火也不旺了,茶也冷了,这还要自己动转。也不知是什么时候才偷,真叫人等的不耐烦。"忽听外面他拉他拉的声响,猛见帘儿一动,蒋爷从外面进来,道:"贤弟不要抱怨。你想你这屋内又有火盆,又有茶水,而且糊裱的严紧,铺设的齐整。你瞧瞧我那屋子,犹如冰窖一般,八下里冒风,连个铺垫也没有。方才躺了一躺,实在难受。我且在这屋子里暖和暖和。"柳青听了此话,再看蒋爷头上止有网巾,并无头巾,脚下趿拉着两只鞋,是躺着来着,便说道:"你既嚷冷,为什么连帽子也不带?"蒋爷道:"那屋里什么全没有,是我刚才摘下头巾枕着来,一时寒冷,只顾往这里来,就忘了戴了。"柳青道:"你坐坐也该过去了。你有你的公事,早些完了,我也好歇息。"蒋爷道:"贤弟,你真个不讲交情了。你当初到我们陷空岛,我们是何等待你。我如今到了这里,你不款待也罢了,怎么连碗茶也没有呢?"柳青笑道:"你这话说得可笑!你今日原是来偷我来了,既是来偷我,我如何肯给你预备茶水呢?你见世界上有给贼预备妥当了,再等他来偷的道理么?"蒋平也笑道:"贤弟说的也是。但只一件,世界上有这们明灯蜡烛等贼来偷的吗?你这不是开门揖盗,竟是对面审贼了。"柳青将眼一瞪道:"姓蒋的,你不要强辩饶舌。你纵能说,也不能说了我的簪子去。你趁早儿打主意便了。"蒋爷道:"若论盗这簪子,原不难,我只怕你不戴在头上,那就难了。"柳青登时生起气来,道:"那岂是大丈夫所为?"便摘下头巾,拔下簪子,往桌上一掷,道:"这不是簪子,谁也哄你不成?你若有本事就拿去。"蒋平老着脸儿,伸手拿起,揣在怀内道:"多谢贤弟。"站起来就要走。柳青微微冷哂道:"好个翻江鼠蒋平!俺只当有什么深韬广略,敢则是猥琐惫赖。可笑吓,可笑!"蒋平听了,将小眼一瞪,瘦脸儿一红,道:"姓柳的,你不要信口胡说。俺蒋平堂堂男子,惫赖则甚?"回手将簪子掏出,也往桌上一掷,道:"你提防着,待我来偷你!"说罢,转身往厢房去了。

柳青自言自语道:"这可要偷了,须当防备。"连忙将簪子别在头上,却不曾戴上头巾,两只眼睛睁睁的往屋门瞅着,以为看他如何进来,怎么偷法。忽听蒋爷在西厢房说道:"姓柳的,你的簪子我偷了来了。"柳青唬了一跳,急将网巾摘下,摸了一摸,簪子仍在头上,由不的哈哈大笑道:"姓蒋的,你是想簪子想疯了心了。我这簪子好好还在头上,如何被你偷去?"蒋平接言道:"那枝簪子是假的,真的在我这里。你不信,请看那枝簪子背后没有暗'寿'字儿。"柳青听了,拔下来仔细一看,宽窄长短分毫不错,就只背后缺少"寿"字儿。柳青看了,暗暗吃惊,连说"不好",只得高声嚷道:"姓蒋的,偷算你偷去。看你如何送来?"蒋爷也不答言。

柳青在灯下赏玩那枝假簪,越看越像自己的,心中暗暗罕然,道:"此簪自从在五峰岭上,他不过月下看了一看,如何就记得这般真切?可见他聪明至甚。而且方才他那安安详详的样儿,行所无事,想不到他抵换如此之快。只他这临事好谋,也就令人可羡。"复又一转念,猛然想起:"方才是我不好了。绝不该合他生气,理应参悟他的机谋,看他如何设法儿才是。只顾暴躁,竟自入了他的术中。总而言之,是我量小之故。且看他将簪子如何送回,千万再不要动气了。"等了些时不见动静,便将火盆拨开,温暖了酒,自斟自饮,怡然自得。

忽听蒋爷在那屋张牙欠口,打哈欠道:"好冷!夜静了,更觉凉了。"说着话,他拉他拉又过来了,恰是刚睡醒了的样子,依然没戴帽子。柳青拿定主意,再也不动气,却也不理蒋爷。蒋爷道:"好吓,贤弟会乐吓!屋子又和暖,又喝着酒儿,敢则好吓。劣兄也喝杯儿,使得使不得?"柳青道:"这有什么呢。酒在这里,只管请用。你可别忘了送簪子?"蒋爷道:"实对贤弟说,我只会偷,不会送。"说罢,端起酒杯一饮而尽,复又斟上,道:"我今日此举不过游戏而已。劣兄却有紧要之事奉请贤弟。"柳青道:"只要送回簪子来,叫我那里去我都跟了去。"蒋爷道:"咱们且说正经事。"他将大家如何在陈起望聚义,欧阳春与智化如何进的水寨,怎么假说展昭,智诓沙龙,又怎么定计在他生辰之日收伏钟雄,特着我来请贤弟用断魂香的话,哩哩啰啰说个不了。柳青听了,唯唯喏喏,毫不答言。蒋爷又道:"此乃国家大事,我等钦奉圣旨,谨遵相谕,捉拿襄阳王。必须收伏了钟雄,奸王便好说了。说不得贤弟随劣兄走走。"柳青听了这一番言语,明是提出圣旨相谕押派着,叫我跟了他去,不由的气往上撞。忽然转念道:"不可,不可。这是他故意的招我生气,他好于中取事,行他的谲诈。我有道理。"便嘻嘻笑道:"这些事都是你们为官做的,与我这平民何干?不要多言,还我的簪子要紧。"蒋爷见说他不动,赌气子带上桌上头巾,他拉他拉出门去了。柳青这里又奚落他道:"那帽子当不了被褥,也搪不了寒冷。原来是个抓帽子贼,好体面哪!"蒋爷回身进来道:"姓柳的,你不要嘲笑刻薄,谁没个无心中呢,这也值得说这些没来由的话。"说罢,将他的帽子劈面摔来。柳青笑嘻嘻双手接过,戴在头上道:"我对你说,我再也不生气的。漫说将我的帽子摔来,就是觌面唾我,我也是容他自干,绝不生气。看你有什么法子?"蒋爷听了此言,无奈何的样儿,转回西厢房内去了。

柳青暗暗欢喜,以为不动声色是绝妙的主意了。又将酒温了一温,斟上刚要喝时,只听蒋爷在西厢房内说道:"姓柳的,你的簪子我还回去了。"柳青连忙放下酒杯,摘去头巾,摸了一摸,并无簪子,又见那枝假的仍在桌上放着。又听蒋爷在那屋内说道:"你不必犹疑,将帽子里儿看看就明白了。"柳青听了,即将帽子翻过看时,那枝簪子恰好别在上面,不由的倒抽了一口气道:"好吓,真真令人不测!"再细想时,更省悟了:"敢则他初次光头过来,就为二次还簪地步。这人的智略机变,把我的喜怒全叫他体谅透了,我还和他闹什么?"

正在思索,只见蒋爷进来,头巾也戴上了,鞋也不趿拉着了,早见他一躬到地。柳青连忙站起,还礼不迭。只听蒋爷道:"贤弟,诸事休要挂怀。恳请贤弟跟随劣兄走走,成全朋友要紧。"柳青道:"四兄放心,小弟情愿前往。"于是把蒋爷让至上位,自己对面坐了。蒋爷道:"钟雄为人豪侠,是个男子,因众弟兄计议,务要把他劝化回头方是正理。"柳青道:"他既是好朋友,原当如此。但不知几时起身?"蒋爷道:"事不宜迟,总要在他生日之前赶到方好。"柳青道:"既如此,明早起身。"蒋平道:"妙极!贤弟就此进内收什去,劣兄还要歇息歇息。实对贤弟说,劣兄昨日一夜不曾合眼,此时也觉乏的很了。"柳青道:"兄长只管歇着,天还早呢,足可以睡一觉。恕小弟不陪了。"柳青便进内去了。到了天亮,柳青背了包裹出来,又预备羹汤、点心吃了,二人便离了柳家庄,竟奔陈起望而来。

且说智化作了军山的统辖,所有水旱二寨之事,俱各料理的清清楚楚。这日忽见水寨头目来报道:"今有陈起望陆大爷那里来了二人,投书信一封。"说罢,将书呈上。智爷接来,拆阅毕,吩咐道:"将他二人放进来。"头目去不多时,早见两个大汉晃里晃荡而来。见了智爷参见道:"小人龙涛、姚猛,望乞统辖老爷收录!"智爷见他二人循规蹈矩,颇有礼数,便知是丁二爷教的。不然他两个卤莽之人,如何懂得"统辖"与"收录"呢?心内甚是欢喜。却又故意问了几句,二人应答的颇好。智爷更觉放心,便将二人带至思齐堂。智爷将书呈上,说明来历,钟雄便要看看来人。智化即唤龙涛、姚猛。二人答应,声若巨雷。及至到了厅上参见大王,那一番腾腾煞气,凛凛威风,真个是方相一般。钟雄看了大乐,道:"难得他二人的身材体态竟能一样。很好,我这厅上正缺两个领班头目,就叫他二人充当此差,妙不可言。"龙涛、姚猛听了,连忙叩谢,甚是恭谨。旁边北侠早已认得龙涛,见他举止端详,语言的当,心内也就明白了。是日,沙龙等同钟雄把酒谈心,尽一日之长,到晚方散。智化、北侠暗暗与龙涛打听,如何能够到此。龙涛将避雨遇见蒋爷一节说了,又道:"蒋爷不日也就要回来了。自从小人送了表弟妹之后,即刻同着姚猛上路,前日赶到陈起望。丁二爷告诉我等备细,教导了言语,陆大爷写了荐书,所以今日就来了。"智爷道:"你二人来的正好,而且又在厅上,更就近了。到了临期,自有用处。千万不要多言,惟有小心谨慎而已。"龙涛道:"我等晓得。倘有用我等之处,自当效力。"智化点头,叫他二人去了。然后又与北侠计议一番,方才安歇。

　　到了次日,他又不惮勤劳,各处稽查。但有不明不知的,必要细细询问。因此这军山之内,由那里到何处,至何方,俱已晓得。他见大小头目虽有多人,皆没甚要紧。惟有姜夫人之弟姜铠,甚是了得,极其梗直。生得凹面金腮,两道浓眉,一张阔口,微微有些髭须,绰号小二郎。他单会使一般器械,名曰三截棍,中间有五尺长短,两头俱有铁叶打就,铁环包定,两根短棒足有二尺多。每逢对垒,施展起来,远近皆可打得,英勇非常。智化把他看在眼里,又因他是钟雄的亲戚,因此待他甚好,极其亲近。这二郎见智化志广才高,料事精详,更加喜悦。除了姜铠之外,还有钟雄两个亲信之人,却是同族弟兄武伯南、武伯北,此二人专管料理家务,智化也时常的与他等亲密。他又算计,钟雄生日不过三日就到了,他便托言查阅,悄悄的又到陈起望。恰好蒋爷正与柳青刚到,彼此见了,各生羡慕,喜爱非常。蒋爷便问:"龙涛、姚猛到了不曾?"丁二爷道:"不但到了,谨遵兄命,已然进了水寨门了。"智化道:"昨日他二人去了,我甚忧心。后来见他等的光景甚是合宜,就知是我二弟的传授了。"智化又问蒋爷道:"四弟前次所论之事,想柳兄俱已备妥了。今日我就同柳兄进水寨。"柳青道:"小弟惟命是从,但不知如何进水寨法。"智化道:"我自有道理。"

不知用何计策,且听下回分解。

第一百十六回

计出万全极其容易　算失一着事甚为难

且说智化要将柳青带入水寨,柳青因问如何去法,智化便问柳青可会风鉴。柳青道:"小弟风鉴不甚明白,却会谈命。"智化道:"也可以使得。柳兄就扮作谈命的先生,到了那里,不过奉承几句,只要混到他的生辰,便完了事了。"柳青依允。智化又向陆、鲁二人道:"二位贤弟,大鱼可捕妥了?"陆彬道:"早已齐备,俱各养在那里。"智化道:"很好,明日就给他送去。只用大船一只,带了渔户去。到那里二位贤弟自然是住下的,却将船只泊在幽僻之处,到了临期,如此如此。"又对丁二爷、蒋四爷说道:"二位贤弟务于后日夜间要快船二只,每船水手四名,就在前次砍断竹城之处专等,千万莫误。"

计议已定,智化与柳青来至水寨,见了钟雄,言柳青系算命先生,笔法甚好,"小弟因一人事繁,难以记载,故此带了他来,帮着小弟作个记室。"钟雄见柳青人物轩昂,意甚欢喜。至次日,陆彬、鲁英来至水寨送鱼。钟雄迎至思齐堂,深深谢了。陆彬、鲁英又提写信荐龙涛、姚猛二人。钟雄笑道:"难得他二人身体一般,雄壮一样,我已把他二人派了领班头目。"陆彬道:"多蒙大王收录。"也就谢了。陆、鲁二人又与沙龙、北侠、南侠、智化见了,彼此欢悦。就将他二人款留住下,为的明日好一同庆寿。

到了次日,智爷早已办的妥协,各处结彩悬花,点缀灯烛,又有笙箫鼓乐,杂剧声歌,较比往年生辰不但热闹,而且整齐。所有头目、兵丁俱有赏赐,并传令今日概不禁酒,纵有饮醉者亦不犯禁。因此人人踊跃,个个欢欣,无有不称羡统辖之德的。思齐堂上排开华筵,摆设寿礼。大家衣冠鲜明,独有展爷却是四品服色,更觉出众。及至钟雄来到,见众人如此,不觉大乐道:"今日小弟贱辰,敢承诸位兄弟如此的错爱,如此的费心,我钟雄何以克当!"说话间,阶下奏起乐来,就从沙龙让起,不肯受礼,彼此一揖。次及欧阳春,也是如此。再又次就是展熊飞,务要行礼。钟雄道:"贤弟乃皇家栋梁,相府的辅弼,劣兄如何敢当?还是从权行个常礼罢了。"说罢,先奉下揖去。展爷依旧从命,连揖而已。只见陆彬、鲁英二人上前相让,钟雄道:"二位贤弟是客,劣兄更不敢当!"也是常礼,彼此奉揖不迭。此时智化谆谆要行礼,钟雄托住道:"若论你我弟兄,劣兄原当受礼,但贤弟代劣兄操劳,已然费心,竟把这礼免了罢。"智化只得行个半礼,钟雄连忙搀起。忽见外面进来一人,扑翻身跪下,向上叩头,原来是钟雄的妻弟姜铠。钟雄急急搀起,还揖不迭。姜铠又与众人一一见了。然后是武伯南、武伯北与龙涛、姚猛,率领大小头目等,一起一起,拜寿已毕。复又安席入座,乐声顿止。堂上觥筹交错,阶前彩戏俱陈。智爷吩咐放了赏钱。早饭已毕,也有静坐闲谈的,也有料理事务的,独有小二郎姜铠却到后面与姜夫人谈了多时,便回旱寨去了。

到了午酒之时,大家俱要敬起寿星酒来。从沙龙起,每人三杯。钟雄难以推却,只得杯到酒干,真是大将必有大量。除了姜铠不在座,现时座中六人俱各敬毕,然后团团围住,刚要坐下,只见白面判官柳青从外面进来,手持一卷纸札道:"小可不知大王千秋华诞,未能备礼。仓促之间,无物可敬,方才将诸事记载已毕,特特写得条幅对联,望乞大王笑纳。"说罢,高高奉上。钟雄道:"先生初到,如何叨扰厚赐!"连忙接过,打开看时,是七言的对联,乃"惟大英雄能本色,是真名士自风流",写的颇好,满口称赞道:"先生真好书法也。"说罢,奉了一揖。柳青还要拜寿,钟雄断断不肯。智化在旁道:"先生礼倒不消,莫若敬酒三杯,岂不大妙?"柳青道:"统辖吩咐极是。但只一件,小可理应早间拜祝,因事务冗繁,须要记载,早间是不得闲的,而且条幅、对联俱未能写就。及至得暇写出,偏又不干,所以迟至此时,未免太不恭敬。若要敬酒,必须加倍,方见诚心。小可意欲恭敬三斗,未知大王肯垂鉴否?"钟雄道:"适才诸位兄弟俱已赐过,饮的不少了,先生赐一斗罢。"柳青道:"酒不喝单,小可奉敬两斗如何?"沙龙道:"这却合中,就是如此罢。"欧阳春命取大斗来。柳青斟酒,双手奉上。钟雄匀了三气饮毕,复又斟上,钟雄接过来也就饮了。大家方才入座,彼此传壶告干。七个人算计一个人,钟雄如何敌的住?天未二鼓,钟雄已然酩酊大醉。先前还可支持,次后便坐不住了。

　　智化见此光景,先与柳青送目。柳青会意去了。此时展爷急将衣服、头巾脱下,转眼间,出了思齐堂便不见了。智化命龙涛、姚猛两个人,将太保钟雄搀至书房安歇。两个大汉一边一个将钟雄架起,毫不费力,搀至书房榻上。此时虽有虞候、伴当,也有饮酒过量的,也有故意偷闲的。柳青暗藏了药物来至思齐堂一看,见座中只有沙龙、欧阳春，连陆、鲁二人也不见了。刚要问时，只见智化从后边而来，看了看左右无人，便叫沙龙、欧阳春道："二位兄长少待，千万不可叫人过去。"即拿起南侠的衣服、头巾，便同柳青来至书房。叫龙涛、姚猛把守门口，就说统辖吩咐，不准闲人出入。柳青又给了每人两丸药塞住鼻孔。然后进了书房，二人也用药塞住鼻孔，柳青便点起香来。

你道此香是何用法？原来是香面子。却有一个小小古铜造就的仙鹤，将这香面装在仙鹤腹内，从背后下面有个火门，上有螺蛳转的活盖，拧开点着，将盖盖好。俟腹内香烟涨足，无处发泄，只见一缕游丝从仙鹤口内喷出。人若闻见此烟，香透脑髓，散于四肢，登时体软如绵，不能动转。须到五鼓鸡鸣之时方能渐渐苏醒，所以叫做鸡鸣五鼓断魂香。彼时柳青点了此香，正对钟雄鼻孔。酒后之人呼吸之气是粗的，呼的一声已然吸进，连打两个喷嚏，钟雄的气息便微弱了。柳青连忙将鹤嘴捏住，带在身边。立刻同智化将展昭衣服与钟雄换了，龙涛背起，姚猛紧紧跟随，来至大厅。智化、柳青也就出来，会同沙龙、北侠，护送至宫门。智化高声说道："展护卫醉了，你等送至旱寨，不可有误。"沙龙道："待我随了他们去。"北侠道："莫若大家走走，也可以散酒。"说罢，下了台阶。这些虞候人等，一来是黑暗之中不辨真假，二来是大家也有些酒意，三来白日看见展昭的服色，他们如何知道飞叉太保竟被窃负而逃呢。

且说南侠原与智化定了计策，特特的穿了护卫服色，炫人眼目，为的是临期人人皆知，不能细查。自脱了衣巾之后，出了厅房，早已踏看了地方，按方向从房上跃出，竟奔东南犄角。正走之间，猛听得树后悄声道:"展兄这里来,鲁英在此。"展爷问道:"陆贤弟呢?"鲁二爷道:"已在船上等候。"展爷急急下了泊岸。陆彬接住,叫水手摇起船来,却留鲁英在此等候众人。水手摇至砍断竹城之处,击掌为号,外面应了,只听大竹嗤嗤喳喳全然挺起。丁二爷先问道:"事体如何?"陆爷道:"功已成了。今先送展兄出去,少时众位也就到了。"外面的即将展爷接出。陆彬吩咐将船摇回,刚到泊岸之处,只见姚猛背了钟雄前来。自从书房到此,皆是龙涛、姚猛替换背来。欧阳春、沙龙先跳在船上,接下钟雄。然后柳青、龙涛、姚猛俱各上船。鲁英也要上船,智化拉住道:"二弟,咱们仍在此等。"鲁英道:"众弟兄俱在此,还等何人?"智化道:"不是等人,是等船回来,你我同陆贤弟,还是出水寨为是。"鲁英只得煞住脚步。不多工夫,船回来了。鲁二爷与智化跳到船上,也不细问,便招动令旗,开了竹栅,出了水寨,竟奔陈起望而来。

及至到了庄门,那两只船早已到了。三个人下船进庄,早见沙龙等迎出来,道:"方才何不一同来呢,务必绕了远道则甚?"智化道:"小弟若不出水寨,少时如何进水寨呢?岂不自相矛盾么?"丁二爷道:"智大哥还回去做什么?"智化道:"二弟极聪明之人,如何一时忘起神来。我等只顾将钟太保诓来,他们那里如何不找呢?别人罢了,现有钟家嫂嫂,两个侄儿、侄女,难道他们不找么?若是知道被咱们诓来,这一惊骇,不定要生出什么事来。咱们原为收伏钟太保,若叫妻子儿女有了差池,只怕他也就难乎为情了。"众人深以为然。智化来到厅上,见把钟雄安放在榻上,却将展爷衣服脱下,又换了一身簇新的渔家服色。智爷点头。见诸事已妥,便对沙龙、北侠道:"如到五更,大哥苏醒之后,全仗二位兄长极力的劝谏,以大义开导,保管他倾心佩服。天已不早了,小弟要急急回去。"又对众人嘱咐一番,务必帮衬着说降了钟雄要紧。智爷转身出庄,陆彬送至船上。智爷催着水手赶进水寨时,已三鼓之半。

这一回去不甚紧要,智爷险些儿性命难保。你道为何?只因姜氏夫人带领着儿女,在后堂备了酒筵,也是要与钟雄庆寿。及至天已二鼓,不见大王回后,便差武伯南到前厅看视,得便请来。武伯南领命,来至大厅一看,静悄悄寂无人声。好容易找着虞候等,将他们唤醒,问:"大王那里去了?"这虞候酒醉醺醺,睡眼朦胧道:"不在厅上,就在书房,难道还丢了不成。"武伯南也不答言,急急来至书房。但见大王的衣冠在那里,却不见人。这一惊非同小可,连忙拿了衣冠,来至后堂禀报。姜夫人听了,惊的目瞪痴呆。这亚男、钟麟听说父亲不见了,登时哭起来了。姜夫人定了定神,又叫武伯南到宫门问问,众位爷们出来不曾。武伯南到了宫门,方知展护卫醉了,俱各送入旱寨。武伯南立刻派人到旱寨迎接,转身进内回禀。姜夫人心中稍安。迟不多时,只见上旱寨的回来说道:"不但众位爷们不见,连展爷也未到旱寨。现时姜舅爷已带领兵丁各处搜查去了。"姜夫人已然明白了八九,暗道:"南侠他乃皇家四品官员,如何肯归服大王?如此看来,不但南侠,大约北侠等都也故意前来,安心设计要捉拿我夫主的。我丈夫既被拿去,岂不绝了钟门之后!"思忖至此,不由的胆战心惊。

正在害怕，忽见姜铠赶来，说道："不好了！兄弟方才到东南角上，见竹城砍断，大约姐夫被他等拿获，从此逃走的。这便如何是好？"谁知姜铠是一勇之夫，毫无一点儿主意。姜夫人听了正合自己心思，想了想再无别策，只好先将儿女打发他们逃走了，然后自己再寻个自尽罢。就叫姜铠把守宫门，立刻将武伯南、武伯北弟兄唤来，道："你等乃大王亲信之人。如今大王遭此大变，我也无可托付，惟有这双儿女交给你二人，趁早逃生去罢。"亚男、钟麟听了放声大哭，道："孩儿舍不得娘亲吓！莫若死在一处罢！"姜夫人狠着心道："你们不要如此。事已急紧，快些去罢。若到天亮，官兵到来围困，想逃生也不能了。"武伯南急叫武伯北鞴一匹马。姜夫人问道："你们从何处逃走？"武伯南道："前面走着路远费事，莫若从后寨门逃去，不过荒僻些儿。"姜夫人道："事已如此，说不得了。快去，快去！"武伯南即将亚男搀扶上马，叫武伯北保护，自己背了钟麟，奔至后寨门，开了封锁，主仆四人竟奔山后逃生去了。

未知后来如何，且听下回分解。

第一百十七回

智公子负伤追儿女　武伯南逃难遇豺狼

且说姜铠把守宫门,他派人到接官厅上,打听有何人出去。不多时,回来说道:"就只二鼓之半,智统辖送出陆、鲁二人去未回。"姜铠心内思忖道:"当初投诚时,原是欧阳春、智化一同来的,为何他们做此勾当,他不在其内呢?事有可疑。"正在思忖,忽有人报道:"智统辖回来了。"姜铠听了,不分好歹,手提三截棍迎了上来。智化刚上台阶,不容分说,"哗啷"的一声他就是一棍。智爷连忙将身闪开。刚刚躲过,尚未立稳,姜铠的棍梢落地,也不抽回,顺势横着一扫。智化腾开右脚,这左脚略慢了些,已被棍上的短棒撩了一下。这一棍错过智爷伶便,几几乎丧了性命。智化连声嚷道:"姜贤弟不要动手,我是报紧急军情的。"姜铠听了"军情"二字,方将三截棍收住,道:"报何军情,快说!"智化道:"此事机密,须要面见夫人方好说得。"姜铠听说要见夫人,这必是大王有了下落,他这才把棍放下,过来拉着智化道:"可是大王有了信息了么?"智化道:"正是。为何贤弟见面就是一棍?幸亏是我,若是别人,岂不登时毙于棍下。"姜铠道:"我只道大哥也是他们一党,不料是个好人。恕小弟卤莽,莫怪,莫怪!可打着那里了?"智化道:"无妨,幸喜不重。快见夫人要紧。"二人开了宫门,来至后面。姜铠先进去通报。

姜夫人正在思念儿女落泪,自己横了心,要悬梁自缢。听说智化求见,必是丈夫有了信息,连忙请进,以叔嫂之礼相见。智化到了此时,不肯隐瞒,便将始末原由据实说出:"原为大哥是个豪杰,惟恐一身淹埋,污了英名,因此特特定计,救大哥脱离了苦海。全是一番好意,并无陷害之心。倘有欺侮,负了结拜,天地不容。请嫂嫂放心!"姜夫人道:"请问叔叔,此时我丈夫现在何处?"智化道:"现在陈起望。所有众相好全在那里,务要大哥早早回头,方不负我等一番苦心。"姜夫人听了如梦方醒,却又后悔起来,不该打发儿女起身。便对智化道:"叔叔,是嫂嫂一时不明,已将你侄儿侄女交付武伯南、武伯北带往逃生去了。"智化听了,急的跌足道:"这可怎么好?这全是我智化失于检点,我若早给嫂嫂送信,如何会有这些事!请问嫂嫂,可知武家兄弟领侄儿侄女往何方去了呢?"姜夫人道:"他们是出后寨门,由后山去的。"智化道:"既如此,待我将他等追赶回来。"便对姜铠道:"贤弟送我出寨。"站起身来,一瘸一点别了姜氏,一直到了后寨门。又嘱咐姜铠:"好好照看嫂嫂。"

好智化,真是为朋友尽心,不辞劳苦,出了后寨门,竟奔后山而来。走了五六里之遥,并不见个人影,只急的抓耳挠腮。猛听得有小孩子说话道:"伯南哥,你我往那里去呢?"又听有人答道:"公子不要着急害怕,这沟是通着水路的,待我歇息歇息再走。"智化听的真切,顺着声音找去,原来是个山沟,音出于下。连忙问道:"下面可是公子钟麟么?"只听有人应道:"正是。上面却是何人?"智化应道:"我是智化,特来寻找你等。为何落在山沟之内?"钟麟道:"上面可是智叔父么？快些救我姐姐去要紧。"智化道："你姐姐往何处去了？"又听应道："小人武伯南背着公子，武伯北保护小姐。不想伯北陡起不良之心，欲害公子、小姐，我痛加谴责。不料正走之间，他说沟内有人说话，仿佛大王声音。是我探身觑视，他却将我主仆推落沟中，驱着马往西去了。"智化问道："你主仆可曾跌伤没有？"武伯南道："幸亏苍天怜念，这沟中腐草败叶极厚，绵软非常，我主仆毫无损伤。"钟麟又说道："智叔父不必多问了，快些搭救我姐姐去罢。"

智爷此时把脚疼付于度外，急急向西而去。又走三五里，迎头遇见二个采药的，从那边愤恨而来。智化执手向前问道："二位因何不平？"采药的人道："实实可恶！方才见那边有一人，将马拴在树上，却用鞭子狠狠的打那女子。是我二人劝阻，他不但不依，反要拔刀杀那女子。天下竟有这样狠毒人，岂有此理！"智化连忙问道："现在那里？待我前去。"采药的人听了甚喜，道："我二人情愿导引。相离不远，快走，快走。"智化手无利刃，随路拣了几块石头拿着。只听采药人道："那边不是么？"智化用目力留神，却见武伯北手内执刀，在那里威唬亚男，不由的杀人心陡起。赶行几步，来的切近，把手一扬，喊了一声。武伯北刚要回头，拍的一声，这块石头不歪不偏，正打在脸上。武伯北"嗳哟"一声，往后便倒。智化赶上一步，夺过刀来连搠了几下。采药人在旁看见是个便宜，二人抽出药锄，就帮着一阵好刨。可怜武伯北天良泯灭，竟遭报应。搠了几刀不奇，最是药锄刨的新鲜。

智化连忙扶起亚男，叫道："侄女儿苏醒苏醒！"半晌，亚男方哭了出来。智爷这才放心了,便问:"伯北毒打为何?"亚男道:"他要叫我认他为父亲,前去进献襄阳王。侄女一闻此言,刚要嗔责,他便打起来了。除了头脸,已无完肤。侄女拚着一死,再也不应,便拔刀要杀。不想叔父赶到,救了性命。侄女好不苦也!"说罢,又哭。智化劝慰多时,便问:"侄女还可以乘马不能呢?"亚男说道:"请问叔父往那里去?"智化道:"往陈起望去。"即便将大家为谏劝你父亲,今日此举皆是计策的话说了。亚男听见爹爹有了下落,便道:"侄女方才将死付于度外,何况身子疼痛,没甚要紧,而且又得了爹爹信息,此时颇可扎挣骑马。"采药人听了,在旁赞叹,称羡不已。智化将亚男慢慢托在马上,便问采药二人道:"你二人意欲何往?"采药人道:"我等虽则采药为生,如今见这姑娘受这苦楚,心实不忍,情愿帮着爷上送至陈起望,心里方觉安贴。"智爷点头,暗道:"山野之处,竟有这样好人!"连忙说道:"有劳二位了!但不知从何方而去?"采药人道:"这山中僻径我们却是晓得的,爷上放心,有我二人呢。"智爷牵住马,拉着嚼环,放慢步履,跟着采药人弯弯曲曲,下下高高,走了多少路程,方到陈起望。智爷将亚男抱下马来,取出两锭银来谢了采药人。两个感谢不尽,欢欢喜喜而去。智爷来至庄中,暗暗叫庄丁请出陆彬,嘱将亚男带至后面,与鲁氏、凤仙、秋葵相见,俟找着钟麟时,再叫他姊弟与钟太保相会。慢慢再表。

且说武伯南在沟内歇息了歇息,背上公子,顺沟行去。好容易出了山沟,已然力尽筋出。耐过了小溪桥,见有一只小船上有二人捕鱼。一轮明月,照彻光华。连忙呼唤,要到神树岗。船家摆过舟来。

船家一眼看见钟麟，好生欢喜，也不计较船资，便叫他主仆上船。偏偏钟麟觉得腹中饥饿，要吃点心。船家便拿出个干馒首，钟麟接过，啃了半天方咬下一块来。不吃是饿，吃罢咬不动。眼泪汪汪，囫囵吞的呷了一口，噎的半晌还不过气来。武伯南在旁观瞧，好生难受，却又没法。只见钟麟将馒首一掷，嘴儿一咧。武伯南只当他要哭，连忙站起。刚要赶过来，冷不防的被船家用篙一拨，武伯南站立不稳，噗通一声落下水去。船家急急将篙撑开，奔到停泊之处，一人抱起钟麟，一人前去叩门。只见里面出来了个妇人，将他二人接进，仍把双扇紧闭。

你道此家是谁？原来船上二人，一人姓怀名宝，一人姓殷名显。这殷显孤身一口，并无家小，吃喝嫖赌无所不为。却与怀宝脾气相合，往往二人搭帮赚人，设局诓骗。弄了钱来，不干些正经事体，不过是胡抡混闹，不三不二的花了。其中怀宝又有个毛病，处处爱打个小算盘，每逢弄了钱来，他总要绕着弯子多使个三十五十一百八十的。偏偏殷显又是个哈拉哈张的人，这些小算盘上全不理会，因此二人甚是相好，他们也就拜了把子了。怀宝是兄，殷显是弟。这怀宝却有个女人陶氏，就在这小西桥西北娃娃谷居住。自从结拜之后，怀宝便将殷显让至家中，拜了嫂嫂，见了叔叔。怀陶氏见殷显为人虽则谲诈，幸银钱上不甚悭吝，他就献出百般殷勤的愚哄。不多几日工夫，就把个殷显刮搭上了，三个人便一心一计的过起日子来了。可巧的这夜捕鱼，遇见倒运的武伯南背了钟麟，坐在他们船上。殷显见了钟麟，眼中冒火，直仿佛见了元宝一般，暗暗与怀宝递了暗号。先用馒头迷了钟麟,顺手将武伯南拨下水去,急急赶到家中。怀陶氏迎接进去,先用凉水灌了钟麟,然后摆上酒肴。怀宝、殷显对坐,怀陶氏打横儿,三人慢慢消饮家中随便现成的酒席。

不多时,钟麟醒来,睁眼看见男女三人在那里饮酒,连忙起来问道:"我伯南哥在那里?"殷显道:"给你买点心去了。你姓什么?"钟麟道:"我姓钟,名叫钟麟。"怀宝道:"你在那里住?"钟麟道:"我在军山居住。"殷显听了,登时唬的面目焦黄,暗暗与怀宝送目,叫陶氏哄着钟麟吃饮食,两个人来至外间。殷显悄悄的道:"大哥,可不好了!你才听见了他姓钟,在军山居住。不消说了,这必是山大王钟雄儿郎。多半是被那人拐带出来,故此他夤夜逃走。"怀宝道:"贤弟,你害怕做什么?这是老虎嘴里落下来叫狼吃了,咱们得了个狼葬儿,岂不大便宜呢!明日你我将他好好送入水寨,就说夤夜捕鱼,遇见歹人背出世子,是我二人把世子救下,那人急了,跳在河内不知去向,因此我二人特特将世子送来。难道不是一件奇功?岂不得一份重赏?"殷显摇头道:"不好,不好。他那山贼形景,翻脸无情,倘若他合咱们要那拐带之人,咱们往何处去找呢?那时无人,他再说是咱们拐带的,只怕有性命之忧。依我说个主意,与其等着铸钟,莫若打现钟,现成的手到拿银子,何不就把他背到襄阳王那里,这样一个银娃娃似的孩子,还怕卖不出一二百银子么?就是他赏,也赏不了这些。"怀宝道:"贤弟的主意甚是有理。"殷显道:"可有一宗,咱们此处却离军山甚近,若要上襄阳,必须要趁这夜静就起身,省得白日招人眼目。"怀宝道:"既如此,咱们就走。"便将陶氏叫出,一一告诉明白。

陶氏听说卖娃娃,虽则欢喜,无奈他二人都去,却又不乐,便悄悄儿的将殷显拉了一把。殷显会意,立刻攒眉挤眼道:"了不得,了不得,肚子疼的很。这可怎么好?"怀宝道:"既是贤弟肚腹疼痛,我背了娃娃先走。贤弟且歇息,等明日慢慢再去。咱们在襄阳会齐儿。"殷显故意哼哼道:"既如此,大哥多辛苦辛苦罢。"怀宝道:"这有什么呢,大家饭,大家吃。"说罢进了里屋,对钟麟道:"走吓,咱们找伯南哥去。怎么他一去就不来了呢?"转身将钟麟背起,陶氏跟随在后,送出门外去了。

不知后来如何,且听下回分解。

第一百十八回

除奸淫错投大木场　　救急困赶奔神树岗

且说陶氏送他男人去后,瞧着殷显笑道:"你瞧这好不好?"殷显笑嘻嘻的道:"好的。你真是个行家。我也不愿意去,乐得的在家陪着你呢。"陶氏道:"你既愿陪着我,你能够常常儿陪着我么?"殷显道:"那有何难。我正要与你商量,如今这宗买卖要成了,至少也有一百两。我想有这一百两银子,还不够你我快活的吗?咱们设个法儿远走高飞如何?"陶氏道:"你不用合我含着骨头露着肉的。你既有心,我也有意。咱们索性把他害了,你我做个长久夫妻,岂不死心塌地呢?"世上最狠是妇人心。这殷显已然就阴险了,谁知这妇人比他尤甚。似这样的人,留在世上何用?莫若设法早早儿先把他们开发了,省得令人看至此间生气。闲言少叙。

两个狗男女正在说的得意之时,只见帘子一掀,进来一人,伸手将殷显一提,摔倒在地,即用裤腰带捆了个结实。殷显还百般哀告:"求爷爷饶命!"此时,陶氏已然唬的哆嗦在一处。那人也将妇人绑了,却用那衣襟塞了口,方问殷显道:"这陈起望却在何处?"殷显道:"陈起望离此有三四十里。"那人道:"从何处而去?"殷显道:"出了此门往东,过了小溪桥,到了神树岗,往南就可以到了陈起望。爷爷若不得去,待小人领路。"那人道:"既有方向,何用你领俺。再问你,此处却叫什么地名？"殷显道："此处名唤娃娃谷。"那人笑道："怨得你等要卖娃娃，原来地名就叫娃娃谷。"说罢，回手扯了一块衣襟，也将殷显口塞了。一手执灯，一手提了殷显，到了外间。一看见那边放着一盘石磨，将灯放下，把殷显安放在地，端起磨来，那管死活，就压在殷显身上。回手进屋将妇人提出，也就照样的压好。那人执灯看了一看，见那边桌上放着个酒瓶，提起来复进屋内，拿大碗斟上酒，也不坐下，端起来一饮而尽。见桌上放着菜蔬，拣可口的就大吃起来了。

你道此人是谁？真真令人想拟不到，原来正是小侠艾虎。自从送了施俊回家探望父母，幸喜施老爷、施安人俱各安康。施老爷问："金伯父那里可许联姻了？"施俊道："姻虽联了，只是好些原委。"便将始末情由述了一番，又将如何与艾虎结义的话俱各说了。施老爷立刻将艾虎请进来相见。施老爷虽则失明，看不见艾虎，施安人却见艾虎虽然年幼，英风满面，甚是欢喜。施老爷又告诉施俊道："你若不来，我还叫你回家，只因本县已有考期，我已然给你报过名。你如今来的正好，不日也就要考试了。"施生听了，正合心意，便同艾虎在书房居住。迟不多日，到了考期之日，施生高高中了案首，好生欢喜，连艾虎也觉高兴。本要赴襄阳去，无奈施生总要过了考试，或中或不中，那时再定夺起身。艾虎没法儿，只得依从。每日无事，如何闲得住呢？施生只好派锦笺跟随艾虎出处游玩。这小爷不吃酒时还好，喝起酒来总是尽醉方休。锦笺不知跟着受了多少怕。好容易盼望府考，艾虎不肯独自在家，因此随了主仆到府考试。及至揭晓，施俊却中了第三名的生员，满心欢喜。拜了老师，会了同年，然后急急回来，祭了祖先，拜过父母。又是亲友贺喜，应接不暇。诸事已毕，方商议起身赶赴襄阳，俟毕姻之后再行赴京应试，因此耽误日期。及至到了襄阳，金公已知施生得中，欢喜无限，便张罗施生与牡丹完婚。

艾虎这些事他全不管，已问明了师父智化在按院衙门，他便别了施俊，急急奔到按院那里，方知白玉堂已死。此时卢方已将白玉堂骨殖安置妥协，设了灵位，俟平定襄阳后，再将骨殖送回原籍。艾虎到灵前大哭一场，然后参见大人与公孙先生、卢大爷、徐三爷。问起义父合师父来，始知俱已上了陈起望了。他是生成的血性，如何耐的。便别了卢方等，不管远近，竟奔陈起望而来。只顾贪赶路程，把个道儿走差了。原是往西南，他却走到正西，越走越远，越走越无人烟。自己也觉乏了，便找了个大树之下歇息。因一时困倦，枕了包裹，放倒头便睡。及至一觉睡醒，恰好皓月当空，亮如白昼。自己定了定神，只觉的满腹咕噜噜乱响，方想起昨日不曾吃饭。一时饥渴难当，又在夜阑人静之时，那里寻找饮食去呢。无奈何站起身来，掸了掸土，提了包裹，一步捱一步慢慢行来。猛见那边灯光一晃，却是陶氏接进怀、殷二人去了。艾虎道："好了，有了人家就好说了。"趱行几步，来至跟前，却见双扉紧闭。侧耳听时，里面有人说话。艾虎才待击户，又自忖道："不好，半夜三更，我孤身一人，他们如何肯收留呢？且自悄悄进去看来再做道理。"将包裹斜扎在背上，飞身上墙，轻轻落下。来至窗前，他就听了个不亦乐乎。后来见怀宝走了，又听殷显与陶氏定计要害丈夫，不由的气往上撞，因此将外屋门撬开，他便掀帘硬进屋内。这才把狗男女捆了，用石磨压好，他就吃喝起来了。酒饭已毕,虽不足兴,颇可充饥。执灯转身出来,见那男女已然翻了白眼,他也不管,开门直往正东而来。

走了多时,不见小溪桥,心中纳闷道:"那厮说有桥,如何不见呢?"趁月色往北一望,见那边一堆一堆,不知何物。自己道:"且到那边看看。"那知他又把路走差了,若往南来便是小溪桥,如今他往北去,却是船场堆木料之所。艾虎暗道:"这是什么所在?如何有这些木料?要他做甚?"正在纳闷,只见那边有个窝铺,灯光明亮。艾虎道:"有窝铺必有人,且自问问。"连忙来到跟前。只听里面有人道:"你这人好没道理!好意叫你向火,你如何磨我要起衣服来?我一个看窝铺的,那里有敷馀衣服呢?"艾虎轻轻掀起席缝一看,见一人犹如水鸡儿一般,战兢兢说道:"不是俺合你起磨,只因浑身皆湿,总然向火,也解不过这个冷来。俺打量你有衣服,那怕破的、烂的,只要俺将湿衣服换下拧一拧再向火,俺缓过这口气来,即便还你。那不是行好呢!"看窝铺的道:"谁耐烦这些。你好好的便罢,再要多说时,连火也不给你向了。搅的我连觉也不得睡,这是从那里说起!"艾虎在外面却答言道:"你既看窝铺,如何又要睡觉呢?你真睡了,俺就偷你。"说着话,忽的一声将席帘掀起。

看窝铺的唬了一跳,抬头看时,见是个年少之人,胸前斜绊着一个包袱,甚是雄壮。便问道:"你是何人?黉夜到此何事?"艾虎也不答言,一存身将包袱解下打开,拿出几件衣服来,对着那水鸡儿一般的人道:"朋友,你把湿衣脱下来,换上这衣服。俺有话问你。"那人连连称谢,急忙脱去湿衣,换了干衣。又与艾虎执手道:"多谢恩公

第一百十八回　除奸淫错投大木场　救急困赶奔神树岗 | 861

一片好心。请略坐坐，待小可稍为缓缓，即将衣服奉还。"艾虎道："不打紧，不打紧。"说着话，席地而坐。方问道："朋友，你为何闹的浑身皆湿？"那人叹口气道："一言难尽。实对恩公说，小可乃保护小主人逃难的，不想遇见两个狠心的船户，将小可一篙拨在水内。幸喜小可素习水性，好容易奔出清波，来至此处。但不知我那小主落于何方，好不苦也！"艾虎忙问道："你莫非就是什么伯南哥哥么？"那人失惊道："恩公如何知道小可的贱名？"艾虎便将在怀宝家中偷听的话，一五一十的说了一遍。武伯南道："如此说来，我家小主人有了下落了。倘若被他们卖了，那还了得！须要急急赶上方好。"他二人只顾说话，不料那看窝铺的浑身乱抖，仿佛他也落在水内一般，战兢兢的就势儿跪下来，道："我的头领武大老爷，实是小人瞎眼，不知是头领老爷，望乞饶恕。"说罢连连叩首。武伯南道："你不要如此。咱们原没见过，不知者不做罪，俺也不怪你。"便对艾虎道："小可意欲与恩公同去追赶小主，不知恩公肯慨允否？"艾虎道："好好好，俺正要同你去。但不知由何处追赶？"武伯南道："从此斜奔东南，便是神树岗。那是一条总路，再也飞不过去的。"艾虎道："既如此，快走，快走。"只见看窝铺的端了一碗热腾腾的水来，请头领老爷喝了赶一赶寒气。武伯南接过来呷了两口，道："俺此时不冷了。"放下黄沙碗，对着艾虎道："恩公，咱们快走罢。"二人立起，躬着腰儿出了窝铺。看窝铺的也就随了出来。武伯南回头道："那湿衣服暂且放在你这里，改日再取。"看窝铺的道："头领老爷放心，小人明日晒晾干了，收什好好的，即当送去。"他二人迈开大步，往前奔走。

此时，武伯南方问艾虎贵姓大名，意欲何往。艾虎也不隐瞒，说了名姓，便将如何要上陈起望寻找义父、师父，如何贪赶路途迷失路径，方听见怀宝家中一切的言语说了一遍。因问武伯南："你为何保护小主私逃？"武伯南便将如何与钟太保庆寿，如何大王不见了，"俺主母惟恐绝了钟门之后，因此叫小可同着族弟武伯北，保护着小姐、公子私行逃走。不想武伯北天良泯灭，他将我推入山沟，幸喜小可背着公子，并无伤损。从山沟内奔至小溪桥，偏偏的就遇见他娘的怀宝了，所以落在水内。"艾虎问道："你家小姐呢？"武伯南道："已有智统辖追赶搭救去了。"艾虎道："什么智统辖？"武伯南道："此人姓智名化，号称黑妖狐，与我家大王八拜之交。还有个北侠欧阳春，人皆称他为紫髯伯。他三人结义之后，欧阳爷管了水寨，智爷便作了统辖。"艾虎听了，暗暗思忖道："这话语之中大有文章。"因又问道："山寨还有何人？"武伯南道："还有管理旱寨的展熊飞，又有个贵客是卧虎沟的沙龙沙员外，这些人俱是我们大王的好朋友。"艾虎听至此，猛然醒悟，哈哈大笑道："果然是好朋友！这些人俺全认的。俺实对你说了罢，俺寻找义父、师父，就是北侠欧阳爷与统辖智爷。他们既都在山寨之内，必要搭救你家大王脱离苦海，这是一番好心，必无歹意。倘有不测之时，有我艾虎一面承管。你只管放心。"武伯南连连称谢。

他二人说着话儿，不知不觉就到了神树岗。武伯南道："恩公暂停贵步。小可这里有个熟识之家，一来打听打听小主的下落，二来略略歇息，吃些饮食再走不迟。"艾虎点头应道："很好，很好。"武伯南便奔到柴扉之下,高声叫道:"老甘开门来!甘妈妈开门来!"里面应道:"什么人叫门?来了,来了。"柴门开处,出来个店妈妈,这是已故甘豹之妻。见了武伯南,满脸赔笑道:"武大爷一向少会。今日为何夤夜到此呢?"武伯南道:"妈妈快掌灯去,我还有个同人在此呢。"甘妈妈连忙转身掌灯。这里武伯南将艾虎让至上房。甘妈妈执灯将艾虎打量一番,见他年少轩昂,英风满面,便问道:"此位贵姓?"武伯南道:"这是俺的恩公,名叫艾虎。"甘妈妈听了"艾虎"二字,由不的一愣,不觉的顺口失声道:"怎么也叫艾虎呢?"艾虎听了诧异,暗道:"这婆子失惊有因,俺倒要问问。"才待开言,只听外面又有人叫道:"甘妈妈开门来。"婆子应道:"来了,来了。"

不知叫门者谁,且听下回分解。

第一百十九回

神树岗小侠救幼子　陈起望众义服英雄

且说甘妈妈刚要转身,武伯南将他拉住,悄悄道:"倘若有人背着个小孩子,你可千万将他留下。"婆子点头会意,连忙出来。开了柴扉一看,谁说不是怀宝呢？他因背着钟麟,甚是吃力。而且钟麟一路哭哭喊喊,和他要定了伯南哥哥咧。这怀宝百般的哄诱,惟恐他啼哭被人听见。背不动时,放下来哄着走。这钟麟自幼儿娇生惯养,如何黄夜之间走过荒郊旷野呢？又是害怕,又是啼哭,总是要他伯南哥哥。把个怀宝磨了个吐天哇地,又不敢高声,又不敢嗔嗾,因此耽延了工夫。所以武伯南、艾虎后动身的倒先到了,他先动身的却后到了。这也是天网恢恢,疏而不漏,冥冥之中,自有道理。甘婆道:"你又干这营生？"怀宝道:"妈妈不要胡说。这是我亲戚的小厮,被人拐去,是我将他救下,送还他家里去。我是连夜走的乏了,在妈妈这里歇息歇息,天明就走。可有地方么？"甘婆道:"上房有客,业已歇下。现有厢房闲着,你可要安安顿顿的,休要招的客人犯疑。"怀宝道:"妈妈说的是。"说罢,将钟麟背进院来。甘婆闭了柴扉,开了厢房,道:"我给你们取灯去。"怀宝来至屋内,将钟麟放下。甘婆掌上了灯。只听钟麟道:"这是那里？我不在这里,我要我的伯南哥哥呢！"说罢"哇"的一声又哭了。急的怀宝连忙悄悄哄道:"好相公,好公子,你别哭,你伯南哥哥少时就来。你若困了,只管睡,管保醒了你伯南哥哥就来了。"真是小孩子好哄,他这句话倒说着了,登时钟麟张牙欠口,打起哈欠来。怀宝道:"如何,我说困了不是。"连忙将衣服脱下,铺垫好了。钟麟也是闹了一夜,又搭着哭了几场,此时也真就乏了,歪倒身便呼呼睡去。甘婆道:"老儿,你还吃什么不吃?"怀宝道:"我不吃什么了。背着他,累了个骨软筋酥,我也要歇歇儿了。求妈妈黎明时就叫我,千万不要过晚了。"甘婆道:"是了,我知道了。你挺尸罢。"息了灯,转身出了厢房。将门倒扣好了,他悄悄的又来到上房。

谁知艾虎与武伯南在上房悄悄静坐,侧耳留神,早已听了个明白。先听见钟麟要伯南哥哥,武伯南一时心如刀搅,不觉的落下泪来。艾虎连忙摆手,悄悄道:"武兄不要如此。他既来到这里,俺们遇见,还怕他飞上天去不成?"后来又听见他们睡了,更觉放心。只见甘婆笑嘻嘻的进来,悄悄道:"武大爷恭喜,果是那话儿。"武伯南问道:"他是谁?"甘婆道:"怎么,大爷不认得?他就是怀宝呀。认了一个干兄弟,名叫殷显,更是个混帐行子,和他女人不干不净的。三个人搭帮过日子,专干这些营生。大爷怎么上了他的贼船呢?"武伯南道:"俺也是一时粗心,失于检点。"复又笑道:"俺刚脱了他的贼船,谁知却又来到你这贼店,这才是躲一棒槌换一榔头呢。"甘婆听了也笑道:"大爷到此,婆子如何敢使那把戏儿?休要凑趣儿。请问二位还歇息不歇息呢?"艾虎道:"我们救公子要紧,不睡了。妈妈,这里可有酒么?"甘婆道:"有,有,有。"艾虎道:"如此很好。妈妈取了酒来,安放杯箸,还有话请教呢。"甘婆转身去了多时,端了酒来。艾虎上座,武伯南与甘婆左右相陪。

艾虎先饮了三杯,方问道:"适才妈妈说什么'也叫艾虎',这话内有因,倒要说个明白。"甘婆道:"艾爷若不问,婆子还要请教呢。艾爷可认得欧阳春与智化么?"艾虎道:"北侠是俺义父,黑妖狐是俺师父,如何不认得呢?"甘婆道:"这又奇了,怎么与前次一样呢?艾爷可有兄弟么?"艾虎道:"俺只身一人,并无手足。这是何人冒了俺的名儿,请道其详。"甘婆便将有主仆二人投店,蒋四爷为媒的话,滔滔不断说了一遍。艾虎更觉诧异,道:"既有蒋四爷为媒,此事再也不能舛错。这个人却是谁呢?真真令人纳闷。"甘婆道:"纳闷不纳闷,只是我的女儿怎么样呢?那个艾虎曾说,到了陈起望,禀明了义父、师父,即来纳聘。至今也无影响,这是什么事呢?"说罢,瞧着艾虎。武伯南道:"俺倒有个主意。那个艾虎既无影响,现放着这个艾爷,莫若就许了这个艾爷,岂不省事么?"艾虎道:"武兄这是什么说话,那有一个女儿许两家的道理?何况小弟已经定了亲呢。"甘婆听了,又是一愣。你道为何?原来甘婆早已把个艾虎看中了意了,他心里另有一番意思。他道:"那个艾虎虽然俊美,未免过于腼腆懦弱,不似这个艾虎英风满面,豪气迎人,是个男子汉样儿。仔细看来,这个艾虎比那个艾虎强多了。"忽然听见艾虎说出已然定了亲了,打了他的念头,所以为之一愣。半晌发恨道:"嗐,这全是蒋平做事不明,无故叫人打这样闷葫芦,岂不误了我女儿的终身么?我若见了病鬼,决不依他!"艾虎道:"妈妈不要发恨着急,俺们明日就到陈起望。蒋

第一百十九回　神树岗小侠救幼子　陈起望众义服英雄

四叔现在那里,妈妈何不写一信去,问问到底是怎么样,也就有个水落石出了。如不能写信,俺二人也可以带个信去,觌面问明了,或给妈妈寄信来,或俺们再到这里,此事也就明白了。"甘婆道:"写信倒容易,不瞒二位说,女儿笔下颇能。待我和他商议去。"说罢起身去了。

这里,武伯南便问艾虎道:"恩公,厢房之人,咱们是这里下手,还是拦路邀截呢?"艾虎道:"这里不好。他原是村店,若玷污了,以后他的买卖怎么做呢? 莫若邀截为是。"武伯南笑道:"恩公还不知道呢,这老婆子也是个杀人不展眼的母老虎。当初有他男人在世,这店内不知杀害了多少呢。"刚说至此,只见甘婆手持书信,笑嘻嘻进来说道:"书已有了。就劳动艾爷,千万见了蒋四爷当面交付,婆子这里着急等回信!"说罢,福了一福。艾爷接过书来,揣在怀中,也还了一揖。甘婆问道:"厢房那人怎么样?"武伯南道:"方才俺们业已计议,艾爷惟恐连累了你这里,我们到途中邀截去。"甘婆道:"也倒罢了,待我将他唤醒。"立时来至厢房,开了门,对上灯,才待要叫,只听钟麟说道:"我要我伯南哥哥呀!"却从梦中哭醒。怀宝是贼人胆虚,也就惊醒了。先唤钟麟,然后穿上衣服,将钟麟背上,给甘婆道了谢,说:"俟回来再补罢。"甘婆道:"你去你的罢,谁望你的补复呢,但愿你这一去永远别来了,我就念了佛了。"一壁说,一壁开了柴扉,送至门外,见他由正路而去。甘婆急转身来至上房,道:"他走的是正路,你二位从小路而去便迎着了。"武伯南道:"不劳费心。这些路途,我都是认得的,恩公随我来。"武伯南在前,艾虎随后,别了甘婆,出了柴扉，竟奔小路而来。二人复又商议，叫武伯南抢钟麟，好好保护；艾虎却动手了结怀宝。说话间，已到要路。武伯南道："不必迎了上去，就在此处等他罢。"

不多时，只听钟麟哭哭啼啼，远远而来。武伯南先迎了去，也不扬威，也不呐喊，惟恐唬着小主，只叫了一声："公子，武伯南在此，快跟我来！"怀宝听了，咯噔的一声打了个冷战儿。刚要问是谁，武伯南已到身后，将公子扶住。钟麟哭着说道："伯南哥哥，你想煞我了！"一挺身，早已离了怀宝的背上，到了伯南的怀中。这恶贼一见，说声"不好"，往前就跑。刚要迈步，不防脚下一扫，噗哧，嘴按地趴倒尘埃。只听当的一声，脊背上早已着了一脚。怀宝"嗳哟"了一声，已然昏过去了。艾虎对着伯南道："武兄抱着公子先走，俺好下手收什这厮。"武伯南也恐小主害怕，便抱着往回里去了。艾虎背后拔刀在手，口说："我把你这恶贼！"一刀斩去，怀宝了帐。小爷不敢久停，将刀入鞘，佩在身边，赶上武伯南，一同直奔陈起望而来。

且说钟雄到了五鼓鸡鸣时，渐渐有些转动声息，却不醒，因昨日用的酒多了的缘故。此时，欧阳春、沙龙、展昭，带领着丁兆蕙、蒋平、柳青，与本家陆彬、鲁英，以及龙涛、姚猛等，大家环绕左右，惟有黑妖狐智化就在卧榻旁边静候。这厅上点的明灯蜡烛，照如白昼。虽有多人，一个个鸦雀无声。又迟了多会，忽听钟雄嘟囔道："口燥得紧，快拿茶来。"早已有人答应，伴当将浓浓的温茶捧到。智爷接过来，低声道："茶来了。"钟雄朦胧二目，伏枕而饮。又道："再喝些。"伴当急又取来,钟雄照旧饮毕。略定了定神,猛然睁开二目,看见智化在旁边坐着,便笑道:"贤弟为何不安寝?劣兄昨日酒深,不觉的沉沉睡去,想是贤弟不放心。"说着话,复又往左右一看,见许多英雄环绕,心中诧异。一骨碌身爬起来看时,却不是水寨的书房。再一低头,见自家穿着一身渔家服色,不觉失声道:"嗳哟,这是那里?"欧阳春道:"贤弟不要纳闷,我等众弟兄特请你到此。"沙龙道:"此乃陈起望,陆贤弟的大厅。"陆彬向前道:"草舍不堪驻足,有屈大驾。"钟雄道:"俺如何来到这里?此话好不明白。"智化方慢慢的道:"大哥,事已如此,小弟不得不说了。我们俱是钦奉圣旨,谨遵相谕,特为平定襄阳,访拿奸王赵爵而来。若论捉拿奸王,易如反掌;因有仁兄在内,惟恐到了临期,玉石俱焚,实实不忍。故此我等设计投诚水寨,费了许多周折,方将仁兄请至此处。皆因仁兄是个英雄豪杰,试问,天下至重的莫若君父,大丈夫作事,焉有弃正道愿归邪党的道理?然而人非圣贤,孰能无过。也是仁兄雄心过豪,不肯下气,所以我等略施诡计,将仁兄诓到此地。一来为匡扶社稷,二来为成全朋友,三来不愧你我结拜一场。此事皆是小弟的主意,望乞仁兄恕宥。"说罢,便屈膝跪于床下。展爷带着众人,谁不抢先,唿的一声全都跪了。这就是为朋友的义气。

钟雄见此光景,连忙翻身下床,也就跪下,说道:"俺钟雄有何德能,敢劳众位弟兄的过爱,费如此的心机?实在担当不起!钟雄乃一鲁夫,皆因闻得众位仁兄、贤弟英名贯耳,原有些不服气,以为是恃力欺人,不想是重义如山。俺钟雄渺视贤豪,真真愧死!如今既承众位弟兄的训诲,若不洗心改悔,便非男子。"众位英雄见钟雄豪爽梗直,倾心向善,无不欢喜之至。彼此一同站起,大家再细细谈心。

未知后文如何,且听下回分解。

第一百二十回

安定军山同归大道　功成湖北别有收缘

且说钟雄听智化之言,恍然大悟,又见众英雄义重如山,欣然向善。所谓"同声相应,同气相求"者也。世间君子与小人,原是冰炭不同炉的。君子可以立小人之队,小人再不能入君子之群。什么缘故呢？是气味不能相投,品行不能同道。即如钟雄,他原是豪杰朋友,皆因一时心高气傲,所以差了念头。如今被众人略略规箴,登时清浊立辨,邪正分明,立刻就离了小人之队,入了君子之群。何等畅快,何等大方。他既说出洗心改悔,便是心悦诚服,绝不是那等反复小人,今日说了,明日不算；再不然闹矫强,斗经济,怎么没来由怎么好,那是何等行为。又有一比：君子如油,小人如水。假如一锅水坐在火上,开了时滚上滚下,毫无停止。比着就是小人胡闹混搅,你来我往,自称是正人君子。及至见了君子,他又百般的欺侮,说人家酸,说人家大,不肯容留。那知道那君子更不把他们放在眼里,理也不理,善善的躲开,由着他们闹去。仿佛一锅开水滴上一点油儿,那油止于在水的浮皮儿,绝不淆混。那水开的利害了,这油不过往锅边一溜儿,坐观成败而已。这是君子可以立小人之队。若小人入了君子之群则不然。假如一锅油,虽然不显,平平无奇,正是君子修品立行的高贵处。无声无臭,和蔼至甚,小人看见以为可以附和,不管好歹,飞身跳入。他那知那正气利害，真是如见其肺肝然，自己觉得跼蹐不安，坐立难定，熬煎的受不得了，只落得他逃之夭夭。仿佛油已热了，滴了一点儿水，这水到了油内，见他们俱是正道油，自己瞧自己不知是那一道，实在的不合群儿，只得壁哩巴拉一阵混爆，连个渣儿皆不容留。多咱爆完了，依然一锅清油，照旧的和平宁静而已。所以君子、小人犹如冰炭，再不能同炉的。如今钟雄倾心归服，他原是油，止于是未化之油，加上众英雄陶镕陶镕，将他煅炼的也成了清油。油见油自然混合一处，焉有不合式的道理呢？闲话休题。

再说众英雄立起身来，其中还有二人不认得。及至问明，一个是茉花村的双侠丁兆蕙，一个是那陷空岛四义蒋泽长。钟雄也是素日闻名，彼此各相见了。此时，陆彬早已备下酒筵，调开桌椅，安放杯箸，大家团团围住。上首是钟雄，左首是欧阳春，右首沙龙，以下是展昭、蒋平、丁兆蕙、柳青、连龙涛、姚猛、陆彬、鲁英，共十一筹好汉。陆彬执壶，鲁英把盏，先递与钟雄。钟雄笑道："怎么，又喝酒么？劣兄再要醉了，又把劣兄弄到那里去？"众人听了，不觉大笑。陆彬笑着道："仁兄再要醉了，不消说了，一定是送回军山去了。"钟雄一壁笑，一壁接酒道："承情，承情！多谢，多谢！"陆彬挨次斟毕，大家就座。钟雄道："话虽如此说，俺钟雄到底如何？到了这里，务要请教。"智化便道："起初展兄与徐三弟落在堑坑，被仁兄拿去，是蒋四兄砍断竹城，将徐三弟救出。"说至此，钟雄看了蒋四爷一眼，暗道："这样瘦弱，竟有如此本领。"智爷又道："皆因仁兄要鱼，是小弟与丁二弟扮作渔户，混进水寨，才瞧了招贤榜文。"钟雄又瞧了丁二爷一眼，暗暗佩服。智化又道："次是小弟与欧阳春兄进寨投诚。那时已知沙大哥被襄阳王拿去，因仁兄爱慕沙大哥，所以小弟假奔卧虎沟，却叫欧阳兄诈说展大哥，并向襄阳王将沙大哥要来。这全是小弟的计策，哄诱仁兄。"钟雄连连点头，又问道："只是劣兄如何来到此呢？"智化道："皆因仁兄的千秋，我等计议，一来庆寿，二来奉请，所以预先叫蒋四弟聘请柳贤弟去。因柳贤弟有师父留下的断魂香。"钟雄听至此，已然明白，暗暗道："敢则俺着了此道了！"不由的又瞧了一瞧柳青。智化接着道："不料蒋四爷聘请柳贤弟时，路上又遇见了龙、姚二位小弟。因他二位身高力大，背负仁兄断无失闪，故此把仁兄请至此地。"钟雄道："原来如此。但只一件，既把劣兄背出来，难道就无人盘问么？"智化道："仁兄忘了么？可记得昨日展大哥穿的服色，人人皆知，个个看见。临时给仁兄更换穿了，口口声声展大哥醉了，谁又问呢？"钟雄听毕，鼓掌大笑道："妙吓！想的周到，做的机密。俺钟雄真是醉里梦里，这些事俺全然不觉。亏了众仁兄、贤弟成全了钟雄，不致叫钟雄出丑。钟雄敢不佩服，能不铭感！如今众位仁兄、贤弟欢聚一堂，把往事一想，不觉的可耻又可笑了。"众人见钟雄自怨自艾，悔过自新，无不称羡好汉子，好朋友！各各快乐非常。惟有智化，半点不乐。钟雄问道："贤弟，今日大家欢聚，你为何有些闷闷呢？"智化半晌道："方才仁兄说小弟想的周到，做的机密，那知竟有不周到之处。"钟雄问道："还有何事不周到呢？"智化叹道："皆因小弟一时忽略，忘记知会嫂嫂。嫂嫂只当有官兵捕缉，立刻将侄儿、侄女着人带领逃走了。"真是英雄气短，儿女情长。钟雄听了此句话，惊骇非常，忙问道："交与何人领去？"智化道："就交与武伯南、武伯北了。"钟雄听见交与武氏弟兄，心中觉得安慰点了，点头道："还好，他二人可以靠得。"智化道："好什么！是小弟见了嫂嫂之后，急忙从山后赶去。忽听山沟之内有人言语。问时却是武伯南背负着侄儿，落将下去。又问明了，幸喜他主仆并无损伤。仁兄你道他主仆如何落在山沟之内？"钟雄道："想是夤夜逃走，心忙意乱，误落在山沟。"智化摇头道："那里是误落，却是武伯北将他主仆推下去的。他便驱着马上侄女往西去了。"

钟雄忽然改变面皮，道："这厮意欲何为？"众人听了，也为之一惊。智化道："是小弟急急赶去，又遇见两个采药的，将小弟领去。谁知武伯北正在那里持刀威唬侄女。"钟雄听至此，急的咬牙搓手。鲁英在旁高声嚷道："反了！反了！"龙涛、姚猛早已立起身来。智化忙拦道："不要如此，不要如此，听我往下讲。"钟雄道："贤弟快说，快说。"智化道："偏偏的小弟手无寸铁，止于拣了几个石子。也是天公照应，第一石子就把那厮打倒，赶步抢过刀来，连连搠了几下。两个采药人又用药锄刨了个不亦乐乎。"鲁英、龙涛、姚猛哈哈大笑，道："好吓，这才爽快呢！"众人也就欢喜非常。钟雄脸上颜色略为转过来。智化道："彼时侄女已然昏迷过去，小弟上前唤醒。谁知这厮用马鞭子将侄女周身抽的已然体无完肤。亏得侄女勇烈，扎挣乘马，也就来到此处。"钟雄道："亚男现在此处么？"陆彬道："现在后面，贱内与沙员外两位姑娘照料着呢。"钟雄便不言语了。智化道："小弟忧愁者，正为不知侄儿下落如何。"钟雄道："大约武伯南不至负心，只好等天亮时再为打听便了。只是为小女,又叫贤弟受了多少奔波多少惊险,劣兄不胜感激之至!"智化见钟雄说出此话,心内更觉难受,惟有盼望钟麟而已。大家也有喝酒的,也有喝汤的,也有静坐闲谈的。

不多时,天已光亮。忽见庄丁进来禀道:"外面有一位少爷,名叫艾虎,同着一个姓武的,带着公子回来了。"智化听了,这一乐非同小可,连声说道:"快请,快请!"智化同定陆彬、鲁英,连龙涛、姚猛,俱各迎了出来。只见外面进来了,艾虎在前,武伯南抱着公子在后。艾虎连忙参见智化。智化伸手搀起来道:"你从何处而来?"艾虎道:"特为寻找你老人家,不想遇见武兄,救了公子。"此时,武伯南也过来见了,先问道:"统辖老爷,俺家小姐怎么样了?"智化道:"已救回在此。"钟麟听见姐姐也在这里,更喜欢了,便下来与智化作揖见礼。智化连忙扶住,用手拉着钟麟,进了大厅。钟麟一眼就看见爹爹坐在上面,不由的跪倒跟前,"哇"的一声哭了。钟雄到此时也就落下几点英雄泪来了,便忙说道:"不要哭,不要哭!且到后面看看姐姐去。"陆彬过来,哄着进内去了。

此时,艾虎已然参见了欧阳春与沙龙。北侠指引道:"此是你钟叔父,过来见了。"钟雄连忙问道:"此位何人?"北侠道:"他名艾虎,乃劣兄之义子,沙大哥之爱婿,智贤弟之高徒也。"钟雄道:"莫非常提'小侠'就是这位贤侄么?好吓,真是少年英俊,果不虚传。"艾虎又与展爷、丁二爷、蒋四爷一一见了。就只柳青、姚猛不认得,智化也指引了。大家归座。智化便问艾虎如何来到这里。艾虎从保护施俊说起，直说到遇见武伯南救了公子，杀了怀宝，始末原由说了一遍。钟雄听到后面，连忙立起身来，过来谢了艾虎。

此时武伯南从外面进来，双膝跪倒，匍匐尘埃，口称："小人该死！"钟雄见武伯南如此，反倒伤起心来，长叹一声道："俺待你弟兄犹如子侄一般，不料武伯北竟如此的忘恩负义！他已处死，俺也不计较了。你为吾儿险些儿丧了性命，如今保全回来，不绝俺钟门之后，这全是你一片忠心所致，何罪之有？"说罢，伸手将武伯南拉起。众位英雄见钟太保如此，各各夸奖说："他恩怨分明，所行甚是。"钟雄复又叹一口气道："好叫众位贤弟得知，仔细想来，都是俺钟雄的罪孽，几几乎报应在儿女身上。若非急早回头，将来祸几不测。从此打破迷关，这身衣正合心意，俺钟雄直欲与渔樵过此生了。"众人听钟雄大有灰退之意，才待要劝，只见沙龙将钟雄拉住道："贤弟，你我同病相怜。不要如此，劣兄若非囚禁，你两个侄女如何也能够来到此处呢？可见人生聚散，冥冥中自有道理。千万不要灰了壮志，妄打迷关，将来是要入魔呢。"众人听了不觉大笑，钟雄也就笑了。于是复又入座。

智化道："事不宜迟，就叫武头领急回军山，报与嫂嫂知道，好叫嫂嫂放心。"钟雄道："莫若将贱内悄悄接来。劣兄既脱离了苦海，还回去做甚？"智化道："仁兄又失于算计了。仁兄若不回军山，难免走漏风声，奸王又生别策。莫若仁兄仍然占住军山，按兵不动，以观襄阳的动静如何。再者，小弟等也要同回襄阳去。"便将方山居址说明，现有卧虎沟的好汉俱在那里。钟雄听了欢喜道："既如此，劣兄就派姜铠保护家小,也赴襄阳。劣兄一人在此虚守寨栅,方无挂碍。"智化连连称善。依然叫武伯南先回军山送信,到傍晚钟雄方才回去。

此时,艾虎已将妈妈的书信给蒋四爷看了。蒋平便将凤仙情愿联姻的话说了,又与欧阳春、智化、沙龙三门亲家说明。大家欢喜,俱各说道:"俟回襄阳时,就烦姜氏嫂嫂将此事做成。就叫玉兰母女收什收什,同赴襄阳方山居住,更为妥当。"这一日,大家欢聚,快乐非常。又计议定了女眷先行起身,就求姜氏夫人带领着凤仙、秋葵、亚男、钟麟,却派姜铠、龙涛、姚猛跟随护送;其馀大家随后起身。到了晚间,用两只大船,除了陆彬、鲁英在家料理,所有众英雄俱到军山。钟雄见了姜氏,悲喜交集,说明了缘故,即刻收什细软,乘船到陈起望,暗暗起身。这里,众英雄欢聚了两日,告别了钟太保,也就同赴襄阳去了。这便是《七侠五义传》收缘。

要知群雄战襄阳,众虎遭魔难,小侠至陷空岛、茉花村、柳家庄三处飞报信,柳家五虎奔襄阳,艾虎过山收服三寇,柳龙赶路结拜双雄,卢珍单刀独闯阵,丁蛟、丁凤双探山,小弟兄襄阳大聚会,设计救群雄;直至众虎豪杰脱离难,大家共议破襄阳,设圈套捉拿奸王,施妙计扫除众寇,押解奸王,夜赶开封府,肃清襄阳郡,铡斩襄阳王,包公保众虎,小英雄金殿同封官,紫髯伯辞官出家,白玉堂灵魂救按院,颜查散奏事封五鼠,包太师闻报哭双侠,众英雄开封大聚首,群侠义公厅同结拜,多少热闹节目,不能一一尽述。也有不足百回,俱在《小五义》书上便见分明。

词曰:日日深杯酒满,朝朝小圃花开。自歌自舞自开怀,且喜无拘无碍。　　青史几番春梦,红尘多少奇才。不须计较与安排,领取而今现在。